宇宙第一温柔

tender

叶涩 / 著

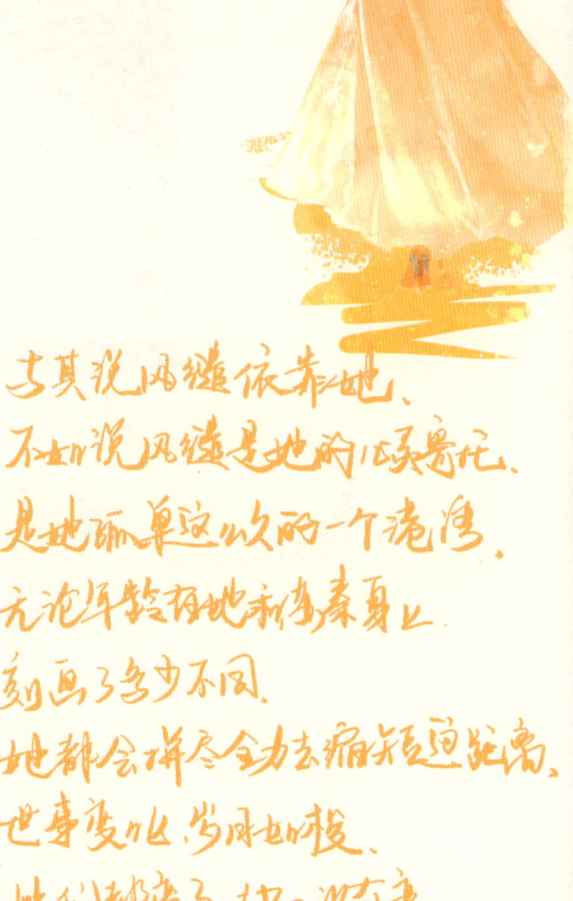

与其说风继续依靠她，
不如说风继续是她的心头爱花，
是她疲惫返收的一个港湾。
无论岁月在她身上，
刻画了多少不同，
她都会想尽全力去痛苦适应它。
世事变化，岁月也好，
她们都变了，却又没有变。
好在，都陪伴着彼此。

长江出版社
CHANGJIANGPRESS

目录

CONTENTS

第一章
她不期而至 · · · · · · · · 001

第二章
小松拂云枝 · · · · · · · · 026

第三章
迈入象牙塔 · · · · · · · · 051

第四章
温柔混入荆棘丛 · · · · · · · · 077

第五章
第一个除夕夜 · · · · · · · · 109

第六章
落寞中成长 · · · · · · · · 133

“风遥，你一直是我的骄傲。”

目录
CONTENTS

第七章
跨年夜的琴声 ········ 157

第八章
陌上花开 ·········· 175

第九章
炽热的盛夏 ········· 200

番外一
她笑时春风正好 ······ 218

番外二
幸而春信至 ········· 260

番外三
年少的信仰 ········· 279

" 你就像是天使，飞入我的人生，
在我漫长的青春岁月，一直陪着我。"

苏秦始终认真地听着。她心里也很明了。

萧佑是真的在用心培养风缱。很明显，风缱离开秦意之后，的确成长得更快了。

 苏秦姐姐，我长大了，以后可以帮上你的忙了。

苏秦低头浅笑

风缱长大了，已经成为展翅的雄鹰，要飞走了。

这一次，不再是她的假想，而是事实。

第一章
她不期而至

◆

坑坑洼洼的山路，因为下过雨，路面泥泞不堪。

空气中都是落花的味道，一辆黑色的奔驰行驶在山路上。

车上，袁玉不耐烦地翻看着花名册，嘴里嚼着口香糖，说道："我看老头子是疯了，非让咱们体验什么农村生活，还来个一对一帮扶，当这是过家家吗？同情心，现在的孩子啊，哪能给什么同情心。咱们刚去的那什么村，小孩儿都拦路堵车，不给钱不让过。唉，世道变了啊。"

对面坐着一个长发披肩的女人，她闭着眼睛，对袁玉的抱怨听而不闻。

得不到回应，袁玉更加烦躁，她转着手上的戒指，语气恶劣："这是什么鬼天气，什么鬼村子，到这儿来干什么？有这时间，我还不如去新西兰看企鹅——"话还没说完，袁玉手上的动作一停，她眯了眯眼睛，"欸？阿秦，这里有个小女孩儿跟你的生日是同一天啊。"

听了这话，一直闭目的女人总算有了反应，她缓缓地睁开了眼睛，淡淡地说："你很吵。"

简单的一句话，却奇迹般地起了作用。袁玉腹诽了几句，掏出手机开始玩斗地主。

前排戴着白手套的司机何彦说道："二小姐，前面就是下洼村，村支书已经在等着我们了。"

袁玉一听瞪圆了眼睛，说："什么？村支书？这是要列队欢迎吗？我的天，我可不想去跟他们一一握手，我——"

"好了。"苏秦打断她的话，对着何彦说，"告诉村支书，不必弄那么大阵仗。"

说是不必，但毕竟是贵客来临，下洼村这种深山里的贫困村已经许久未曾有人来扶贫了。

　　下了车,袁玉踩在地面的落叶上,看着挂在村头两棵槐树上的红横幅一言难尽,上面写着"欢迎贵客来我村观光指导"几个大字,她差点儿把脚下的高跟鞋踩断。

　　到了村委会,村主任和村干部们已经等候多时了,他们身旁还站着四个灰头土脸的小孩儿。

　　袁玉一进屋就感慨道："这准备得够齐全啊。"她圆溜溜的眼珠盯着这四个小孩儿："台词背好了吗？"

　　村主任有些尴尬。苏秦嗔怪地瞟了袁玉一眼,她走到村主任面前,礼貌地伸出手,道："您好。"

　　看着苏秦纤细如玉的手指,村主任有点儿惭愧地道："不好意思,村里的路没有修,你们过来辛苦坏了吧。"

　　苏秦礼貌性地微笑,袁玉已经跟小孩子们聊上了："你们都谁吃不上饭啊？"

　　一共四个小孩儿,穿着都很破旧,靠着墙惊恐地看着袁玉。

　　这一路走来,袁玉去过不少村子,看惯了小孩儿们一个个哭天喊地地哭穷、比可怜,之前那点儿同情心也被这几天颠簸的路程给颠散了。

　　苏秦没有说话,她站在一边安静地看着几个孩子。

　　四个小孩儿你看看我,我看看你,没一个敢说话的,其中最小的一个女孩儿吸溜着鼻涕,歪着头好奇地看了一眼苏秦。

　　袁玉笑眯眯地从兜里掏出一把棒棒糖,问道："谁要吃？"

　　她是典型的刀子嘴豆腐心,一眼就瞅出来这几个小孩儿跟之前的孩子不一样,明显没有见过世面的样子。虽然看起来傻傻的,但这带着几分淳朴的样子更能惹人心疼。反正她已经答应老头子了,救助谁不是救助啊,赶紧结束也省得再奔波下去。

　　最小的女孩儿走了出来,她看着也就五六岁,也许是因为营养不良,显得面黄肌瘦,头发稀疏,她小声道："阿……阿姨……我想要两根。"

　　袁玉一听就变脸了。阿姨？叫谁呢？就这样还敢要两根糖,这熊孩子！

　　村主任搓着手不好意思地解释："这是我们村的萧风瑜。这孩子啊,可怜,爸妈都过世了,跟着奶奶和姐姐一起生活,奶奶又快七十岁了,她们一家过得特别苦,她要两根糖,准是想给她姐姐一根。"

　　"给谁也不能叫我阿姨啊。"袁玉的脸色缓和了些,她拿着棒棒糖蹲下身子,"叫姐姐。"

萧风瑜黑葡萄一般的眼珠盯着糖果,她咽了咽口水,乖乖地叫了声:"姐姐。"

袁玉满意地笑了,她起身对村主任说:"这四个吗?"

村主任忙不迭地点头,他怕袁玉嫌人多,连忙解释:"这四个孩子是我们村里最贫困的,她们——"

"唉唉唉,打住,我知道了。"袁玉挥着手一副懒得多说的样子,又看向站在门边的司机何彦,"小何,把箱子拿过来。"

这种偏僻的村子不能刷卡,也不能转账,所以她早就准备好现金了。苏秦站在旁边一言不发,她静静地看着萧风瑜咽着口水把两根棒棒糖小心翼翼地收好,眼里某种情绪一闪而过。

袁玉出手阔绰,箱子一打开,村主任都慌了,磕磕巴巴道:"这么多……不……不用这么多的。"

袁玉笑道:"瞎客气什么,我们来不就是为了送钱吗?"

村主任:"……"

这话直白得让人无法辩驳。

村主任为难地看着旁边的几个村干部,大家面面相觑,不知所措。还是村支书站了出来,说:"那好吧,谢谢你们了,谢谢。"

几个孩子跟着一起说"谢谢"。村主任看着袁玉,问道:"需要去这几个孩子家里看看吗?"

袁玉翻了个白眼,她之前去过很多贫困户家了,现在只想赶紧回去交差。正要回绝,一直站在一旁不作声的苏秦缓缓地说:"好。"

袁玉:"……"苍天啊,不是吧!

所有人的视线落在了苏秦身上,苏秦看着萧风瑜说:"就去她家吧。"

袁玉一口回绝:"不去!"

这一声喊得在场的人都是身躯一震。

气氛瞬间紧绷了起来,村主任紧张又为难地看看袁玉,又看看苏秦。

苏秦没说话,她抱着胳膊,面无表情地看着袁玉,眼神冷若冰霜。

苏秦和袁玉来之前,村主任也简单了解过她们的情况,知道来的是两个二十多岁的女孩儿。可现在一看,苏秦这架势、这气场,哪像是这个年龄的?

最终还是袁玉抵不住压力败下阵来,她痛苦地搓着头,说:"好吧,就十分钟啊。"

路上，袁玉絮絮叨叨地抱怨："这都几点了？这个点儿还不走，咱们今天铁定要住在村子里了。我的妈呀，我没带防蚊用品啊，这儿有卖防蚊液的吗？花露水总有吧？我的天啊，能洗澡吗？我不洗澡可是会疯的。阿秦，你到底抽什么风啊？想一出是一出。"

泥泞狭窄的小路，车也没法开。她们是一路走到萧家的，别说袁玉了，就是苏秦也累得直喘气。

反观村主任，抱着萧风瑜走了一路，脸不红气不喘的。

到了自己家门口，萧风瑜可不再是那个可怜兮兮的小人儿了，她对扶着栅栏不停喘气的袁玉吐了吐舌头，说："哈哈，阿姨好笨。"

袁玉："……"这个熊孩子！

"把我的糖还给我！"袁玉扑了过去。

村主任抱着萧风瑜笑着躲闪，萧风瑜银铃般的笑声洒了一地，连带着气氛都活跃了起来。童真总是最能打动人的，就连一直不苟言笑的苏秦此刻都忍俊不禁。

袁玉从村主任怀里抱过萧风瑜，作势要抢她的棒棒糖，萧风瑜连忙往后躲。

几人正闹得开心，"嘎吱"一声，门被打开了，从里面走出一个看起来十三四岁的女孩儿。她穿着一件洗得发黄的T恤，扎着马尾，高高瘦瘦的，眼神很犀利警觉。

"你们是谁？"她一把抢过袁玉怀里的萧风瑜。

那蛮横劲儿……

袁玉被带得一个趔趄，有些蒙地看着眼前这人。村里还有这么标致的姑娘呢？这姑娘虽然还小，但是五官精致，尤其是那狭长深邃的眼眸，长大以后，一定是个美女。

村主任连忙解释道："风缱，这是村里的贵客。"

萧风瑜伸出小胳膊，将糖递给萧风缱，说道："姐姐，糖！"

萧风缱不接糖，她警觉地看着袁玉，说道："我奶奶还没死。"

袁玉："嗯？"

村主任急得脸都红了，正尴尬着，站在一旁的苏秦走上前，她看着萧风缱，柔声说："我们并不是要领养，只是助养。"

袁玉这才恍然大悟，无奈道："这位小妹妹，你想什么呢？"

就萧风瑜这狡猾的小孩儿，白送给她，她也不养啊。看来这孩子是误会了，以为她们来是要抱走她妹妹的，难怪那么警觉。

萧风缱抱着妹妹，身体紧绷着，唇也抿着，像是被踩了尾巴的猫，随时都要炸毛。人不大，气场却十足。

村主任也是为难地说道："你……唉，这事儿萧奶奶是知道的，她也同意了，她……"

眼看着气氛尴尬无比，苏秦轻声说："没事儿的，不要怕。"

萧风缱身子一顿，她抬起头，与苏秦对视。她的眼眸偏琥珀色，而苏秦的眸子是烟灰色。

苏秦是典型的气质美女，她给人冷冰冰的感觉，可唯独那双眼眸，既深邃又温柔，让人看一眼就忍不住沉沦。

萧风缱怔怔地盯着苏秦看了片刻，苏秦眼眸中的温柔让她无法再竖起一身的刺，她搂着妹妹僵硬地转过身。

见状，苏秦对着萧风缱微微一笑，柔声问："我可以进去吗？"

有一种人就是自带不可抗拒的气场，萧风缱到现在都不知道那天怎么就轻易答应让苏秦她们进门了。

推开大铁门，映入眼帘的是非常破旧的农家院。院子里堆放了许多稻草与秸秆，正中央是一口井，一眼望去，像样的家具也没几件。

虽然寒酸，但每一样东西都摆放得整整齐齐，院子也打扫得干干净净，这与之前袁玉和苏秦在其他地方看到的"脏乱差"都不一样。

屋里，传来老人咳嗽的声音："谁啊？"

"没事儿，奶奶，是村主任。"萧风缱表现得非常成熟淡定，和她怀里舔棒棒糖的萧风瑜完全不是一个性格。

萧风瑜边舔边说："姐姐，你吃。"

萧风缱嫌弃地看了一眼，放下她，说道："去把我教你的字练习一遍。"

萧风瑜"哦"了一声，屁颠屁颠地拿起地上的砖头开始写。

袁玉凑热闹似的过去看，惊讶道："哟，你这字写得不错啊。"

横是横，竖是竖，虽然带着些稚嫩，但落笔已经隐隐有了自己的风韵。这么大点儿的小孩儿能写出这么好看的字，可想而知，教她的人书法一定很好。

萧风缱并不说话，安静地站在一边。

她很白，在日头下一晒，肤色甚至有点儿惨白，胳膊瘦得像是麻秆一般，头发发黄，脸色也不是很好，明显营养不良。

村主任搓着手道："萧家的情况不大好，姐妹俩的父母啊，是遭遇意外事故身亡的。留下这一家，老的老，小的小。她奶奶的身体啊，也不行了，耳朵背了，咱们这么大声她都听不到。"

苏秦点了点头，她刚刚特意观察了萧风缱的表情。村主任在说话的时候，萧风缱面无表情，只是微微蹙眉，可唯独说到奶奶耳背的时候，她的眼中有泪光闪过。

萧风缱的确是个小美女，秀眉微蹙，惹人怜爱，桃花眼荡漾着水光，唇不点红。就是气色不太好，太瘦了。

苏秦和萧风缱都是沉静内敛的人，村主任介绍完萧家的情况后，两人都不说话了。

这可急坏了村主任，之前来过的几个资助者都被萧风缱这冷冰冰的态度给吓跑了。萧家过得太苦了，要是再没有人帮助，姐妹俩怕是连学都上不了了。

终于，在所有人的注视下，苏秦点了点头："嗯，那就这样。"

那就这样……村主任不解地看着她。

袁玉却笑道："太好了，这是定下了？"终于可以走了？

"嗯。"苏秦点了点头。

萧风缱似乎有些迷糊，她歪着头看了看苏秦。

"太好了，不用在这儿住了。"袁玉兴奋得简直要跳起来，她从小娇生惯养的，真要在这地方住一天，非要了她的命不可。

她性子一向简单直接，喜欢就是喜欢，不喜欢就是不喜欢，从来学不会伪装。

苏秦和村主任算了下萧家人一年的吃穿用度。

袁玉看着苏秦这副认真样，觉得有些莫名其妙，至于吗？还拿出在公司看财务报告的架势了？随即，她明白过来，苏秦这是在照顾人家小女孩儿的自尊心，以表重视。

交代完毕，天已经擦黑，屋里传来一阵阵馒头的香味。

村主任笑呵呵道："我昨儿给萧老太太送了面过来，这是蒸馒头了，风缱？"

萧风缱点了点头，她明白村主任的意思，快步走进屋去拿馒头。

她把手洗了很多遍，还特意把家里最好的没缺口的盘子拿出来装馒头。

这一个个大馒头雪白蓬松，泛着香气。

看着眼前一大盘白花花的馒头，萧风瑺直咽口水。

袁玉点头道："不错，不错，吃什么菜啊？"

菜？萧风瑺的手往后背了背，抿着唇低下了头。

苏秦瞪了袁玉一眼，掏出随身携带的湿纸巾擦干净手，拿起一个馒头吃了一口，认真评价道："嗯，味道不错。"

袁玉："……"

这么挑剔的人居然会去吃这个大白馒头，还评价不错？

老大都这么干了，袁玉也只能勉为其难地跟着吃了起来。

一口咬下去，牙齿瞬间陷入松软的馒头里，她眼睛一亮，看着萧风瑺说道："还真不错，你做的？"仔细品尝，居然还带着一股小麦的甜味。

萧风瑺点了点头，她拿起一个递给了村主任，说道："您吃。"

袁玉发现这小姑娘有点儿意思，虽然看起来冷冰冰的，但该有的礼数都不缺，家里也收拾得有模有样，才十三岁，显然已经将这个家撑起来了。

一顿饭就这样简单解决了。

天逐渐黑了，苏秦看了看表，对着司机何彦吩咐道："你去把车开来。"

何彦点头，恭敬地退了出去。

萧风瑺虽然不清楚几个人的具体身份，可从大家的态度上看，苏秦一定是个身份尊贵的人。

苏秦一转身正好看到女孩儿打量揣摩的眼神，她淡淡一笑。

这一笑像是有无数缕阳光飞入萧风瑺的眼中。

"这附近有商店吗？"苏秦问道。

萧风瑺不敢看她，说道："有，隔壁就是宋大娘家开的小卖铺。"

"嗯，你带我去一趟，可以吗？"

苏秦的声音非常好听，轻轻柔柔的像是涓涓溪水般流入了萧风瑺的心中。她点了点头，带着苏秦往外走。

袁玉看着两个人一前一后地出去了，张了张嘴，叹了口气，问道："怎么回事儿啊，同情心泛滥吗？"

苏秦的性格其实颇为冷淡，对待家人和朋友都不曾有这么好的耐性，一路上去了那么多村子，也没见她对谁这么上心过啊。

袁玉这边正愤愤地想着，萧风瑺已经带着苏秦到了小卖铺。

进到这拥挤狭小又有些潮湿的小屋时，苏秦是有些惊讶的，可她控制住了表情，不动声色地四处观察。

物品堆满了货架，就连地上都摆满了东西，灯光比较暗，一进来就让人感觉幽暗昏沉。

宋大娘一看苏秦这身打扮就知道是贵客上门，招呼道："要什么啊？可以送货上门的。"说着，她还指了指屋外的毛驴。

苏秦说道："柴米油盐、鸡蛋、牛奶，以及生活必备品，还有本子与笔。"

萧风缱惊讶地看着苏秦，她以为是苏秦想买些什么，可显然，这些东西都是要买给她的。

宋大娘笑容满面，问道："你要多少？"

苏秦回道："有多少我要多少。"

这不是财神爷降临吗？小小的房间一下子热闹了起来。

宋大娘几乎是搬家一样地把东西一股脑儿地往萧家搬。

院子里的袁玉看得目瞪口呆，萧风缱站在一边也说不出话来。她是想拒绝的，可此刻却像是有什么东西卡在嗓子眼儿里，怎么也说不出拒绝的话来。

进进出出十几趟，总算买得差不多了。

苏秦看着萧风缱，柔声道："我要走了。"

萧风缱的心一哆嗦，明明是第一次见面，她居然会不舍。

苏秦看着眼前只到自己胸口的女孩儿，轻声说："好好学习，知道吗？"

萧风缱认真地点了点头。

苏秦对着她微微一笑，从包里拿出一张名片，说道："上面是我的地址，你可以写信给我。"

"嗯。"萧风缱的鼻子酸酸的，在这之前，也有很多资助者来过家里，要么是一副高高在上救世主的模样，要么就是小心翼翼地照顾她那脆弱的自尊。唯有苏秦，她这么温柔体贴，呵护着少女脆弱的心。

车子到了，袁玉上车之后，回头看了看萧风瑜。那小女孩儿天真烂漫，葡萄一样的大眼睛扑闪扑闪地看着她，还挥动着小胳膊跟她告别。

袁玉忍不住笑了，抬起手，也冲她挥了挥，真是可爱呀。

苏秦没有多说就上了车，只是在车行驶了一段路后，她通过后视镜，看着站在远处久久不肯离去的少女，轻轻地叹了口气。

虽然她和萧风缱没有过多的交流，但是她可以感受到女孩儿敏感脆弱的内心。

袁玉问："你今儿是怎么了？格外上心啊，难不成是因为她跟你的生日在同一天？"

生日是同一天？苏秦怔怔地看着袁玉。

袁玉一拍脑门儿，说道："天啊，你竟然不知道？这叫什么？"她想了想，"缘分啊！"

缘分吗？苏秦摇了摇头，不过是个可怜的孩子。她懒得理会袁玉，拿起手机查收着邮件。

一直到车子开出了很远很远，远到再也看不见了，萧风缱还站在原地没有离开。

"嘎吱"一声，门被打开，捧着馒头啃的萧风瑜跑了出来，她仰头叫道："姐姐。"

萧风缱回过神，说道："嗯，进屋去，以后每天早上喝一袋牛奶，知道吗？"

萧风瑜歪着头："姐姐也喝。"

萧风缱揉了揉她的头发，说道："姐姐是大人了，不用喝。"

姐姐是大人了，不能喝牛奶了？太可怕了，那她永远不要长大。

萧风瑜今天吃撑了，早早就睡了。半夜，她迷迷糊糊起来上厕所的时候，看到昏暗的灯光下，姐姐低头认真地看着书，而她的书边，放着一张名片。

苏秦和袁玉返京已是深夜了，西区的别墅却还是灯火通明。

客厅内，袁然手指夹着根雪茄，穿着睡衣坐在沙发上。

一旁的兰芳既兴奋又激动地说："哎呀，阿秦和玉儿这么晚回来，肯定还没吃饭。徐妈，你赶紧把饭菜做出来，对了，那个糯米糕，玉儿最爱吃，一定别忘记！"

她连连看表，说道："怎么还没到，难不成飞机晚点了？"

话音刚落，门就被一把推开，还没看到人，就先听见袁玉的欢呼声："老头子，老太太，我袁玉又回来了！"

那架势，不知道的还以为是土匪进村了。

"瞧瞧你。"兰芳迎了上去，嘴上虽然抱怨着，可脸上的笑挡也挡不住。

她接过袁玉手上的行李，心疼道："哎呀，瘦了。"随后眼眸一转，又看着苏秦，"阿秦也瘦了，这趟没少折腾吧。"

袁玉噘着嘴，搂住兰芳的脖子，撒娇道："可不是嘛，老太太。你家宝贝女儿差点儿就被阿秦给留在那可怕的地方住上一晚了。哎呀，不说了，我要吃饭，饿死人家了。"

"好好说话。"袁然冷哼一声。

袁玉吐了吐舌头,连忙去洗手吃饭。

苏秦也有些累了,她对着袁然和兰芳点了点头,说道:"爸,阿姨,我不吃了。"

兰芳直摇头,说道:"那怎么行?折腾这么久才回来,我特意让徐妈做了你们爱吃的东西,你多少——"

"好了。"袁然打断兰芳的絮叨,他碾灭雪茄,"去休息吧。"

进了房间,苏秦洗完澡,吹干头发躺在床上。这几日的奔波让她有些失眠,明明困得不行,大脑皮层却非常活跃,怎么也睡不着。

屋外,传来袁玉的笑声、说话声,袁然虽然话不多,但语气明显愉悦,兰芳更是被女儿哄得笑声连连。

多么幸福的一家三口,她不在就对了。她叹了口气,用被子蒙住了头。

日子如常进行,苏秦并没有把资助的事儿放在心上,她只是安排人每个月打钱。偶尔,她也会收到萧风缠的来信。

闲下来的时候,她会看一看,那娟秀中又藏着几分个性的字总会让她想到那个瘦瘦的倔强的女孩儿。

信的内容很精练,多是汇报近期的学习情况,真是一个懂事儿,不让人操心的孩子。

如常,苏秦坐在办公室,认真地看着土地审批材料。袁秦集团最近买了一块地皮,准备建造一个大型亲子商城。这段时间,苏秦为此事忙得焦头烂额。

门被推开,有人走了进来。没通报就这么进来,苏秦不用抬头也知道是谁。

袁玉径直走到沙发前坐下,跷着二郎腿翻看着手里的信件,嘴里还嚼着泡泡糖:"欸,你说我好赖资助了三个孩子,这怎么一个争气的都没有?"

苏秦抬起头,看着袁玉。

袁玉皱眉道:"这才多长时间啊,走的时候刚留的钱,你看看——"她烦躁地挥着信封,"咱是不差钱,可也不能这样啊,感觉怪怪的。"

信的内容千篇一律,都是各种索要汇款的借口,什么房子塌了、爸妈病了、自己又怎么了的……

苏秦懒得理她,低头继续看审批材料。

袁玉嘟囔了半天,没有听到回复,起身走到苏秦的身边,说道:"休息一下吧,阿秦?"

苏秦的反应很冷淡："走开。"

袁玉笑嘻嘻的，不以为意，她盯着苏秦看。苏秦今天穿的是正装，白色的衬衫衬得她肌肤如雪，黑色长发盘起，显得干练精致，妆容得体，只是唇色有些淡。

"我给你买的滋补品你吃了吗？"袁玉随口问道，不等回复，她又被苏秦桌子上的信封吸引了，"这是啥？下洼村——"

袁玉的眼珠转了转，说道："是那个……嗯，萧风缱写的？"

苏秦不理她。

袁玉打开看了看，不看还好，一看她鼻子差点儿气歪了。这人跟人的差距怎么就这么大呢？

先不说别的，就说这字，简直太漂亮了，一手行楷写得比她还要棒。

再往下看，人家可没有提要钱的事儿，信的内容简单明了，分别是近期的成绩情况与家庭的每笔支出，且笔笔支出都记录得很清楚，甚至把结余都算出来了。

袁玉咋舌："这姑娘可以啊，比我还强。"

苏秦抬了抬眼，说道："你也知道？"

袁玉："……"这是干吗，歧视人吗？

袁玉的眼珠转了转，笑嘻嘻地凑近苏秦，说道："阿秦，跟你商量个事儿呗。"

苏秦叹了口气，放下文件，靠在老板椅上看着她。

袁玉连忙说："老头子不是一定要让咱们培养爱心资助人吗？既然是资助，就不分你我了吧？"

苏秦盯着她问道："你要说什么？"

袁玉谄媚地笑道："我拿我这三个孩子跟你换萧风缱行不行？你也知道我很懒，不善于打理这些。老头子还时不时地问一嘴，反正都是资助，你把萧风缱让给我呗。"

这笑容够甜美，语气也嗲到人心里。可苏秦却不为所动，用简单的两个字"不行"击碎了袁玉的心。

心碎的不只是袁玉，千里之外的萧风缱过得也不是很好。

奶奶的咳疾越发严重了，找村里的医生看了，开了不少药也都吃了，却始终不见效。

在村主任和大牛哥的帮忙下，萧风缱带着奶奶去了一趟镇子上的医院，钱花了不少，却都不管用。

天蒙蒙亮，萧风缱从被窝里爬出来。她先看了二十分钟的书，又背了一会儿英语单词。她平日里不得不花大量的时间照料家里，分到学习上的时间自然就少了些。虽然成绩不是很差，但也一直在中游徘徊。之前没觉得有什么，可自从见了苏秦后，她就像被戳中心坎一样，开始拼了命地努力。

背完单词，她披上一件外套，去井边打水。奶奶生病没有力气，妹妹又还小，她要提前打好家里一天的用水。打好水，把家里的猪喂了，她又去鸡舍捡了一枚还热乎的鸡蛋。

家里就剩下这一只下蛋的母鸡了，其他的都卖了换钱给奶奶治病用了。基本的生活费是不能动的，手里其他的零钱已经所剩无几了，每一分钱，她都要算着用，绝不能浪费丝毫。

萧风缱叹了口气，把柴砍好堆放整齐，又去厨房生火做饭。

把昨晚的米汤热好盛出来，非常奢侈地用猪皮擦了擦锅，用这几天攒的鸡蛋给妹妹做了个炒饭，还给奶奶炖了鸡蛋羹。

"大丫，喀喀喀——"奶奶推门而入。

萧风缱回头："奶奶，你出去，这里烟大。"

萧奶奶不停地咳嗽："喀……你去睡，奶奶来……喀喀喀。"

萧风缱快速翻炒着鸡蛋，连忙先盛出来，然后扶着奶奶出了厨房，又把鸡蛋羹端了出来，说道："奶奶，你吃。"

萧奶奶看着那鸡蛋羹，笑了："奶奶不吃……喀，奶奶喝米汤。"

"不行。"萧风缱很固执，"你病了这么久，要补充些营养。"

萧奶奶固执起来也是谁都劝不住，说什么也不吃，到最后甚至有些生气了。

萧风缱没办法，她端着鸡蛋羹进屋，把还在被窝里睡觉的妹妹提溜出来，喂了一嘴。

一大早就吃了一碗香喷喷的鸡蛋羹，可把萧风瑜美坏了。她哼着小曲，瞅着镜子里给自己梳辫子的姐姐，说道："嗨，开心的锣鼓敲出年年的喜庆，好看的舞蹈送来天天的欢腾。"

清脆清脆的童音，天真烂漫。这一刻，萧风缱的心是温暖的。

扎好辫子，萧风瑜抱着姐姐使劲亲了一口："姐姐，我最爱你了！"

这大概是萧风缱心中为数不多的幸福吧。

吃过早饭，萧风缱准备上学了。妹妹还没有到上学年龄，农村跟城里不一样，没有幼儿园以及各种早教班。

萧风瑜牵着奶奶的手把姐姐送到了门口，这才念念不舍地回了屋。

萧风缱家距镇子上的学校有五公里崎岖的山路，她就算抄近路也要走两个多小时。

刚走到半山腰，她碰到了邻居大牛哥。

大牛哥骑着摩托车停下，他挠了挠头，一脸憨厚地看着萧风缱，说道："风妹妹，是去学校吗？我载你吧。"

因为从小就认识，萧风缱没有拒绝，她笑着说声谢谢，就坐了上去。

路上，大牛哥问道："萧奶奶的咳疾好了吗？"

萧风缱叹了口气："没有。"

大牛哥继续说："风妹妹，我听隔壁班的同学说，咱们山上有一种野生草药，好像叫天葵，治疗咳疾特别管用。"

萧风缱的眼睛一亮。她已经有些病急乱投医了，只要是能对奶奶的病起作用的，她都愿意试一试。

到学校后，大牛把后座的袋子递给她，说道："你回家给奶奶试试，这是我顺路采的。"

"谢谢，谢谢。"萧风缱忙不迭地道谢。

大牛的脸都红了，摆着手道："没事儿，没事儿。"

萧风缱可是村里出了名的小美女，小小年纪，出落得如此水灵，村里不知多少人惦记着，要不是萧奶奶不松口，估计早就被定下人家了。

当天晚上回家，萧风缱用天葵熬了水给奶奶喝，她本来没抱多大希望，可第二天，奇迹般的，奶奶的咳疾好了很多。尤其是天刚亮那会儿，以前奶奶都要咳很多声，今天居然只咳嗽了几下。

这让萧风缱欣喜若狂，她连忙跑去东边的山头采药，可因为采摘天葵的村民太多，刚开始她还能采到一两棵，后来就找不到了。

萧风缱不爱求人，可这会儿为了奶奶，她去求了大牛哥。

大牛有些为难地说道："西边的半山腰上的确有，但那里太危险了，不能去。"

西边的山都是悬崖峭壁，少有人烟。

"求求你了，大牛哥。"萧风缱的声音都在颤抖，她现在一心就想治好奶奶，就算危险她也不害怕。

受不了萧风缱的央求，大牛只能带着她去了西边的半山腰。路上，他千叮咛万嘱咐："一定要小心，那山太陡峻了。"

萧风缱点头应了，功夫不负有心人，到了半山腰，他们就发现了天葵。

萧风缱非常干练，年龄不大，却顶得上一个壮劳动力。

大牛一边寻找草药，一边偷偷摸摸地看着萧风缱，心想这辈子要是能娶到这么一个能干又漂亮的媳妇就不枉此生了。

"风妹妹，差不多了，日头太毒了，咱们走吧。"忙碌了一上午，两人采了大半袋，不仅有天葵，还有其他草药。

萧风缱满头的汗，她点头应着，眼睛却还在寻找，就在山脊的上侧，又看到几棵山葵。她开心地走过去，脚刚蹬了上去，腿就开始打晃。

太阳太毒了，她暴晒了大半天，近日来又连续熬夜，早就体力不支了。在大牛的惊呼声中，她腿一软，身子不听使唤地往旁边歪了过去。

大牛眼疾手快地拽了一把，但冲力太大，到底还是脱了手。

直到失去知觉的那一刻，萧风缱还在想，她是要死了吗？不，她不能死，她还要照顾奶奶和妹妹。还有……她还没有谢谢苏秦……

不知过了多久，迷迷糊糊间，萧风缱闻到了一阵似有若无的薄荷香，周围很安静。手背上传来刺痛，有冰凉的东西进入身体。她想睁开眼睛，却怎么也睁不开。

一直到下午，萧风缱的身体才能动弹，眼睛虽不能完全睁开，却可以看到模糊的身影。

苏秦坐在床边的椅子上，主治医生把诊断证明书给她看，说道："还好，被人拽了一把，要不然后果不堪设想。病人轻微脑震荡，右腿骨折，需要休养一段时间，另外，这女孩儿长期营养不良。"

苏秦认真地听医生说着，她并不插话，眉头微蹙地看着诊断证明书。

医院里充斥着消毒水的味道，夕阳的余晖透过窗帘洒在苏秦的身上，为她镀了一层温暖的金纱。

萧风缱有些晕，这是天堂吗？

简单地说了几句，医生离开了。苏秦正要去倒水，看见了半睁着眼睛一脸迷茫的萧风缱。

苏秦起身，看着萧风缱瘦得已经凹进去的小脸轻声说："唉，傻孩子。"

爸妈突然离世，家中的顶梁柱骤然崩塌，一家人连最基本的温饱都没有办法解决时,她没有哭;奶奶生病,妹妹随时都有可能被人带走的时候,她没有哭;而这一刻,苏秦的一声"傻孩子"却让萧风缱泪如雨下。

"好了,好了。"苏秦看着流泪的萧风缱轻声安慰。

她越是这样,萧风缱哭得越厉害,就像是小时候在外面受了委屈,原本可能还不觉得什么,等回家被亲人柔声安慰后,情绪就会一下子崩溃。

很久了,萧风缱很久没有这么哭过了。她只觉得自己哭得昏天黑地,把所有的压力与委屈都倾泻而出,少女晶莹的泪滴好似断线的珠子,止也止不住。

苏秦不知道该如何安慰,只能安静地坐在一边陪伴。

一直到吃饭时间。

情绪调整过来的萧风缱有些羞赧,她低着头不吭声,手上的点滴也输完了。记忆中,她只在很小的时候当着爸妈的面这么哭过,对着外人哭还是第一次,有些丢人。

何彦从外面走进来,拎着袋子恭敬地说:"大小姐,这周围没有什么餐厅,医生嘱咐吃清淡些,我就在医院的食堂定了饭。"

苏秦点了点头道:"给我吧。"她接过饭盒,打开一次性餐具,用热水烫了烫。

萧风缱偷偷看着她,就连身上都不觉得痛了。她怎么来了?是为了自己吗?

一转身,苏秦对上萧风缱的目光,她怔了怔,微笑道:"摔傻了?"

偷看被抓,萧风缱的脸一下子红了。

苏秦端着饭盒,坐在床边,说道:"来。"

萧风缱连忙摇头,挣扎着想要坐起来,说道:"我自己来。"

苏秦一把按住她:"别动!"伤口才刚处理好,还不能动。

萧风缱被喊得一下子定住了,她很局促。

苏秦没有理会她的小心思,拿起勺子喂她:"多吃点儿,好得快。"

苏秦似乎不怎么会安慰人,话语很简单,可即便是这样,萧风缱的鼻子还是一酸。

除了家人,从来……从来没有人对她这么好过。

她一勺一勺地吃着苏秦喂的粥,目光仿佛黏在了苏秦的身上。

苏秦长得真好看,睫毛纤长,肤若凝脂,红唇欲滴。

少女还没有什么审美。萧风缱只知道,她目前见过的所有人中,苏秦是最漂亮的。

　　萧风缱对味道特别敏感，别人可能闻不出，但她可以轻松地嗅出每个人身上的味道，或是难闻，或是好闻，却从来没有谁的味道像是苏秦身上的薄荷味一样，那么与众不同。

　　一碗粥吃完，苏秦给萧风缱喂了水漱口，又扶着她躺下来。

　　萧风缱发现苏秦很会照顾人，点点滴滴的细节，都是一般人注意不到的。

　　吃了饭，身上有了些力气，伤口也不那么疼了，萧风缱小心翼翼地看着苏秦，解释道："我……没有乱花钱。"

　　苏秦看着她说："我知道。"

　　多么让人心酸。

　　萧风缱怕苏秦以为资助的钱她全都乱花了。其实并没有，也许是过惯了苦日子，她已经习惯精打细算，不浪费一分钱，除了给奶奶看病之外，其他的钱她都存下来了，虽然不多，但握在手里就是一份生活的保障。

　　"是我考虑不周。"苏秦盯着萧风缱苍白的小脸说道。

　　萧风缱疑惑地看着她，有些不明白这话的意思。

　　这两天，苏秦一直陪着萧风缱。她很忙，不停地接电话或者收发电子邮件处理工作。

　　萧风缱一直想劝苏秦回去，告诉她自己没事儿，可话到嘴边却怎么也说不出来。

　　这几天，村主任和大牛先后来看过萧风缱，村主任之前见过苏秦，还能寒暄几句。

　　大牛是第一次见到长得这么漂亮气场又这么强大的女人，总感觉不是一个世界的人，在苏秦面前显得有些局促不安，他挠着头对萧风缱说："风妹妹，我来看你。"

　　话是对萧风缱说的，眼睛却看着苏秦。

　　苏秦扫了他一眼，坐在沙发上继续看报纸。

　　萧风缱简单给大牛介绍了苏秦，随后又小声说："谢谢你，大牛哥。"

　　她听医生说了，如果不是大牛哥拽了她一下，减缓了冲力，后果不堪设想。

　　大牛的脸有些红，他从兜里掏出几个鸡蛋，说："这是我娘让我带给你的。"

　　萧风缱不收，但大牛还是固执地留给她了。

大牛走了之后，萧风缱有些不自在地看着面色冷淡的苏秦。

苏秦偏了偏头，越过报纸看向她，说："好好学习。"

萧风缱有些怔住，好好学习，为什么突然这么说？

这疑惑到下午就解开了。

大牛的妈妈拎着一篮子水果来了，她是典型的农村妇女，嗓门儿大，声音高，特别热情地对着萧风缱嘘寒问暖。临走前，她还意有所指地说："你安心养病，其他的事儿我会找萧奶奶说。"

不等萧风缱说什么，大牛妈风一般地走了。

萧风缱脸色苍白地坐在床上，她知道，大牛妈这意思是要让她和大牛定亲。

定亲……这个年龄就定亲在城里可能少见，但是在农村比比皆是。呵呵，多么可悲，有什么不满意吗？在外人眼里，她家怕是高攀了吧。

现在的她，连生存都需要依靠别人，又有什么能力去主宰自己的人生？

苏秦放下报纸，打量了萧风缱片刻，轻声说："我下午要走。"

又是让人心碎的消息，萧风缱勉强地笑了笑，说道："您那么忙，也该回去了。"

这笑还不如哭。

苏秦又盯着她看了一会儿，说："学校那边，我给你定了餐，以后不用带饭了。"

学校一顿饭要五块钱，每个月累计下来对于萧风缱来说不是小数目。她自然舍不得，每次都是带些前一晚剩下的馒头或米饭，将就着吃。

酸楚的情绪涌到心尖儿，萧风缱的鼻子酸了，她不是个爱哭的人，可是在苏秦面前，她似乎变得格外脆弱。

她何德何能，让苏秦对她这么好？

下午离开前，苏秦递给萧风缱一个盒子。

萧风缱低头看着。

苏秦说道："这是手机，里面存了我的号码，有什么事儿，可以联系我。"

苏秦的声音依旧透着股清冷感，萧风缱的心却热得发烫，她不想白拿别人的东西，可是这里面……有苏秦的电话号码。

何彦安排好一切后走了过来，恭敬地对苏秦说："大小姐，该出发了。"

萧风缱一下子抬起头，定定地看着苏秦。

苏秦对着何彦点了点头，又看着萧风缱。

这是两人第二次真正意义上的对视。

上一次对视,还是在家门口,萧风缱以为苏秦和袁玉要抱走妹妹的时候。那时苏秦的眼里是诧异,而此时,萧风缱居然看到了一丝丝的温柔。

"我走了,好好学习。"

萧风缱突然闭上眼睛不说话了,鼻子开始发酸。

苏秦还是离开了。离开前,她看着躺在床上闭着眼睛的小女孩儿,浅笑着摇了摇头。

萧风缱出院那天风和日丽,因为脚还有些不方便,她原本打算奢侈一回,去东马路那边坐唯一开往下洼村的大巴回去。

可没想到,更奢侈的在等着她。

村主任居然开着自家的小车来了,他笑呵呵地打开车门,萧风瑜跳了下来喊道:"姐姐!"

奶声奶气的声音有些颤抖,萧风瑜的两只小手抱紧姐姐,问道:"你去哪儿了?为什么奶奶不让我来看你?她们是不是要把你带走领养?"

萧风缱紧紧贴着妹妹细嫩的小脸。因为农村比较迷信,认为医院是不吉利的地方,小孩子不能去,所以一直没让妹妹过来,谁知道她的小脑袋瓜居然想到了这种事儿。

到了家,萧奶奶从屋里走了出来,她的脸色好了很多,咳疾好了之后,人也精神了,她冲着萧风瑜喊道:"二丫,下来,别让姐姐抱!"

萧风缱的腿刚好,不能抱妹妹太久。萧风瑜虽然不乐意,还是从姐姐身上滑了下来。

萧风缱又惊又喜地看着奶奶,说道:"奶奶,你——"怎么感觉奶奶突然好了很多?

萧奶奶笑得皱纹都挤在一起了:"是那个大善人,苏秦。她叫一个很精神的小伙子带我去市里的医院看病,做了很多检查,开了很多药,还买了滋补品。唉,我这么大岁数怎么用得上?但拒绝不了,她一定要给。"

正说着,隔壁开小卖铺的宋大娘推门而入,她看着萧风缱笑道:"风缱回来了。"她左手拎着一大袋白面粉,右手拎着鸡蛋和牛奶,"萧奶奶,我来送这个月的吃的。"

这是什么?

萧奶奶看出萧风缱的疑惑,解释道:"都是苏秦交代的,这孩子啊,心特别细。"

萧奶奶也知道苏秦不把这一切告诉萧风缱是在照顾她的自尊心。

在医院的那几天，苏秦并没有闲着，她先安排人带萧奶奶去看医生，另一边，又联系村主任安排萧家的事情。她知道萧风缱不舍得花钱，干脆就让人每个月往家里送东西，萧风缱正是长身体的年龄，不能缺了吃喝。

萧风瑜很想姐姐，见姐姐跟木棍似的站在原地一言不发，她抱着姐姐的腿腻歪道："姐姐姐姐，我今天喝牛奶吃鸡蛋了！早上还吃了包子！"

包子对于萧风瑜来说，可是之前想都不敢想的"奢侈品"。

变化不止如此，家里并没有因为她的离开变得脏乱，反而干干净净的，还添了一些新家具。厨房里的米缸也被填满了，地上还堆放着菜籽油等各种调味品，都是全新未开封的。

萧奶奶笑呵呵地看着萧风缱，递给她一碗热牛奶，说道："大丫，喝吧。这段时间你宋大娘每天都会来照顾我，现在我身体也好多了，之后就不麻烦她了。"

萧奶奶本就是个手脚利落又要强的人，要不是一直生病，也不会让孙女过得这么艰辛。这次她去市里的医院，不仅治好了咳疾，还做了全身检查。

她本来说什么也不去的，不能白白接受人家的恩惠，可苏秦只是一句："您好了，您孙女才能全身心地投入学习之中，才会有更好的未来。"

就这一句话，戳到了萧奶奶的命门，她就是拼了老命，也得把这俩孩子拉扯大。

幸福来得太突然，一直压在身上的千斤担子似乎瞬间消失了。

萧风缱有些愣怔，萧风瑜已经一溜儿小跑地跑到电视前，显摆道："姐姐，姐姐看，嗖嗖嗖，我是千年蛇妖白素贞。"

萧奶奶指着萧风瑜道："二丫，你老实点儿！别总看电视。"

随后又叹口气，瞅着萧风缱说："咱们欠了苏秦这么多人情，这以后，要怎么还啊？"

萧风缱抿了抿唇，叹息道："是啊，该怎么还？"

正好电视里放了音乐，萧风瑜转了一个圈圈，"嗖嗖"两声道："啊啊啊啊，嗷嗷嗷——"她又"唧个唧个咚咚锵"一转身，"举案齐眉，夫妻永不离。"

萧奶奶："……"

萧风缱："……"

萧奶奶无语地看着孙女耍活宝，又对萧风缱说："前几天大牛妈来了。"

萧风缱没接话，表情不是很好。

萧奶奶看了看她的脸色，轻声道："也是凑巧了，她原本说了一大堆，又拿了一箱鸡蛋，想给你和大牛定下来，可一出去就遇到苏秦了。不知道苏秦跟她说了什么，我在屋里瞧着没几句话的工夫。这几天她都没来过，定亲的事儿也没再提了。大丫，你知道这事儿吗？"

等了半天，萧奶奶也没听见孙女的回应。

她眯着眼看过去，就见萧风缱低着头不吭声，却有眼泪掉落在院中的泥土里。

窗外，月光暗黄，星光闪烁。

已经是凌晨两点了，背完最后一个英语单词，萧风缱打开了日记本。

——你的每一次到来，都像是阳光，驱散所有阴霾。

橙黄的灯光下，萧风缱一笔一画认真地写着。

自从见到苏秦之后，她日记的内容都变了样。之前全都是各种艰辛生活的隐忍与在"悬崖边缘"内心即将崩溃的心情。而如今，笔下的每一个字都带着阳光。

因为苏秦，未来的路似乎没有那么崎岖了，她一定要好好学习，对得起这份恩情。

一直到躺在妹妹身边，萧风缱还在想如何报答苏秦。

萧风瑜半夜起来上厕所，就听见姐姐喃喃地叫着什么，她凑近一听，嘟了嘟嘴，摸着姐姐的脸，小大人似的感慨："真是个苦命的孩子，梦中还想着还债。"

因为体恤姐姐，第二天一大早，萧风瑜特意去给姐姐热了一碗牛奶。

这段时间，不知是不是每天都喝了牛奶，吃了鸡蛋的原因，姐妹俩的身体像是雨后春笋一般，比着长。

萧奶奶今天做的鸡蛋饼，她给两个孙女盛好饭，自己则坐在门口吃昨天剩下的馍馍。

过惯了苦日子，就算有人帮助，她也舍不得倒掉食物。

更何况，那到底是别人的钱，她百年之后，眼睛一闭什么都不用管了。那这两个孩子呢？不还得还人家？

萧奶奶也督促着萧风缱每个月去宋大娘和村主任那儿对账,把苏秦资助的每一笔钱都记下来。如果有朝一日,两个娃娃有出息了,一定要加倍还给人家。

滴水之恩,当涌泉相报。就算是穷,做人也要有骨气。

萧风缱看着奶奶记账的模样心里不好受,可她也知道劝不了,每当这个时候,她都特别想长大。

长大了,就能真正地支撑起这个家,带着奶奶和妹妹过上好日子。

长大了,就能见到苏秦,报答她……

生活压力减小,萧风缱就把心思放到了学习上。

她身上有一股狠劲儿,有一种坚决,就好像是不学出个模样,誓不为人一般。

难吗?累吗?再苦再难,她都经受过,不过是起得比别人早一点儿,睡得比别人晚一点儿。

这不比起早贪黑地起来种地,为了家里的柴米油盐急得满嘴起泡要幸福得多?

同龄人嘴里所谓的苦,于萧风缱来说,甘之如饴。皇天不负有心人,一年的时间,她的成绩就从中下游蹿到了前几名。

中午休息时间,大家都去食堂吃饭。大多数学生都不满意食堂的饭菜,总觉得不如家里的好吃。

可对于萧风缱来说,却是格外珍贵。无论什么饭与菜,她都会吃得精光,一粒米都不剩,就连菜汤,也会就着馒头吃掉。

一粥一饭,当思来之不易,她必须珍惜。

当别的同学忙于追星,忙于早恋,忙于青春享乐时,她的生活里全都是学习。

中考结束,一张乡重点高中的录取通知书出现在苏秦的办公桌上。

苏秦盯着通知书看了一会儿,唇角微微扬起,拿起手机,准备给那孩子发一条短信。又想了想,还是觉得亲手写一封信或许更能鼓励到她。

"这孩子真乖。"袁玉在旁边涂着指甲油羡慕得不行,"我那三个啊,别说是重点高中,普通高中都没考上,回家务农去了。"

苏秦听了这话抬起头,看着袁玉。

袁玉瞅着她说:"别看这只是一个乡里的高中,听说考上重点大学的人还不少,没准这小姑娘真能考来北京。"

苏秦眨了眨眼。

袁玉坏笑道:"要是真能来也好,咱肥水不流外人田,直接招进公司,你这也算是养孩子终于养大了,不是吗?"

苏秦不说话,一双眼睛盯着袁玉看。

似有寒气吹过,袁玉打了个寒战:"唉,我就是随口一说。"

正说着,办公室的门被敲响,秘书捧着一大束妖娆的蓝色妖姬走了进来,说道:"苏总,这是森先生送您的鲜花。"

苏秦蹙眉,语气平淡道:"放一边吧。"

袁玉凑过去看了看:"啧啧啧,这元森,送花送一年了吧,他可真是坚持不懈啊。"

说了半天也不见苏秦回应。

袁玉看着她说:"哎,阿秦。说实话,你到底喜欢什么样的人啊?这些年都没见你谈过恋爱。"

二十好几的人了,天天除了工作就是工作,对于感情上的事儿丝毫不上心。

苏秦低着头,用钢笔写着字,回道:"你很闲?"

又是这样的搪塞之语,袁玉没办法,起身离开,走到门口时,她扭头看了一眼苏秦。

因为今天并不是工作日,苏秦打扮得很休闲。

宝蓝色的衬衫显得她肌肤如玉,黑色的长发披在肩后,性感的脖颈间垂着一条铂金项链,明明眉宇间沉淀着温柔,气场却如此强势,袁玉还没有见过哪个人能将温柔与强势结合得如此完美。

袁玉深吸一口气,翻了个白眼,没心没肺地哼起了小曲。

"姑娘啊姑娘,你就不着急吧,等吧,等吧,等来等去变成了老姑娘……"

袁玉嘴中的"老姑娘",在别人心里却是神一样的存在。

一大早,萧风缱就收到了苏秦的回信。

这是苏秦第一次给她写信,她捧着信封,激动得双手颤抖。

萧风瑜站在一旁,看着姐姐,难受极了。真是可怜的姐姐,被债主催债了吗?居然害怕得连手都抖了。

为了庆祝萧风缱考上重点高中,萧奶奶今天特意宰了家里的老母鸡给姐妹俩开开荤。这才刚炖好,鸡肉的香味就弥漫开来,萧风瑜像是一阵风一样蹿进厨房，直咽口水，说道："奶奶，我来帮你啊。"

这姐俩的性格太不一样。姐姐不爱多说，总是眉头紧锁，像是有万千愁绪压在身上。而妹妹就是一个开心果，下洼村出了名的精豆子，就连村主任都说，骗大人都比骗她容易。

萧风缱看到苏秦的字时，浑身一个战栗。这字入木三分，行云流水。

她那一直引以为傲的字与之相比，就是小巫见大巫，自愧不如了。

苏秦的信很简单，只是一句话。

——很棒，继续努力，好好学习。

可就是这么几个字，萧风缱却是如获至宝，翻来覆去地看了很多遍。

这个暑假，萧风缱在自学高中课程的同时，由学校牵线，给东村和西村共四个小朋友补习功课。

东村和西村相距三十多公里山路，走下来就是大人也有得受。

萧风缱却甘之如饴，她之前想要去工地帮忙，却因为性别和年龄而被拒，如今这份差事，属实要好得多。

更何况，去的每一家，家里的大人还有孩子都对她很尊重，甚至会叫一声"小老师"。

这一刻，萧风缱有些明白苏秦为什么总是告诉她"要好好学习"了。

书中自有颜如玉，书中自有黄金屋。她的未来，没有任何家底可以去拼，就全靠这万卷书了。

因此，萧风缱更加努力。补课回来已经是晚上九点多，天气太热，胃口不好，她用开水泡一些馒头或是剩米饭就着咸菜吃，吃完后就匆匆忙忙地去看书。

村子挨着山，蚊虫太多，又没有空调、电扇，萧风缱就去井里打一桶冰凉的水，倒在一个大桶里，撸起裤腿，把腿放在里面。

这样一方面达到驱赶蚊虫与解暑的效果，另一方面这冰冰凉凉的感觉会让她浑身舒畅，赶走困倦与疲劳。

萧奶奶看到后训斥道："大丫，女孩子可不能这样，你还这么小，以后会肚子疼的。"

肚子疼？年纪尚小的萧风缱不予理会。

萧奶奶苦口婆心道:"将来嫁人,你这样不好要孩子。"

嫁人?这话说得萧风缱一愣,她看着奶奶摇头道:"我不嫁人。"

萧奶奶一听这话头皮发麻,问道:"你不嫁人?你怎么能不嫁人?"这要不是孙女有出息,考上了重点高中,她都要开始操劳孙女的婚事儿了,结果这孩子说不嫁人。

萧奶奶盯着她看了一会儿,叹了口气,驼着背往里屋走。

大炕上,萧风瑜光着腿,正甩着枕巾玩得欢快:"嗨,新世纪的女强人,我们站起来啦!我们不嫁人啦!"

萧奶奶忍无可忍,一巴掌对着萧风瑜的屁股拍了过去。萧风瑜含着泪花老老实实地缩回了被窝里。

高中,除了学习之外,还有一个重要的话题,那就是早恋与成长。随着年龄的增长,少男少女成长的不仅是身体,还有心理。

然而,萧风缱一心扑在学习上,两耳不闻窗外事,是班里出了名的高冷班花。

自习课时间,大家要么玩手机,要么看小说,就只有萧风缱专注地做着习题册。她很节省,草稿纸都是别的同学不要的,她捡回来放一起订成一个大本,上面密密麻麻写的都是计算公式或是英语单词,正面用完了用反面,等全部写满的时候,她就会带回家当废品卖。

萧风缱在学校里就只有一个本村的朋友,名叫娇娇。娇娇性格外向,活泼开朗。

她吃着辣条,瞅着萧风缱,说道:"风缱,这才高二,没必要这么辛苦学习啊。"

萧风缱对着娇娇笑了笑,她并没有觉得多辛苦。也许是以前的日子太苦了,她反而觉得现在的日子前所未有地幸福。

"你这简直是苦行僧的日子。"娇娇将连接着MP3的耳机塞到萧风缱的耳朵里,"听首歌放松一下。"

萧风缱蹙了蹙眉,入耳的是一首特别受目前少男少女喜欢的歌——《痒》。

这是什么歌词?萧风缱的脸红了。

娇娇偷笑,她凑近萧风缱低声道:"风缱,你有没有喜欢的男生啊?"

喜欢的男生?萧风缱摇头。

娇娇偷偷地往四处望了望，从桌斗里掏出一本漫画，说道："你这样不行啊，天天学习，也得关心一下别的事儿。"

萧风缱余光一扫，被漫画上的情节弄得心头滚烫，她连忙摇头道："我不看。"说着就要还给娇娇。

娇娇一副胸有成竹的样子，说道："你别拒绝啊，我放你书包里，你再想想。"

再想想？想什么？萧风缱一向心思单纯，她的时间都用在打工和学习上，甚至连电视都不如妹妹看得多。

当天回家，她照常喂鸡喂猪，做完家务活儿，趁着奶奶和妹妹都睡了，夜深人静，一个人在东厢房开始看书。

平时看书萧风缱总是会珍惜每一分每一秒，很快就将注意力集中在课本中。可此时不知怎么了，她的脑海里都是娇娇的话。心像是被什么东西轻轻撩过一般酥酥麻麻的。

毕竟是青春期，一阵挣扎之后，萧风缱掏出了娇娇给她的漫画。只是扫了几眼，她就心跳剧烈地把漫画书塞进了书包里，明天必须还给娇娇！

她爬到床上，妹妹睡得口水直流，还在喃喃低语："大鸡腿，真好吃。"

萧风缱宠溺又无奈地吻了吻妹妹的脸颊，她又给奶奶掖好薄被，这才躺下睡觉。

原本是极累的，可真躺到了床上，她却怎么也睡不着。

辗转反侧了许久，萧风缱从裤兜里拿出了随身携带的名片看了许久，这才缓缓地进入了梦乡。

她这样的人，若是没有苏秦的帮忙，现在怕是连学都上不了，哪还有时间去谈什么恋爱？

她要做的是好好努力，等羽翼丰满了，去报答苏秦的恩情。

第二章
小松拂云枝
◆

萧风缱目光迷离地望着雪白的墙面许久许久。她起来后第一件事儿就是洗澡。自始至终,她都是眉头紧锁,心事重重的。

萧奶奶为了给萧风缱补充营养,今天特意做了菜团子,煮了鸡蛋。

萧风缱勉强一笑,神色疲倦。

萧奶奶看着孙女眼下的黑眼圈,欲言又止。她这两个孙女,性格大不相同。

这要是萧风瑜,她肯定直接问了,有什么心事儿?怎么弄成这样?可这是萧风缱,这个孩子有时候倔强得让人害怕。

还好萧风瑜聪明,她趁着姐姐收拾碗筷的工夫,小声跟奶奶说:"姐姐昨天梦到债主了。"

萧奶奶问道:"你怎么知道?"

萧风瑜挺了挺胸脯,惟妙惟肖地学着姐姐的梦话:"苏秦——姐姐——"这不就是在怕债主要债吗?

萧奶奶听萧风瑜这么一说,越发心疼起大孙女。

一顿饭简单地吃完。

萧奶奶对收拾书包准备上学的萧风缱说:"奶奶下午想去你王姨那儿帮帮忙。"

王阿姨是同村比较富裕的,她开了一家小型加工厂,专门做手工艺制品,生意还不错。她那儿人手一直不够,欢迎广大村民来帮忙,按件计费。

萧风缱皱眉道:"你去那儿干什么?别去。"

那边工厂环境简陋,用的漆料也不好,长期在那儿干活的人都会咳嗽,有的人肺部都出了毛病。

奶奶的咳嗽才刚好一点儿,岁数又大了,眼睛也花了,还去那边帮忙干吗?

她只要好好的,就是萧风缱内心最大的依靠。

萧奶奶心里难受,说道:"我听二丫说……你压力太大,昨晚都梦到债主追债了。"

萧风缱不可思议地看着萧奶奶。

萧奶奶叹息道:"我老了,不中用了,但是不能拖你们后腿啊。"

"不行。"萧风缱还是那句话,她虽然岁数不大,但已经是一家之主。

一家之主除了有发言权之外,还能动用武力。

她冲到厢房里,提溜起还在偷偷摸摸吃冰棍的妹妹,照着她的屁股就是"啪啪"几下。

打得萧风瑜牙豁子都要哭裂了。

看着妹妹哭得惊天地泣鬼神,萧风缱发泄完怒气后又有些心疼,她难为情地踢了踢萧风瑜的屁股说道:"唉唉唉,行了,别哭了,姐姐送你上学。"

萧风瑜的小学就在村里,并不远,平日里她总是央求着姐姐送她去学校,可是萧风缱太忙了,很少答应,多是奶奶送去的。

可这小家伙不知不觉间居然有了自己的脾气,她抹着眼泪道:"不用,宋小虎来接我!"

宋小虎是宋大娘的儿子。

萧风缱:"……"

一整天,萧风缱都心神恍惚,连上课都走了神,这一天也不知道怎么过的。直到下午放学前,老师说的一则通知让她清醒了过来。

"今年暑假学校组织优秀生去北京参观,去了解了解北京的文化,也是让大家开阔眼界,增长见闻,为了美好的明天奋斗拼搏!"

学校每年都会在暑假或寒假组织一批学生去各地交流学习。

虽然所有费用都由学校承担,但萧风缱每次都是听听而已,因为她不能浪费时间,她的所有时间都留给了学习和打工。

暑假具体要做什么都已经安排好了。

可是北京……

回到家,吃晚饭的时候,萧风缱端着饭碗怔怔地看着奶奶。

奶奶老了,满头银丝,长期的劳作让她的手上长满了茧子,还有些许的冻疮旧疤,此时她正不舍地唆着萧风瑜吃剩下的鱼骨头。

奶奶总是这样,从来都是舍不得自己吃好的,把好的都留给她和妹妹。

"奶奶。"萧风缱看着奶奶。

萧奶奶抬头问道:"怎么了,大丫?"

对上奶奶苍老的脸,萧风缱的心陡然一酸。

别人家的奶奶,这个岁数已经不去干活儿,在家里颐养天年了。可是她的奶奶,要去地里干活儿不说,又要惦记着家里的事儿,还时不时地操心两个孩子的学习。

到嘴边的话被硬生生地咽下,萧风缱摇了摇头:"没事儿。"

她不能去,她哪有资格?

虽然暑假没去北京,但是萧风缱内心憋了一股劲儿,她把所有的精力都用在了学习上。

她始终忘不了苏秦的那一句——好好学习。

她一定要好好学习,一定要考去北京。

今年的夏天格外热,村民们几乎都足不出户,家里但凡有点儿钱的都装了空调。

萧风缱舍不得,但她怕热着奶奶和妹妹,就去二手集市上买了一个两百多块的旧空调,装在妹妹和奶奶睡觉的屋子。

平时开一会儿,凉快了就关掉,奶奶也怕费电。

萧风瑜很郁闷,自从她撞见姐姐说梦话之后,姐姐就搬到了隔壁的小屋子里,不跟她一起睡了。

如常,一大早萧风缱就骑着自行车出发了,她用打工的钱买了一辆二十多块的自行车。

这辆自行车除了两个车轱辘能跑,其他都是坏的。铃铛不响,刹车也不好使。

给第一个孩子补完课后,萧风缱出了一后背的虚汗,还隐隐有些头晕。她没有多想,喝了点儿水就去了第二家,坚持到结束,又骑十几里的山路到了最后一家,此时太阳正毒,刚到地方她就觉得有些难受。

对方的妈妈看着她也有些担心地说道:"风缱,没事儿吧?你脸色很苍白,要不休息一下吧?"

萧风缱不想耽误别人时间,坚持着给孩子补课。

孩子的妈妈给萧风缱端了一杯绿豆汤上来,她喝后才好了一些。

看着萧风缱离开的背影,孩子的妈妈摸着孩子的头,轻声说:"看姐姐多不容易，要好好学习知道吗？"

同样是孩子。有的人被父母呵护宠爱，衣食无忧地度过美好的童年。可有的人，日夜忙碌，即使生病了，也不敢停下脚步。

她欣赏又心疼这样的孩子，除了付给萧风缱应有的补课费之外，还能给予的就只有尊重了。

回家的路，似乎格外遥远。

萧风缱最后都不记得是怎么到家的，她后背的衣服都被冷汗打湿，黏糊糊地粘在身上。刚到门口，看见正往院子里洒水的奶奶，她就脚下一软，昏了过去。

萧奶奶吓得把手里的瓢都扔了，尖叫一声跑了过去。

还好，村里的大夫看完之后说是中暑，给灌了些藿香正气水后就离开了。

萧风瑜是从小虎那儿听说姐姐晕倒的，小短腿飞快地跑着，她从来没跑这么快过。到家之后，她哭天喊地："姐姐，我的姐姐呢？姐姐，你在哪儿？"

萧奶奶气得不行："你鬼叫什么？你姐刚睡着。"

一听说姐姐睡着了，萧风瑜抹着眼泪，问道："不是说口吐白沫、眼皮直翻吗？"

萧奶奶气得要把拐杖扔过去。

萧风瑜吐了吐舌头，她不放心，跑到床边盯着姐姐看了一会儿，又眼巴巴地等了一会儿，迟迟不见姐姐醒来才退了出去。

"奶奶，姐姐什么时候醒啊？"萧风瑜凑近奶奶，她虽然顽皮，但非常爱姐姐。

萧奶奶低头缝着衣服，说道："你姐姐累了，让她休息一会儿，你老实点儿。"

萧风瑜点头道："可是村长说，一会儿有人来咱家看我。"

"看你？"萧奶奶可不信萧风瑜的话，这顽皮的小孙女简直令她头疼。

萧风瑜信誓旦旦道："真的，而且人一到，我姐姐肯定就好了。"

萧奶奶几乎要翻白眼了，说道："你赶紧去吃饭，小米粥给你放桌子上了。"

萧风瑜"哦"了一声，正要迈着小短腿离开，屋外传来一阵刹车声。

紧接着，大门被拍响，熟悉的声音响彻整个院子："小机灵鬼，开门啊，你玉姐姐来了！"

正缝衣服的萧奶奶听到这声音也是一个哆嗦,针头一歪,扎到了手上。她顾不了那么多,连忙起身去开门。

门被打开,袁玉戴着一顶不知道从哪儿弄来的草帽,扶着墙,摆了一个S形。

萧风瑜开心得跳起来了:"姐姐,糖,糖!"

袁玉:"……"这孩子,记性这么好,这么久了还记得糖?

还好袁玉早有准备,从兜里掏出一把大白兔奶糖:"给你,小豁牙子。"

萧风瑜只管抢糖,哪管什么称呼,她拿着糖蹦蹦跳跳的特别开心,问道:"姐姐,你来干什么啊?来吃大馒头吗?"

看着眼前的孩子,袁玉心情大好,她转身说:"你看吧,我就说肯定在家。"

是谁?萧风瑜眼睛瞪得滴溜圆,问道:"苏姐姐?"

袁玉:"……"

哎?这个混孩子,一来就问她要糖,却这么甜甜地叫苏秦苏姐姐?

苏秦缓缓地走进院子,她脸上带着笑,对萧奶奶柔声说:"奶奶好。"

萧奶奶一看是恩人来了,激动得不知如何是好:"快!快!快进来,你们来之前怎么也不说一声?"

袁玉可不客气,大摇大摆地走了进来:"嗨,临时起意,奶奶,你别忙了。那什么?小豁牙子,你姐呢?"

袁玉资助的三个孩子都回家务农去了,袁然知道后狠狠批了她一顿。但袁玉多机灵啊,攻破不了苏秦,换不来萧风缱,干脆就换了一个思路。她准备资助这鬼灵精怪的小豁牙子,就小豁牙子这智商,不考一个重点大学那都对不起这小脑袋。

一提到姐姐,萧风瑜立马去看苏秦,只见苏秦的目光也像是在四处找姐姐。

苏姐姐可真漂亮啊,萧风瑜虽然还没有什么审美,但是在她看来,苏姐姐这一身白色的衣服,再加上周身散发的那种无法形容的感觉,不就是电视剧里的神仙姐姐吗?

"我姐姐病了。"萧风瑜的声音低落下来。

袁玉和苏秦都是一愣,怎么病了?

萧风瑜的手抹着眼角:"想苏姐姐想的,害怕被催债。"

袁玉:"……"

苏秦:"……"

萧奶奶的拐杖一歪，差点儿摔倒："哎呀，你们别听这孩子瞎说。"

萧风瑜信誓旦旦道："你们不信吗？看着哦。"

说完，她转身，拿出了喂猪的架势，对着屋里铆足了劲儿大喊："苏秦姐姐来喽，苏秦姐姐来喽，啊啊啊，苏秦姐姐来了！"

苏秦："……"

几乎是一秒，正房的大门就被一把推开，只披着一件外套的萧风缱慌慌张张地跑了出来。

一看到这场景，袁玉嘴都张圆了，妈耶，这姑娘什么时候出落得这么漂亮了？

因为中暑，又是在自己家，所以萧风缱是裸睡的。听到妹妹的话后，她有些着急，随手抓了一件衬衫披在身上，衣服也没穿好，肩膀露出了大半截，锁骨也露了出来。

她特别白，皮肤像是玉琢一般，身材比例跟小时候不一样了，能撑起衣服了，加上那苍白的脸色，泪光盈盈的眼眸，足以让所有人心生怜惜。

苏秦皱了皱眉，对着身后的何彦说道："你先出去。"

何彦低着头面红耳赤地退了出去。

在萧风缱的注视下，苏秦走上前，她盯着萧风缱苍白的小脸，叹了口气道："就这么不听话吗？"

萧风缱盯着苏秦看，生怕这又是梦一场，因为过于激动，她的身子微微颤抖。

萧风缱的反应让苏秦有些愣，她想这孩子正生着病，被她这么一说可能吓着了，于是放缓了语气道："去换件衣服吧。"

这话让萧风缱回神，她的脸有些红，连忙跑回屋里换衣服。

院中，袁玉在想办法"诱拐"萧风瑜："小豁牙子啊，你喜不喜欢姐姐？"

萧风瑜撅着屁股在拔院子里的草，她逐渐长大，能干些力所能及的家务活儿了，说道："姐姐，你有什么事儿就直接说啊，不要来大人那一套。"

袁玉："……"

苏秦笑出了声，袁玉的脸都丢到姥姥家了，她发现这个小崽子太早熟了。

"我想资助你。"袁玉说道。

"资助我？"萧风瑜站直了身子，她认真地说，"不可以的，我姐姐不会同意的。"

袁玉一听就笑了："你姐姐都被资助，她怎么会不同意？"

萧风瑜扔了一撮小草到袁玉身边，问道："你跟苏姐姐能一样吗？"

袁玉："……"

难不成她不美吗？

袁玉不气馁，笑眯眯地说："你要是有姐姐的资助，每顿饭都是吃香的喝辣的，肉不离嘴，棒棒糖随便吃。"

萧风瑜偷偷地咽了咽口水。

袁玉一脸坏笑，她还搞不定一个小孩儿？

"反正我姐姐是绝对不会同意的。"萧风瑜想起之前有人想要把她带走，当时姐姐那声嘶力竭的模样。虽然她有一点儿心动，但她舍不得姐姐。

萧风缱很快出来了，她换了一身干净的衣服，白色T恤搭配牛仔裤，头发也绑了起来。

这一身放在别人身上可能普通得不能再普通了，但是她身材好，长得又漂亮，有一种邻家女孩儿的清纯。

袁玉吹了声口哨，眼睛都亮了，这真是有苗不愁长啊。

之前看着还是个瘦瘦的营养不良的小丫头，这才不到两年的时间，就变得亭亭玉立了。

萧风缱就跟看不见别人一样，直勾勾地看着苏秦。苏秦今天穿得很休闲，白色长裙，她似乎瘦了，精神却很不错，头发散在肩后，比之前多了几分妩媚。

苏秦看着萧风缱满意地笑了笑，多少有种吾家有女初长成的满足感。

"风缱，我有事儿跟你商量。"袁玉知道想要拿下这小豁牙子得问她姐姐，可人家就像是没听见一样，一直看着苏秦。

袁玉没办法，走上前抱着苏秦的一只胳膊："救命啊，帮帮忙。"

这次要是办不好，回去老头子又要絮叨。

苏秦推开了袁玉，对着萧风缱说："袁玉想要资助你妹妹，可以吗？"

萧风缱下意识地点了点头。

萧风瑜："……"

袁玉："？"

搞什么？不是说绝对不会答应吗？

苏秦显然也没想到萧风缱这么痛快就答应了，她怔了怔，微微一笑道："好，那就这么定了。"

北方有佳人,绝世而独立。一顾倾人城,再顾倾人国。

这是萧风瑜看到苏秦笑的时候想到的诗。

袁玉内心犯嘀咕,别以为她看不出来,萧风缱答应得这么痛快,还不是因为这话是苏秦开口说的。

因为来得晚,正好赶上晚饭时间,萧奶奶说什么也要把两人留下来吃饭。

对奶奶的脾气已经逐渐熟悉,两人便也没推辞。

晚饭是萧风缱掌勺,她拿出了看家本事,做了铁锅柴鸡、贴饼子,炒了散鸡蛋、拔丝土豆,还拌了几个凉菜,摆了满满一大桌子。

袁玉吃惯了山珍海味,偶尔吃吃农家菜,也是别有一番风味:"风缱,可以啊,小小年纪厨艺不凡,以后谁娶了你真是有福了。"

萧风缱微微地笑,目光时不时地落在苏秦身上,她发现苏秦不动肉菜。

袁玉看出来大家的疑惑,头也不抬地解释:"阿秦吃素,有十几年了。"

吃素,萧风缱默默地记了下来。

萧奶奶笑呵呵地看着两个年轻人,说道:"留下来住一晚吧,后山的夜景特别好看,你们也看看农村的星星。"

她也是从年轻时候走过来的,知道年轻人爱玩。

果不其然,袁玉的眼睛一亮,星星?这对于被雾霾笼罩的城里人来说太稀有了。

萧奶奶继续加大筹码:"东屋的被褥都是新的,你们不要嫌弃。"

这话说的,再拒绝也不好。

只是袁玉有些好奇,问道:"奶奶,你没事儿准备新被褥干什么?"

难不成家里总来人?

萧奶奶笑呵呵道:"不是我准备的,是大丫。"

大丫?袁玉盯着萧风缱看。

萧风缱低头安静地吃着饭,是她准备的没错,她总是期待着有一天……苏秦可以来家里留宿,以前一直都觉得不太可能,但还是抱有一丝希望准备着,没想到,真的有愿望成真的这一天。

袁玉看她这样也不再追问,拍了拍胸脯道:"好的好的,没问题,反正以后都是一家人了。"

袁玉对着萧奶奶说:"奶奶,有个事儿,我想跟你商量。"

萧奶奶乐呵呵地说道:"我老了,家里的事儿多是大孙女说了算。"

萧风缱放下筷子，看着袁玉，问道："什么事儿，姐姐？"

袁玉被这一声"姐姐"叫得有点儿走神，她看着萧风缱说："欸，对了，风缱，这么久了，我怎么没听你管阿秦叫过姐姐？"

萧风缱抿了抿唇。

苏秦以为她是不好意思，看了眼袁玉，说道："你有什么事儿，赶紧说。"

萧奶奶起身道："我去把东厢房收拾一下，晚上村里冷。"

话是这么说，实则是想给年轻人留空间。

苏秦看着萧奶奶，有些明白她这两个孙女为什么都这么懂事儿了。

袁玉看着萧风缱，总觉得这孩子的气场跟苏秦有点儿像。

"那什么，我家老头子非让我资助个孩子，我看咱家风瑜就挺好，你也答应了，但是吧，你俩名字太像了，一看就是一家人。"

萧风缱皱了皱眉，袁玉这是要弄虚作假吗？

袁玉立马说："我的意思是说让她改个名字，最好跟我有缘点儿，当然不是真改。"

这下子，萧风缱听明白了，她定定地看着袁玉，说道："这个，要问我妹妹。"

袁玉："……"

啧啧啧，这孩子，岁数不大，都知道打太极了。

但是，小的总比大的好对付，袁玉看向萧风瑜，说道："小豁牙子，我给你换一个跟我一样好听的名字好不好？"

萧风瑜正大快朵颐地吃着鱼，含含糊糊地问："叫什么呀？"

对啊，叫什么？

袁玉想了想，她看着苏秦问道："你说姓袁还有什么好听的名字吗？"

苏秦想了想，在袁玉和萧风缱的注视下，认真地说："袁宝。"

袁玉："……"

萧风缱："……"

我的天啊，苏秦是在讲冷笑话吗？

萧风瑜却笑得很开心啊，她龇着漏风的牙，说道："好啊，元宝，元宝，真好听。"

好听？她根本不知道是哪两个字。

袁玉调侃道："你想到哪去了，这么高兴，你以为是金元宝吗？"

萧风瑜歪了歪脑袋："难道不是吗？"

袁玉："好吧，那就叫你元宝吧，还招财呢……"

这事儿定了，袁玉也放松下来，她看着萧风缱，问道："奶奶说的看星星的地方在哪儿啊？有什么浪漫的传说吗？"

萧风缱看着袁玉点头道："有，据说在那儿许愿的人，永生永世不会分开。"

哇！袁玉惊叹，这么神奇吗？

话都说到这儿了，袁玉的兴致来了，她连忙催促："走吧，快走吧，等回来再收拾，我帮你一起。"

她一个千金大小姐会收拾碗筷？

苏秦听了都想笑，她一双好看的眸子盯着袁玉，问道："你有喜欢的人了？"

袁玉的脸一下子红了，她掩饰似的低下了头，说道："要你管。"

这一声"要你管"居然带了些撒娇嗔怒的味道。

夜晚，山里的小风特别凉爽。

萧风缱特意从宋大娘那儿借来一辆自行车，交给了袁玉，说道："有些距离，我们骑两辆车去。"

"啊？不是吧，为什么要我骑？"袁玉十分不乐意。

萧风缱不理她那套，对着蹦蹦跳跳的妹妹说："去，元宝，坐你姐姐的车。"

袁玉："……"

然后……元宝就非常听话地坐到了袁玉的自行车后。

萧风缱骑着自己的车，一只脚踩在地上，她也不说话，就那么等着。

苏秦盯着她看了一会儿，摇头无奈地笑了笑，走过去，坐在她的身后。

夜幕降临，将一切都掩藏在黑暗之下，萧风缱闻着苏秦身上的薄荷香，唇角上扬，心情很好："坐好，这辆车刹车有些不好使。"

苏秦听话地坐好。

"妹妹，咱们走了！"那一边，袁玉已经开始加速，元宝"咯咯"的笑声更是让人开怀。

去半山腰有一段颠簸不平的小路，袁玉骑得龇牙咧嘴，元宝还在后边大声喊："嘚儿驾，嘚儿驾，我有小白龙！"

袁玉："……"

对别人来说，这段山路很难走，但萧风缱驾轻就熟，她偏偏循着有坎儿的地方骑。几次之后，苏秦惊呼着一把抱住了萧风缱的腰。
　　许久了，萧风缱都没有这么开心过了。到了半山腰，袁玉被那漫天璀璨的星星给吸引得振臂欢呼，疯了一样地往山上跑。
　　萧风缱在锁车，苏秦的目光总是似有若无地落在她的身上。
　　萧风缱注意到后轻声问："怎么了？"
　　苏秦看着她的眼睛沉默了一会儿，问："刚才，你是故意的吧？"
　　萧风缱怔怔地看着苏秦，手心都是汗，眼里闪过一丝慌乱。她表现得很明显吗？
　　苏秦摇头笑道："你们这么大的孩子啊，我真是不懂。"
　　喜欢恶作剧，袁玉小的时候也总会这样。
　　苏秦的反应让萧风缱长舒一口气。
　　"快来啊，阿秦，好美！"袁玉欢快地叫着。
　　苏秦点了点头，走了过去，跟在身后的萧风缱就这么看着她的背影。

　　夏夜巨大的星空下一片寂静，整个山腰仿佛都沉睡了，温柔，无声无息。
　　天空像是一块墨色的长毯，上面缀满了星光宝石，每一颗都散发着耀眼的光。
　　每当仰望星空的时候，萧风缱都会觉得自己特别渺小，她两手作枕躺在了草地上，呆呆地看着。
　　苏秦抱腿坐着，面含微笑，仰望天空。
　　对面，袁玉大呼小叫："哇，比我在落基山脉看到的星空还要美。"
　　元宝用一种看土包子的眼神看着袁玉，说道："真是个可怜的姐姐。"
　　袁玉："……"
　　袁玉无语地盯着元宝看了一会儿，指了指夜空中的一行星星，问道："风缱，那是北斗七星吗？"
　　萧风缱看了看，回道："嗯，是的。"
　　"哇，我居然看到了北斗七星，那旁边是什么？"
　　萧风缱看着苏秦，头也不抬，说道："天狼星。"
　　"哇哇哇！"袁玉夸张地叫着，"那边呢？"
　　"织女星。"
　　"最远最亮的那个星星呢？"

这会儿元宝忍不住了，抢答道："姐姐，难道那不是人造卫星吗？"

袁玉："……"

这个死孩子，这么浪漫的事儿怎么到她嘴里就变得这么俗气了？

"我突然觉得这里挺好，空气好，水也好，一点儿污染都没有。"袁玉嚼着口香糖说。

她是个漂亮的女人，星空之下，狭长的眼眸带着别样的魅惑："是不是啊？"

萧风缱看着她，皮笑肉不笑道："说什么胡话。"

袁玉："……"

如果农村这么好，袁玉怎么不在这儿多住几天？

苏秦笑了，似乎来到这里后，她的笑容格外多。她很喜欢看几个人斗嘴，那感觉就好像回到了小时候。

看了一会儿星空，袁玉和苏秦拿出手机拍照。

萧风缱也拿出了苏秦给她的手机，但她不是拍星星，而是偷偷地拍苏秦。

她很紧张，又怕被发现，最后只拍到了一张模糊的侧脸。

苏秦看到她的手机，问道："还在用？"

两年多了，她从来没接到过萧风缱的电话，苏秦都以为手机丢了。

听到这话，元宝控诉着姐姐的"抠门"："姐姐一直当宝贝似的收着呢，谁都不让动一下，我想玩消消乐都不行，别人碰一碰也要翻脸。"

萧风缱："……"

这个妹妹，回家该好好收拾收拾了。

苏秦惊讶地看着萧风缱，萧风缱不敢看她，低下了头。

袁玉笑着摸了摸元宝的头发："回头姐姐也给你买一个。"

多么宠溺，多么偏爱，袁玉都要被自己感动了。

元宝盯着她看了看，诚恳地说："不要了，姐姐，俗话说得好，威武不能淫，我还是好好学习吧。"

袁玉笑喷了，她抱住元宝："哎呀我的傻妹妹啊，那是富贵不能淫，贫贱不能移，威武不能屈，你个小精豆子。"

大家笑着闹着，时间过得飞快，回去的时候，几个人推着车走在山间的小路上。

袁玉摘了好多不知名的野花，跟元宝玩闹着，她本来想跟萧风缱聊聊天，了解了解农村的事儿，但人家好像跟她有一种似有若无的距离感。相反这小屁孩儿，跟她意外的合拍。

萧风缱摘了许多白兰花，送给了苏秦。

苏秦闻了闻，问道："很香，有什么寓意吗？"

萧风缱小声说："白兰花代表着高洁、芬芳，以及报恩。"

袁玉凑过去也闻了闻，问道："真香，还有这么多寓意呢。"

四个人到家后已经很晚了，萧奶奶特意把温好的羊奶放在桌子上，对她们说："早点儿睡吧，房间我都打扫好了。"

"好的好的，奶奶，你快睡吧。"元宝看着羊奶眼睛都直了。

萧奶奶挥了挥手，说道："你过来。"

元宝："……"

萧奶奶道："这都几点了？你别打扰几个姐姐，跟奶奶去睡觉。"

元宝立马变脸，她看着袁玉，伸出一只手，说道："姐姐啊……我舍不得你……"

袁玉抿了一口羊奶，嘴边还带着白沫，说道："别演了，快去睡吧，小孩儿不睡觉长不高。"

元宝："……"

两人虽然年龄差很多，但多少有一种忘年交的感觉，袁玉是打心底里喜欢这个小精豆子。

山里的夜晚格外的凉。

萧风缱不放心，她去把床收拾了一遍又一遍，又把家里的蚊帐搭上了。

苏秦抱着双臂在一边看着，觉得这女孩儿真是长大了，跟以前似乎有些不一样了。

一转身，萧风缱就看见苏秦打量的眼神，她心头一热，说道："快睡吧。"

"好啊，总算铺好了。"袁玉换好睡衣敷着面膜先滚到床上去了。

苏秦轻声说："你也早点儿睡，我们明天一早走。"

萧风缱低下了头。

苏秦轻轻地叹了口气，走到床边，拉开行李箱，从里面拿出一个盒子。打开盒子，里面是一串精致的铂金项链，没有任何坠饰，在暗黄的灯光下熠熠发光。

苏秦看着萧风缱："这是给你的。"

萧风缱抿了抿唇。

苏秦接着道："不要拒绝，我会生气。"

霸气的话一出，萧风缱立马不作声了，她盯着苏秦看，动也不动。

"怎么了？"苏秦偏着头问。

一旁敷着面膜的袁玉瓮声瓮气地道："人家不会戴，等苏姐姐帮忙戴呢。"

萧风缱咬唇，有点儿不好意思。

苏秦宠溺地一笑，她看着萧风缱的眼睛，说道："你弯一下腰。"

似乎眨眼间，当时只到她肩膀的小女孩儿已经长大了，给她戴项链还要对方弯一下身才可以。

苏秦一靠近，萧风缱就闻到了薄荷香。

"你真白。"苏秦感慨萧风缱的皮肤又白又细嫩，这点跟她和袁玉不一样，她们虽然皮肤都很好，但那全靠保养，不像萧风缱，天生丽质。

被夸奖的萧风缱脸瞬间红了起来。

袁玉偏着头笑道："你怎么那么容易害羞啊？动不动就脸红？你怕阿秦吗？"

怕？萧风缱摇头。

项链戴好，苏秦盯着她看了一会儿，轻声说："嗯，很美。"

虽然眉宇间还有着些许的稚嫩，但姣好的容颜像是破土而出的种子，再也无法被遮挡住。

萧风缱曾经听过很多人赞赏她的外貌，但她从不放在心上，可今天苏秦的话，却让她如坠云雾，有些飘飘然。

萧风缱离开后，袁玉跷着二郎腿小声说："你不觉得这孩子心事儿太重吗？"

苏秦并不放在心上，说道："她这么小就承受这么大的压力，心事重很正常。"

话是这么说，可袁玉还是觉得哪儿不对，说道："我总觉得风缱心思太重了，长大还了得？"

苏秦放下手机看着她。

袁玉连忙道："不是我空穴来风啊，咱们上山看星星，她不是说在那儿许愿的人，永生永世不会分开吗？我回来后偷偷问过萧奶奶，萧奶奶说根本没这回事儿，你说她为什么骗咱们啊？"

苏秦眉头蹙了蹙。

袁玉一看立马挥手，说道："打住，我知道你又要维护她了，我就是随口一提，告诉你一声。我啊，是怕将来你掌控不了她。"

"每个人都有自己的人生。"苏秦的声音很平淡,"我为什么要掌控她?"

不掌控吗?那就很容易被掌控。

袁玉摇了摇头:"这个孩子,不一般,不像元宝,嘴上不饶人,其实是个软柿子。"

苏秦平静地躺下,闭上了眼睛。

袁玉知道她这是不想再说,无奈地叹了口气。她的第六感一向很准,江湖人称"袁巫婆"。很可惜,巫婆的话并没有入苏秦的耳。

第二天,天刚蒙蒙亮,因为要赶飞机,袁玉被苏秦叫了起来。

她打着哈欠,慢悠悠地洗漱完毕,一出卧室的门就被眼前的美食吸引了。精巧的小笼包、翠绿色的烧卖、撒满香浓芝麻的烧饼,还有各种农家小菜,无一例外都是素食,花样不少,想必做的人也费了不少工夫。

萧奶奶走了出来,笑眯眯地道:"醒了?快来吃吧,这都是风缱做的。"

袁玉不客气地一屁股坐下,她夹了一个烧卖,卖相真不错。表面是让人非常有食欲的翠绿色,蒸熟的面皮薄如纸,里面的馅儿如翡翠一般,她尝了一口,更是赞不绝口:"哇,素馅能弄得这么好吃!还有汤汁儿呢!"

苏秦也跟着坐下,问:"奶奶,风缱呢?"

萧奶奶回道:"她啊,说是今天学校里有安排,天不亮起来把饭做好就走了。"

苏秦点了点头,虽然有些遗憾风缱不在,但毕竟学业为重。

吃完早饭,就是告别的时候了。

元宝虽然喜欢跟袁玉逗贫,但这会儿哭得跟个泪人似的,她抓着袁玉的衣角:"别走,姐姐,再住两天好不好?我保证乖乖的。"

这一次,不是闹着玩,是她的真情实感。

在下洼村,跟元宝同龄的孩子并不多,元宝每天回到家后见到的就只有奶奶和姐姐。奶奶岁数大了,忙着做家务,没空理她。姐姐更是一门心思地学习、打工。她特别渴望能有人陪着说说话。虽然嘴上嫌弃,但实际上她非常喜欢这个人美又爱说的姐姐。她很孤单,不想两个姐姐离开。

元宝这么一弄,袁玉的眼睛都红了,她抱着元宝安慰了好一会儿,最后看孩子哭得越来越厉害,她不得不一咬牙,狠心地上了车。

元宝跟跟跄跄地追着车跑,萧奶奶怎么叫都叫不住。袁玉通过后视镜看到这一幕,眼泪直流。

苏秦好笑地看着她："昨天是谁说我来着？"

袁玉擦着眼泪："唉，这小豁牙子，太让人抓心了。"

不行，她也得像苏秦对萧风缱那样，好好对这小豁牙子，让她在爱的呵护下长大。

一直到车子消失不见，空气中满是尘土，元宝才一屁股坐在地上，又哭又号又蹬腿的。

"别哭了。"萧风缱不知从哪儿走了出来，弯腰抱起妹妹，亲了亲她的额头。

元宝眼泪挂在脸上，还抽泣着，问道："姐姐，你不是去上学了吗？"

萧风缱不说话，紧紧地抱住妹妹，将她的头按在了自己的怀里。

元宝不明白发生了什么，她只感觉姐姐的身体轻轻地颤抖，不一会儿，有什么冰冰凉凉的东西落在了她的脸上。

苏秦走后，萧风缱更加发狠地学习。她几乎是一回到家就看书，看到拿着书本睡过去，一睁眼，又去摸书。

家里用完的草稿纸已经装了几大箱子，原本是要卖的，可是萧奶奶又突然舍不得了，全都堆在老房里，想着将来给孩子留个纪念。

萧风缱每天不知道能睡几个小时，有时候甚至眯一会儿天就亮了。

她特别疲惫的时候，也会带着妹妹去山上唱山歌拉拉嗓子，更多时候，她还是会去上次带苏秦去过的后山腰，一个人静静地看星星。

萧风缱清楚地知道她与苏秦之间的距离有多远。

可她相信，终有一天，她会凭借自己的努力与苏秦并驾齐驱，能够报答她的恩情。

萧奶奶心疼她，每天起大早把饭和家务都做了。

萧风缱喝着小米粥，把这段时间赚的家教费交给奶奶，说道："给，奶奶，一共三百三十块。"

以前，每次收到钱，萧奶奶都乐得合不拢嘴，逢人就夸自己的大孙女懂事儿能赚钱了，比庄稼人赚得还多，可这会儿，萧奶奶心神不宁地看着萧风缱苍白的脸色道："大丫，这几天就别去了，嗯？"

那怎么行？萧风缱摇了摇头，她放下饭碗，说道："回头大学的学费，还有我不在这四年家里的吃穿用度，不能少了。"

她习惯了把压力都扛在身上，未雨绸缪是前几年饿肚子的生活教给她的。

萧奶奶知道大孙女自尊心强，也没提苏秦和袁玉资助的事儿，只能点了点头。

大孙女匆匆忙忙地收拾碗筷，萧奶奶又转头看向小孙女。

嚯，元宝正喝着牛奶，优哉游哉地跷着小腿唱着："爱我你就抱抱我，爱我你就亲亲我，爱我你就——"

袁玉走后，很惦记她的小豁牙子。她真的兑现了诺言，先是给元宝寄了一大箱各种颜色各种口味的糖果，又定期给她寄一些小东西，最多的就是流行歌手的唱碟。

上次见到元宝，袁玉就发现这个小姑娘除了有一种乐观的正能量之外，还很会"演戏"，唱歌也特别好听。她想着好好开发一下元宝这方面的能力，也许将来会有意想不到的收获。

"二丫！"萧奶奶气不打一处来，"坐好了！"

元宝一下子坐得特别直，还不等奶奶发话，她先发制人道："哎呀，奶奶。我知道，你又要说我不如姐姐了对不对？可是我要说，我怎么不如姐姐了？你看姐姐现在面黄肌瘦的，但你看看我这小脸蛋，跟西施一样美丽。"

萧奶奶气得涨红了脸："你还顶嘴！"

元宝笑眯眯道："奶奶，你对我好点儿，等姐姐一走，家里就只剩下我一个宝贝孙女了，你还得靠我呢。"

萧奶奶一巴掌拍在桌子上，气冲冲地走人了。

这小崽子，别的没学会，小嘴比谁都会说，如今还学会威胁人了。

最近天冷，萧风缱不放心妹妹一个人上学，好在妹妹上初中了，学校也在镇上，倒是可以顺路把她先送过去，花不了多少时间。

路上，萧风缱问道："宋小虎怎么了？"

昨儿一放学萧风缱就看见宋小虎蹲在家门口哭，宋大娘在一旁心疼地安慰他，看见她过去，好像还挺生气但又不敢说什么。

"我们吵架了。"元宝说这话的时候特别云淡风轻。

萧风缱身子一抖，问道："啥？"

元宝接着说："他太烦人了。"

车把一歪，萧风缱连忙用脚刹车，问道："什么？"她扭头看向元宝。

元宝笑眯眯地说道："我说小虎啊，他太烦人了，弄得我都没办法好好学习了。"

"所以就吵架了？"萧风缱简直无话可说。

元宝简直要翻白眼了，她长大了，跟小时候圆乎乎的脸不一样了，逐渐长成了瓜子脸，说道："对啊。"

元宝小声说："我要好好学习的。"

听到这话，萧风缱问道："你好好学习，也是要去北京？"

元宝把脸贴在姐姐的后背："我不想离开姐姐，我要永远缠着你。"

说这话的时候，元宝的声音有些哽咽，天知道她这段时间有多焦虑，她很清楚以姐姐的成绩考去北京是一定可以的。

但她舍不得，长姐如母，从小到大，她虽然顽皮，时不时地跟姐姐斗嘴，但她心里非常非常爱姐姐。舍不得，甚至想要一直跟姐姐在一起，可是她不能离开，因为还有奶奶。奶奶老了，离不开人，她不能走。

元宝已经想好了，她要好好学习，也考到北京，把奶奶一起带过去，这样一家三口就再也不用分开了。

萧风缱的心像是被什么击中了，她转头看着妹妹眼里的泪，这一刻，突然觉得自己有点儿自私。

她身在这样的家庭，本不该就这样离开的……

萧风缱送完妹妹后，刚到校门口就遇到了班主任。

班主任笑眯眯地看着她说道："来，风缱，主任有话跟你说。"

主任？有话跟她说？萧风缱不禁有些紧张。

主任是个四十多岁的中年男子，他扶了扶鼻梁上的眼镜，笑呵呵地看着萧风缱说道："风缱来了？"

萧风缱忐忑地点了点头，实在想不出自己最近犯了什么错，要被主任训话。

"别紧张。"主任看出来萧风缱的紧张，他们这些老师都很喜欢这个话不多、懂事儿、爱学习还能干的孩子，大家也心疼她一个人扛着一个家。

"是这样的，你的成绩啊，一直稳居咱们年级前三名。我们在想，给你争取一个本地一本大学的保送名额，想着先跟你说说。"

这事儿要是放在其他孩子的身上，简直是天上掉下来的馅饼。

保送意味着什么？无须参加高考，高三一年，在别人压力大到要发疯的时候，她却可以优哉游哉地去干自己的事儿，等待大学开学。

萧风缱犹豫了很久还是说："对不起主任。"

她摇了摇头，对着班主任和主任鞠了一躬："谢谢你们，我已经有心仪的大学了。"

从办公室出来的时候,萧风缱感觉身体轻飘飘的,脚下犹如踩了棉花。

想着主任的话,想着妹妹的话……

她也犹豫过,可是北京……那里有她的光啊。

是这么多年,一次又一次拉着她从痛苦中走出的曙光,她不能轻易放弃。

晚上,萧风缱忙完家务就坐在那儿学习,脸上像是笼了寒冰,整个人散发着"生人勿近"的气场。

萧奶奶把早就准备好的小馒头端了出来,说道:"大丫,吃点儿东西。"

元宝凑了过去,看着那小馒头眼睛一亮,兴奋道:"哇,还有奶油。"她伸手就要去拿,却被奶奶一巴掌拍开。

萧风缱看着奶奶和妹妹,脸色缓和下来,浅浅地笑了,原来她们都记得,今天是自己十七岁的生日。

"没有蛋糕,奶奶就给你做了一个,你看怎么样?"萧奶奶慈爱地看着大孙女。

元宝嘟着嘴道:"奶奶,你这手艺姐姐要是能夸出来就是太虚伪了。"

妹妹永远这么聪明,永远这么欠揍。

一阵鸡飞狗跳。

萧风缱无奈地看着被奶奶追着满院跑的妹妹。

正笑着,她兜里的手机振动了一下。像是不敢相信一样,萧风缱征了征,随即疯了一样往外掏手机。

这个手机,除了苏秦和家里人,没人知道号码。

太过激动,萧风缱感觉自己的心都在哆嗦,颤颤巍巍地掏出手机,当看到上面的信息时,她的眼泪一下子充满了眼眶。

苏秦:"生日快乐,风缱。"

有了这一句话,萧风缱更加坚定了自己要报考的学校。

十年寒窗苦读,今朝金榜题名。

萧风缱都不知自己这段时间是怎么坚持下来的,她只知道内心的信仰支撑着她。一定一定,她一定要考到北京去,考入B大,成为苏秦的校友。

这一年,她无数次在半山腰,遥望天边那可望而不可即的星星。每当累了,坚持不下去的时候,苏秦的话就是她动力的来源。

收到录取通知书那天，不仅仅是萧家，整个下洼村都震惊了。

B大中文系。

萧奶奶拿着录取通知书，老泪纵横，手哆嗦个不停。萧风缱本想安慰奶奶的，可是控制不住地，自己的眼泪也往外涌。

元宝笑得像个陀螺一样，逢人就说："我姐姐特别厉害，考上了B大。"

天知道，没了爸妈之后，这个家是怎么过下去的。外人看到的只是光辉，却没有人知道其中的艰辛与苦楚。如今，她终于熬出来了。

村里出了这样的大喜事儿，村邻乡舍都来庆贺，萧家已经很久没有这么热闹过了。

东家带点儿米，西家拿点儿油，这都是人情，萧风缱全都细心地记下来，想着以后一定要还。

许久不见，大牛已经结婚，他前两年辍学了，这会儿正在家里务农。

萧风缱记得大牛的好，洗了水果，又提了当年救命的事儿。

大牛妈听了笑道："当年啊，是阿姨昏了头，还想着让你当儿媳妇。你啊，是人中凤，哪是我们大牛能娶到的。"

提起这个，萧奶奶随口问道："是啊，大牛妈，怎么当年你上门一次后，这事儿就不再提了？"

萧风缱正在切水果，没有在意两个人的对话。

大牛妈嗓门儿大，说话也直接，道："这不是遇到那个苏秦了吗？就是特漂亮那个。"

一提苏秦，萧风缱手上的动作一滞，她抬起头看着大牛妈。

大牛妈继续说："那女人的气场啊，了不得。本来我想着下次来就正式提亲，可是在门口遇到了她。她看着我，就说了一句'将来我会带走风缱'，说完人就走了。哎呀妈呀，我一听这话，哪儿还敢提亲啊，风缱要是被带走了，我们大牛干什么去啊？"

大牛妈现在还心有余悸，一想到苏秦当时的气场跟语气就后怕。

都是过往的事儿了，她也可以聊家常似的跟萧奶奶说一说。

萧风缱听后呆呆地站着。

元宝出来打圆场道："啊，那个，阿姨，谢谢你了啊。我奶奶最近总是咳嗽，小心别传染给你。啊？什么，你要走，别啊，干什么走这么快啊？"

她其实在抓着大牛妈的胳膊往外推，在外人眼里，还以为她有多舍不得大牛妈走呢。

大牛妈尴尬地拉着大牛走了。

萧奶奶怒道:"我哪儿咳嗽了!小兔崽子!"

元宝抱住奶奶撒了会儿娇,哄她进屋,然后又走到姐姐身边,拿走姐姐手里的刀,叹气道:"行了啊,怪吓人的。"

萧风缱转过头看着元宝,眼里雾蒙蒙一片。

刚刚十三岁的元宝小大人一样摸了摸姐姐的头发,说道:"姐姐啊,以后别再这么辛苦了。去吧,去北京吧,家里的一切就放心交给我了。"

萧风缱的眼泪又涌了上来,她的妹妹长大了。

元宝拍了拍姐姐的后背,说道:"哦,对了,姐,你离开前记得去把猪圈清洗一下,东边的鸡舍漏风了也要修理一下,自来水管前几天村里派人给装上了,费用别忘结一下。最重要的是家里那记账的小本还有存款别忘记给我。哎呀,这么多事儿要干,我压力好大啊。"

萧风缱:"……"

到了离别的那一天,萧风缱起了个大早,把家里的猪、鸡、鸭都喂了,又把院子打扫得干干净净,还把奶奶和妹妹的早饭做了。

她准备偷偷走,不想告别。

这时萧奶奶拄着拐杖从屋里缓缓地走了出来,她已经快八十了,满头的银丝,背也佝偻了,问道:"要走了吗?"

一看见奶奶,萧风缱的鼻子就有些酸。

十八年来,她从来没有离开过这个家,而如今一走就是万里之远。

"路上慢点儿。"萧奶奶心里也不好受,还安慰着孙女,"北京不比咱们农村,要学会照顾自己,别舍不得花钱,不要惦记家里。"

孩子大了,总要飞出去的。只要孩子们好,她这个老太太就开心。

萧风缱走到奶奶身边,用力地抱住了她。

小时候都是奶奶抱她,那时候她还能依偎在奶奶怀里。而如今,她已经可以将奶奶呵护在自己怀中了。

萧奶奶挥着皲裂的大手,轻轻地拍着大孙女的背。真好,孩子们都长大了,如果……她们的爸妈能看见就好了。

担心会吵醒元宝,萧风缱拎着包悄声出门了。她没有多少行李,带的都是些衣服。

奶奶留下家里的生活费后,把剩下的钱都给了萧风缱。

萧风缱不收,她可以去打工赚钱,自己养活自己。

可萧奶奶说什么也不同意,一路走来,风缱已经够累了,美好的大学时光,难道也要让她过得那么辛苦吗?

到底是说不过奶奶,萧风缱无奈地带上了钱,想着回头联系妹妹,把钱再打回来。

一路往外走,看着村子里的一草一木,甚至是村头的小土狗,萧风缱都是那么舍不得。

感情刚酝酿饱满,突然听见一声嗲嗲的"姐姐",吓得萧风缱一个趔趄差点儿摔倒。她回头一看,就看见站在身后的妹妹。

元宝明亮的眼眸里全是眼泪,鼻子跟眼睛都红红的。

心碎就在一瞬间。萧风缱扔掉行李,立马跑过去,像是小时候一样一把抱起元宝。

元宝使劲搂着姐姐的脖子,哭得稀里哗啦:"呜,姐姐……你怎么这么坏?偷偷走也不告诉我,坏姐姐……我舍不得你……"

谁能想到,这平日里没心没肺的小丫头片子昨天晚上一夜未眠。今天一大早听见动静就扒着门缝偷偷地看姐姐。

萧风缱忍着泪水:"好好听奶奶的话,姐姐会回来看你的。"

姐妹俩抱着哭了好一会儿,元宝抽泣着把姐姐送到了车站。

眼看着车要开了,元宝拿出一条手绢递了过去,说道:"姐姐,这是我给你的。"

萧风缱低头看,问道:"是什么?"

元宝回道:"我偷偷攒的钱。"

萧风缱一听,不得了了,偷偷攒的钱?她立马盯着元宝。

那眼神要是放在平日里,元宝一定不乐意了,可这会儿想到以后再也没有姐姐念叨她、训斥她,她的眼泪还是不住地往下流,说道:"村里的唱台搭起来了,平日里有活动的时候,就请我去唱一首歌,还有谁家结婚的话也会请我,钱就这么攒下来了。"

萧风缱不相信,问道:"我怎么不知道?"

会请她这么大点儿的小孩儿去唱歌?在骗谁?

"你天天就知道学习,不过这件事奶奶知道。"元宝嘟着嘴,"我跟你走的路子不一样,但我赚得也不少,我现在是村里的一枝花、小粉红、迷人靓——元宝小妹。"

萧风缱的眼皮抽了一下，她这段时间太忙，确实忽视了家里。

元宝亲了亲姐姐的额头，说道："你放心吧，我会照顾奶奶的。"

说完这句话，萧风缱上了车，她透过车窗看着站台上追着跑的妹妹，眼泪落了下来。

一直到车开走许久，她才缓和了情绪，打开了妹妹给的手绢。当看到里面的红票子时，萧风缱的震惊与错愕已经无法用言语来表达了。

手机突然振动，萧风缱连忙掏出手机，是个陌生号码发来的短信。

"姐姐，你放心，等你回来的时候，我一定已经成为乡镇万人迷了。忘记跟你说了，我唱一首歌的酬劳是二百元，还是友情价。我记得你给人补一天课好像也是二百元。不要难受哦，长江后浪推前浪。你好好地去享受大学生活，不要惦记家里。你能为家里做的，我同样可以。——永远爱你的妹妹。"

哭了，又笑了，被妹妹这么一搅和，离家的忧愁似乎都淡了很多。萧风缱抱紧手机，闭上了眼睛。

去北京的路途很遥远，萧风缱第一次出远门，第一次坐人挤人的火车，就连上厕所都像是历经劫难。

经过三十多个小时的颠簸，终于到了。临下车前，萧风缱去洗手间整理了一番，她还抹了一点儿带着淡淡菊花香的雪花膏。

萧风缱不熟悉路线，下车后只能随着人流往外走。到处都是人，到处都是站牌，她有些无助，一直到了出站口，人群才开始散开。

她正准备去服务台问一问去B大该怎么坐车，可没走几步，就被一个熟悉的声音叫住了。

"风缱。"

萧风缱的灵魂像是被击中，她缓缓地转身，生怕是自己的错觉。

苏秦穿着一件米色的风衣站在人群中，长发飘飘，肤如凝脂，眼眸里带着温润的笑。

"有些晚点了，累了吧？"苏秦走到萧风缱身边，微笑着揉了揉她的头发。

苏秦对她，永远那么温柔，那笑容在萧风缱的心里转了个圈，将一切疲劳与不安都驱散了。

一直到上了车，萧风缱才问道："你怎么来了？"

她并没有告诉苏秦自己来北京了。

苏秦偏头，看着她道："是元宝告诉袁玉的。"

这一刻，萧风缱有些心酸，她平日里总嫌弃的妹妹，真的在不知不觉间长大了，已经学会为她铺路了。

苏秦仔细地打量着萧风缱，几年不见，这孩子完全长大了，就像是变了一个样子。长长的睫毛微微地颤动着，皮肤还是那么白，薄薄的双唇如玫瑰花瓣娇嫩欲滴。

最主要的是她的身上散发着一种不卑不亢的气质，已经不是小时候那副柔弱的模样了。

因为太紧张，萧风缱手心微微出汗。她看了看苏秦的车，她不懂车，也叫不出牌子，只是后悔上车前没跺跺脚，把鞋上的泥土弄干净。这车真的好漂亮，还带着一股香气。

"先去吃饭吧。"苏秦启动车子，坐这么久的火车，萧风缱一定饿了。

苏秦带着她去了公司楼下的一家早餐店，随便点了些菜。

萧风缱一直很紧张，又有些兴奋，她偷偷地看着苏秦。真好呢……终于实现了梦想。

趁着苏秦去接电话的时间，萧风缱看了一眼菜单，当看到一碗粥要十几块的时候，她吃了一惊。十几块……够她们家一天的开销了。

苏秦很快就进来了，她似乎有些生气，说道："说不动她。"

萧风缱疑惑地看着苏秦。

苏秦摇了摇头道："袁玉非要明天晚上开party，让我一定要带上你。"

萧风缱本想拒绝的，party什么的，离她太遥远了。

可当苏秦微微抬头，带着期待看着她时，拒绝的话又无法说出口。

早餐很丰盛，萧风缱人生头一次吃一顿饭就花了这么多钱。苏秦的胃口很小，没吃多少就饱了，萧风缱舍不得浪费，硬是吃干净了。

苏秦又带着萧风缱去买了一些生活用品，她看萧风缱就拿了一个小包，肯定很多东西都没有准备。这孩子自尊心太强，每次都要她揣测一番。

七彩霓虹的都市，川流不息的车辆，漂亮时尚的人们，高耸入云的楼宇。

萧风缱眼睛都不够用了。

"九月一号才开学，怎么没在家多待几天？"苏秦随口问着。

萧风缱轻声说："我想来北京看看，还想找找有没有合适的兼职。"

听了这话，苏秦转头看着萧风缱。

萧风缱平静地与她对视。

这话，对着别人说，她可能难以启齿，但是对苏秦，她并不想隐瞒。

之前她可以安然接受苏秦的帮助，但现在不行，她已经成年了，她要迅速强大起来，在养活自己的同时，供养家庭，还要将之前苏秦给她的资助，一点点还回去。

苏秦点了点头，没再多问："那你这几天没有住的地方吧？"

她有地方住，学校这几天就可以住进去。

苏秦随口说："这几天，你先住我那儿吧。"

萧风缱立马抬头，问道："你那儿？"

苏秦正细心地挑选牙刷，没注意她的反应，说道："对，平日里太忙，我很少回家，大多数时间住在公司附近的公寓。"

说完，苏秦一双好看的眸子盯着她看。

"就这么定了。"苏秦办事儿一向讲究效率，她推着购物车，"去给你买换洗的衣服。"

萧风缱："……"

她可以拒绝吗？

苏秦可不知道萧风缱内心的小纠结，在她心里，萧风缱无论外表与气质怎么改变，一直都是那个泪光盈盈看着她的柔弱的孩子。

到了内衣区，导购走了过来，看着苏秦问道："是您要穿吗？"

苏秦指了指萧风缱，导购笑容满面，说道："是这位美女啊。"她打量了下萧风缱的胸围，"平日穿多大的？"

萧风缱的脸红红的，不说话。

苏秦看着想笑。

导购介绍："我看您穿 B 罩杯差不多。"说着，就去给萧风缱挑适合的样式。苏秦知道萧风缱害羞，跟着导购去看，谁知道两人刚一转身，就听见背后的人轻声又坚定地说："应该是 C 罩杯。"

导购："……"

苏秦以为自己听错了，她回头看萧风缱。

萧风缱的眼神很坚定，甚至还往前挺了挺胸脯。

这样略带些孩子气的举动，苏秦还是第一次看到。

她是不想笑的，可偏偏旁边的导购是个性格大大咧咧的，她看着萧风缱那坚定的小模样后笑得后槽牙都要露出来了："哈哈，C，的确是 C，谁说不是 C 的！"

萧风缱："……"

第三章
迈入象牙塔
◆

买完东西,抵达苏秦的家,已经是中午了。

苏秦住的小区环境很好,是喧嚣的城市中难得的安静之地,小区依山傍水,鸟语花香。

苏秦原本要拎东西的,可是萧风缱直接抢了过去,拎着两个大袋子还能健步如飞。苏秦有些讶然,这重量可不轻,她拎着都有些勒手。

萧风缱的确很轻松,这比她在农村每天拎的两桶水要轻得多。苏秦除了惊讶之外,还隐隐有些心疼。

萧风缱安静地看着苏秦刷卡进楼,又按指纹打开房间门。她不懂这都是什么,却细心地去记住这些小细节。

她们之间,一个天,一个地。可是她不怕,她会用心去学,一点点拉近这距离。

"回头把你的指纹录进去。"苏秦有些疲倦,想着点个外卖凑合一下。

萧风缱进屋打开冰箱看了看,说道:"我做饭吧。"

东西很多,可除了水果之外其他的菜几乎都没有动过,一看苏秦平日就很少开火做饭,那些菜估计也是别人买来放到冰箱里的。

厨房里的锅碗瓢盆,更像是买来当摆设的,都没有拆封。

苏秦点了点头:"好。"

萧风缱很聪明,苏秦教她一遍屋内各种家电的用法,她立马就学会了,上手特别快。

这套房子是公司分配的,也是袁家建的。苏秦不想太扎眼,特意挑了一套房型不大但很舒适的房子。

这段时间太忙了,苏秦靠着沙发,手里还拿着文件就睡了过去。

萧风缱知道苏秦不吃肉，特意做了豆角焖面，又炒了一个降火的西芹百合。

她手脚勤快，不仅做了饭，还把房间从里到外收拾了一遍。她很有分寸，苏秦的私人用品和办公用品她都没动。

一切收拾妥当，饭也差不多好了，萧风缱走过去想要叫醒苏秦，可看她睡得正好，又有些舍不得。

苏秦睡着的时候气场减弱了很多，洁白如雪的肌肤、微微凌乱的刘海，她的手抓着沙发把手，身子蜷缩成一团。

萧风缱看了一会儿，为她盖上了薄被。

不知睡了多久，迷迷糊糊中，苏秦蓦地站了起来。她怎么睡着了？风缱呢？

萧风缱站在她对面，对着她微笑，递了一杯温水过去，问道："醒了？"

苏秦有些蒙，下意识地接了过来："嗯。"

萧风缱转过了身："吃饭吧。"她又去把饭菜热了一遍。

萧风缱的手艺很好，她能把素菜炒出别样的味道，油不大，味道却很好。豆角焖面特别筋道，小菜清爽可口。

苏秦品尝后夸道："手艺真好。"

萧风缱满足地笑了。

第二天中午，苏秦的饭吃到一半，门被敲响了，袁玉的嗓门儿如铜锣一般响："阿秦，风缱，开门呀！"

苏秦和萧风缱相视一笑，苏秦起身去开门。

几年不见，袁玉几乎没有变化，她还是那么随性，卷发，大耳环，胳膊上还文了一只蝴蝶。

"哎呀呀，看看这是谁呀？小风缱，不得了啊，变得这么漂亮了！"袁玉连连感慨。

萧风缱笑着看向她："袁姐姐，好久不见，元宝也很想你。"

"我的小心肝。"一提起元宝，袁玉的表情立马融化了，"那小精豆子也越长越漂亮了，隔三岔五地给我发自拍。"

这姐妹俩的性格完全不一样。

不要说自拍了，就是普通的生活照，萧风缱也没给苏秦发过。

元宝则不同，会比心、甩头发，总是会摆出各种自认为美丽的姿势来自拍，拍完后发给袁玉，还会问她："漂亮吗？有没有被比下去的感觉？"

袁玉在苏秦这儿特别随意，她端着碗就去厨房给自己盛了一大碗饭，说道："正好吃点儿，省得晚上喝酒胃难受。"

苏秦不动声色地问道："定了吗？"

袁玉点头回道："在什刹海那边，慧慧安排的。"

苏秦蹙眉，袁玉指着她的眉毛道："皱眉干什么？你过生日，咱们怎么也得聚一下啊。"

苏秦过生日？萧风缱一下子看向苏秦。

苏秦嗔了袁玉一眼，这又不是她真正的生日，何况……想到那些过往，她垂下眼眸，想要遮掩住眼里复杂的情绪。

袁玉笑呵呵地说道："都是自家人，过生日也不用瞒风缱啊。"

萧风缱根本就没想过去参加什么party，她也没有像样的衣服。

袁玉直接把她拽到苏秦的试衣间说道："你穿阿秦的。"

一打开试衣间的门，萧风缱震惊了。

这是她只有在电视里才能看到的衣服款式，还有这数量也太多了吧……很多漂亮的衣服，甚至连价签都没有摘。

袁玉随手拿起一件露背的长裙比画着，说道："该改变一下了，上大学了，要学会享受生活。"

萧风缱很被动，任袁玉拿着衣服在自己面前来来回回地比画。

苏秦原本想说袁玉几句，但看她兴致正足，叹了口气，去屋里处理工作了。

这几年袁秦集团发展神速，苏秦也接手了越来越多的工作，比前些年刚资助萧风缱的时候还要忙。

苏秦一直忙着工作，不知不觉间，一个小时过去了。

当袁玉推着萧风缱出来时，她愣住了。

"Suprise！就问你一句，美不美？"袁玉对于自己的审美很自信，挑了一件特别适合萧风缱气质的白裙，把她头发披了下来，给她脸上化了淡妆，使她的五官更为立体。

萧风缱第一次化妆很不适应，手都不知道该往哪儿放了。

苏秦的眼眸中似有华光溢出，赞叹道："很漂亮。"

这话说得温柔暖心，萧风缱舒了一口气，低下头，唇角不自觉地上扬。

因为赶时间，袁玉根本不给两人反悔的机会，赶鸭子上架一般，拉着两人上了车，随后开车到了目的地。

朋友们包下了一个酒吧为苏秦庆祝生日。

萧风缱跟在两人身后,看着她们热情地跟人打招呼。

这里的每一个人穿得都很时髦,非常光鲜亮丽。再往里走,又是萧风缱从来没见过的灯光与舞池,以及妖娆的男男女女。

烟味、酒味,混合着一起向萧风缱涌了过来。

苏秦怕萧风缱不适应,刚安慰了几句就被朋友拉走了,今晚她是主角,自然是话题中心。

袁玉嘱咐道:"别喝酒啊,喝酒我可没法跟阿秦交代,好好玩。"

萧风缱勉强笑了笑。

眼看着袁玉也被人拉走了,她一个人坐在灯光最暗的角落里,浑身不自在。

其间,也有男的女的端着酒杯走上前,想要聊天的,都被萧风缱冷冷的表情给冻了回去。

袁玉靠着吧台远远地看着,有些想笑。不愧是阿秦看中的孩子,连气场都跟她一样。

旁边,一个身材很好、长相妖艳的女人凑近袁玉,问道:"阿玉,那小妖精是谁啊?"

"什么小妖精?"袁玉一把拍开她的手,"张慧,我告诉你,你别乱说啊,阿秦会生气的。"

张慧性格大大咧咧,口无遮拦的,看见谁都爱逗一逗。

听了袁玉的警告,她反而更来兴趣了,端着酒杯在萧风缱身边坐了下来。

"你好。"张慧抬高酒杯。

萧风缱看了她一眼,点了点头。毕竟是苏秦和袁玉的朋友,她要礼貌对待。

萧风缱的表情很淡,冷冰冰的,连带着她身边的灯光似乎都暗了不少。

嚯,够冷了。

张慧笑着夸赞道:"你真美,有男朋友吗?要不要姐姐给你介绍一个,我弟弟他——"

浓烈的酒气以及刺鼻香水味让萧风缱不自觉地皱眉,她正要说话,就看见张慧的酒杯被人拿走了。

"去一边。"

是苏秦,她不知道什么时候走了过来,脸颊微红,眼神冰冷,应该喝酒了。

张慧笑眯眯地看着苏秦说:"我当是谁带来的呢?怪不得连阿玉都护着。阿秦,你什么时候藏了这么一个漂亮的小姑娘?"

苏秦面无表情地看了看她,说道:"你喝多了。"

"我哪有。"张慧看苏秦这模样好似真动气了，嬉笑着起身，在她耳边轻声留下了一句话，随即大笑着离开。

苏秦的脸色变了又变，似生气又似震惊。

萧风缱在一边看着苏秦，不知道张慧对她说了什么，才让她有这么大的反应。

苏秦对上萧风缱的目光，声音缓和了许多："不习惯就去外面转转吧。"

萧风缱点头，这是她第一次见苏秦生气，还真是有些吓人。

大家接二连三地把生日礼物拿了出来，大多是名牌包、香水、油画之类的，萧风缱看着看着垂下了头。

狂欢还在继续。随着人群的欢呼嬉闹，很快就到凌晨十二点了，袁玉站在台上开始倒计时，主人公苏秦却不见了，但所有人都是一副习以为常的模样，对她的消失并不在意。

到处都是震耳欲聋的呐喊嘶吼声。萧风缱的耳膜有些受不了，她起身推开门走了出去。

已经凌晨十二点了，在她的家乡，家家户户早已入眠。可此时，在这个大都市，夜晚的生活才刚刚开始。一眼望去，那些高楼大厦上五颜六色的灯光，斑驳陆离。

夜晚总是会让伤感的情绪蔓延。此时此刻，萧风缱特别想家，她觉得自己并不属于这里，与这里的氛围格格不入。

她很想奶奶，很想妹妹。

惆怅着，悲伤着，她漫无目的地前行，走到灯光黯淡的天台边，意外地看到了让她挂怀的人。

橙黄色的灯光映得湖面波光粼粼，苏秦赤脚坐在长椅上，她手中举着一杯红酒轻轻地晃动，肌肤在湖水的映衬下白得发亮。风吹过，吹乱她的长发，吹起她的长裙，吹落她眼角的泪水。

萧风缱看着苏秦，仿若感受到了她身上散发的那股悲伤。

萧风缱知道，此时此刻的苏秦一定不想让任何人看到她这副脆弱的模样。

萧风缱原路返回时的心态与之前已经完全不同，那些小委屈、小伤心全都不见，取而代之的是心疼。这时候，她特别希望自己能够快一些，再快一些长大。

萧风缱回到酒吧没多久，苏秦也回来了，她表情如常，逐一与朋友告别，面含微笑，矜持有礼，看不到任何悲痛的痕迹。

回去的路上，苏秦转身看着萧风缱说："并不是瞒着你，这生日是后改的。"

萧风缱看着她点了点头。

苏秦有些惊讶，她都不问为什么吗？

萧风缱只是在心疼苏秦，她的笑容里到底有几分伪装？她又为什么会一个人躲在角落里黯然神伤？

萧风缱低下头，喃喃自语。以后，我一定会保护你的。

小时候，苏秦保护她，等她长大了，她也要保护苏秦。

没有听见萧风缱的追问，苏秦松了一口气，她今天的确不想说太多悲伤的过往。

萧风缱很成熟，很有分寸，身上有着不属于这个年龄的沉稳。

到了家，苏秦沏一杯浓茶，准备工作。

萧风缱看着时间已经快两点了。

苏秦抬头，说道："你先去睡吧，我还有些工作要忙，白天睡久了，晚上就不困。"

白天睡久了？萧风缱发自心底地叹了口气，她看过时间的，明明只睡了半个小时，但她并没有立场去反驳。

萧风缱点了点头，退了出去。

一轮明月当头，有些冰凉的空气让人身体不舒服，苏秦的手抚在胃部，眉头紧皱。

疼，又是胃疼。

她是喝不了多少酒的，可架不住今天朋友太能起哄，外加她想要宣泄情绪，这才喝了不少。这会儿胃部翻江倒海地绞着痛。

苏秦缓缓地起身，走到书架下方，去拿胃药。没走几步，鼻间忽然飘来一股淡淡的食物香味儿，苏秦抬起头看向客厅。

萧风缱穿着蜡笔小新的围裙走了过来，她端着一碗面条，笑着说："长寿面。"

萧风缱走到苏秦的身边，看了看她手里还没来得及吃的胃药，说道："先吃饭吧。"

她发现苏秦有一个非常不好的习惯，就是把药当饭吃。收拾屋子的时候她看到苏秦桌子上摆着的药品种类比村里郎中家的还要多。

是药三分毒。

苏秦盯着面条，是红色的宽面条，大概是用了西红柿汁儿和的面，上面撒着绿油油的葱花，看得她眼睛都直了。

萧风缱笑了笑，又端来自己做的素什锦说道："你凑合吃吧。"

苏秦点了点头，她吃了一口，面条特别筋道。

萧风缱不仅用了西红柿，还放了鸡蛋、牛奶、蜂蜜和面，牛奶温补，最适合失眠的人吃了。

温热的食物顺着食道滑落胃中，舌尖的味蕾受到了刺激，苏秦的表情缓和了很多，一直捂着胃的手也放了下来。

萧风缱看着很开心，她转身去厨房收拾碗筷。

不知道是那一晚的面太好吃，还是时间真的太晚了。

苏秦居然没有吃胃药就安稳地睡下了，直到第二天早上开会，她拿水杯喝水时才想起来这件事。

不自觉地，苏秦想到萧风缱穿着蜡笔小新围裙的模样，笑出了声。

有萧风缱的细心照顾，苏秦的气色肉眼可见地好多了。

每当她晚上起来吃安眠药，萧风缱从来不说她，只会走到她身边，陪着她聊聊天。聊天的内容多是萧风缱在农村的生活，大多跟元宝有关。

某天，萧风缱接到元宝打来的视频。

视频中，元宝扎着麻花辫，对着苏秦和萧风缱比心，说道："两位姐姐，我好看吗？哇，苏秦姐姐，你又漂亮了。"

苏秦浅笑，低头去看书。

萧风缱皱眉道："你不是村里一枝花吗？怎么打扮得这么土？"

元宝噘着嘴道："姐，我实在不愿意跟你这种不懂时尚的人解释什么。"

萧风缱："……"

苏秦虽然低着头，却忍不住笑。

"你妹妹我啊，走全能路线了，乡里的戏台子都专门来请我，我现在的咖位可以说是非常大。"元宝挤眉弄眼，"奶奶跟着我可是吃香的喝辣的。"

萧奶奶拄着拐杖凑到屏幕前，说道："小兔崽子，又在吹牛，王二瓜的婚礼就要开始了，你去不去跳手绢舞啊！"

屏幕那头一阵混乱，就听见元宝暴跳如雷的声音："我的脸都丢光了！奶奶，你很快就要失去你的宝贝孙女了！"

萧风缱："……"
苏秦已经放下书笑得浑身颤抖。
萧风缱叹了口气道："唉，真是不放心。"
苏秦回道："我看袁玉说得不错，妹妹真的很适合娱乐圈。"
适合娱乐圈吗？萧风缱摇头苦笑，娱乐圈离她们太远了。
苏秦察觉到她的心思，说道："那天找你喝酒的张慧就是音乐制作人。"
张慧？萧风缱眨了眨眼睛，疑惑地看着苏秦。
苏秦不可思议地看着萧风缱："张慧，很性感，很漂亮那个。"
见过张慧的人谁不对她印象深刻，萧风缱居然一点儿印象都没有？
萧风缱认真地想了想，她恍然大悟道："哦，是她啊。"
苏秦："……"
萧风缱那很随意的语气令苏秦震惊，苏秦盯着她看。
察觉到苏秦的目光，萧风缱目光炯炯地看向苏秦："不如你漂亮。"
苏秦听后笑了笑，只当是小孩子的夸奖。

短短一个星期，苏秦的生活有了不小的改变，就好似从一个不听医生劝的三高患者变成了一个善于养生的精致老太太。
对，老太太……
萧风缱的生活方式实在太健康了。她每天早上五点半准时起床，做完家务，然后变着花样地给苏秦做早饭：咖喱、素包子、素面、白粥……
做完早饭，她还要去附近的公园跑步，背英语单词，还"顺便"去早市把一天的菜都买了。
萧风缱特别会砍价，所有菜的价格她都烂熟于心，没有谁忽悠得了她。
每天拖两次地板，玻璃也会每个星期擦一遍，她干活儿好似有强迫症一般，就连毛巾都会叠成豆腐块一样的形状。
家里每天都被她收拾得井井有条。
袁玉来蹭饭的次数明显多了，萧风缱如果知道她要来，会提前做一些肉菜。
炖得脱骨的大肘子、入口即化的红烧肉、淋着浓浓汤汁儿的松鼠鳜鱼，最让袁玉馋的还是那叫花鸡，鸡肉嫩得一咬就流汁儿，简直太好吃了。
袁玉私下里不止一次偷偷跟苏秦说："把风缱借给我几天行不行？"
苏秦都是统一的回答："不可以。"
袁玉瞅着苏秦的脸："啧啧，都白里透红了，风缱这是把你当慈禧太后养啊。"

正给袁玉倒奶茶的萧风缱身子一滞,太后?

袁玉总是来也匆匆去也匆匆,这几天她又约了驴友去澳大利亚看袋鼠,公司的事儿自然都丢给了苏秦。

苏秦处理着手里的文件,突然想起袁玉的话,抬起头看着萧风缱。自己会不会占用风缱太多时间了?

萧风缱也在看书,她很喜欢这种两个人一起努力的感觉。

阳光透过窗户照了进来,被纱窗分割成了点点光斑,偶有一束落在萧风缱的脸上,照得她的皮肤像是带了光一样,连细小的绒毛都看得见。

萧风缱手里拿着一本厚厚的汉语史在看。

苏秦问道:"在自学?"

萧风缱抬起头道:"嗯。"

苏秦接着问道:"会不会很难?"

萧风缱歪了歪头道:"还好,看第一遍觉得有些晦涩,第二遍好了很多。"

她喜欢看书,是书籍让她这个从大山里走出来的孩子摆脱自卑,是书籍带她畅游了华夏土地。

苏秦看着她手里的书本,说道:"这书——"

萧风缱笑道:"在网上买的二手书。"这可比买新教材省钱得多。

苏秦虽然没说什么,可内心却满是赞叹:"能理解吗?"

"适应了也就好了。"萧风缱合上书本,"大一的课程不是很难,大二涉及专业课,需要背诵的知识点会多一些。"

已经看到大二了?苏秦正要说话,门铃响了。

萧风缱放下书起身去开门,打开门,看到的就是一大束玫瑰以及一个高大英俊的男人。

"你是谁?阿秦呢?"

萧风缱看着那花不自觉地皱眉。

苏秦站起身,看向那男人,问道:"元森,你怎么来了?"

与苏秦相处了几天,萧风缱也能摸透她的脾气了,苏秦很少对人发脾气,但从语调来判断,她并不喜欢眼前的人。

元森长得人高马大,轮廓分明,浓眉大眼。

他走到苏秦面前,把花递给她:"你公司拒收,我只好亲自送来了。"

苏秦抱着双臂，向后退了一步。

元森撇了撇嘴，像是早就习惯了一般，另找话题道："这是谁啊？"

苏秦并不回答。

元森想了想，说道："哦，这就是袁玉说的那个被资助的农村小姑娘吧。"他的语气透着掩盖不住的轻蔑。

萧风缱冷笑，她也不多说，转身回次卧了，给两人留下说话的空间。

元森一点儿也不在意萧风缱的离开，继续说道："这女孩儿把家里收拾得不错吗？比我家阿姨收拾得还好。哈哈，没白资助。

"不过，阿秦，你放她在家安全吗？贵重的东西可得放好了。

"你别生气，这新闻上都说了，越是农村出来的啊，越要防着，他们指不定有什么心思呢。前一阵子东小区不就有一个老太太被保姆下了药吗？还说不小心呢，简直在骗鬼！还有让人勒死的，你要当心啊。"

"你够了。"苏秦的脸色都变了。

元森一看她生气了连忙赔笑道："怎么还真生气了，咱不是闲聊吗？"

苏秦下了逐客令："我还有事儿，你走吧。"

元森碰了一鼻子灰，离开前，正好碰到要倒垃圾的萧风缱，他笑呵呵地道："小姑娘，干得不错。你安排一下时间，去我家干两天，我给你开三倍工资。"

他正好可以顺道问问她阿秦的喜好。

苏秦又是生气又是担心，她气元森说话越来越没把门儿，又担心他的话会伤了萧风缱的自尊心。

萧风缱抬头冷冰冰地看着元森说道："那你可要把贵重的东西都放好，我怕我这村里来的小孩儿会控制不住自己。"

元森眼角一抽，皮笑肉不笑地道："怎么会，哈哈，你真幽默，我会怕这个？"

萧风缱回道："哦，那我可能还会一不小心下药，又一不小心把你勒死了。"

元森："……"

苏秦："……"

元森走后，萧风缱也出去找工作了，北京不如家里，要求更严格，即便拿着一张B大的录取通知书，很多人仍会对她半信半疑，他们反复地看通知书，又抬头看她。而且她还要顾及开学时间，只能打暑假工，要找到一份合适的工作，难度更大了。

她找了很久都没有合适的。最后，她在一家咖啡厅找到了一份接待的工作，工资虽然没有达到预期，但是那里人不多，只有中午忙一会儿，其他时间，萧风缱都可以看书。

苏秦还是忙于工作，但每当她想起萧风缱挤对元森的画面时就不自觉地唇角上扬。

苏秦岁数不大，但是负责的工作十分重要，工作需要以及本身性格原因，所以她一向寡言。这微笑被下属们敏感地察觉了，他们全都觉得这是太阳打西边出来，冰山融化了。

那天之后，元森收到了苏秦的一条信息："不要再来找我。"

他被苏秦干净利落地拒绝了。元森的头都炸了，他怎么也想不通这是怎么了，干脆给袁玉打了个电话，诉说苏秦的绝情。

袁玉听元森把最近的事儿都说了一遍，她直皱眉："你是闲的吧？之前不是跟你说了吗？阿秦能忍受你是因为看在两家是世交的分儿上，而且你没事儿招惹那个小姑娘干什么啊？"

元森一愣，问道："就那个农村来的小姑娘？"

"什么农村不农村的，这位大哥，你说话怎么这么难听。"袁玉心里也不舒服，她虽然不喜欢元森，但几个人是一个院里长大的，"阿秦的脾气你也知道，你最近还是自动消失的好。"

挂了电话，元森对着镜子愣了很久。

苏秦居然会因为自己说了那小丫头几句，就发这么大的脾气？想不通啊想不通。

如常，苏秦起床沏了杯咖啡，准备去厨房看看萧风缱做了什么早餐。

习惯是很可怕的事情，苏秦之前连早饭都很少吃，现在被萧风缱的手艺"伺候"的，每天也会期待一下早饭。

萧风缱每天做早饭的时候会放一些轻音乐，偶尔也会听一些元气歌曲。可今天，苏秦却意外地没看到人。

她转身，正要去看看怎么回事儿，一扭头，看见面色苍白的萧风缱缓缓地走过来。

"对不起，我起晚了。"萧风缱对苏秦说道，声音有些虚弱。

苏秦盯着她的脸问道："怎么了？"

萧风缱唇色发白，她摇了摇头，手捂在小腹处，说道："老毛病了，痛经。"

那些年，在农村干活，她仗着自己年纪小不注意身体，夏天为了驱蚊解暑，腿脚都泡在冰冷的井水里。奶奶曾经警告过她，可她并没有放在心上，现在自食其果，明白什么叫"不听老人言，吃亏在眼前"了。

饶是她坚强，这痛经疼起来还是要了命一般。她只能忍，除此之外，不知道该怎么办。

萧风缱打算做一个意大利面，拿起菜刀正准备切洋葱，就被苏秦叫住了。

"你进屋休息吧。"苏秦皱眉道。

"我没事儿。"萧风缱还在坚持，其实她已经疼得快要晕厥了。

苏秦放下手里的杯子，说道："进屋。"

萧风缱："……"

她最怕苏秦这样说话了，冷冰冰的，特别可怕。

萧风缱最终还是躺回床上了，她抓紧棉被，身体蜷缩成一团，强忍着痛苦。这一刻，她好想奶奶和妹妹。她想要奶奶抱一抱她，想要亲一亲妹妹软绵绵的脸颊。

萧风缱拉起棉被，迅速地遮住自己的脆弱。

苏秦打开外卖软件，点了一份虾仁粥，又给袁玉打了电话，别看袁玉平日里吊儿郎当的，其实是军医学院的高才生。

袁玉正在倒时差，抱怨道："祖宗啊，干什么啊？这是几点啊，你有什么急事儿非要打扰我休息？"

苏秦很平静地回复："很急。"

袁玉没办法，从被窝里爬出来，问道："怎么了？"

能让苏秦说很急的，一定是了不得的大事儿。

苏秦接着道："风缱痛经，有什么缓解的办法吗？"

袁玉："……"

痛经……可真是严重……

直到挂了电话，袁玉还在抓狂："对我都没这样上心过！"

半个小时后，苏秦拎着一个袋子面色严肃地走进了萧风缱的房间。萧风缱靠着床坐了起来，呆呆地看着她。

这是怎么了？怎么表情这么认真。

然后，她就看着苏秦把袋子里的东西一样一样地摆在面前。益母草、益母枣茶、暖腹贴、瑞草养颜方、痛经宝颗粒……

萧风缱的嘴张成了O形。

苏秦看着她的眼睛,认真道:"你需要吃药。"

萧风缱看着眼前这一排药,哭笑不得,要是不知道的,还以为她得了绝症。可是……她偏头看着苏秦认真的模样,突然觉得苏秦特别可爱。很明显,苏秦并不会关心人,只是把能想到的都给她买来了。

心中像是有暖流划过,萧风缱微笑道:"好,我会吃的。"

这时的萧风缱格外柔弱,连目光都变得柔和,脸颊微微泛白,嘴唇毫无血色。

苏秦想说些什么安慰她,又不知道怎么开口,最终只能起身,说道:"我去倒开水。"

药吃了,粥也吃了,萧风缱好了很多,她缩在被窝里沉沉地睡了过去。一直到十一点多,她听到门被推开的声音。紧接着,有人把手探出,放在她的鼻孔处测她的呼吸。闻到薄荷香,萧风缱就知道是苏秦,她想笑,却有些没力气。

这是干什么,在看她还有气没气吗?随后,被子被人掀开,脚被一双温热柔软的手抓住,放在了那人的腿上。

苏秦低头,认真地用袁玉教给她的手法给萧风缱的双脚按摩。袁玉说,宫寒一般都集中在脚底。她先用热水烫热自己的手心,然后一点点努力地将热气推进萧风缱的脚心。

按摩了十几分钟,或许更久,苏秦才起身离开。

门外,传来"哗啦哗啦"的声音,是苏秦在洗手。

萧风缱猛地睁开了眼睛,她看着雪白的天花板,有些不可置信。是梦吧?刚才是她的梦吧,那个有洁癖的人……为了她……

萧风缱的眼睛红了,她感觉心暖了起来,连带着肚子都不那么痛了。

所有的药似乎都比不上苏秦的按摩。下午,萧风缱就从被窝里爬了起来,准备给苏秦做晚饭。

却又被苏秦叫住:"你休息一下,我们出去吃。"

"我没事儿的。"萧风缱的脸上已经有了血色,眼睛里也有了光彩。

苏秦语气平淡地说道:"听话。"

萧风缱不敢忤逆她,只能把手里的菜放下。

苏秦开车带她去了一家徽菜馆,点了一些清淡的菜,又点了一碗燕窝粥,她看着萧风缱吃下去。

萧风缱从没有吃过燕窝,知道这东西贵,想要拒绝,却被苏秦一个眼神给制止了。

苏秦一旦强势起来，真的很让萧风缱害怕。

吃完后，萧风缱无意间看到结账小票上的总价，她一下子用手掐住了自己的脖子。天啊，她吃了什么？那价钱？她没看错吧？

燕窝粥虽然很香，但这也太贵了。

没有多耽搁，两人开车回去，进了小区，现在萧风缱已经可以不露怯地跟保安小哥打招呼了。

苏秦一直看着，没有说话。刚到停车场，袁玉就打来电话。

"阿秦，风缱好了吗？"

因为在开车，苏秦的通话是公放的，萧风缱也听到了。

苏秦面无表情道："我们刚刚在外面吃饭。"

袁玉回道："这是心疼风缱不能碰凉水，不能做饭，所以出去吃了？"

萧风缱惊讶地看着苏秦，她根本就没想到这一点。

苏秦语气淡淡地道："你很闲？"然后，就挂断了电话。

第二天是报到的时间，苏秦特意腾出时间陪萧风缱去学校。

萧风缱没有多少行李，稍微重一点儿的还是书，跟其他学生全家齐上阵，大包小包拎一堆的情况完全不一样。

苏秦跟着萧风缱去宿舍看了看，四人间，是校本部的旧楼，有些年头了，条件不是很好。

宿舍里已经到了两个女孩儿，都在抱怨着住宿条件差。

萧风缱进去后把行李放好，转身看着苏秦说道："我送你出去吧。"

她挺喜欢这里的，没觉得条件简陋，虽然是旧楼，但住宿费比新楼便宜了小五百元。

苏秦的时间有多宝贵，她是知道的，不能多耽搁。

苏秦盯着她两个舍友拿出的东西看了看，点了点头。

到了停车场，萧风缱站在车外，看着苏秦准备离开有些不舍，说道："路上慢点儿。"

接下来，她再想跟苏秦见面就难了。学校的管理很严格，大一学生要求全体住校，每晚查寝，周六、周日是有休息时间，可她还要忙着打工。

苏秦启动车子对车窗外的萧风缱说："你等我一下。"

萧风缱不明所以，却听话地站在原地。

很快，苏秦就回来了，她停好车，打开后备厢："来帮忙。"

萧风缱走过去一看，怔住了。我的天啊，她什么时候买的？苏秦……是把超市搬过来了吗？

台灯、牙刷、吹风机、洗面奶，甚至是牛奶、拖鞋……塞了满满一后备厢。

萧风缱错愕地看着苏秦，慌手慌脚地去帮忙。一直到把这些东西都搬上楼，萧风缱还有些云里雾里的。

下楼的时候，苏秦看着她说："我太忙，很多事儿考虑不到，下个星期我把笔记本电脑给你送来。"

萧风缱眼里热热的，她想起了小时候苏秦帮她把家里安排妥当的场景，感激的话哽在了嗓子眼儿，怎么也说不出口。

一眨眼，这么多年过去了，苏秦依旧没有变。

收起感动，萧风缱送苏秦离开。路上，苏秦没有多说，只是嘱咐道："好好学习。"

萧风缱用力地点头。

刚到停车场，就听见一阵口哨声，两人一起抬头。

停车场对面的墙上，坐着几个男孩儿，看样子像是大二、大三的学长，他们挽着裤腿，撸着袖子，笑眯眯地看着两个美女。

其中一个穿着迷彩服的男孩儿从墙上跳了下来，他径直走向萧风缱，两眼都是亮光："美女，你相信一见钟情吗？"

苏秦皱了皱眉，她知道以萧风缱的容貌和性格今后肯定不缺追求者，可这才第一天就遇到了这么张狂的人。这男孩儿长得不错，应该是很多女孩儿喜欢的类型。

苏秦看着萧风缱，想听听她怎么回答。

萧风缱抬起头，云淡风轻地回答："不相信。"

男生："……"

轻描淡写地，就这么解决了。

路上，想起那个男生石化的表情，苏秦有些好笑，低声道："现在的孩子啊。"

萧风缱盯着她上扬的唇角，说道："我还以为他是来跟你表白的。"

苏秦听着就笑了："怎么可能，我这么大岁数了。"

"岁数大怎么了？"萧风缱的语调不自觉地抬高。

苏秦略带些惊讶地看着萧风缱，不然呢？小男孩儿还会喜欢她？

萧风缱沉默了一会儿说:"大学期间,我是不会跟男生谈恋爱的。"

苏秦看了看她,说道:"风缱,不要把自己逼得这么紧,人这一辈子,无须处处都要强,年轻就这几年。"

这些话苏秦很早就想对萧风缱说了。可她知道萧风缱性子要强,也知道萧风缱从来都不安于接受别人帮助,一直想着早些长大好回报她。但她不需要回报,只希望萧风缱能每天开心,顺利平安地过一辈子。

一定程度上,萧风缱也是她的寄托,对于曾经逝去的希望的寄托。

萧风缱摇了摇头,她不跟苏秦争执,问道:"你呢?你比较欣赏什么类型的?"

提到这个话题,苏秦的表情淡了很多。她看着天边,眼神有些缥缈,说道:"人年轻的时候才会给很多东西设定一个边框,到了我这个岁数你就明白了,能让你开心、憧憬,甚至失望难过的人太少了。"

看着萧风缱低下头,一副若有所思的模样,苏秦有些好笑,这小女孩儿一天到晚想什么呢。

想着要离开,也许会很久见不到面,苏秦不想扫了她的兴致,随口说:"如果非要形容,大概是成熟类型。"

把苏秦送走,回到宿舍,萧风缱简单地收拾了一下,趁着室友们全都去吃饭了,她跟奶奶打了视频电话。

萧奶奶看到大学宿舍后,笑得皱纹都挤在一起了,说道:"好,真好。"

萧风缱看着奶奶这么开心,轻声道:"奶奶,我很好,你放心。元宝呢?有没有欺负你?"

"瞧你这话说的。"元宝抢过电话,她看着屏幕上的姐姐,"啧啧啧,姐姐这是有什么心事儿啊,愁眉不展,眼里都没有往日的欢乐了。"

萧风缱:"……"

萧风缱又跟妹妹说了一会儿闲话,没多久,室友陆陆续续地回来了。

宿舍岁数最大的小名叫虎妞,是典型的东北文艺女孩儿,她一进来就说:"啊,同志们。从今天起,我们就是要同屋共眠四年的姐妹了,从今以后,你中有我,我中有你,我们就是最亲最亲的战友了!"

旁边是比较温柔腼腆的女孩儿娟,她和萧风缱被虎妞逗得直笑。

这两人还好一些,萧风缱上铺的就有些高冷,与大家格格不入了。

她进了宿舍之后就拉上了帘子,连招呼都没打,敷了面膜就躺下看书去了。

虎妞偷偷说:"这何云好像是老北京人,富二代,我看她家里人开路虎送她来的。"

萧风缱淡淡一笑,她并不感兴趣。相比虎妞,娟的性格倒是比较合萧风缱的胃口。

娟的家庭条件也不是很好,这是萧风缱从她手上的冻疮以及她的生活用品判断出来的。

没太多精力去在意别人,萧风缱还在四处找兼职。

她人漂亮,又聪明,老师交代的事情总是第一时间完成。短短一个星期,她不仅当上了班里的团支书,还得到了大部分老师的青睐。老师们知道她家的情况后,给她牵线找了个去机房勤工俭学的机会。

机房的老师见到她笑眯眯地说道:"每周日六点过来做清理,工资是一块屏幕五块钱,能坚持吗?"

之前来过很多人,但都半途而废了,放弃的原因大都是觉得时间太早。年轻人嘛,谁不想多睡一会儿,赖一会儿床,尤其是大周末的。

萧风缱听到五块钱后眼睛都亮了,问道:"老师,这机房一共有多少台机器?"

老师回道:"一共四个机房,每个机房四十台,其中两个机房已经有人做了,剩下两个机房要从你们大一新生里找人做。"

萧风缱连忙道:"那行,老师,我五点就来,你把这两个机房都包给我吧。"

机房的老师有些惊讶。

萧风缱内心的小账本已经摊开了。五块钱一台机器,一个机房四十台,两个机房八十台,这一个星期擦玻璃就能有四百块。这钱是不是太好赚了?在她们村,要扛一个星期的水泥才能赚到这么多钱。早起算什么?一个星期就一次,让她不睡觉都可以。

最后萧风缱以自己利落干脆的行动征服了老师。老师看着她擦得又快又干净,其他的学生慢不说,一些角落里的小细节大多注意不到。

他干脆大手一挥,都留给了萧风缱。

萧风缱没想到刚上大学就来了一个开门红。

当然,萧风缱给机房打工的事儿很快传到同班同学的耳中,多数人都不在意,但还是有些风言风语传出来。大多是一些女生说闲话:人漂亮有什么用,不过是个农村出来的,怪不得谁的告白也不接受,这是准备放长线钓大鱼呢。

娟劝她:"校外也有很多招兼职的地方,不如去校外,还少被人议论。"

萧风缱看着英语书,一点儿也不在意地说道:"嘴长在别人身上,钱拿在自己手里。"她校内校外的钱都要赚。

娟:"……"

平日里看萧风缱话不多,真要说出点儿什么,还挺有道理。

都是从农村走出来的,娟和萧风缱却是两种完全相反的性格。娟极度自卑,生怕同学瞧不起自己。她很羡慕萧风缱大大方方的什么都不在意,也怨恨自己的不争气。

明明是相同的起点,可娟总感觉萧风缱像是一道盘旋而上的旋风,怎么都抓不住。

大学的时光忙碌而充实。

下了课,萧风缱也不闲着,去给一户人家的小孩儿补习语文,虽然工资不多,但她还是乐此不疲。

补课结束后,她和班长凑在一起,代理了她们宿舍这栋楼的"外卖"业务——帮同学买饭、带饮料,或是买点儿生活用品。虽然一次只赚三块钱,但积少成多,而且能够利用空闲时间做,她干得很起劲儿。

萧风缱每天最开心的事儿就是躺在床上数钱,她算了算,这么干下去,再有一个月,就可以不用苏秦资助了。

大城市虽然喧嚣,但只要努力,只要勤奋,有千千万万条罗马大道给你走。

周五,袁玉打来电话:"风缱,周六来阿秦家啊。我请朋友吃饭,你手艺最好,到时候当我的'枪手',做给朋友们吃。"

萧风缱语重心长道:"这是自欺欺人……"

袁玉立马说:"我给你五星级大厨的工资!"

萧风缱口风一变:"好嘞。"

周六一大早,萧风缱拎着买好的食材出现在苏秦的面前。

苏秦正喝着咖啡皱眉琢磨着什么,看到萧风缱过来,她一时有些愣怔。

许久不见,风缱好像又长个了?虽然还是一副清瘦的模样,但眼神又有了变化,似乎比以前更加坚毅自信了。

萧风缱笑了笑,进厨房把手洗了,然后榨了一杯梨汁儿递给苏秦,换掉了她手里的咖啡,解释道:"袁玉姐姐让我来的。"

苏秦一听叹了口气。

这时，袁玉从次卧冲了出来，喊道："哎呀，祖宗啊，你可算来了。快，快去，这是菜单，他们点的菜，你一定要帮我完成啊，不然我的脸就要丢到姥姥家了！"

萧风缱盯着菜单看了看，有油焖大虾、清蒸鲈鱼、椰香鸭掌等菜品，好在不是很难做，她点了点头应道："好。"

眼看着萧风缱去厨房忙活，苏秦盯着袁玉道："你很闲？"

怪不得昨晚来了后就怎么也不走，还说今天有朋友要来。

苏秦一向是寡言的，可看着萧风缱忙碌的背影，她微微蹙眉道："风缱很忙，你不知道吗？"

苏秦虽然没怎么去B大，可萧风缱在学校里做了什么，表现得怎么样，她都一清二楚。

"我知道她忙。"袁玉赔着笑，"这不是刚从澳大利亚回来，大家聚一聚，凑个热闹吗？哎呀，阿秦，就这一次，下不为例。"

苏秦还是板着脸。

萧风缱在不远处削水果皮，乐呵呵地听着两人的对话。

有一段时间不见了，她只是听到苏秦的声音都会觉得心情特别好。

袁玉继续说道："就慧慧、大龙、王宁、年哥。人不多，你放心，回头我一定把屋子收拾好。"

收拾好？苏秦用脚想也知道最后这活儿还是得落在萧风缱的身上。

"张慧也来？"苏秦问道。

袁玉点了点头，她知道苏秦的意思，说道："我跟她说了，这次绝对不能没事儿瞎逗人家小孩儿。哎呀，阿秦，你那是什么脸色，至于吗？不就是上次张慧随口瞎说要把自己的弟弟介绍给风缱吗？再说都上大学了，谈恋爱很正常啊，你不能一直把风缱当小孩儿看啊。"

苏秦还没来得及说话，萧风缱一声惊呼，吓得袁玉连忙跑了过去问道："怎么了？怎么就削着手了？"

萧风缱捂着淌血的手指说："没事儿，刀口划了一下。"说着，她还心虚地看了一眼苏秦。

苏秦起身去拿创可贴，递给了她，说道："太累就先休息一下。"

"没事儿。"

忙活了一上午，人也到齐了。

袁玉最终还是不幸地被抓包了，萧风缱被请了出来，受到了一众好友的夸奖。

物以类聚，人以群分，能成为苏秦的朋友的人，一个个都气质不俗，穿着讲究，谈吐优雅。

萧风缱处在他们之中，听他们聊民生、聊经济，言语间的成熟与游刃有余让人羡慕。

她偷偷地听着，时不时地看苏秦一眼，心里暗暗地想，有朝一日，她也会融入苏秦的朋友圈，练就一身强大的本领，像苏秦保护她一样，去保护苏秦。

苏秦的目光有时会落在萧风缱的身上，她有一颗玲珑剔透的心，就好像是知道萧风缱在想什么，她对着萧风缱微微地摇了摇头，又点了点头。

不知不觉间，两人已经有了默契。萧风缱读懂了苏秦眼中的内容，心里一热，眼泪差点儿流下来。她知道，苏秦在告诉她，你无须做任何人，你本来就是最好的。

一顿饭，大家吃得很尽兴，走的时候有人还要了萧风缱的联系方式，说以后要是嘴馋了，大家一定要再聚，就请萧风缱来掌勺。

苏秦在一边看着，总觉得萧风缱无论是气质还是待人处事上，都与五年前有太多变化。她就像是一块璞玉，稍一雕琢，便会发出无法遮挡的光芒。

萧风缱回去后，越发勤奋努力。再加上她心里有了目标，一忙起来连轴转，有时候连饭都忘了吃。

中途，袁玉也给她打过好几次电话，说要讨教做菜之道，却被苏秦一眼识破，讨教？分明就是还想让人来做饭。

这段时间，袁玉每到周六、周日就住在苏秦家，买了一大堆蔬菜、水果、海鲜、肉类，缠着萧风缱说要学习厨艺。就连周末也不消停，拉着萧风缱聊个不停。

苏秦看不下去了，打断袁玉的聒噪，说道："风缱，我送你回学校。"

萧风缱摇头拒绝，B大那边挨着中关村，经常堵车，很容易耽误苏秦的工作。

苏秦跟没看见一样，继续道："我去开车。"

走之前，袁玉还拉着萧风缱说："啊，对了，风缱，就上次一起喝酒的那个挺帅的小伙子，你感兴趣吗？他年少有为，我可以介绍给你。"

萧风缱还没有回答，苏秦皱眉道："走了。"

一路上，苏秦还是老样子，话不多。就连袁玉都抱怨过，苏秦话太少，她都感觉不到两人间的亲情。

萧风缱半垂着头，说道："我在学校很好，这里的环境比高中要好太多。每天早上，都可以去博雅塔读书，累了就去湖边溜达一下，而且图书馆里的书够我看一辈子了。"她过上了自己梦寐以求的生活。

苏秦安静地听着，在心里替萧风缱开心，连带着表情都柔和下来。

萧风缱继续说："家里也很好，元宝长大了，不需要我多操心了。"

苏秦抓着方向盘的手紧了紧。她的朋友说过，风缱长大了，会逐渐独当一面，再也不是小时候那个需要被她保护的孩子了。

话是这么说，可苏秦心里还是隐隐地不舒服。风缱于她，早已成了一种情感寄托，难以割舍。

萧风缱自顾自地说着，想让苏秦放心，更想让她知道自己已经长大，不再是那个站在她身后寻求保护的孩子了。

她可完全没意识到苏秦那难得丰富的内心活动。

一个半小时的路程，气氛压抑得让人心里憋闷。

萧风缱正要打开车窗透透气，手机响了，她低头看来电显示，同时余光偷偷瞥着苏秦。

苏秦淡淡道："愿意接就接。"

萧风缱："……"

她接起电话，清了清嗓子："喂，慧姐。"

张慧那边叽叽喳喳特别热闹："风缱，我已经跟B大这边联系好了，决定来B大读一个在职研究生，你这个'地陪'在哪儿呢？"

自从上次见面之后，张慧就要了萧风缱的联系方式，经常和她聊天。

张慧表面看着纨绔，但人家音乐制作人的身份在那儿摆着，很会和人打交道，经常和萧风缱交流写歌及编曲制作。

萧风缱也在张慧那儿学到了一些专业知识，一来二去，两人便熟络了起来。

萧风缱咽了咽口水说道："我……我在车上，马上到。"

张慧的大嗓门儿能穿透几条街："那你快来啊，今晚我带你去吃麻辣小龙虾。哈哈，姐姐我一想到自己又要插上智慧的翅膀随风翱翔了，就兴奋得不得了！对了，我把上次说要介绍给你的弟弟也带上了，你快过来看看，特别帅，你一定会喜欢的！"

电话挂断了，车里的气氛有些诡异。

萧凤缱像是早恋被家长抓包的小孩儿，莫名地紧张，尽管她明明什么都没有干。

等红绿灯的时间，苏秦转过头看着她。那目光，如刀，如霜又如雪，让想好了千万种对策的萧凤缱如坐针毡。

苏秦如墨的眸子冰冰凉凉的，她沉声道："你长个儿了。"

啊？这突如其来的一句话让萧凤缱有些愣怔，她点了点头回道："是的。"

也是奇怪，可能是大学食堂的饭菜特别便宜，她舍得多打几个菜了，加上她每天早上都会喝牛奶、吃鸡蛋，一个月她居然长高了三厘米。

不过……苏秦为什么突然提起这个了？

苏秦转了一把方向盘说道："这旁边正好有一个小商场，我去给你买件衣服。"

萧凤缱正要拒绝，苏秦一个冰冷的眼神扫了过来，她立马闭嘴了。

到了商场，萧凤缱就傻眼了。这是……小商场吗？她还没来过这么繁华的地方。

还没到停车场呢，路就被堵得死死的。

以前萧凤缱跟着苏秦去超市，哪怕稍微堵车，苏秦都会不耐烦，一副视时间如生命的模样。可今天不知怎么了，苏秦居然打开收音机，听着音乐淡定地排队进停车场。

等停好车，已经过去半个小时了。

萧凤缱有点儿着急，连忙给张慧发了个微信消息："慧姐，我有点儿事儿，很快就回学校。"

张慧立马回复："没事儿，姐感受一下B大的文学气息，你忙着。"

苏秦瞥了她一眼，一言不发地往商场里走，因为不熟悉，萧凤缱赶紧跟了上去。进了商场，苏秦直奔四楼，她先带着萧凤缱一家一家地看衣服，然后又换了楼层，去看鞋。

萧凤缱虽然也愿意陪着苏秦，但总觉得把张慧扔在那儿不太好。

她犹豫再三，还是开口了："我看这套运动服就挺好。"

这算是苏秦带她看的衣服里最便宜的，一套下来六百多，她虽然心疼，但不得已的时候还是要"割一下肉"的。

苏秦举起衣服往她身上比画了一下："不好看，太妖艳。"

萧凤缱："嗯？"妖……艳？运动服……吗？

萧风缱晕晕乎乎的，苏秦又把她带到了地下商场，这时候距离和张慧约定的时间已经过去两个小时了。

张慧那边发的信息可怜兮兮的。

张慧："风缱，你不是要饿死我和我弟吧？今天我要吃三斤小龙虾。"

到了地下商场，苏秦带着她进了一家耐克专卖店，对店员说："找一些稳重的适合她的款式。"

店员惊讶地看着萧风缱。

萧风缱："……"

走到挂着运动内衣的那一排，她停下来问店员："这个有我穿的吗？"

店员看了看萧风缱的胸，点点头道："有的。"

"麻烦您拿一件给我试试。"

难得萧风缱主动挑选衣服，苏秦的脸色缓和了很多，她安静地站在更衣室外面等待萧风缱。

萧风缱套上了运动内衣，发现有些大，暗道这尺码不准。

换衣室外，苏秦正查看邮件。过了一小会儿，她听见里面传来萧风缱别扭的声音。

"你能不能帮帮我？我有些弄不好。"

苏秦"嗯"了一声，拿着手机进了更衣室。

换衣室里的灯光特别亮，照得萧风缱的脸像是白瓷一样，细腻光滑。她手里拿着自己的衣服草草地挡着身体，脸颊微微泛红羞涩地看着苏秦，说道："这个……我第一次穿这样的，不大会弄。"

狭小明亮的空间，弥漫着萧风缱身上的香味。不是香水味，是洗发水混合着沐浴液的味道，还有一丝少女独有的香气，非常好闻。

苏秦走到她身后，说道："我看看。"

这款运动型内衣的衣带是交叉的，穿起来的确有些难度，苏秦耐心地为萧风缱调整。

萧风缱垂头咬着唇，有些不好意思。

越来越晚了，以张慧的耐心，怕是早就离开了。

然而，张慧还在固执地等待，她又给萧风缱发了一条信息："今天就是等到天亮，我也得把你等来。"

萧风缱看着信息有点儿自责。

苏秦握着方向盘看着前方的路，突然说："大学四年，看似漫长，其实很短，你要做好自己的人生规划，才不会浪费这至关重要的四年。"

萧风缱轻轻地点头道："我知道，这四年时间，我一定会好好规划。"

萧风缱是怎么一步步从山村里走出来的，苏秦比任何人都清楚。可越是这样，她就越是担心。

自控力、自制力、自省力，在这些方面萧风缱的确比同龄人强得多。可她毕竟是一个刚满十八岁的孩子，对这花花世界还有很多的未知与憧憬，容易被新鲜的事物吸引，一不小心就会陷入误区。

苏秦没有再耽搁时间，车子开得很快，刚到学校，两人就看见张慧了，萧风缱想笑又不忍心。

此时，张慧正混在一群大一新生中。她打扮得花枝招展，一副成熟妩媚的模样，可偏偏要做出"人家也是学生"的青春少女的表情。

"慧姐多大了？"萧风缱随口问道，感觉慧姐真是个小孩儿一样的性格，很可爱。

苏秦淡淡地反问："你不知道吗？"

萧风缱转过头看着苏秦，心里想笑，她觉得苏秦有时候也像个小孩子。

苏秦说道："她比你大六岁。"

"啊，这么年轻。"萧风缱看张慧的样子还以为她快三十了，主要是她总化着大浓妆，看起来也就更成熟一些。

苏秦没再说话，将车子停好。

临下车前，萧风缱看着苏秦道："谢谢。"

苏秦淡淡回道："不客气。"

然后熄火，也跟着下车了。

萧风缱："……"

因为来学校，张慧的妆容稍微淡了一些，她烫着大卷发，穿着及膝的短裙，脚踩高跟鞋，这副打扮跟周围环境格格不入。

张慧终于见到萧风缱了，她兴奋地扑了上来，说道："风缱，饿死姐姐了，你去哪儿了？我弟弟都等不及走人了，你失去了见超级大帅哥的机会，你……"

张慧的抱怨声在看到苏秦那张冰山脸后戛然而止。

她怔住，一个"刹车"，站在了原地，问道："阿秦，你怎么也来了？"

萧风缱能够感觉出来，似乎苏秦的朋友们都对她有一些"畏惧"。

苏秦看了看张慧握在手里的手机,点了点头道:"顺路。"

"哦。"张慧突然觉得有点儿冷场,她假装低头去看手机,没承想看到了一堆没有回复的信息和未接来电。

嚯,好家伙,十二个未接电话。她连忙找了个人少的地方回电话。

苏秦的手背在身后,她看着B大的校园,感叹道:"没有变。"

萧风缱看她表情好了些,跟着舒了一口气,随口附和道:"是啊,我经常看到学姐学长在这里吟诗,都好厉害啊。"

中文系自然不缺才子,短短的一个月时间,让萧风缱看清了自己跟其他人之间的差距,所以她选择更加埋头苦读。

苏秦转过身,漆黑的眸子盯着萧风缱,说道:"哦,对了,我听说,你最近跟张慧聊得挺开心。"

萧风缱:"……"

挺开心……有吗?她一向很忙,也就是有时间了才跟张慧聊两句,这还是因为张慧是袁玉和苏秦的朋友,不然,以她的性格,能主动和谁聊天?

苏秦挑眉道:"我看你精力不错,袁秦旗下有一家传媒公司,人手欠缺,周六和周日你去帮忙。"

萧风缱有点儿愣,传媒公司?她能帮什么忙?苏秦的公司还能人手欠缺?

苏秦继续说道:"写诗那么棒,作词对你来说一定很简单。"

作词?简单?她也就是会写两句诗罢了。况且,她并不是很喜欢作词这种命题"作文",更喜欢有感而发的创作。

萧风缱纠结半天,犹豫道:"嗯嗯,可以的……公司名字叫什么?"

苏秦淡淡道:"秦意娱乐。"

萧风缱咽了咽口水,回道:"好的。"

苏秦递给萧风缱一张名片,萧风缱打开钱包正要放进去,不承想,里面一张泛黄的名片落到了地上。

苏秦一眼就认出那是她五年前给萧风缱的,都那么久了,萧风缱居然还留着。

萧风缱低头,宝贝似的把名片收了起来。

苏秦望着她说道:"都旧了。"

萧风缱赶紧收起来:"没事,挺有收藏价值。"

苏秦:"……"

张慧郁闷地走了过来,说道:"完了,风缱,计划有变,这在职研究生我可能读不了了。唉，真是的。"

萧风缱问："为什么？"

苏秦饶有深意地看了看张慧："你们先聊，我还有事儿。"

看着苏秦离开的背影，萧风缱不禁叹了一口气，她想要快一点儿长大，早早独立，这样才能完成报恩的心愿。

张慧苦着脸："你说多奇怪，我手下团队本来这一个月都没什么活，大家都各自计划好了，休息、旅行或者进修什么的。谁知道这突然来活了，说是跟什么新公司合作，之前也联系过，没成。这大晚上的对方突然又同意了，公司紧急召我们回去。"

萧风缱很理解张慧："没事儿，慧姐，以后有的是机会。"

她对张慧已经不像之前那样排斥了，随着了解的加深，她发现张慧是那种看似大大咧咧、纨绔不羁，实际上很有主张的人。

张慧笑呵呵地说道："不管咋样，姐姐也得跟你撮一顿，咱以后肯定来 B 大报到。"

萧风缱点了点头。

张慧低头看着手机，嘀咕道："这公司什么来头，我怎么都没听说过，神神秘秘的，搞这么大噱头，信息对外保密，这是想当黑马呢？可这名字也太文艺了。"

萧风缱随口问道："叫什么？"

张慧一脸嫌弃道："秦意，怎么叫这么个名字。要是让我起，我肯定起什么顶端、超正、威牛啊，这多霸气，又让人记忆深刻，对于新公司发展是非常有利的。"

萧风缱停下了脚步，她猛地抬头看着张慧，问道："慧姐，你说叫什么？"

张慧有些愣，不明白为什么她反应这么大，抿了抿唇道："秦意啊。"她还在絮叨，"唉，这事儿啊，真是赶上了，怎么就这么巧，搞得我都没法在高等学府深造了，我可是费了好大的力气才进来的。"

萧风缱："……"

第四章
温柔混入荆棘丛
◆

那日之后,萧风缱仍旧铆足了劲儿学习,拿出了高三的势头,恨不得一天当两天用。

她每天早上五点半起床,起床后,是半个小时的晨跑。要想以后的路能走得平稳,必须有一个好的体魄。

秋冬之际,天黑得早,亮得晚。偶尔,萧风缱也会找回当年披星戴月熬夜学习的感觉,可现在她不再身处那黑漆漆的小庭院了,她已经一脚踏进了B大校园。

梦想与现实有多远?取决于你有多努力。

呼吸着凉爽的空气,听着自己强有力的心跳,萧风缱总会想到苏秦。她不知道未来的路有多远,不知道两人之间的差距多久能够消除。

可是,萧风缱不会放弃,她会努力朝着苏秦的方向迈步。

她永远忘不了,在那段要扛起一个破碎的家,艰难得连饭都吃不饱的日子里,是谁给了她希望,为她点亮一道光,引着她从泥泞的沼泽中走出来的。

晨跑后是早读,萧风缱会去找没人的教室,或者在僻静的小路上,拿着英语书,放声朗读,英语书上的内容,她倒背如流。之后就是一整天的课。

同宿舍的娟偶尔也会跟着起来,可随着天气越来越冷,她起床的频率就随之减少了。她裹着棉被,问道:"风缱,都已经考上大学了,你这毅力到底是哪儿来的啊?"

萧风缱穿着鞋,笑道:"我不敢偷懒。"

是的,她不敢,她什么都没有,唯有这身体和头脑。

自律,是她唯一的出路。

上完一天的课,她会急匆匆地去雇主家给人补课。

这次雇主家的小孩儿很聪明,是一个初三的男孩子,叫高岩。虽然顽皮了些,但知识点一讲就透,可是学得快忘得也快,当晚学的,到了第二天便忘了。

高岩是单亲家庭,父母三年前离婚,现在跟着爸爸高凡。高凡忙于事业顾不上儿子的学习,就找了家教过来帮忙。在金钱上,他毫不吝啬,甚至在第二个月后就主动给萧风缱涨了工资,这让萧风缱受宠若惊。

萧风缱拿出了十二分的耐心,高岩也挺喜欢这个长得漂亮的大姐姐,教书比别的老古板老师好得多。

在萧风缱的努力下,高岩的成绩逐渐有了提高。慢慢地,萧风缱这位小老师也有了名气,其他学生的家长也开始找上门来。

高凡抽着烟笑呵呵地看着两个人,说道:"儿子,你可得留住小老师,不然回头让人给抢走了。"

高岩挥了挥拳:"那就得问问我的拳头。"

萧风缱除了周一至周五的补课工作,到了周六、周日,她就会兑现承诺,去秦意娱乐帮忙。

这个时代,知识有多可贵,萧风缱在第一次去秦意时就见识到了。

苏秦是让她来作词的,所以萧风缱的关注点都在作词上,当她看到内部报价时,直咋舌。天啊,这一首歌词的钱……比她擦一学期玻璃的钱还要多。

秦意是新成立的娱乐公司,除了几个大腕儿外,几乎都是新人。

这也正是作词人跟作曲人组合搭档的最好时期。当年周杰伦和方文山就是这样一举席卷华语乐坛的。所以,有时候选择彼此,就是成全彼此。

萧风缱虽然没什么艺术细胞,但一个歌手唱得怎么样,感觉如何,她也有基本的判断。听过几个新人试唱之后,她摇了摇头,失望而归。

她像是一团海绵,在秦意这种专业的唱片公司里,努力地汲取各种知识。

刚开始,她多看少说,后来,她逐渐能够参与到项目的探讨中,再后来,她在那些年轻人里也有了一定的威望。

秦意娱乐是苏秦近期主推的项目,她在公司四楼设有专门的办公室,有时候,萧风缱会去找她坐一会儿。她很喜欢苏秦穿着正装认真办公的样子,严肃又雷厉风行,特别有范儿。

苏秦话不多,却能察觉她的情绪,问道:"还是没有合适的?"

萧风缱点了点头道:"嗯。"

苏秦放下手里的文件:"你的词,我看看。"

萧风缱立马坐直了:"不用了,你快忙吧。"

苏秦有些好笑,问道:"还害羞?"

萧风缱就是不肯,她对于苏秦总是有一种不好意思,她可以给所有人看她的词,却羞于给苏秦看。

两人正说着,门被推开了,袁玉举着手机走了进来:"哎呀,这天真是的,怎么突然就降温了。什么,你还穿裙子呢?哎哟喂,我的傻妹妹,你是不是真把你姐姐当二百五骗啊?"

电话那边,是少女响亮的"咯咯咯"的笑声。

萧风缱:"……"

不用看人,就知道是她的傻妹妹了。

袁玉瞅见萧风缱,一转镜头,说道:"妹妹,看谁在呢!"

元宝看到姐姐之后,点了点头道:"哦,我看见了。袁玉姐姐,你昨晚怎么又熬夜了?你要注意身体啊。"

袁玉乐得合不拢嘴,说道:"你个小鬼头。"

萧风缱:"……"

这位小姑娘是不是忘记谁才是她的亲姐姐了?

袁玉又把镜头转向萧风缱,说道:"瞧瞧,你姐这小脸都拉下来了。"

元宝还不乐意了,说道:"她啊,现在眼里除了学习、打工、赚钱和苏秦姐姐之外,就没有别人了。她这几次给奶奶打电话,问候了两次村里王大爷的近况,还问候了一次宋大娘,连村头的土狗阿黄都问了,可是她亲妹妹居然一次都没问过!"

苏秦听了也跟着笑,萧风缱面红耳赤道:"你胡说什么?"

元宝叹了口气。

"正好,你们姐妹俩都在。"袁玉想起了正事儿,"元宝,你唱两句。"

苏秦和萧风缱一听袁玉这么说就明白是什么意思了。

元宝不明白啊,但是人家特别痛快,她腼腆地用手比在酒窝上,说道:"姐姐们,我献丑了,那就来一首《娃哈哈》吧。"

    我们的祖国是花园,
     花园里花朵真鲜艳,
     和暖的阳光照耀着我们,

每个人脸上都笑开颜,

娃哈哈娃哈哈……

苏秦:"……"

袁玉:"……"

萧风缱解释道:"农村都喜欢听这种喜庆祥和的歌。"

袁玉没办法,她从手机里找到萧风缱的歌词发给元宝,说道:"元宝,你试着随便唱唱。"

"你在考我的作曲能力吗?"元宝反应很快,她不知道是谁写的词,仔细地看了一遍,还挺文艺的——

天涯路,彼消长。牵卿手,不负生。

多情离,缘常念。梦尽头,心凄凉。

多么悲伤的词句,袁玉第一次看到就震惊了。

不是因为萧风缱的才华,而是惊讶萧风缱才十八岁就写出这样悲伤的词句,她到底经历过什么?

元宝明显还没从乡村歌手转变过来,她的手拍着大腿,自己打着节拍。

"嘿嘿,天涯路,那个天涯路。路路路路路!彼消长那个消长。长长长长长!牵卿手,叮个啷铛呛,不负生,啊咚里个喱。"

苏秦:"……"

萧风缱:"……"

袁玉笑得眼泪都流下来了,她竖起大拇指,说道:"可以啊,妹妹,你等着,我明天就乘飞机去接你!"

电话挂断了。

苏秦也是低着头浅笑,萧风缱的脸色铁青,她好好的一首词,被妹妹谱成老年交际舞的曲了。

袁玉可不是一个随便说说的人,她看着苏秦,说道:"阿秦,你看吧,我就说这丫头错不了,从小就有文艺细胞,而且自带喜感。"

苏秦点头道:"那你就去办吧。"

萧风缱:"什么?"

袁玉笑眯眯地给萧风缱解释道:"其实我跟阿秦早就有这意思了,只是一直犹豫。前一阵子,萧奶奶给阿秦打电话了。"

萧风缱一下子看向苏秦。

苏秦看着她的眼睛说道:"你学习忙,怕你分心,就没告诉你。"

袁玉拿起桌上的西瓜咬了一口,说道:"是啊,阿秦简直是把你当孩子养,干什么都怕打扰你。这不,萧奶奶说她看了一辈子人,她家二丫的确有些与众不同。她不想元宝因为她一个老太太而被困在山村里,希望元宝能早点儿飞出去。"

听到这话,萧风缱眼睛都湿润了。奶奶和妹妹,一直是她心底最为牵挂的人。

苏秦接过话:"我和袁玉商量了一下,让元宝每周三天待在北京,其余四天回下洼村。"

"这不会太折腾吗?"萧风缱皱起了眉。

袁玉吐出西瓜子,说道:"嗨,这点儿苦还吃不得?以后当艺人了可是要全国各地飞的。元宝快十三岁了,也不像小时候瘦瘦小小的样子了,正是接受培训的最好时间。"

萧风缱沉默了。

人还没来,袁玉已经开始畅想以后,虽然有些不着边际,但到底是年轻人,骨子里的热血说燃就燃起来了。

袁玉知道萧风缱被说动了,继续道:"你放心吧,还有咱们这些个姐姐为元宝保驾护航呢,肯定不让她受委屈。"

萧风缱抬起头,说道:"可是不知道元宝怎么想的。"会不会耽误学习?

袁玉听到这个就笑了,她咳嗽一声,清了清嗓子,说道:"这是元宝的原话啊——就我姐这智商都考上B大了,回头我是不是玩着玩着就能上北影了?哎呀,好无奈啊,高中的课程我都快自学完了,我要不要学学大学的知识啊?"

萧风缱:"……"

这个不知天高地厚的小崽子!

事情就这么定了。萧风缱还没回过来味儿,袁玉已经风风火火地去办了。

两个星期后的一个下午,推开苏秦的办公室,看到正坐在那儿吃西瓜的妹妹,萧风缱愣住了。

元宝长大了,个子蹿了大半头。十足的美人坯子,她和萧风缱不同,是典型的丹凤眼。

她正美滋滋地和苏秦还有袁玉说着什么，一点儿都不怯场。

看见姐姐进来，元宝扔掉西瓜，飞一般地跑向姐姐，一把抱住她："姐姐，我的好姐姐，我想死你了。"

萧风缱僵硬地看着自己胳膊上的西瓜汁儿，额头青筋跳了跳："呵呵，不敢当，上次视频时你唱得不错啊？"

元宝是谁啊，哄人一哄一个准，她搂着姐姐的脖子，叹息道："唉，谁能想到你会因为暗恋别人而写了这么一首苦情词啊。我想着以我姐姐这花容月貌，早就拿下对方了呢。"

袁玉和苏秦听了这话都惊了。

袁玉顿时叫道："什么什么？风缱有暗恋的人？还很久了？"

元宝笑着回道："哈哈，开个玩笑啦，就我姐姐这么厉，能暗恋谁啊？就算是暗恋，估计也得暗恋个十、九、八、七、六、五年才够。"

元宝对着姐姐比了个心，嘟着嘴"啵"了一声："姐姐，不怕哦，就算被甩无数次，妹妹也爱你哦。"

萧风缱被元宝气得脸都黑了，这小兔崽子，不打死她，她就不姓萧！

大家商量着，元宝既然来了，总要先适应一下环境，便直接在秦意的员工宿舍安排一个房间给她住。

苏秦安排人带着姐妹俩下去了，随后，她又站在落地窗前，望着窗外。

袁玉坐在沙发上，跷着个二郎腿，说道："阿秦，我最近在自修心理学，我知道此时此刻你在想什么。"

苏秦不作声。

袁玉似感慨一般："天涯路，彼消长。牵卿手，不负生。多情离，缘常念。梦尽头，心凄凉。这内心得是有多么深刻的感情，才能写出这种悲凉揪心的词啊。你肯定是在想风缱到底怎么回事儿吧。"

苏秦转过身，看着袁玉，淡淡地问："你很闲？"

袁玉无奈道："干什么呀，我说说还不行啊？你还真把风缱当孩子养啊？"

苏秦皱了皱眉。

袁玉怂了，道："行行行，我走，我去给我的小豁——"想起元宝现在已经不是小豁牙子了，袁玉笑着摇了摇头，"去给我们家小元宝买点儿漂亮衣服。"

她起身拎着包想要往外走，又对上苏秦探寻的目光。

袁玉明白过来后无奈地笑道："唉，还说你对风缱像是在养孩子呢，我对元宝不也是吗？看来大家都是一样的。"

元宝对于袁玉来说就像是一个开心果。那小精豆子，不知不觉都长这么大了，跟她也越来越亲，她要好好珍惜这份感情，把元宝当作家人一样疼爱。

萧风缱陪着妹妹去了苏秦安排的宿舍，苏秦很周到，妹妹的住宿完全是按照"领导"标准来的，里面有独立的办公室、卫生间，还有电脑、电视、空调等，一应俱全。

萧风缱拿着抹布细心地收拾着房间。

她嘴里还絮絮叨叨地说道："来到这边，不能总偷偷跑出去吃东西，不要总点外卖，我知道你现在手里有钱了，但还是要注意身体。你还小，目前最主要的任务还是学习，姐姐知道你聪明，你……"

"哎呀，我知道了，姐姐，你说的那些都把我耳朵磨出茧子了，这么多年了，就不能换一换说词。"元宝靠在椅子上，看着姐姐特别开心，"这才是日常该有的节奏啊。"

她嘴上虽然嫌弃姐姐的絮叨，内心却是幸福的。

萧风缱瞥了她一眼，问道："奶奶怎么样？"

元宝美滋滋地道："可好了，一天骂我八顿，声音特别响亮，村长准备让她当夕阳红合唱队队长呢。"

萧风缱："……"

从妹妹嘴里说出来的，不管是什么都那么朝气蓬勃。这张嘴，让人又爱又恨。

"这儿是北京，可不是咱们下洼村，你要守规矩一些。"萧风缱嘱咐着。

元宝哼着小曲随口答着："我知道。姐，你一点儿新意都没有，叮嘱我的话都跟奶奶一样。现在都什么时代了，互联网这么强大，我没吃过猪肉还没见过猪跑啊，倒是你，又瘦了。"

别看元宝岁数不大，眼神却很犀利。

萧风缱不在意道："很正常，大学要好好学习。"

元宝毫不留情地拆穿："高中你就这么说，谁不知道上了大学应该好好享受浪漫的青春啊。"

提到"浪漫"两个字，萧风缱蹙眉盯着妹妹。

元宝指着她的眉毛叫道："哇，这一皱眉，你简直跟苏秦姐姐一模一样。"

萧风缱怒火攻心，吼道："你个小崽子！"

元宝继续伸手说道："怎么这表情又跟奶奶一样了？"

萧风缱深深地吸了一口气，努力控制着自己想要掐死这小浑蛋的冲动，咬牙切齿道："你还有没有规矩？"

"我知道啦。"元宝突然安静下来，她知道姐姐这是真生气了，她低下头，低声道："姐姐，你不在的这段时间，我很想你。"

这略带委屈的声音，一下子平息了萧风缱心中的怒气，她看着妹妹，咬了咬下唇。

元宝低着头说道："姐，你不在，我才知道，咱们家是不能没有你的。"

萧风缱离开下洼村后，元宝可是彻底体会到了什么叫老的老，小的小，偏偏她还不能表现出什么。其实她也正是爱玩的年龄，想要像小虎他们那样无忧无虑地玩耍，可是她不能，她要到处跑台子、串场，代替姐姐撑起这个家。她毕竟还小，免不了看人脸色，其中的辛酸只有自己知道。

萧风缱心里难受极了，她上前抱住妹妹安慰道："好了，是姐姐不好。"

元宝搂着姐姐的腰，说道："姐，我不怪你的。"

我知道，你来北京是为了追求自己的梦。这话元宝只能放在心里，她知道姐姐自尊心强，有很多东西只藏在心里，别人触碰不得。

元宝仰头看着萧风缱，可怜兮兮地说道："我只是……我只是不希望你过得这么苦，家里的情况一点点好起来了，你能不能别把自己逼得这么紧了？"

萧风缱鼻子都酸了，她的妹妹，总算是长大了。

元宝叹了口气道："我可不想我的姐姐像电视上社会新闻说的那些白领一样，年纪轻轻就因为熬夜加班猝死，或是瘫痪。奶奶老了，伺候不了你，我笨手笨脚的，你要真成那样，我会让你体会一下什么叫人间地狱的。"

萧风缱："……"

这个小浑蛋！

虽然妹妹的话非常不中听，但连孩子都知道的道理萧风缱自然也明白，身体是革命的本钱，没有健康的身体，一切无从谈起。更何况，她将来也要保护苏秦，怎么能成为她的拖累？

萧风缱也意识到自己最近的确是太累了，好几次都出现了眩晕的情况。她自然不敢告诉苏秦，今天，被妹妹这么一提，萧风缱不得不重视起来自己的健康了。

她身上肩负得太多，绝对不能倒下。

经过慎重考虑，萧风缱决定放弃一些副业。她综合对比之后，发现家教这份工作太远、太奔波。虽然高凡给的工资很高，但算上时间成本，其实是不划算的。

想好了，萧风缱诚恳地向高凡提出了辞职。

高凡有些犹豫："这……一时半会儿我也找不到合适的补课老师。"

高凡社会阅历丰富，最擅长对付萧风缱这种不懂世事的毛丫头。他就看准了萧风缱面子薄、责任心强的特点，再三挽留。

果不其然，萧风缱让步了："那我再做一个星期。"

"好的。"高凡倒也痛快地答应了。

可他儿子高岩就郁闷了，说道："我舍不得你，小老师。"

萧风缱笑了笑："那你就好好学习，考来B大。"

考B大？这可不是谁都敢想的。

时间过得特别快，一个星期眨眼就过去了。

萧风缱给高岩讲完课后已经是晚上八点钟了，刚好遇上高凡回家。他喝了些酒，一身的酒气，醉醺醺地进来了。

萧风缱礼貌地给他端了一杯水，高凡靠墙喝着水，眼睛直盯着萧风缱看。

"高岩的功课已经补得差不多了。英语还有些弱，他数理化很好，不过有些偏科，好好培养，一定能考上好的学校。"萧风缱认真地叮嘱，"这个孩子其实很聪明，就是有点儿马虎，您只要悉心培养，他一定能成才的。"

高凡上前一步，抓住萧风缱的手，说道："谢谢了，小老师。"

萧风缱浑身一个激灵，她猛地后退，警觉又厌恶地把手抽了回来："不用。"

刚才那一下，说是高凡故意也好，说他无意也罢。萧风缱的眉头紧皱，心里有些反感，她和苏秦一样有洁癖，现在只感觉被高凡抓过的地方有千万只蚂蚁在咬，只想赶紧去洗手。

高凡意味不明地说道："那我把这几天的钱给你结了，你跟我过来一下。"

萧风缱站在原地，声音冷漠："不了，我就在客厅等您。"

高凡盯着她看了看，摇了摇头，往卧室走。

萧风缱听着高凡哗啦哗啦翻抽屉的声音，又听见他嘱咐儿子好好学习，她的心才缓和了一些。刚才……也许真的是错觉吧？

可现实总是那么残忍，给了萧风缱一个大耳刮子。

高凡拿着厚厚的一沓钱，坐在沙发上，抽着烟，说道："风缱，你太辛苦了，小小年龄，没必要这么奔波。"

萧风缱的心冷了下去。

高凡弹了弹烟灰，说道："这里是三万块钱，你要是愿意就都拿走。"

萧风缱是个聪明人，肯定听得出他在说什么，这样一个农村出身的孩子，怕是长这么大都没见过这么多钱吧？

萧风缱转身就要走，说道："钱我不要了，保重。"

就在她开门的一瞬间，高凡突然扑了上来，一把抓住她的胳膊，问道："你不再考虑考虑？"

男人强势而压迫的气息传了过来。

萧风缱瞬间慌了，她用力地甩着胳膊，喊道："你干什么，放手！"

她平日里觉得自己力气挺大的，可此时，高凡的手就像是钳子，紧紧地扣住了她的胳膊，让她动弹不得。

高凡的眼神充满侵略性，猩红可怕，说道："你不就是为了挣钱吗？跟了我，足以让你衣食无忧。"

萧风缱的眼泪都流下来了，她抬腿踹去，高凡猛地用力，将她按在了墙上。

痛，萧风缱被撞得大脑嗡嗡响，眼冒金星。

"爸爸，你在干什么？！"高岩听见动静后从屋里跑了出来。

他震惊地看着蹲在地上痛苦地捂着胳膊的萧风缱，冲上去喊道："爸，你疯了？老师，你没事儿吧？"

高岩的话让高凡有一瞬间的愣神，趁着这个工夫，萧风缱打开门就冲了出去。

今晚格外的冷，萧风缱的心却比身体更凉。她的胳膊传来一阵阵钻心的疼，她低头一看，手臂上赫然是紫红色的手印。

身子还在颤抖，脑袋一片空白，萧风缱都不知道自己怎么回家的。路上，她只想着这事儿不能让苏秦知道，不能让她知道。

跟跟跄跄地回到妹妹宿舍门口，萧风缱用衣服遮住了胳膊上的伤痕，敲了敲门。

门被打开，元宝笑容璀璨，说道："姐姐，你回来了？快进来，苏秦姐姐也在。"

萧风缱瞬间浑身僵硬，呆呆地看着妹妹。

元宝没多想，冲屋里喊了一声："苏秦姐姐，我姐回来了！"

萧风缱低下了头，问道："她怎么来了？"

不能让苏秦知道，可一听到她的名字，萧风缱内心的委屈与恐惧就瞬间暴露而出，眼睛一下子湿润了。

苏秦听见声音走了出来，她加班的时候不小心睡着了，不知道怎么的，也许是元宝的到来,让她又梦到了萧风缱小时候,躺在病床上楚楚可怜的模样,不停流泪好像受了委屈。醒来后,她心有不安,便过来看看,不承想,萧风缱不在。

以苏秦的性子,本不该等下去的,可那隐隐的不安还是让她等了一个多小时。

苏秦脸上还带着淡淡的笑容,她走到门口,问道:"回来了?"

萧风缱抬起头对着她笑了笑。

苏秦的笑容却逐渐褪去,她盯着萧风缱看,问道:"你怎么了?"

萧风缱搓了搓身子,说道:"今天好冷啊,我穿少了。"说着,就要进屋。

苏秦却一下子抓住了她的胳膊,重复道:"你怎么了?"

元宝也察觉出不对劲儿了,盯着姐姐看。

苏秦这一抓正好抓到了萧风缱手臂的伤处,她疼得倒吸一口凉气,依旧咬牙坚持道:"我……没事儿。"

苏秦盯着她的脸,渐渐地,目光在她的身上移动,最终落在了她的胳膊上。

这会儿袁玉也过来了,她手里还拎着两大包好吃的,说道:"元宝,看我给你带什么了?"

袁玉的笑容在看到苏秦难看的脸色时也僵住了,她问道:"怎么了?"

苏秦抓住萧风缱的手腕,将她的袖子一点点撸了上去。萧风缱想要闪躲挣扎,却被苏秦一个眼神给制止了。

萧风缱特别的白,所以那紫色的抓痕显得格外狰狞可怕,整整一圈的抓痕,明显是被人用力掐住手腕所致。

萧风缱不敢动,眼泪却在眼眶里打转儿。

苏秦已经气得面色发白。

元宝冲了过去,问道:"谁?谁干的?"

说话之间,元宝的眼泪就掉了下来,她一直知道姐姐打工不容易,可当事实摆在眼前时,她是这么难受。

袁玉把东西放在地上,走到萧风缱的身边,轻声问:"风缱,别处还有伤吗?"

声音虽轻,却藏着压抑的情绪,谁都知道她问的是什么意思。

苏秦的眼睛紧紧地盯着萧风缱。

萧风缱摇了摇头,努力不让眼泪流下来,就在她极力克制悲伤情绪时,苏秦伸手将她搂在了怀里。当苏秦的手如小时候一样轻轻拍着她的肩膀时,萧风缱忍了一晚上的委屈和害怕一下子宣泄出来，她的眼泪再也忍不住，直流而下。

社会很复杂，萧风缱是知道的，但这个"知道"也只是停留在听别人说的层面而已。

而今天，她第一次见识到了人性的丑陋，一时间无法接受。她努力了那么久，一心想要跟苏秦并驾齐驱，可现在看来，她连自己都保护不好。

夜已深，萧风缱躺下了。

元宝哭得眼睛通红，守在姐姐身边不肯离开。

袁玉看着也心疼，安慰道："乖了，元宝，让你姐姐休息一下。"

元宝咬着唇，萧风缱对着她勉强一笑，说道："好了，去休息吧，明天还有训练。"

萧风缱这话一出，元宝低下了头，她的眼泪像是断线的珠子，一颗颗地落了下来。

姐姐，姐姐……

她一直知道萧风缱很忙很累，在外面承受了很多压力，但都没有此时这样直面现实来的难受。

最终元宝还是被袁玉哄着回了屋子。

客厅里，苏秦如雕像一样坐在沙发上一动不动。不知过了多久，无法入睡的萧风缱裹着被子缓缓地走了出来。

她坐到地毯上，仰头看着苏秦，轻声道："我没事儿了。"

苏秦这才缓缓地低下头，紧紧盯着萧风缱的眼睛。

那波光粼粼的眼眸让人心疼。

苏秦不是一个善于表达的人，可是此时的心疼与愤怒失控了一般齐齐涌上心头来。

她有多后怕，风缱这样一个柔弱的女孩儿，若不是那个男孩儿出手搭救，风缱今晚必定凶多吉少。

萧风缱安静地看着苏秦，眼里的悲伤与疼惜一并涌出。

苏秦抬起手，摸着她的头发轻声道："以后，不要再这样了。"

她不止一次和萧风缱说过不要让自己这么忙碌，要注意身体、注意安全。她知道萧风缱自尊心强，很多话都是点到为止。

萧风缱看着苏秦，哽咽道："我只是……只是不想一直依靠你。"

苏秦盯着萧风缱看了许久，叹了口气，说道："不是的。"

不是的？萧风缱眼里满是疑惑。

在她的注视下，苏秦缓缓地低下了头，说道："你……很重要。"

与其说萧风缱依靠她，不如说，风缱是她的心灵寄托，是她心灵的一个港湾，她已经习惯并离不开萧风缱了。

这一刻，萧风缱内心的情绪涌了上来，她浑身发抖，内心滚烫，她有很多话想对苏秦说，千言万语最后却只化成了一声哽咽的"嗯"。

无论昨日怎样，太阳还是会照常升起。

第二天，苏秦送萧风缱回了学校。

临下车前，她盯着萧风缱看，想要嘱咐的话很多，一时也不知道从何说起。

萧风缱见状点了点头道："我知道的。"

不知道从什么时候开始，她们之间已经默契到不需要用言语交流便能知晓对方的意思。

苏秦点了点头，目送着萧风缱离开，她坐在车上沉默了许久。

一直到手机响了，苏秦才回神，是何彦。

何彦汇报道："苏总，已经查到了对方的信息。高凡前些年与妻子离婚，自己带着孩子独居。前几年跟两个朋友成立了一家小型房地产公司，他在外面的口碑还不错，只是私生活有些不检点。"

何彦的声音小心翼翼的，他昨天接到苏秦的电话时都惊了，这么多年，他还没见过大小姐发这样大的脾气。

苏秦淡淡地说："办吧。"

何彦立马回复："是。"

北京这几天一直是阴天，难得今天放晴，高凡昨晚喝得不少，早上酒醒后，他坐在客厅里发愣。

高岩抱着足球从屋里走了出来，看都没看父亲一眼就要出门。

高凡冷声呵斥："站住！"

高岩停下脚步。

高凡怒道："你去哪儿？今天给你安排了新家教，你忘记了？！"

高岩稚嫩的脸上满是鄙夷，说道："新家教，多大岁数？年轻吗？漂亮吗？"

高凡当然知道儿子在指什么，他冷笑道："你个小兔崽子，小小年纪就敢说你老子了？"

高岩冷漠道:"爸爸,你让我恶心。"

"哐当"一声,门被重重地摔上。高凡震怒,起身一脚踹翻面前的茶几,吼道:"反了!"

在他眼里,成功的男人有几个不在外面养些花花草草的?他能看上萧风缱那是她的福气,可是这小姑娘实在是不识相。

高凡并没有把这事儿放在心上,今天还有一个重要的合作,他们经过半年的努力,才争取到了南洋地产的注资。等拿到这笔钱,他就可以收购东区的楼盘,贷款也已经从银行批下来了,就差这临门一脚。

洗漱穿戴好,高凡开着车到了公司,还没下车,秘书的电话就打了过来。

"高总,您在哪儿?出大事儿了!"

高凡皱了皱眉道:"慢慢说。"

秘书说道:"来检查的了。"

高凡冷静地回道:"检查就应付过去啊,还用我教你吗?"

秘书颤颤巍巍道:"这……税务局、国土局、工商局、建设局跟商量好的一样都来了,架势特别大,现在公司都乱了。"

什么?高凡后背直冒冷汗,他立马下车,疯狂地跑进公司。这么多部门一起来,明显是自己得罪了什么人,被人家举报了。然而,他翻来覆去地把最近接触的人都想了一遍,头都要想炸了也没想到自己得罪了谁。

刚到门口,秘书和副总慌慌张张地走了出来。

副总脸色铁青,问道:"你怎么回事儿?得罪谁了?"

高凡咬牙道:"你少在这儿跟我嚷嚷,老子能得罪谁?!"

高凡怒火攻心,电话又响了,他看了一眼来电显示,不得不赔着笑脸接通电话:"胡总啊,您到了?我们早就准备好了。"

没说几句,就被挂断了,高凡愣愣地站着,觉得半个身体都凉了。

副总看他这样就猜到了,但还是不甘心地问道:"这是要撤资?"

撤资……银行那边的贷款已经批下来了,如果胡总那边撤资,他们公司的资金链铁定会断裂。到底是谁,费这么大的功夫来整他?

一天的喧嚣过后,高凡衣衫不整地站在楼下,手里哆哆嗦嗦地夹着一根烟,一脸颓废。

从前呼后拥的高总,到现在面临破产、被人谩骂、追着要债的老赖,不过是一周的时间。片刻的安生都没有,电话一个接着一个。

"你跑哪儿去了?这税务局查得太深了,再这么下去,咱们要吃牢饭了!"

"你到底得罪了谁？怎么跟咱们合作的公司都要撤资了？"

"袁秦？你怎么得罪袁秦集团了，你是不是疯了？"

……

一夜未眠，第二天一大早，高凡早早就在袁秦集团楼下等着。

他实在想不明白，袁秦这种大公司，到底为什么要花力气整他一个刚起步的小公司。

给看门的保安递上两盒中华烟，高凡赔着笑脸地央求了好一会儿，足足等了两个小时，终于看到了苏秦的车。

高凡慌忙站起来想要跟过去，却不承想蹲得太久，脚下一麻，惊呼一声又摔倒了。他咬牙切齿，内心各种肮脏的话都骂了出来，他还没受过这种屈辱。

进公司大门的时候，他还是被前台给拦了下来。

高凡耐着性子跟对方解释着想要见苏秦一面，前台通报后，苏秦居然答应见面了，不过要开会，让他等着。

这消息让高凡看到了希望，他松了一口气。等？现在就是让他等上一年，他也必须等，这是公司活下去的唯一希望。

还真就让他等了一天，一直到下午四点，苏秦的秘书才来通知他见面。

高凡已经有些精神混乱了，他用力地拍了拍脸，集中精神。

一进总裁室，面前的女人就给了他极大的压迫感。她头发盘在脑后，穿着西装裙，化着精致的妆容。要说苏秦也是个漂亮的女人，可是那眼神、那气场，居然压得他抬不起头来。

高凡坐在沙发上，赔着笑道："苏总。"

苏秦看着他，眼神冷若冰霜。

高凡自然是感觉得到对方的敌意，他搓着手，说道："我不知道哪里得罪了贵公司，您看有什么不满意的地方，您可以提出来，我一定改。但是……求您放过我公司吧，我这上有老下有小的，求您高抬贵手。"

这时候哪还要什么脸面，高凡一心求着苏秦能放他一马。

苏秦没有动，甚至连表情都没有变。

高凡开始冒冷汗，他眼神游离道："您……"

苏秦似乎听得厌倦了，她打了个电话，叫来保安，说道："带出去。"

四个人高马大的保安立马上前。

高凡一下子站了起来，眼里都是哀求："苏总！"声音都颤抖了。

苏秦冷漠地看着他。

高凡的心脏一抽一抽地疼,他知道对方是铁了心了,自己这牢饭恐怕是跑不了了:"我……我就是坐牢,你也得让我知道到底为什么整我啊?!"

他的精神已经崩溃,满眼仇恨,恨不得下一秒就扑上去撕碎苏秦。

苏秦抱着双臂,居高临下地睥着高凡,冷冷地说:"整的就是你。"

那一刻,高凡有一种被宣告死刑的感觉。

高凡最终宣告破产,他欠了一屁股债,东躲西藏了一个多月,最后牢房居然成了他的安全地。

高岩因为未成年,抚养权改判给了妈妈。得知前妻把儿子接走后,高凡在监狱里沉默了一天,劳碌奔波了半辈子,到头来却一无所有。

这一切苏秦都没有对萧风缱说,甚至警告袁玉也要守口如瓶。

经历了这次的事情,萧风缱做事更加谨慎小心。

元宝也是心有余悸,她不敢和奶奶说这件事,可心里又难受,原本总是笑呵呵的小脸变得愁眉不展的。

袁玉受不了这种压抑的气氛,开始撺掇着苏秦出去玩,但苏秦理也不理。

袁玉坐在沙发上吃葡萄,说道:"我不是为了你,我是为了风缱啊,这种事儿对于一个小姑娘来说创伤多大,没准回到故乡游玩一趟,她的心情也会好很多呢?"

苏秦终于抬起了头。

袁玉耸了耸肩:"听说下洼村变化很大,咱就当是再体验一下民情了啊。"

苏秦点了点头道:"随你。"她的目光落在了财务报告上。

以前袁玉达到目的后都会心满意足地离开,可今天,她却若有所思地盯着苏秦看。

苏秦放下了文件,问道:"怎么?"

袁玉摇了摇头,怅然一笑道:"姐,有时候我挺羡慕风缱的。"

袁玉很少叫苏秦姐,一旦这么叫,肯定是有什么事触动到了她的内心。

苏秦盯着她看。

袁玉苦笑道:"欢姨走了这么多年,我做你妹妹也这么久了。可从来没看过你这样为我出头。"

苏秦皱了皱眉。

袁玉呼出一口气,摇头笑道:"好吧,我就是有点儿吃醋。我去准备了。"

扔下这句话,她就跑了。

得知大家要一起回下洼村，元宝高兴得像一只小蜜蜂，她好想奶奶，终于可以回去了。

萧风缱也是乐呵呵的，她安静地收拾着行李。

袁玉催促道："快快快，赶紧的，有点儿晚了。晚上我还要吃萧奶奶做的大馒头呢。"

苏秦最近太忙，面色有些苍白，她上了车就靠在座位上休息。

萧风缱看着心疼，她伸手将苏秦的脑袋放在自己的肩膀上，让苏秦睡得安稳一些。

一觉睡醒，苏秦慢悠悠地睁开了眼睛，她抬起头，看着身边半眯着眼昏昏欲睡的萧风缱。她摇了摇头，轻声道："睡吧。"

萧风缱呢喃了一声，靠着苏秦的肩膀睡了过去。

苏秦偏头看着萧风缱，幽幽地叹息。这个让人心疼的孩子，这段时间肯定又没好好休息，瘦了不少。

到了下洼村，几个人都精神了，村子的上空升起袅袅炊烟，湛蓝的天空、清爽的空气，都让人心情大好。

萧奶奶拄着拐杖眼巴巴地往外看，看到车子后兴奋地笑出声。

萧风缱最先下车，她冲到奶奶身边，一头扎进她的怀里。

萧奶奶搂着萧风缱，笑容满面道："我的大丫长大了。"

这话说得萧风缱心酸难过。

元宝拎着一大袋子烤鸭往小院走："让一让，让一让，未来的影后来了。那什么，那个撅着屁股在奶奶怀里撒娇的小姑娘，你能不能让一让？"

大家被逗笑了，萧风缱有些羞赧地看了看苏秦。

苏秦对着她笑了笑。

袁玉如愿以偿地吃上了刚出锅的大白馒头，她跷着个二郎腿，眯着眼睛问奶奶："奶奶，你看我又美了吗？"

萧奶奶乐得不行："好看，俊俏着呢。"

袁玉笑道："我是不是比五年前更年轻了？是不是看着比风缱还小。"

正吃馒头的萧风缱差点儿噎着，萧奶奶和元宝笑得前仰后合的。

苏秦点了点头："嗯，挺小，要不要奶奶给你说门婚事？"

袁玉："……"

本来舟车劳顿折腾了一天，大家想着早点儿休息的，可是袁玉不干，非要去半山腰看星星。

没办法，大家只好依着她。

几年过去了，同样的地点，同样的自行车，一起看星星的人的心境却早已不同。

萧风缱骑车带着苏秦，愉快地哼着小曲。

苏秦看着她开心的样子，觉得这趟没白来。

袁玉逗着元宝："元宝，当年的你还是个小豁牙子，馒头脸，特别丑。"

元宝一口否认："不可能！我从小就是下洼村第一俏妞，俊极了！不信你问我姐！"

萧风缱笑呵呵道："是，下洼村第一薄情女娃娃。"

"哇。"袁玉惊呼，"敢情我家元宝还处处留情啊，都有谁，说给我听听？"

元宝一点儿也不见外，扳着指头数："小虎哥、小王弟弟、驴蛋、马脸弟弟，都是我的粉丝，小迷弟。"

袁玉听着这些充满乡土气息的名字，笑得浑身颤抖，说道："这么多粉丝呢？"

元宝美滋滋道："可不是，咱这人生才叫潇洒，可不像我姐，苦行僧一样，把追求者都吓跑了。"

"你说我干什么？"萧风缱白了妹妹一眼。

元宝回以白眼："难道不是吗？除了大牛哥，还有不少人喜欢你啊。"

袁玉被姐妹俩逗得不行，问道："真的假的？也是叫什么狗蛋驴蛋的吗？"

元宝不乐意了，说道："咋这么瞧不起人呢？我们下洼村也是出人才的，就是本村的苏伦哥哥。那也是寒门贵子，北交大的研究生，咱们出来前他还跟我打听我姐回没回来呢。"

萧风缱有点儿急眼，苏秦盯着她看了一会儿，淡淡道："可以想象。"

这么一个漂亮又懂事儿的女孩儿，当然很多人喜欢了。

上次来是夏天，而现在已经入冬了，田地上都蒙着一层薄薄的霜，河水结成了冰，冰面折射着夕阳的余晖，十分晃眼。

几个人坐在杂草地上，萧风缱怕苏秦冷，从包里掏出提前准备好的外套，递给了她。

袁玉撇嘴，踢了一脚正在瞎玩的元宝，说道："瞧你姐，多照顾阿秦。"

元宝差点儿被袁玉给绊倒，她吐了吐舌头，说道："你怎么不说，苏秦姐姐多照顾我姐啊。"

袁玉恼羞成怒道："你怎么不说风缱多懂事儿，多知道心疼阿秦！"

元宝回道:"你怎么不说苏秦姐姐多心疼我姐!"

"风缱每天还给阿秦做饭!"

"苏秦姐姐还只对我姐笑呢!"

……

一番争论完毕,萧风缱听得目瞪口呆,两人语速太快,她一句话也插不进去,苏秦也是有些无语。这两人,吵架一定要捎带上别人吗?

天色逐渐暗了下来,正是观星的好时间,萧风缱抱着双腿仰头看着天空。

苏秦看着月色下她长长的睫毛,想到小时候的事儿,问:"当时,为什么骗我们这里可以许愿?"

萧风缱很淡定,认真地说:"我没有骗人,许愿这东西,信则有,不信则无。"

苏秦无语道:"一本正经地胡说八道。"

萧风缱:"……"

今晚的星星不知道怎么了,害羞得不肯出来,只有几颗星偷偷地睁开眼窥视着这个宁静的村庄。袁玉直呼不尽兴,起来和元宝滑冰玩。

萧风缱看着苏秦,问道:"来?"

她伸出一只手,料想苏秦肯定没玩过农村的冰。

苏秦抓住风缱的手起身,说道:"好。"

然后……然后萧风缱就被苏秦高超的滑冰技术惊艳了。

元宝捂着嘴道:"哇,苏秦姐姐滑冰这么厉害。"

袁玉在旁边非常自豪地说道:"那可不,阿秦当年可是花样滑冰业余赛的亚军。"

元宝想着这下姐姐肯定会自惭形秽了,她同情地看了姐姐一眼。

萧风缱哪有什么惭愧,她在那儿半张着嘴,一副崇拜的模样。察觉到萧风缱的目光,苏秦也看向她,嫣然一笑。

一直玩到了晚上十点,几个人才回家,衣服都湿了。

不出意外的,一个个都被萧奶奶按着头数落了一顿,苏秦和袁玉也不例外。

认识了这么久,萧奶奶早就把她们都当作家里人看待了。

"你们都是小孩子吗?这么冷的天,哪有这么玩的?一个两个的都不怕感冒是不是?赶紧的,都去给我洗热水澡。"

袁玉嬉皮笑脸道:"哎呀,奶奶,难得玩得开心嘛,天气预报说明天要下雪,到时咱们出去打雪仗啊。"

萧奶奶还在絮叨:"你们几个,除了元宝身体壮得跟牛犊子似的,其他人一个比一个差,一个比一个体寒,不许出去了!"

苏秦许久没有感受到这种家的温暖,骤然被絮叨,心里有些酸酸的。她想起了妈妈。

元宝挺着肚子委屈道:"奶奶,我怎么就像牛犊了?你见过这么漂亮的牛犊吗?"

萧奶奶一个枕头扔了过去,元宝被打倒在床上,几个人都笑了起来。

因为是冬天,萧奶奶把大炕烧得很热乎,让四人睡在一起,自己则去厢房睡了。

苏秦虽然话少,但也是听几个人叽叽喳喳地聊到后半夜才睡着。

第二天早上,袁玉起床洗漱完毕,挠着头走出来,就看见院子里,苏秦正陪着奶奶剥豌豆。而厨房的桌子上,热腾腾的小米粥散发着诱人的香气,还有新出锅的油饼。袁玉跑了过去,惊叹道:"哇!"

萧风缱穿着围裙还在炸油饼,看到袁玉这样,用筷子敲了敲她的手,说道:"去洗手。"

元宝笑个不停:"瞧这没出息的样,不知道的以为我平时虐待你了。"

袁玉呼天抢地的:"哎哟,这是姐妹俩穿同一条裤子欺负我来了?喊,小元宝,你还笑,你笑什么?你去问问你姐,在她心里现在是你重要,还是苏秦更重要啊?"

元宝被袁玉一语戳破心事儿,她没底气地看着姐姐,说道:"姐,你——"

萧风缱翻了个大白眼,她这笨蛋妹妹,还是吃奶的年龄吗?这种事儿居然也要计较,简直幼稚到家了,她拒绝回答这么无聊的问题。

元宝多精明啊,一看姐姐这样就知道她在想什么,大脑飞速运转,扭头看向苏秦说道:"苏秦姐姐,在你心中是袁玉姐姐重要还是我姐姐重要啊?"

这话一出,萧风缱和袁玉一起看向苏秦。

苏秦抚额,对着萧奶奶说:"奶奶,我们去看看湖里的鱼吧。"

萧风缱:"……"

袁玉:"……"

没人去理会萧风缱那芝麻大点儿的心事儿,大家都在关注天气。还好,天气预报总算准了一回。

到了八点,雪花飘飘洒洒地落了下来,大地很快就披上了一层耀眼的银装。

四个人特别会享受，萧奶奶不准她们出去疯，她们就一人裹着一床棉被，手里端着一杯热腾腾的牛奶，一边喝一边隔着窗户欣赏雪景。

袁玉感慨道："如果可以的话，我真不想住大城市那水泥窝里，就留在这里吧。"

苏秦看了她一眼，就袁玉这闹腾的性格，现在住着是新鲜，真让她住个一年半载的，肯定要憋出病来。

当初，她们下乡找帮扶对象的时候，也不知道是谁天天嚷嚷着要回去。

元宝觉得她们四个人这样待在一起特别幸福，她摩挲着杯子，说道："缘分真奇妙，谁也想不到，我们四个会坐在一起看雪景。"

这话说得特别合时宜。

袁玉笑呵呵道："缘分这东西，妙不可言，你说是吗？阿秦。"

苏秦看着元宝说道："唱首歌吧。"

这时候唱首歌也是应景，元宝这次没搞怪，唱了一首《雪忆》。

雪天，我总会想起你。
我们会相互依偎，我们会喝一杯热茶；
……
想过千万次你我，却不知何时才能再与你相见。
……

很轻缓的调子，带着一丝悲伤，经过这段时间在秦意的训练，姐妹俩越来越默契了，元宝也完美诠释了这首明亮中带着一丝忧郁的曲子。

苏秦听着听着望向了萧风缱，萧风缱低头看着手中白色的陶瓷杯，不知道在想什么。

袁玉忍不住说道："好听是好听，但是风缱啊，不是姐姐说你，你到底经历过什么，怎么你写的每首歌都有些忧郁呢？"

萧风缱抬起头正要说话，"咚咚"的敲门声响起，元宝一溜儿小跑去开门。

打开门，飘进一股寒气与雪花，元宝笑道："哇，苏伦哥哥，你总算来找我姐姐了。"

苏伦被说得红了脸，他是书生气特别重的男孩儿，戴着一副金丝边框的眼镜，唇红齿白，自带一股儒雅的气质。

他手里端着新出锅的羊乳说道："我听说家里来客人了，过来送点儿吃的。"

"快进来吧。"元宝今天格外热情，让苏伦有些惊讶，平日里元宝可是很少让他进门的，今天是怎么了？

一进来，苏伦的目光就落在了萧风缱的身上，他像是看到了珍宝一样，眼睛都亮了。大半年没有见面，风缱的变化好大，不是长相，而是气质。萧风缱小时候虽然也长得漂亮，但总有些羸弱与忧郁。而此时，她的身上散发的自信让苏伦看直了眼睛。

苏秦目光淡淡的，抱着胳膊，上下打量着苏伦。

袁玉咳了一声，说道："不好意思，这还有俩大活人呢。"

苏伦的脸更红了，他连忙放下羊乳，说道："这是我娘做的，你们尝尝。"

萧风缱礼貌地笑了笑道："谢谢伦哥。"

苏伦原本还有话想对萧风缱说的，可看这一屋子美女在，他也不好意思多停留，简单地说了两句就走了。

人一离开，袁玉就调侃道："可以啊，挺帅气的，小鲜肉一枚。他就是让你朝思暮想的人吧？"

苏秦转头盯着萧风缱看。

萧风缱连忙否认："不是的，他只是一个哥哥。"

袁玉哈哈大笑，说道："你哥哥可真多。"

"快来尝尝吧。"元宝闻到了香味儿，她手脚利落地去拿了四个碗，"苏大娘做饭可好吃了。"

羊乳特别黏稠，乳白的颜色让人很有食欲。

袁玉尝了一口就竖起了大拇指，说道："可以啊，怪不得端着一碗羊乳就敢过来泡妞。"

萧风缱盯着袁玉问道："还吃吗？"

袁玉："……"

得，吃人嘴软拿人手短，谁让这是人家苏伦哥哥送来的呢，她还是少说话吧。

元宝火速吃完，吼着："快快快，雪停了，同志们，冲啊！"

这要不趁着雪停抓紧时间出去玩，一会儿再下起来可就不知道什么时候能停了。

大家都跟着她出去了。萧风缱知道苏秦怕冷，于是细心地拿出围巾递给她。

苏秦认真地问道:"你喜欢他吗?"

萧风缱愣了一下,抬起头疑惑地问道:"谁?"

苏秦不再说话。

萧风缱反应了一下,立即摇头:"不喜欢。"她怎么可能喜欢苏伦!

苏秦点了点头,表情淡漠,说道:"他配不上你。"

苏伦进屋的时候,她有观察到,他的目光匆匆地在她和袁玉的身上扫过,虽然时间很短,但苏秦一眼就看出那意味着什么。

风缱要配,就一定要配这世上最好的人,决不能是这样摇摆不定的人。

天地之间,白茫茫一片,各家各户的孩子都出来打雪仗了,到处都是欢声笑语。

远处的袁玉左摇右摆地在雪地上走着,笨拙得像是一只企鹅,被元宝一个接一个的雪团打得直求饶。

苏秦微笑地看着,冷不丁,"啪"的一声,身上一凉,低头一看,白色的雪团刚好散落在地上。

萧风缱站在对面,得意扬扬道:"我可是我们村打雪仗的小能手。"

这话不是吹的,萧风缱打雪仗在下洼村是出了名的。最初,她不愿意玩,但是元宝喜欢,而且特别爱惹事,打完这个招惹那个的,被群殴后哭唧唧地来找姐姐,因此萧风缱也练就了一身打雪仗的本领。

果不其然,苏秦一看旁边的小孩儿都一脸敬畏地看着萧风缱手里的雪团。

苏秦似笑非笑道:"要怎么才不打我?"

不打她……苏秦这是在撒娇吗?

苏秦还在笑,眉目间带着一丝难得的娇气,问道:"要让我求你吗?"

萧风缱看着苏秦,感觉手里的雪团都要融化了。

突然,苏秦的手机响了,她看了眼来电显示,进屋去接了。

萧风缱懊恼地把手里快要融化的雪团扔在了地上。

"来啊,姐姐,绞杀敌军!"元宝还在起哄,玩了大半天她衣服都湿透了。

萧风缱没什么精神,苏秦都接二十分钟电话了还没出来。

"你进去看看啊。"元宝道。

萧风缱原本不想去打扰苏秦的,被妹妹这么一催,她拍了拍身上的残雪,往屋里走。

卧室的门是半掩着的,萧风缱犹豫地推开了门。

苏秦应该是刚洗完澡，只穿了一件宽松的T恤，她一只手擦着头发，另一只手还按着手机。

萧风缱连忙道歉："对不起……"

听见动静，苏秦抬起了头，看着萧风缱笑了。她随手拿起旁边的杯子，吃了几粒白色的药片，她又有些不舒服了。

萧风缱的目光落在药片上，小声问："晚上要不要喝热牛奶？"

她跟在苏秦身边这么久，知道这药是缓解头痛的。

苏秦这段时间偏头痛越来越严重了，医生说过一定要注意休息，不然会落下病根，可苏秦一忙起来，哪还管得了那么多。

苏秦摇了摇头，她擦着长发，带起阵阵芳香，说道："不了，风缱，临时有工作，我明天就要回去了。"

萧风缱一听，立即抬起头，满眼失落，说道："可是才刚回来没多久啊。"

苏秦知道她心里舍不得，柔声安慰了几句。

其实，这样的奔波与忙碌，才是苏秦的常态。以前，她不曾与别人解释什么，可面前的女孩儿那失落的眼神让她于心不忍。

萧风缱垂着头不吭声，可眼里却聚起了一片湿意。

屋外的两个活宝也打完了雪仗。两人嬉笑着回了屋，袁玉拍着身上的雪粒叫道："哎呀呀，黏死了，我要洗澡。小元宝，去给姐姐弄洗澡水。"

元宝的头发也是黏得难受，说道："别那么麻烦啊，一起洗。"

袁玉一听，挤眉弄眼地盯着元宝看，说道："一起洗啊，那姐姐可要看看我们的小元宝发育得怎么样了？"

元宝无所谓地道："随便看！"

袁玉："……"

两人正闹着，袁玉的余光看到一旁失魂落魄的萧风缱，问道："风缱，你这是怎么了？去做饭啊。"

打雪仗可是个体力活儿，她累坏了，急需美食安慰。

萧风缱心不在焉地往厨房走。

苏秦也走了出来，她换了一身黑色的衣服，看着袁玉说道："怎么闹成这样？"她的语气冰冷，带着一丝怒意。

就在袁玉和元宝回来之前，一向懂事儿乖巧的萧风缱居然发了小脾气，问她什么时候能不那么忙，能休息一下，不要把自己当机器人。

这话如果是其他人来说,苏秦并不会在意,可这是萧风缱,是那个从小到大就听她的话,无论她说什么,都会乖乖答应的孩子。

她惊讶萧风缱的改变,被说得哑口无言。所以,一时难以接受的苏总心情不好了。

袁玉全身都湿透了,她笑呵呵道:"这里是好玩,以后我们要常来。"

萧风缱盯着苏秦看,苏秦对袁玉的话不置可否,她安静地坐在窗户边,双手捧着一杯茶,静静地喝着。

她的发被风吹起,红唇欲滴,这画面很美,就像是香港老电影里的画面。

袁玉最了解苏秦,她悄悄冲萧风缱使了个眼色,说道:"风缱,给我们做饭啊,愣着干什么?"

萧风缱应了一声,又看了一眼苏秦,见她动也不动,这才去厨房了。

刚刚也不知道自己怎么了,竟然会那样质问苏秦,她一定是昏了头,她又有什么立场去质问苏秦?她明明看到了苏秦的不易。萧风缱知道自己不该,可她就是舍不得,明明才来了这么一会儿,苏秦就要离开……

一定要让自己那么辛苦吗?她只是……心疼苏秦。

午饭依旧很丰盛。

袁玉举着酒杯,美滋滋地说道:"奶奶,这里太美了,以后我要经常回来。"

萧奶奶乐得合不拢嘴,她岁数大了,特别喜欢热闹,说道:"你这丫头,嘴真甜,别哄奶奶,一定要来。"

袁玉一口答应了,她用眼神示意苏秦也跟着哄哄奶奶,可苏秦明显不在状态,一直看着窗外。

多久了,从没有谁敢干预她的生活,也没有人会对她说那样的话。

晚上,萧风缱照常端了一盆热水给苏秦泡脚。

苏秦手脚冰凉不是一两天了,只要萧风缱在她身边,每晚就会烧热水给她泡脚。

苏秦看着萧风缱把水盆放在地上,淡淡地问:"还生气吗?"

萧风缱低头不说话。

苏秦也转过头,不去看她,说道:"这样的生活,对我来说已经是常态了。"

萧风缱咬着唇一言不发。

"这就是我的人生。"苏秦的语气轻飘飘的,"除了工作,我也不知道自己还有什么存在的意义。"

萧风缱不知道自己是怎么回房间的,她只感觉自己难受到几乎要窒息了。

袁玉和元宝的心思都在玩上，谁也没注意到苏秦和萧风缱之间发生了什么。

大晚上的，元宝支起了烧烤架，去屋里叫袁玉："来呀，烤串呀。"

袁玉一听口水直流，问道："你姐烤的吗？"

苏秦正在床上安静地看书。

元宝虽然不乐意，但也不敢太大声："干吗呀，瞧不起人吗？我姐好像身体不舒服，早早睡了，说是睁不开眼睛。"

苏秦听了，握紧了手里的书。

袁玉披了一件外套，说道："我想吃烤鸡翅！"

元宝回道："有大腰子，你吃吗？"

"恶心死了。"袁玉一脸的嫌弃，"我才不要吃！"

随着两人的争吵声传来，苏秦合上了书，她看着桌子上泛黄的灯光，幽幽地叹了口气。

这个孩子啊，她何尝不明白风缱的心疼。只是，这么多年，她早就习惯了。

苏秦也知道今天是自己语气重了，伤了那孩子的心，可她控制不住。

就好像是一个孤单的人，习惯了冰冷，骤然有人想要温暖她，她也会不自觉地逃避。

第二天一早，两人就要离开，萧奶奶自然是舍不得，问道："不是说好待三天的吗？怎么才一天就要走了？"

苏秦解释着是工作原因，袁玉也是满脸的不乐意，说道："每次跟这工作狂出来都特别扫兴。"

元宝把家里晒的野生干蘑菇递给了袁玉："我看你爱吃，拿回去自己做啊。"

袁玉回道："我才不自己做，回头去阿秦家让你姐做。欸，风缱呢？身体还没好呢？"她侧着身子往屋里看。

苏秦沉默着，眼睛忍不住往屋里望了望。

萧奶奶叹气道："这孩子啊，八成又痛经了，小时候跟她说别碰凉东西，她偏不听。"

元宝龇牙道："奶奶，我姐前些天刚过了经期，她这是鼻炎犯了！"

临到走了，元宝还要跟袁玉斗几句嘴才恋恋不舍地挥手道别。

随后，元宝穿着拖鞋"啪嗒啪嗒"地跑进卧室，去拽姐姐的被子："起来啊,别装了,人都走了。"

她一早就发现姐姐和苏秦姐姐不对劲儿了,一定是发生了什么。

萧风缱紧紧地拽着被子,缩成一团。

元宝见拽不开,咬牙使了蛮劲,一把掀开了被子。

当看到姐姐满脸眼泪的时候,元宝愣住了:"这……姐,你……"

萧风缱不说话,就只是掉眼泪。

元宝心疼极了,问道:"咋了?不就是提前走了吗?怎么还哭了?哎呀,好啦,不哭了,以后有的是见面的机会。"

萧风缱垂着头不说话,只感觉小腹处像是有一团冰,怎么也无法融化,肚子更疼了。

在家里休养了两天,萧风缱也回北京了,再次踏上这片土地,却没了之前的期待与兴奋,而是满满的失落。

苏秦,一定是生气了吧。

以前她都是周五从学校回家,周日返校,无论多忙,苏秦都会来接她。

这次也有人来接,不过是苏秦的司机何彦。

何彦戴着白手套,文质彬彬地站在车旁,说道:"回来了。"说着就要去拿行李。

萧风缱把行李往后拖了一下,躲开了何彦,说道:"谢谢了,不必这么麻烦,我可以坐公交车的。"

说完,萧风缱拉着行李大跨步离开机场。

何彦盯着萧风缱的背影恍惚了好一阵,才拿起手机把事情的经过汇报给了苏秦。

苏秦听后沉默了一会儿,问:"我交代你的事儿,你都办了吗?"

何彦点头回道:"苏总放心,已经安排人保护她安全了。"

两个星期后元宝也回来了,她来秦意转了一圈没看见姐姐,就给袁玉打电话。

袁玉那边好像还挺热闹:"放那儿,三个K,豹子,拿钱,都给我拿钱!"

元宝:"……"

这位姐姐过得真的好潇洒啊,让她羡慕。

袁玉知道她要问什么:"风缱那小浑蛋啊,不知道跟阿秦闹什么别扭了,已经一个星期没见她了,不仅没来秦意,连阿秦家里也没去。"

元宝默默地挂断了电话，给姐姐发了一条微信消息后，便去苏秦的办公室里转悠了一下。

苏秦的脸色不是很好，有些苍白，眼下乌青。

"回来了。"苏秦的语气很平淡。

元宝也早就习惯了："是呢，回来找了一圈，也没看到我姐姐。"

苏秦不说话。

元宝就跟着装傻："真是的，人呢？我给娟姐打电话，她们好像又出去喝酒了？唉，我姐这是怎么了？苏秦姐姐，你知道吗？"

她说完后盯着苏秦看，苏秦的目光扫了过来。两人的目光陡然一接触，元宝的心猛地一跳。

静静地对视几秒钟后。

苏秦淡淡地说："你姐每天窝在被窝里睡觉，并没有出去喝酒。"

元宝："……"

这就尴尬了，谎言当场被拆穿。

元宝觉得此时她就像一个被戳了屁股的小丑一样滑稽，立马告辞了。

真的是太可怕了，苏秦姐姐虽然很漂亮……但也太强势了。

因为元宝年龄小，所以苏秦特意和经验丰富的张慧打了声招呼，让她平时多提点一下她。

张慧一看见元宝，就抱怨道："你姐姐怎么了？这么多天都没来？她的词被几个歌手看中了，但又见不到她人，钱她都不要了吗？"

元宝叹了口气道："我姐姐忙于学业，最近可能都不会来了。"

"别扯了。"张慧胳膊一挥，"什么学业不学业的，她肯定是跟阿秦闹别扭了吧？"

元宝简直要鼓掌了，说道："张慧姐姐，你简直是我的偶像！"

张慧挥了挥手，说道："等我抓到风缱，看我不收拾她！"

元宝用力地点头，眼里满是崇拜。

张慧可是风风火火的性格，当天晚上就杀到了B大，把萧风缱从宿舍里拽了出来。

萧风缱出息了，秦意不去，晚自习她居然也不上，就窝在宿舍里。

大晚上的冷风直吹，萧风缱只穿了一件薄薄的睡衣，她抱着胳膊看着张慧问道："怎么了，慧姐？"

她头发凌乱，面色蜡黄，眼神黯淡无光。想要笑，却怎么都笑不出来。

这哪还是之前的萧风缱。

张慧看得直摇头,说道:"你还是别笑了,笑比哭还难看。"

萧风缱低下了头。

自认识萧风缱起,张慧看到的都是她神采飞扬、不屈向上的样子,什么时候见过她这样低沉?

张慧安慰道:"哎呀,行了,妹妹,至于吗?不就是闹个别扭吗?你也不用把阿秦想得太可怕。她就是刀子嘴豆腐心。"

萧风缱叹了口气道:"我们这段时间都没有联系。"

甚至连一个信息都不曾发,快一个月了,两人都没有见面。

临近年关。

秦意的活动逐渐少了,大牌艺人多回家陪家人了,或者春节空出时间去参加各大卫视的春晚,像元宝这样的新人才会留下来继续训练。

公司里开始挂气球、彩色灯光板,就连餐厅饭菜的花样都多了起来,年味越来越浓,大家也没什么心思去训练,就想过年前把心仪的人带回家。

元宝长得漂亮,加上嘴甜,自然拥有不少的追求者。

苏秦对此是知情的,但她只是偶尔去看看元宝的排练,其他的话并不多说。

今天苏秦来看彩排的时候,正好碰见有人跟元宝表白。

元宝穿了一套白色的运动服,头发绑着,朴素的打扮却遮挡不住眼里的那份灵动。她看着眼前的情书,称赞道:"哇,小涛,你真是个传统的男人,不错不错。信封上的小鸟很漂亮,叽叽喳喳的样子很喜庆。"

小涛也是同批的练习生,他被元宝说得满脸通红:"我……我……我……那不是小鸟,是……是……是孔雀。"

"结巴什么。"元宝大大方方地收了情书,"情书我收了,别的就算了,咱还是当哥们儿吧,长长久久的。"

小涛很失落地离开了。

小涛刚走,袁玉就推门而入,她手里拎着两袋小龙虾,说道:"小元宝,看姐姐带什么来了?"

元宝立马冲了过去:"啊,龙虾!我最爱你了!"

这两人在一块真的像是亲姐妹一样。

亲姐妹……苏秦幽幽地叹了口气,已经很久没见到萧风缱了,不是故意冷落她,只是不知道该以什么样的态度面对她。

打开包装盒,各种口味的小龙虾放成一排,蒜香的、麻辣的、清蒸的,两人吃得很开心。

袁玉看着元宝手里的信,说道:"可以啊,行情不错,这都第几个了?"

元宝摇着头说道:"不记得了。"

袁玉继续说道:"今儿这个怎么样,又伤人家心了吗?"

"什么啊?"元宝吃着虾肉,"喜欢一个人不是很正常吗?我为什么要伤人家的心?"

苏秦若有所思地看着前方的形体训练场,上次萧风缱来的时候,还和元宝一起在里面压腿,疼得龇牙咧嘴,非说自己老了。

袁玉往嘴里塞了一颗虾球,边吃边说:"你眼光够高啊,到底喜欢什么样的?比你姐还挑。"

萧风缱正是大好年龄,长得漂亮不说,还会写词。别说是新人了,就是有些老牌艺人也对她青睐有加。可她每次都直接拒绝他人的表白,一点儿面子都不给。

元宝努力剥着虾壳,回道:"我喜欢身材好气质佳的,最好是冷一点儿的,就是不在一起,瞅着也养眼啊。我姐她哪是挑啊,就是假正经一个。"

这话让苏秦一下子转过头,定定地看着元宝。

袁玉笑得嘴都要歪了,说道:"哎哟喂,你逗死我得了。"

元宝一脸的不乐意,说道:"难道不是吗?哎呀,我不跟你说了,我姐一会儿来,我得赶紧洗手去。"

"真的假的!"袁玉一下子爬了起来,"哪儿呢?哪儿呢?我开车跟你一起去接,好久没见到风缱了,我得问问她忙什么呢!"

元宝在水池边洗着手,说道:"那正好,苏秦姐姐也在,咱们出去吃寿司吧,我馋了。"

袁玉点头道:"行,那小龙虾我放你宿舍的冰箱里,你晚上饿了吃。走啊,阿秦,愣着干什么呢?"

苏秦揽了一下身上的外套,刚要说不了,就看见门被推开,萧风缱缓缓地走了进来。

瘦了,人也憔悴了,更让人怜惜。

萧风缱穿了一件白色的风衣,更显羸弱,这还是苏秦给她买的,她的眼神有些空洞,没了往日的神采。对视的那一刻,苏秦没有移开视线,倒是萧风缱叹了口气,转过头去。

她们到底还是去了，四个人开了一个包厢，点了一大桌子寿司，围坐在一起。

华丽的水晶灯投下淡淡的光，使整个包厢显得优雅而静谧。

萧风缱始终低着头，一言不发。

袁玉调着小料问："风缱，你到底去哪儿了啊？怎么一声不响消失了这么久？你不知道你的词很多人都看上了吗？"

萧风缱勉强地笑了笑，说道："我最近不舒服，休息了一下。"

说罢，萧风缱看向苏秦。

苏秦吃着寿司，她坐姿端正，如墨的长发散着，灯光落在身上，为她镀了一层金边。

"咚——咚——"的敲门声响起，袁玉皱眉说道："谁啊？"

门被拉开，服务员探头说道："是一位叫张慧的女士——"

服务员话还没说完，张慧就推门而入，她今天穿得特别性感，上身穿了一件紧身衣，下身穿一条黑色短裙，整个人散发着别样的魅力。

苏秦看向萧风缱，放下了筷子。

张慧一甩头发，说道："哎呀呀，人都在呢？正好我有事儿要跟大家说啊。"

什么事儿啊？还这么一本正经的？

张慧胳膊一抬，说道："这不是之前我受咱们苏总所托，一直在对未来的作词人风缱同学进行乐理知识的培训吗？她这段时间的进步，大家也都看到了。我一直想要给她找一个作曲人，让她们成为黄金搭档，以前没有合适的，现在终于让我找到了。"

这下子，所有人的目光都看向了萧风缱。

袁玉看着张慧，问道："谁啊？"

张慧笑眯眯地回答："说来也巧了，她还是风缱的同学，就之前我带的那个小孩儿，何云，她和风缱一个宿舍。我最近才发现两人很合拍，这不是琢磨着，为了方便，以后干脆让风缱搬出来，去我那儿住得了，方便我们仨一块搞创作。"

袁玉听后"啊"了一声，看向苏秦。元宝迷茫地看着姐姐，这是什么情况？

萧风缱自始至终都垂着头，不说话。

苏秦还是一贯的冷淡，她放下筷子，用纸巾擦了擦嘴，淡淡地对着张慧说："不行。"

这话说完,现场一阵安静。

张慧张着嘴,看着苏秦,半晌问道:"阿秦,你说什么?"

苏秦没有重复话的习惯,她瞥了萧风缱一眼,淡淡说道:"吃完了吗?"

萧风缱怔怔地看着她,点了点头。

苏秦起身说道:"走,回去吧。"

这是自下洼村回来,两人第一次对话,萧风缱的眼圈有些红了。

张慧还想要拦一下,被苏秦锐利的目光一扫,吓得瞬间不敢动了。

苏总发脾气了,谁敢拦着?

回去的路上,苏秦开车,萧风缱坐在后排,她忐忑地看着前面的苏秦。苏秦不说话板着脸的时候,冷冰冰的,让人害怕。

车开了十分钟左右,在等红绿灯的间隙,苏秦缓缓地开口:"风缱。"

萧风缱抬起头,看向苏秦。

苏秦声音十分轻柔:"对不起。"

萧风缱咬了咬唇,瞬间眼眶泛红。

这样的眼神,让苏秦想起了小时候的萧风缱,她的内心更加自责,轻声说:"我不是生气,更不是故意凶你,我只是……"

她深吸一口气,看着远处继续说道:"不习惯有人这么对我。"

在外人看来,她是高高在上的苏总,从小就衣食无忧,享尽所有福气,可实际上她不过是一个缺爱的孩子。母亲去世后,她的父亲最开始还跟着她一起难受,说要加倍疼爱她。可没过多久,他就有了新的爱人,很快,又有了袁玉。

回到那个所谓的"家",苏秦从没有感受过欢乐与幸福。

她是孤独的,像是一个旁观者一样,看着这和睦的一家三口。她的内心像是住了一个无助的行人,一路走不敢停下来,只要稍做停留,她就会被寂寞侵袭。

她早就习惯了如此,也认为自己会一直这样,直到遇见萧风缱,这个真心对她好、想要她好的孩子。

苏秦知道萧风缱那么说是出于对她的关心,她只是不适应。

萧风缱听了这样的话,感动得一塌糊涂,她什么都没有说,只是在下车之后,轻轻地抱了抱苏秦。

漫天星光灿烂,晚风柔和,两人相视而笑。

第五章
第一个除夕夜
◆

　　自从和苏秦重归于好之后,萧风缱的状态好了很多,她每天积极地学习、生活,不止如此,还跟何云成了朋友。
　　何云性子高冷,喜欢原创音乐,是个漂亮的女孩儿。只是她太高冷孤僻了,一个学期下来,有很多同学都叫不出她的名字。
　　她习惯了独来独往,虽然跟萧风缱是一个宿舍,但之前没有太多交集。
　　张慧牵线让两人认识的时候,何云还冷冰冰的,等了解萧风缱之后,她发现无论是在作词作曲方面,还是音乐风格方面,她和萧风缱都出奇的合拍,两人的关系也逐渐好了起来。
　　萧风缱也算是何云上大学交的第一个朋友了。
　　下午,萧风缱去了一趟苏秦的办公室。最近太忙,她已经很久没见苏秦了。苏秦少有的没在处理工作,她抱着双臂静静地看着窗外。
　　萧风缱每次看到苏秦这样都会心疼,她是那么孤单。
　　眼看着要过年了,家家户户开始置办年货,年味也越发浓重起来了。
　　萧风缱从袁玉口中得知,苏秦已经很多年都是一个人在公司过年。
　　每一年合家欢聚的日子,都是苏秦最孤单的时候。
　　"喝点儿牛奶。"萧风缱倒了杯牛奶给苏秦。
　　苏秦转过身看着她,问道:"你怎么有空来?"
　　萧风缱总觉得这话带了些挖苦的味道:"我……要过年了,你别总加班。喏,这是我做的蛋挞。"
　　苏秦瞥了她一眼,坐下来,安静地喝着牛奶。她一不说话,气压就会变得特别低。
　　萧风缱坐着都觉得冷,说道:"快过年了,多休息休息,别给自己太大压力,要劳逸结合。"

这话以前她也会嘱咐苏秦。苏秦从来都是宠溺地笑笑。

可今天,苏秦居然放下了杯子:"那是自然,比不上你们年轻人了。"

萧风缱:"……"

她正郁闷着,隔壁的房间里,元宝咋咋呼呼的歌声飘了过来:"新年好啊新年好啊,祝福大家新年好,好好好好好!我们唱歌,我们跳舞,祝福大家好好好好好!袁玉姐姐,新年快乐,红包拿来!"

紧接着,是两人"惊天动地"的笑声。

萧风缱想了想,说道:"我也唱一首歌吧。"

苏秦看着她的眼睛,点了点头。

萧风缱自然不会像元宝那样没正经,她有些紧张地清了清嗓子,唱了一首《最浪漫的事》。

萧风缱的嗓音虽然不如元宝,但这首歌她是用了心唱的。

> 我能想到最浪漫的事,
> 就是和你一起慢慢变老,
> 一路上收藏点点滴滴的欢笑,
> 留到以后坐着摇椅慢慢聊。

一曲完毕,萧风缱发现苏秦眼里居然带着一丝愠怒。

沉默了一会儿,苏秦看着萧风缱,问:"你选这首歌,是因为符合我的年龄吗?"

萧风缱干咳了一声,转移话题:"我过年想留下来。"

苏秦沉默了。

"放心吧,奶奶和妹妹那里我会搞定的。"萧风缱以为苏秦沉默是怕她家里不答应,"等过完年我会回去几天,奶奶能理解的,元宝那边我买点儿好吃的堵住她的嘴。"

终于,苏秦点了点头。

当萧风缱给奶奶打电话说这事儿的时候,迎面就是一顿臭骂:"小兔崽子,翅膀硬了,过年都不回来了?什么好好学习?说实话,你到底要干什么?"

萧风缱没办法,只能硬着头皮告诉奶奶留下来是要陪苏秦,说完忐忑地等奶奶的回应。

出乎意料,听到萧风缱说苏秦是一个人过年后,萧奶奶十分大度地说道:"陪吧,等年后可以带着她一起回来,奶奶给你们做黏豆包。"

奶奶这关过了,萧风缱给元宝打电话的时候一本正经地说道:"过年我不回去了,我——"元宝打断她:"哎呀,我知道了。我又不是奶奶,跟我说那么多干什么。"

萧风缱:"……"

得到家里的同意,萧风缱放宽心了,她开始往苏秦家的冰箱里囤东西,瓜果蔬菜、各种肉类、调料等一应俱全。随后她又开始切肉、卤肉,各种忙乎,就等着和苏秦一起过年。

临近寒假,萧风缱有大把的空闲时间,苏秦却忙得焦头烂额。

秦意虽然刚起步,但发展势头不错。训练场、员工宿舍也在建设中,每一个方案都需要苏秦过目,每一个工地,她都要亲自走一趟。

大冬天的,她一忙就是一整天。每天回家,苏秦都是满身疲倦,有时候还会胃痛,疼得躺在沙发上,一动不动。

萧风缱只好变着花样给苏秦做一些温补的食物,给她养胃。

好在有效果,苏秦告诉萧风缱,这段时间她很少胃痛了。

萧风缱听后备受鼓舞,又给苏秦做了许多滋补的菜肴。偶尔,袁玉会过来蹭饭,她最近也比较烦。袁然发现她资助的是萧风缱的妹妹,硬是让她重新再资助一个。

日子过得飞快,新年前夕,苏秦总算休息了。

这几天,萧风缱天天给苏秦做不同的滋补粥品,把苏秦养得脸色红润。

这天,苏秦坐在沙发上看报纸、喝粥,而萧风缱却一刻都闲不下来,不停地做家务,苏秦突然觉得如果能一直这样生活也不错。

惊觉自己的想法,苏秦又赶紧摇了摇头,她怎么能那么自私?把风缱绑在自己身边?

苏秦垂着头沉默了片刻,她放下手里的财经报纸,打开了电视。

萧风缱每天会把家里的地拖两遍,一遍是用墩布拖,一遍是跪着拿抹布一点儿一点儿擦。

萧风缱正在擦客厅的地面,突然听见电视机里传来的声音,惊讶地抬起头看向苏秦。

如果没记错,除了每晚的《新闻联播》,苏秦很少看电视的,这个点怎么打开电视了？

现在这个时间,电视里播放的都是一些晚会,大多是歌舞节目,苏秦不喜欢看,她调着台,被一个跳健身操的节目吸引了。

健身教练是一个年轻的女孩儿,她穿着运动服,扎着辫子,正在示范一个动作,笑着说全世界只有百分之一的人能完成。

这个动作是假装面前有一个箱子,踩着空气迈过去。

健身教练说道:"这个动作需要超高的协调能力,不是那么容易做的。"

萧风缱也凑了过来,说道:"看着是挺厉害的。"

苏秦放下遥控器,她试了一下,失败了。

萧风缱想着苏秦都失败了,她也不大可能成功,就没想着试。

健身教练又说:"我有一个妹妹,不到十八岁,第一次做这个动作就成功了,真是不服不行啊。哈哈,还是老了,我练习了很久才做出来的。"

萧风缱一听这话警钟大鸣。

果不其然,苏秦瞄了她一眼,淡淡地说:"风缱。"

萧风缱连忙应声:"哎。"

苏秦道:"你试试。"

萧风缱:"……"

这要是别人,萧风缱还能糊弄一下,但眼前的可是火眼金睛的苏秦,还是处于较真阶段的苏姐姐。

萧风缱只能试一试,谁承想,一下就成功了。

苏秦:"……"

萧风缱:"……"

电视里的主持人还在笑:"哈哈,是啊,青春无敌,咱们这些老年人,比不了了。"

"啪"的一声,电视关了。

苏秦低头继续看报纸,萧风缱咳了一声,继续擦地,就像是什么都没发生一样。

虽然萧风缱知道苏秦肯定又偷偷给她记下了一笔账,但她还是特别高兴。

除夕夜,萧风缱乐呵呵地做着晚饭,苏秦靠着门问道:"你不回去真的可以吗？"

"都这个时候了,也回不去了,票都没了。"萧风缱揉着面,"这白沙糕是元宝最爱吃的,松软的面包里裹着甜蜜的豆沙,咬一口保准你终生难忘,一会儿咱们边看春晚边吃。"

苏秦笑着点了点头。

以往苏秦被袁玉拉回家过节,大家都不自在。这之后,她便很少回去了,都是一个人过年。年夜饭也是叫外卖,自己很少动手,一是觉得麻烦,二是做了一个人吃也没什么滋味。

可今天,满屋子飘溢着各种食物的香味,再加上萧风缱不停地说着话,她的内心终于涌起了一种过年了的幸福感。

"我也做一个吧。"苏秦说道。

她拿出鸡翅,都过年了,不能让风缱跟着她吃素,给她做个肉菜吧。

萧风缱也没拦她,想着难得苏秦心情好,就随她去吧。

苏秦做起饭来有模有样的,萧风缱看了几眼后,暗自偷笑。

窗外,鞭炮声连连,萧风缱到底是年轻人,不时地往外探头,说道:"一会儿吃完,咱们也出去放烟花。"

一个小时之后,饭菜都出锅了。

苏秦端着黑漆漆的红烧鸡翅,再看看萧风缱做的那一桌子色香味俱全的饭菜,她抿了抿唇。

萧风缱擦了擦手,凑了过来,大声赞叹:"哇,好香的板栗鸡翅啊!"

沉默了一会儿,苏秦说道:"我这是红烧的。"

萧风缱:"……"

拍马屁拍到马腿上了。

萧风缱只能用实际行动回报苏秦的辛勤劳动,她把一盘子鸡翅都吃了,无论苏秦怎么说,她就是不放筷子。

吃完年夜饭,两人一起看了春晚。

在倒计时的最后一秒,萧风缱笑着对苏秦说:"新年快乐!"

苏秦也笑道:"新年快乐。"这个小姑娘,真的长大了。

这时候,有电话打了进来,是徐浩,平日里遇到什么事儿他都非常镇定,可这会儿声音却十分慌张:"苏总,出事儿了!"

苏秦脸色沉了下去,声音却很镇定:"什么事儿?"

徐浩那边人声嘈杂:"财务……财务卷款跑了,工资全都没发。工地的工人们闹了起来,聚集了四十多个人,对峙的时候还把保安打了,保安队长伤得很重，流了特别多的血。我已经报警了，人太多，局面有些控制不住了……"

苏秦皱着眉说道："等着我。"

萧风缱这会儿也意识到出事儿了，她紧张地看着苏秦。

苏秦立马拨通了何彦的电话："过来接我。"

这个时候，时间很珍贵，多说一句都是废话。

苏秦穿上外套就要走，她对着萧风缱说："你留在家里。"

萧风缱起身，说道："我跟你一起去。"

苏秦的脸色有些不好看，语气生硬道："你留下来！"

萧风缱咬唇盯着她，虽然没说话，但没有要让步的意思。

这个时候，她怎么可能让苏秦一个人去？她就算什么忙也帮不上，守在她身边也好啊。

苏秦知道萧风缱的性格，这时候时间紧急，她只能快速地点了点头。

何彦很有效率，苏秦下楼的时候，他已经到了。

小区里的鞭炮声逐渐退去，除了几个放烟花的年轻人，家家户户都回屋休息，准备迎接新的一年了。

车窗外，雪中的风景很美。可这个时候，苏秦和萧风缱谁都没有心思去欣赏什么雪景了。

上了车，徐浩的电话又打了过来："苏总，你来了吗？公安局这边说要见负责人，民工们还是不肯离开！"

苏秦冷笑道："徐浩，我问你，你是什么时候知道财务不对劲儿的？"

这话把徐浩问住了。

没错，他在年前就发现了这个问题，也知道财务私自将钱扣了下来。他当时之所以睁一只眼闭一只眼，是因为财务告诉他钱被挪到了厂房建设那边，那边资金一到齐，立马就把钱还回来。

财务深知徐浩爱慕苏总，特意告诉他，这点小事儿就没必要告诉苏总了，等厂房全都盖齐，苏总一定会满意的。

苏秦挂断电话，手放在腿上沉思了片刻，又拨了几个电话出去。

第一个电话是打给公司的法人，第二个电话是打给公司的律师团，第三个电话是打给总公司财务部经理，让她立马拨钱出来给工人发工资，缓和矛盾。

萧风缱在旁边看着，焦急的同时是佩服，苏秦真的是临危不乱，无论什么时候，都这么冷静。

苏秦到现场时，警察已经拉起警戒线，控制住了现场。

为首的工人认识苏秦，一看见她来，立马站了起来，喊道："苏总，是苏总！她来了！！！"

苏秦在秦意的威望很高，她的到来虽然引起了一阵骚动，但是大家都没有像刚才那样激进地往前冲。

苏秦先是向现场的警察了解了一下情况，随后拿着扩音器，说道："大家都是秦意的员工，发生这样的事儿，我向大家道歉。同时，我向大家承诺，我会承担所有责任，并还给大家一个公道。"

话落，苏秦对着所有人深深地鞠了一个躬。

萧风缱一脸心疼地看着苏秦。

苏秦的声音缓慢却有力度："我向大家保证，工资二十四小时内到账。"

这话一出，又是一阵躁动，却还是有不满意的人喊道："我们因为没发钱连家都回不了！"

"是啊，我还受伤了！"

"这么大的公司，居然拖欠我们工钱！"

……

外围有记者开着闪光灯在拍照，秦意是娱乐公司，口碑非常重要，这种事儿如果传出去，对未来的发展非常不利。

苏秦态度很诚恳："凡是因为工资没有到账而回不了家的，秦意为大家买车票，大家这几天在北京的花费，我们三倍赔偿。"

这是十分有诚意的赔偿了。

苏秦没有给大家议论的时间，继续道："大家也看到了，我们安保部门的几个小伙子都受伤了，工资的事儿自然由秦意负责，但其他的我们会走法律程序。"

这话一出，前排闹得最凶的几个人开始往后退，怕惹上麻烦。他们一退，后面的人也跟着退，警察顺势上去开展纾解工作。

苏秦配合警察工作，跟着去了派出所做笔录。

萧风缱始终跟着苏秦，她知道自己帮不上什么忙，但这种时候，她就想待在苏秦身边。

总公司速度很快，一个小时后，大家的工资陆续到账，工人们的情绪也不那么激动了。除了几个因为打架造成保安受伤的人被扣押外，其他人都自行离开了。大家都想回家过年，既然拿到了钱和相应的赔偿，没有人愿意在这儿耗着。

苏秦从派出所出来的时候，已经是凌晨四点了，她有些疲惫，坐在后座打电话。

萧风缱就坐在她身边，苏秦偏了偏头，靠在车窗上："喂，Amy，你去联系袁玉，让她请圈子里的记者朋友们喝喝茶。"

这个时候，所有人都可以休息，苏秦却不可以。她还在打电话，安排着后续的赔偿工作。

派出所那边随后传来消息，已经将财务的信息录入了全国在逃人员信息库，一旦出现，警方会第一时间抓捕。

秦意对外的澄清公告也出来了，好在并没有引起舆论危机，苏秦这才舒了一口气。

萧风缱买了一杯热豆浆，说道："喝点儿。"

苏秦摇了摇头。

萧风缱把吸管插进去，劝道："稍微喝一点儿。"

豆浆能暖胃，甜味儿又能让人的情绪放松。

苏秦刚喝了两口，车门被拍响了，她透过车窗一看是徐浩。

徐浩的西装已经皱得不行了，头发也乱成一团，苏秦下车后，他一脸懊恼地说道："苏总，对不起，是我的错。"

苏秦看着他，声音冷漠："我请你来不是制造问题的。"

徐浩是她花重金从南阳挖来的，没想到会发生这样的事情。

徐浩略带些哀求地看着苏秦，说道："苏总，是我疏忽了，我——"

话还没说完，后面传来一阵嘈杂的脚步声。有人骂骂咧咧地冲了过来，那人手里拿着半尺长的铁钩，眼睛赤红一片。他像是失去了理智一般，手里的铁钩冲着徐浩就刺了过去，喊道："放我儿子出来，放我儿子出来！"

此人气势汹汹，一下又一下，招招往要害招呼。

徐浩到底是男人，体能上有优势，他立马往后闪，躲避对方的攻击。可苏秦离他太近了，对方又杀红了眼，他这么一躲，就把苏秦暴露了。

铁钩迎面而来，苏秦吓得浑身冒冷汗。

萧风缱站在苏秦身边，看到铁钩就要对着苏秦刺下去的时候，她几乎是本能地将苏秦挡在了身后，她没有什么东西能抵挡锐利的铁钩，只能伸出手去挡了一下。

"嗞——"

"风缱！"

随着皮肉被刺破，萧风缱手上的血喷涌而出，这个时候，她反而感觉不到痛，只是努力地用身子护住苏秦。

对面发疯的人乍一见到血也是愣住了。

就在他茫然的这一刹那，警察赶了过来，一把将他按在了地上。

苏秦浑身颤抖，她抓紧萧风缱的胳膊喊道："风缱，风缱！"

感觉到手上的湿意，萧风缱低头一看，整个手掌都是鲜血，滴滴答答地流了一地。

萧风缱的左手紧紧地握着自己的右手腕，她想要安慰苏秦，话还没出口，就被剧烈的疼痛给击溃了。

都说十指连心，更何况那铁钩穿透了她的右掌。

民警看到这一幕也吓坏了，慌里慌张地拨打了120。

血流得太多了，伤口又太骇人。

救护车到后，医护人员将萧风缱带上车，给她的伤口做了简单的处理，剩下的操作只能等到了医院再进行。

那把铁钩上长满了铁锈，萧风缱的伤口很有可能感染。

也许是一天的奔波，精神太过紧张，也许是太疼，难以承受，萧风缱失去了意识，她最后看到的画面，是苏秦焦急的脸。

再次醒来，萧风缱闻到的是消毒水的味道。

她明明恢复了知觉，想要睁开眼睛，却怎么也睁不开，手掌还在一阵阵地抽痛，难受到让人窒息，身体也无法抑制地紧绷着。

耳边，是熟悉的声音，苏秦和袁玉都在。

袁玉手里削着苹果，说道："阿秦，我留下来陪风缱吧，你都熬了两天了。"

苏秦摇头。

袁玉叹了口气："我没敢告诉奶奶和元宝，这大过年的，我怕她们受不了。"

是啊，大过年的。

苏秦看着安静地躺在床上、面如白纸的萧风缱，心里揪着疼。

"已经查出来了，那人是一个民工的父亲，两人都在工地干活儿。他儿子因为打保安被拘留了，他有气发不出，就想报复徐浩。徐浩这小子，遇到事儿就往外跑,这会儿躲得比谁都快。"袁玉气不过,她十分心疼地看着萧风缱,"这小家伙,真敢挡,这得多疼啊。"

袁玉看到萧风缱那血肉模糊、皮肉外翻的手时,差点儿当场背过气去。

她是最怕疼的,从小到大都没受过伤。她都不敢想象,被刺穿手掌到底有多疼。

袁玉看苏秦面色惨白的样子,安慰道:"医生说没感染,也已经做完缝合手术了,恢复……是需要时间的。"

当时光是清理伤口就花了一个小时,后续的缝合又是两个小时。

医生说伤得太严重,虽然伤口缝合完毕,但恢复情况不容乐观。以他们多年的经验来看,萧风缱的右手很有可能会半残,以后可能用不上力。

每一句话都像是扎在苏秦的心上。这两天,她大脑里重复回想着萧风缱扑上来挡在自己身前的那一刻。这个孩子,怎么这么傻,为了她,难道连命都不要了吗?

萧风缱觉得浑身没有力气,又昏昏沉沉地睡了过去,一直到夜里,她才缓缓地醒来。

苏秦一直守着她,眼下的乌青特别明显。

萧风缱醒来后第一句话就是:"你没事儿了吗?"

无论之前有多么焦虑、惶恐和不安,苏秦都没有落泪。可现在,她却因为萧风缱的这句话眼泪都要落下来了。

苏秦不说话,她只能低着头,用力抓住被角。萧风缱受了那么重的伤,可醒来后,想到的还是她。

萧风缱想要伸手拍拍苏秦,安慰一下她,又被手掌传来的刺痛给疼得差点儿叫出声。

苏秦急得不行,眼圈都红了。

一时间,两人静默无语。

不知过了多久,萧风缱小声说:"我没事儿的。"

苏秦不说话。

萧风缱知道,苏秦在控制着情绪,她继续说道:"我会好的,你相信我。"

苏秦再抬起头,眼圈已经泛红,她点了点头,声音沙哑:"嗯,我相信你。"

相信你,一定会好起来。不管怎么说,人醒来就好。

萧风缱出院后,已经是大年初四,她还挺乐观的,说道:"奶奶说初五前都是年,好赖咱们没在医院把年给过了。"

袁玉想要扶她却不敢，说道："哎哟，祖宗，你好好的吧。"

苏秦始终很沉默。

萧风缱知道苏秦心里难过，她也知道苏秦的性子要强，安慰了也没用，只能用实际行动告诉苏秦自己没事儿。

苏秦咨询了很多医生朋友，大家给的答案都是不容乐观，只能寄希望于萧风缱的意志力了，多练才能恢复得快。

可伤筋动骨一百天，恢复好又谈何容易。

这段时间，萧风缱是不能做饭了，苏秦特意找了个阿姨，照顾两人的饮食起居，而萧风缱的洗漱问题则是苏秦帮着解决的。

一个月后，萧风缱去医院拆了线，医生告诉她虽然表面的伤口恢复了，但还是不能轻易乱动。

萧风缱偷偷试过用力握手，可右手始终是无力的状态。她咬牙努力忍受着，试了几次，汗水都打湿了衣襟，依旧是一点儿力气都使不上，她内心也有一点儿害怕。

元宝回来看到姐姐这样，哭得一把鼻涕一把泪的，被萧风缱嫌弃地用脚给踹了出去。

萧风缱大一下半年是在痛苦的复健中度过的。

康复训练都是苏秦带着她去的，医生建议她平时还是尽量多用右手。有时候，苏秦在旁边看着都会难过，别说是一些小物品了，就是大一点儿的物品，萧风缱都抓不住。

天还很冷，但每次训练完，萧风缱都是一身汗。她咬牙努力坚持着："我的右手必须尽快恢复。"

其实经过她这段时间的努力，右手的恢复速度已经很快了。她已经慢慢可以去握东西了，虽然还是有些无力，但相比之前已经好很多了。就算恢复不了最初的样子，也肯定不会影响正常的生活。

又是几个月过去，天气也越来越热。

苏秦怕她中暑，说道："你好好休息一下，也该跟朋友出去聚一聚了。"

似乎从手受伤后，萧风缱就一直待在家里，没有外出过。

萧风缱还在捏着海绵球，说道："我再练一练。"

客厅里，袁玉开着空调在吃西瓜，苏秦走出去问道："怎么没看见何云来？"

之前还来过几次，可这段时间，她几乎没看到何云。不是关系很好吗？好朋友受伤了，都不过来看看？

一提这个，袁玉放下了西瓜，说道："嗨，也有可能是因为风缱手受伤了，所以受到歧视了？"

"为什么？"苏秦眼神暗沉，声音带着杀气。

袁玉随口回道："之前她们不是要一起组乐队吗？还要成立工作室，风缱这一受伤，什么乐器都用不了，人家不乐意也正常。"

袁玉说话一向不会拐弯抹角，她想到什么就说什么，却不知道有多伤人。

苏秦听后不说话了，嘴唇紧紧地抿着，眼里一片阴霾。

锻炼完的萧风缱走了出来，她的头发扎着，皮肤白里透红，左手还端着一杯牛奶，对苏秦说道："别吃西瓜，太凉，喝这个。"

苏秦没有回应，她咬着唇，像是在忍着什么情绪一般。

萧风缱有点儿愣，她看着苏秦，柔声问："怎么了？"

话音刚落，肩膀就被苏秦搂住。苏秦紧紧地抱着萧风缱，极力克制着情绪，声音略有些沙哑："风缱，我会照顾好你的。"她不允许任何人嫌弃风缱。

啊？萧风缱晕晕乎乎的，一向不善于表达的苏秦怎么突然这么感性？

袁玉也怔怔地看着苏秦，从小到大，她都没见姐姐情绪这么外露过。

萧风缱看着袁玉，投去疑惑的眼神。

袁玉："……"

"罪魁祸首"袁玉到底没把刚才的话告诉萧风缱，任她怎么问就是不说。

上次的事儿完美解决，秦意和总公司的形象没有受到什么损害。苏秦的能力被越来越多的高层认可，秦意也正式步入正轨。

苏秦也不再那么忙，会腾出很多时间来陪萧风缱。

有时候，她会靠在沙发上小憩，听萧风缱念诗词，都是耳熟能详的，大学时候她背诵过的。

"功课有落下吗？"苏秦轻声问。

萧风缱特别自信地说道："怎么可能，我早就把这一年的课都自学了，甚至连大二上学期的专业课都看得差不多了。"

苏秦又问道："累不累？"

"不累。"萧风缱不假思索地答道。

还记得上高中那会儿，她要忙着照顾家，还要兼顾学业，几乎每天忙到半夜才睡觉，天还没亮就要起来，还会为了奶奶的病而忧心，那可是体力与脑力的双重透支。现在只需动动脑的日子比起那时候可太幸福了,更何况,每天还有苏秦的陪伴,她不知道有多满足。

"唉,就是用左手还是不如右手习惯。又要考试了,我不怕别的,就怕时间不够用。"萧风缱轻轻地叹息,也许真的是她太着急了,别人都说她恢复得很好,可她就是不满足。

苏秦看着萧风缱背完书又拿起笔和纸练习右手写字。

因为萧风缱还握不住太细小的笔,所以她现在还处于拿毛笔练习的阶段。

这人就怕较劲,尤其是自己跟自己较劲。萧风缱有的时候会觉得这右手根本就不是自己的,明明很简单的几个字,怎么都写不出来,还弄了一身的汗。她咬着牙,用左手去扶着右手写,憋劲儿憋得她满脸通红。

苏秦看着有些心疼,但她了解萧风缱要强的性格,到底是把那些劝慰的话语咽回肚里了。

等萧风缱放下毛笔,正要拿起纸张让苏秦看看她写的字时,却被一阵敲门声打断了动作。

"开门啊,开门啊,你们貌美如花、足智多谋、人见人爱的妹妹来了!"

萧风缱:"……"

"开门啊,开门啊,一直给人间带来温暖的女神来了!"

苏秦:"……"

她发现自从元宝来了之后,袁玉的年龄跟智商都被拉低了一半。

苏秦打开门,两人喜气洋洋地跳了进来。

袁玉高高举起手里的一大袋子食物,说道:"看我带来了什么?"

苏秦一脸冷漠。

袁玉自问自答道:"我带来了风缱今天需要的食材!"

苏秦:"……"

都这种情况了,居然要人做菜吗?

元宝特别欢快地一把抱住自己的姐姐,说道:"啊,我来看看我这身残志坚让人感动的好姐姐!"

萧风缱眼角抽了抽,问道:"你想死吗?"

元宝伸出一只手放在胸口,说道:"哦,不,嗯——原来,你是想要我死吗?我死了,你会开心吗?如果是这样,那我——"

萧风缱扔过去一个沙发垫吼道:"去死吧!"

这边,袁玉正往冰箱里塞着菜:"阿秦,你不要一脸的不乐意,怎么着,以为我跟元宝在欺负风缱吗？不不不，我跟你说，为什么要给风缱买菜，那是因为爱啊。我和元宝一样，都希望磨炼风缱，让她快点儿恢复，我们不知道有多担心她。"

元宝脱掉外套，露出里面穿的紧身上衣，她扭着屁股说道："姐，姐，看，我最近学的肚皮舞。美不美？"

她开始狂甩臀，并朝着萧风缱抛媚眼，嘴里唱着特别不着调的歌："鸳鸯双栖蝶双飞，满园春色惹人醉。悄悄问圣僧，女儿美不美，女儿美不美——"

萧风缱："……"

谁能把这俩妖精打出去，她们到底是来干什么的？

萧风缱还是去了厨房，袁玉说得没错，做饭有助于她锻炼右手的协调能力，只是她还是偶尔拿不住锅碗瓢盆。

袁玉和元宝嗑着瓜子在旁边看着，苏秦始终很冷淡地坐在沙发上，只是时不时地去厨房倒一杯水喝。

元宝看着苏秦问道："苏秦姐姐，你咋了？这么渴，早上吃咸了？"

她数着呢，苏秦已经倒四次水了。

袁玉一副看破不说破的样子，说道："这你就不懂了吧，阿秦是怕风缱烫着，过来看两眼。"

正喝水的苏秦差点儿呛着。

元宝惊奇道："那干吗不跟咱们一起站这儿看啊？"

袁玉懒洋洋地回道："傲娇呗。"

萧风缱听后笑呵呵地看着她。

袁玉哈哈大笑道："你看她俩这样，不觉得有一种母女的感觉吗？"

元宝："……"

虽然她内心很爱袁玉姐姐，但是……人傻谁都救不了。

萧风缱看着袁玉冷冷地说道："你要的松鼠鳜鱼没有了。"

袁玉"啊"了一声，"为什么？！"那可是她最爱吃的！

萧风缱淡淡道："鳜鱼的嘴和头被我失手剁烂了。"

袁玉："……"

看着菜板上被剁得稀巴烂的鳜鱼，袁玉咽了咽口水，偷偷溜了。

一桌子饭菜，折腾了足足两个小时才做出来，袁玉和元宝馋得口水直流，匆匆忙忙地端上桌，倒上饮料就要开吃。

可这时候，元宝的电话响了。她看了看来电显示，皱着眉接听："喂，宋玉哥。"

电话那边，男人醉醺醺的声音飘了过来："元宝啊，哥想你，我想看看你。"

眼看着姐姐的眼睛都要瞪进她的电话了，元宝没办法，把手机打开了免提，放在了一边。

她吃着排骨，说道："我很忙。"

男人有点儿难过："元宝，我现在每天、每晚、每一分钟都想着你。"

元宝语气平淡道："你可以把每晚刨除。"

男人顿了一下："你就真的不在意我吗？哪怕我出去跟别的女人喝酒，你都不在意吗？"

元宝随意回道："祝你喝得开心。"

电话挂断，元宝一脸的烦躁："我还没满十八呢，这些老头子是怎么想的？"

萧风缱表情很冷，问道："什么老头子！你是怎么认识他的？"

居然打骚扰电话给她妹妹，还说这么露骨的话儿。

元宝被姐姐说得有点儿委屈："就是隔壁组的练习生啊，都快三十了，还天天整这套，没个正经。"

本来苏秦在给萧风缱剥虾，听到她们讨论三十岁的练习生是老年人时，默然地放下手里的虾，安静地喝了一口红酒。

袁玉是乐天派，她带孩子一直以夸奖为主："那证明我们家元宝魅力大啊，老少通吃。哈哈，好啦，别烦了，回头姐姐去警告一下他。"

"别了。"元宝叹气，"你总是帮我，我该长不大了。迟早有一天，我也得像姐姐一样，飞出下洼村，独自成长啊。"

这话说得袁玉心里不是个滋味儿，元宝知道她又资助别的孩子了，心里肯定不太舒服。

苏秦听了这话，不动声色地看了一眼萧风缱。

元宝撇着嘴说道："姐，你说是不是？"

萧风缱含糊地答着："嗯……"

元宝叹息道："可惜，我不像我姐姐一样那么细心，把苏秦姐姐资助的钱都记下来，细到每一分、每一毛，将来就算是要还，也有个依据。"

萧风缱简直想要冲上前去捂住妹妹的嘴。

这会儿屋里像是吹起了冷风，袁玉都感觉出来苏秦不开心了，她干笑着看向萧风缱问道："有这回事儿吗？"

苏秦的表情冷冰冰的。

萧风缱："……"

这两人今天是专程来害她的吗？

众人的目光都落在萧风缱身上，强烈的求生欲让她一口否认："没有。"

元宝看着苏秦那生气的样子心里乐开了花，她故作忧愁地从兜里掏出一个小本说道："啊，那这是什么啊？我刚才无意间在书桌上发现的。"

小本上密密麻麻写满了字，苏秦一眼就认出那是萧风缱的字。

袁玉看苏秦是真生气了，一时间有些害怕，她冲着元宝使眼色，然而元宝没注意到。

苏秦淡淡地问："我能看看吗？"

元宝随口回道："当然可——啊，你得问我姐姐。"

萧风缱紧张地看着苏秦，也察觉到她生气了，不得不点头同意。

苏秦拿过记账本看了看，果然，每一笔都记得特别清楚："真好啊，不愧是年轻人，头脑清楚。"

呵呵，从小到大，她资助的钱，记得一笔不差。

苏秦什么时候夸过人？萧风缱感觉嗓子眼儿都被鱼骨头卡住了。

苏秦不动声色地翻看着，上面不仅记录了每一笔账，再往后看，还有详细的还款计划及存款总额。怎么看都是要算清楚每一笔账，将来好撇清关系的意思。

周围安静得连掉一根针都听得见，萧风缱手心的汗一层一层地往外冒。

等翻到最后一页，苏秦蹙眉，她指着其中一行字问道："风缱，你这百分比算得可能不对。"

萧风缱："……"谁要跟她讨论百分比啊！

看着苏秦那冷冰冰的眼神，萧风缱虚弱地一笑，凑上前，习惯性地抬起右手，说道："啊……我看看。"

就在苏秦把本子递给萧风缱的那一刻，不知道是她手抖了，还是萧风缱的右手没使上劲儿，"啪"的一下，记账本掉在了红烧大骨汤里。

所有人都张大了嘴，袁玉还下意识地去捞，可哪儿还来得及啊。

萧风缱愣住了，那可是她这些年所有账目的记录！

苏秦也特别"惊讶"，她佯装惋惜地看着那已经被红色汤汁儿浸湿的记账本，感慨道："呀，好可惜。"

她又看着萧风缱的眼睛，一字一句地说道："风缱，这可怎么办？"

元宝:"……"

袁玉:"……"

萧风缱尴尬地笑道:"没事儿,没事儿的……"

苏秦摇了摇头,惋惜地看着那小本:"你的右手还得多做做复健,这账本真是可惜了。"

萧风缱:"……"

哑巴吃黄连有苦说不出是什么滋味她算是明白了。

袁玉还不死心,她拿着筷子,问道:"要不捞出来晾干试一试?抢救一下。"

虽然那是红烧汤料,但是捞出来晒一晒也许还能用,这么多年的数据都在里面呢,就这么没了多可惜啊。

苏秦调整了下袖口,漫不经心道:"嗯,红烧大骨汤也还能救,你最近这么累,是该多喝一些。"

袁玉听后立马把筷子放下,起身端起红烧大骨汤,冷静地说:"我去倒掉,捞什么捞,太恶心人了!"

元宝:"……"

萧风缱:"……"

第二天一大早,萧风缱就起来给苏秦做了早饭。

早饭是点缀着藏红花、豆蔻和坚果的北印第安大米布丁,松软的巧克力奶酪薄饼配上豌豆泥和果酱,以及刚出锅的金黄色的小油饼。

苏秦看着一桌子的美食笑了笑,问道:"心情这么好?"

萧风缱拿着两杯果汁儿:"还行,你赶紧吃,早上是不是还要开会?我一会儿自己回学校就行。"

每周一都是高层例会,萧风缱是知道的。

苏秦的眼睛盯着布丁,说道:"不忙,我送你回学校。"

萧风缱擦干净手:"不用了,我坐公交车就行。"

苏秦吃了一口布丁,夸道:"嗯,不错,挺香。"

萧风缱:"……"

苏秦就是这个样子,平日里看着温和好说话,可她一旦决定了什么事儿,就不会轻易改变,任谁说什么都不管用。

这个早上,天空湛蓝,晴空万里,两人的心情很好。

路上，苏秦放着音乐，萧风缱和她有一搭没一搭地聊得特别开心。

不一会儿，萧风缱低头看了看自己手机上刚收到的信息，有些无奈地说道："早知道不让你送我了。"

苏秦疑惑地看着她。

萧风缱继续道："这不是要期末考试了吗？班长说今天上午大家自习，就不上课了。"

苏秦点了点头。

今天路况不错，一个小时就到了B大，因为接近暑假，大三大四的学生陆续离校，所以学校的人并不多。

来都来了，干脆逛一逛再回去，萧风缱来了兴致，非要拉着苏秦去操场上转转。苏秦心情不错，就跟着一起去了。

清晨的阳光刚刚好，洒在草坪上，映得露珠闪闪发光，清凉的微风吹过，带来一丝淡淡的花香。

萧风缱把运动衣的袖子撸了上去，欢快地在操场上跑着，她抬起右手，去抓那一抹阳光。

阳光落在苏秦身上，使她看起来越发白皙，也许是身处校园，她感觉自己也变年轻了。

两人一边走一边聊着，萧风缱的心中涌动着前所未有的幸福感。

清晨来操场锻炼的学生不少，班长何飞看到萧风缱后，快步跑了过来："风缱，你来了？"

何飞话音刚落，他身后扎堆的男生们就开始起哄，萧风缱还没怎么说话，倒是他先闹了一个大红脸。

苏秦停下步子，上下打量着何飞，小伙子长得挺精神，虽然不是帅哥，但身材很好。

"班长，练这么久了，给咱们团支书秀秀身材啊！"

"是啊是啊，八块腹肌呢！"

"人鱼线呢，哈哈哈！"

……

此起彼伏的起哄声。

萧风缱一脸的冷漠，何飞又说了两句有的没的，看萧风缱没有要理他的意思，这才尴尬地跑开。

苏秦看着何飞灰溜溜的样子说："这男孩挺老实的。"

萧风缱撇了撇嘴。

经观察，苏秦可以肯定萧风缱在学校里人气很高。

向来不八卦的苏秦突然问道："这些人里，你有看着不错的吗？"

萧风缱信誓旦旦地说："我跟你们那会儿不一样，我很忙，一心就在学习上。"

这话明显是带着刺的，苏秦听了后，问道："我们？"

萧风缱撇了撇嘴，像苏秦这样又漂亮家境又好的，大学肯定没少被人喜欢。

苏秦看了看远处的篮球场，说道："我那时候被定向培养，除了学习，没有时间去想其他。"

"真的？"萧风缱有点儿不信，"那肯定有不少人追求你吧。"

苏秦认真地摇了摇头："并没有，我性格冷淡，你是知道的。没有你人缘好，大家都躲着我。"

萧风缱这会儿也不辩驳了，就低着头傻笑，她相信苏秦说的话。

她努力了多久，才把这块冰疙瘩焐暖了一些。可以想象，苏秦大学的时候该有多么高冷。

萧风缱美滋滋地踢着石子："对，我也觉得恋爱不——"

话还没说完，远处正带着篮球队训练的B大第一帅哥老师——万年，一阵风似的跑了过来，丝毫没了平时高冷的形象，激动地说道："阿秦，是你吗？阿秦？我没有看错吧。"

万年手都有些哆嗦了，他拿起脖子上挂着的口哨，对着教练室那边吹了一声，大喊："大鹏、继刚，快出来啊，女神来了！！！"

这一嗓子叫的，教练室那边沸腾了。

紧接着，门被推开，一个、两个、三个……很多个脑袋探了出来，全都两眼冒光地看着苏秦。

"哇，真的是女神！"

"有生之年，我还能看到咱们B大中文系第一美女！"

"天啊，幸好我媳妇不在，要不看到我初恋还是这么迷人，非得把我脸挠花了！"

……

兴奋的欢呼声还在继续，萧风缱的脑袋木木的，有风吹过，好像把苏秦刚说过的话刮回了她耳边。

——我性格冷淡，你是知道的。没有你人缘好，大家都躲着我。

在万年的带领下，那些老师几乎是组团跑了过来，而且队伍还有扩大的趋势。

"阿秦，你回来怎么不打个招呼？"

"是啊是啊，哥儿几个八抬大轿去迎接你！"

"哇，阿秦，你怎么一点儿不见老，还是当年的无敌美少女啊！"

....

老师们把苏秦围在了中间，萧风缱被毫不留情地挤了出去。

大家开心地聊着天，苏秦虽然话不多，但脸上始终带着笑。

萧风缱看得出来，她见到老友也很开心。

柔和的阳光打在苏秦的脸上，与老友叙旧的她此刻显得意气风发。

萧风缱喜欢看这样的苏秦。

这些人里数万年最能咋呼："嗷嗷嗷，系主任给我打电话了，让我一定要留下阿秦，说是要来个演讲！"

大家开始起哄，周围的学生都好奇地驻足围观。

要知道这些老师平日里可是不苟言笑，走高冷路线的，现在聚在一起，像是一群大孩子。

苏秦摇头浅笑："你们饶过我吧。"

还是继刚细心，问道："阿秦，你怎么想着回学校看看了？"

苏秦微笑，指了指站在不远处的萧风缱，说道："那是我家的小朋友，你们帮忙多照顾照顾。"

老师们一起转身看向萧风缱。萧风缱瞬间压力巨大。

大家看着萧风缱笑，都点头说必须照顾，难得苏秦拜托点事儿。

他们这边还在聊着，不远处，大腹便便的系主任大马来了。他昂首挺胸，阔步向前，脸上满是兴奋与急促，萧风缱还是第一次看见他这么开心。

可想而知，当年的苏秦是多么风光。

"苏秦，还真是苏秦，万年那浑小子没骗我！"大马主任的眼睛直冒光，他一来，气氛更热闹了。

萧风缱忧愁地叹了口气，她冲苏秦使了个眼色，自己躲得远远的，把时间和空间留给这些"老小孩儿"们。

可是她又不舍得就这样离开，干脆坐在离老师们很远的秋千上，一边晃着一边看着苏秦。

这一幕简直像画一样，人群最中间的苏秦眼中波光流转，嘴角的笑容恰到好处，与同学之间的距离不近不远，让人很舒服。

萧风缱拽着秋千绳，喃喃低语："羡彼之良质兮，冰清玉润……"

她的诗刚吟到一半，助教小王老师过来了，问道："你怎么一个人在这儿？"

小王老师非常年轻，研究生刚毕业，跟着导师实习。她跟同学们相处得很好，尤其是萧风缱。

因为萧风缱是团支书，所以两人平日里经常打交道，这段时间她手受伤也没少受到小王老师的照顾。

萧风缱有些羞赧，她站起身问好："小王老师。"

小王老师笑了笑："没想到你认识苏秦学姐。"

要不是小王老师这么说，萧风缱都没意识到。

学姐，这是个很美妙的词。

对啊，从今以后，她跟苏秦又多了一层关系，苏秦是她的学姐，不再是单纯的资助者。

小王老师看着远处聊得兴奋的一群人，说道："一直听万年老师他们提起苏秦师姐，说她人暖性格好，说她容貌出众，说她才高八斗，说她读书的时候，在中文系四年独占鳌头。现在一看，果然气质不凡。"

这话是打心底里的赞美，却让萧风缱吃了一惊。

其他的都能理解，但是那……人暖性格好，真的是在说苏秦吗？

还有……四年独占鳌头……这光环也太大了吧？

B大可是不缺状元与天才的，苏秦居然能连续四年都是第一名，太可怕了！

等苏秦跟老师们笑着告别后，萧风缱看向小王老师："老师，我——"

小王老师点头道："去吧。"

苏秦眼里还带着未散的笑意，她看着风缱说道："让你久等了，走吧，我送你回宿舍。"

萧风缱问道："聊完了？"

苏秦点了点头道："嗯，大家都没变。"

萧风缱默然，大家都没变。

那么苏秦，之前的你，真的如小王老师所说，是个性格非常暖的人吗？到底是什么让你有了如此大的变化？

到了宿舍楼下，萧风缱看了看表，说道："你快回去吧。"

这个点回到秦意估计也要十点多了。

苏秦抬头看了看："都到这儿了，我送你上去吧。"

萧风缱摇头道："宿管老师管得特别严。"

之前苏秦能送她上去是因为新生报到，平日里宿管老师可是特别严的，她好几次都看到宿管老师拦住学生家长不让上去，把学生家长气得直跳脚，嚷嚷着要找校领导投诉。

"呀，这是谁？这不是我们的小美女吗！"

宿管老师看到苏秦后，兴奋极了："阿秦，还真的是你，老孙说你来了，我还不信呢！你怎么回来了？"态度那叫一个热情。

萧风缱："……"

五分钟之后，寒暄完的苏秦跟着萧风缱进了宿舍楼。

到了宿舍，她连忙倒了一杯水给苏秦："你喝点儿。"

苏秦不动，目光落在了萧风缱的床铺上。

前些日子，老大出于家里的原因，向学校打了申请报告，从宿舍搬走了，现在宿舍就她、娟和何云。

她和何云都睡上铺，一转身就能看见彼此，聊天也方便。

只是因为受了伤，萧风缱已经很久没在宿舍住了，这段时间也没和何云好好聊过，也不知道乐队怎么样了。

娟看到苏秦后一下子站了起来，说道："姐姐好。"

苏秦点了点头，对着她笑了笑，随即打量着萧风缱对面的床铺。

这笑容很暖，可娟的心脏还是"扑腾——扑腾——"直跳。第一次见苏秦的时候，她就觉得这女人长得太漂亮，气场太强大了。

萧风缱递了半天水也不见苏秦接，随口说："这是我的杯子，洗过了。"

苏秦点了点头，接过喝了一口。

"我去趟洗手间。"苏秦放下杯子离开了。

萧风缱看向娟："你坐下啊，那么拘束干什么？"

娟小声问："风缱，你姐姐是干什么的？感觉气场好强大。"

萧风缱笑了笑道："她是自己开公司的。没事儿，她只是看着有些冷而已，人还是很暖的。"

苏秦也没多留，稍微嘱咐了几句就要离开，萧风缱又把她送了下去。

萧风缱看着苏秦倒车，正要说几句话，不承想，苏秦又被熟悉的老师拦了下来。

这一聊，又是小十分钟过去。

末了，几个老师还抬头看了看萧风缱，笑呵呵地跟苏秦保证："放心吧，这孩子我们会照顾的。"

萧风缱的眉头不自觉地皱起来。

几个老师离开后，苏秦望着她，问道："怎么，不开心了？"

萧风缱赌气一般地说道："我不是孩子了。"她都这么大了！

苏秦笑着摇头说道："看你这小孩儿脾气。"

话音刚落，手机响了，简短地说几句后，苏秦挂了电话："风缱，我要走了。"

看样子是公司有事儿。萧风缱点了点头，犹豫了一下，说："这几天我就不回去了。"

苏秦盯着她看。

萧风缱最怕被这样盯着看，忙解释道："要期末了，我在学校复习。"她可是要拿奖学金给奶奶看的。

听萧风缱这么说，苏秦点了点头，说道："那你多照顾自己，小朋友。"

可能是跟老师们聊多了，这"小朋友"三个字就顺嘴说了出来。

看着车子离开，萧风缱愤愤地挥了挥拳，说道："知道了，老太太！"

这话刚说完，手机响了，萧风缱一看来电，立马接通："怎么了，是不是有东西落下了？"

电话那边，苏秦声音冰冷："风缱，你刚才叫我什么？"

一股子冷意从背脊蔓延全身，萧风缱惊恐地四处看了看："我……我没叫什么啊……"

苏秦冷哼一声，挂断了电话。萧风缱吓得心脏乱跳，这人是长了顺风耳吗？

吓归吓，萧风缱还是有些想笑的，甚至能想象出苏秦听到自己叫她老太太时，板着脸不说话别扭又傲娇的模样。

进了宿舍楼，萧风缱自顾自地笑着。

宿管老师叫了她一声："风缱！"

萧风缱转身，疑惑道："啊？"

宿管老师笑眯眯地走了过来："你也是，手受伤了怎么没跟老师说一声？"

萧风缱一脸的问号，她手受伤，为什么要跟宿管老师说？

宿管老师非常爽快地说道:"我给你调铺了,你们宿舍不是走了一个人吗?你收拾收拾去下铺睡吧,上铺爬上爬下的到底是不方便。"

萧风缱有点儿蒙。

回了宿舍,娟看着萧风缱满脸兴奋道:"风缱,刚才宿管老师来说你要住下铺了?太好了,平日我看你跟何云聊天特别羡慕,现在咱俩也能对着聊了!就是不知道何云回来了会不会生气,哈哈哈哈。"

接下来的日子,萧风缱把全部精力都放到了学习上。为此,她"奢侈"地买了一个夜用灯,虽然宿舍晚上不断电,但是为了避免打扰别人休息,她还是在下铺弄了个帘子,这样一拉上帘子,开上小灯,谁都不影响。

她的"野心"越来越大,除了想要恢复右手之外,还要抓紧时间学习,她想一鼓作气地把大学剩下的课程全都自学完毕。这样,她就可以更早地步入职场,更早地站在苏秦的身边帮她了。

无论年龄在她和苏秦身上刻画了多少不同,她都会拼尽全力去缩短这距离。

第六章
落寞中成长

随着暑假的来临，秦意的训练也到了紧张时期。

元宝虽然还没有正式出道，但公司已经时不时地在网上放一些她的宣传视频了。

公司给她的定位是——青春搞笑美少女。

元宝非常不乐意，找袁玉闹了半天："青春美少女我很满意，只是搞笑是什么？换成高冷啊！"

袁玉摸着下巴，一副深思熟虑的样子，说道："高冷？那不就等于管八戒叫猴哥吗？"

元宝被噎了一下，又说道："改成清纯也行啊。"

袁玉摇头，指着元宝的脸，学着她遣词造句："吾家有狐初长成，何谈清纯之说？"

元宝变了脸色。

袁玉叹了口气，完蛋了。果不其然，她接下来面对的就是青春期少女的一顿拳头攻击。

郁闷的不只是袁玉，张慧那里也很烦恼。

何云最近的变化太大了，她剪掉了长发，作曲的风格也变成了摇滚范儿。不仅如此，她还打了耳洞，时常去酒吧。

张慧不止一次劝过她："你就算不为了公众形象考虑，也要注意一下，你可还是个学生！"

何云冷冷地笑道："这才是真正的我。"

得，这话一出口，张慧也知道自己不能再说了，再说准吵架。

现在的年轻人啊，实在是搞不懂。

袁玉和张慧有时会凑在一起,坐在苏秦的办公室里吐苦水。

袁玉气得直拍大腿道:"我家元宝那小嘴,一句话能把我撑死。"

张慧更是头疼:"别提了,何云更是,一说就怼。简直跟炸药一样,每天都得小心翼翼地哄着。"

"一个个都太难懂了。"

……

苏秦在看手里的文件,并没有注意两个人的谈话。

袁玉满脸的忧愁:"我家元宝明明长了一张搞笑的脸、一颗搞笑的心,偏偏要做什么宇宙第一清纯高冷美少女,这不是要我的命吗?"

张慧接话道:"那也比何云强啊,这孩子现在不好管啊。"

两人的抱怨声此起彼伏,苏秦放下了手里的文件,说道:"好了,都还是孩子。"

"孩子?"张慧眼睛瞪得滴溜圆,"我像她们这么大的时候,都开始签艺人了。"

袁玉琢磨着,问道:"你说这个时代的孩子是不是都这么叛逆?"

这话也让张慧找到了些许的心理安慰:"阿秦,你那儿呢?风缱什么样?我们都快烦死了,你也别总绷着啊,跟我们说说。"

袁玉也说道:"对,你也说说,让我们心里平衡一点。"

因为临近期末考试,萧风缱要忙着学习,所以这段时间,她跟袁玉和张慧见面的次数并不多。

苏秦想了想,问道:"什么样子?"

张慧痛心疾首道:"对啊,就是有没有那种不听劝,逆反心理重,你说东她偏偏往西,还追求这个年龄不该有的颓废。"

苏秦点了点头道:"有的。"

这话一出,连袁玉都惊讶地看着她:"是吗?是吗?快给我们说说。"能从苏秦这里找找慰藉也是挺不错的。

苏秦十分认真地说:"每次风缱回家学习都要学到半夜,我说她,她从不听劝。"

袁玉和张慧沉默了。

苏秦回忆道:"她还会抢走我的咖啡换成牛奶,逆反心理很重。"

袁玉和张慧开始翻白眼了。

苏秦继续说道:"我让她周六、周日休息一下,平时上课已经很累了,可她偏偏要把家里的地拖两遍，我说东她偏偏往西。"

袁玉拿起旁边的西瓜递给张慧，两人一起啃着西瓜吐着西瓜子。

苏秦挑眉道："这个年龄不该有的颓废……嗯，对，她经常在我工作的时候，什么也不干，有时候能在一边颓废地陪我坐上一个小时。"

张慧提的几条苏秦都有条不紊地说完，她看着两个人，疑惑地问："这些我都可以忍受，你们还有什么不满意的吗？"

随着两个好友的沉默，手机响了，苏秦看了一眼来电显示，无奈地说："看，准是风缱强迫症又犯了，问我想吃什么菜，每个星期都这样，我也很烦的。对了，你们俩心里好受一些了吗？"

张慧："……"

袁玉："……"

苏秦"安慰"完两个好友后心安理得地开始收拾桌面，准备回家吃萧风缱做的让她"很烦"的可口饭菜。

袁玉和张慧默默地吐掉嘴里的西瓜子，惨淡又自觉地飘走了，上这儿来找安慰，真的是纯属找虐。

袁玉望天自言自语："我跟阿秦认识这么多年了，从来没听她显摆过我对她的好。"

张慧笑道："哈哈，你的好？你是给阿秦做过一顿饭了，还是给她热过一杯牛奶了？"

袁玉："……"

莫名其妙被撑的袁玉郁闷地回家，她最近工作上属实不顺，回去的路上，她就琢磨找个什么借口出去溜达几天。

刚一到家，袁玉惊喜道："焕哥，你回来了？！"

客厅里，明晃晃的灯光之下，袁然抽着烟，正在跟刘焕然聊天。

两个人听到袁玉的声音，一起转身，袁然皱了皱眉，说道："都这么大了，还跟孩子似的。"

刘焕然站了起来，他这一起身，把袁玉看得眼睛都直了。

妈呀，这还是小时候跟她一起玩泥巴的大哥哥吗？怎么长得这么英俊帅气了？

刘家跟袁家是世交，刘焕然从小就把袁玉当妹妹哄。他年龄和苏秦相仿，小时候一直和苏秦在一起玩。到了高中后，他就出国留学了，一晃多年，终于回来了，回来的第一件事就是拜访袁家。

袁然问道:"你姐姐呢?又没回来?"

袁玉撇了撇嘴,说道:"别让我打电话啊,我打她肯定不接。"她兴冲冲地凑到刘焕然身边,看着他一身笔挺的西装,"哇,哥,你怎么变得这么帅了?"

刘焕然挑眉道:"哥小时候就这么帅好吗?那时候你还是个小屁孩儿,当然欣赏不了。"

回忆起小时候的事儿,两人都跟着笑。

袁然熄灭烟:"正好,小焕刚回国,我给阿秦打个电话,让她也回来聚一聚。"

刘焕然对着袁然微微一笑:"叔,不用了,我去看看阿秦。"

提起苏秦,刘焕然的眼中满是温柔。

袁玉看见了,说道:"嗯,要不我跟你一起去吧。"

两人谁也没通知苏秦。

路上,刘焕然随口问:"阿秦她……有男朋友了吗?"

袁玉摇了摇头:"还没有,你没给老头子急的。你才刚回来,他就恨不得把你们俩拴在一起。"

刘焕然听后笑了笑,心里的大石头终于落下了。

这边,苏秦正坐在沙发上,无奈地看着忙前忙后的萧风缱。

因为马上要放假了,奶奶岁数又大了,萧风缱决定回下洼村过暑假,好好陪陪奶奶。虽然这么定下了,但她特别不放心苏秦。

"温水早晚都要喝,早上起来后往水里加一点儿盐,温润肠胃。我把盐倒在便携盒里,放在你床头了。

"不要点外卖,秦意的食堂虽然难吃了点儿,但也比外卖好啊。我走前给你做点儿菠菜西红柿的面条,实在不行,你就凑合着煮一煮吃一口。

"胃药我放在隔栏第三层了,我跟楼下的阿姨说了,每周固定时间把酸奶送上来,你有饭局之前,先喝些酸奶,这样胃能好受一些。"

……

人不大,话却不少。

"好了,风缱。"苏秦叫住她,"过来休息一下。"

"我不累。"萧风缱想着一会儿就去多做一些饺子和面条这种速食品,她知道苏秦肯定会嫌麻烦,把她的话当耳边风,她只能多准备一些简单便捷的食物。"

苏秦无奈地摇头,正要说话,门铃响了。她看了看时间,已经晚上九点了,这个时间能来的,怕是只有袁玉了。

苏秦起身去开门,打开门那一刻,她愣住了。

袁玉"咯咯"地笑着:"看吧,哥,我就说嘛,阿秦见到你肯定也傻眼。"

刘焕然微笑地看着苏秦,跟小时候一样,轻声说:"阿秦,我回来了。"他一双眼睛紧紧地盯着苏秦。

苏秦看着刘焕然,脸上挂着笑:"哥,你回来了。"

屋内,听到有男人说话的声音,萧风缱探出头来。

她看到了刘焕然,凭良心说,刘焕然真的很帅,身材高大,五官分明,非常有男人味。

萧风缱也很了解苏秦,简单的一句话她就判断出远近亲疏。很明显,眼前这男人与苏秦关系匪浅。

刘焕然也看见了萧风缱,他笑容和煦:"你好。"

萧风缱点了点头。

刘焕然温柔地看着苏秦,里面的宠溺几乎要溢了出来:"我给你带了你最爱吃的杏仁糕。"

苏秦下意识地"嗯"了一声,让开了身子。

袁玉和刘焕然一起走了进去,刘焕然很绅士,让袁玉走在前面,他则是在后面关了门。

进了家之后,刘焕然四处打量着,问道:"这房子住得习惯吗?看装修风格,是你亲自设计的吧?"

苏秦点了点头,她拿了一个杯子,给刘焕然倒了杯牛奶。

刘焕然接了过来:"你还记得。"苏秦还记得他喜欢喝纯牛奶。

袁玉在旁边咋呼:"真是偏心,怎么不给我倒?风缱,我要喝可乐!"

萧风缱把早已准备好的可乐递了过去。

袁玉看到了,笑呵呵地介绍:"还没介绍呢,风缱,这是刘焕然,是我和阿秦的哥哥。哈哈,你可以叫叔。"

袁玉语气中的熟悉与亲密是从未有过的。

苏秦对刘焕然说:"这是风缱。"

袁玉瞪大眼睛说道:"就这么介绍?哥,你不知道我姐有多偏心,现在可惯着风缱了。"

刘焕然对着萧风缱笑了笑:"久仰大名。"

原本是很稀松平常的玩笑话,但是萧风缱却可以感觉到他们三个之间的那种亲近,她对着刘焕然点了点头就去书房了。

袁玉愣住了,说道:"呀,这是怎么了?心情不好吗?"

苏秦解释:"她有考试,很忙。"

关上门,萧风缱坐在书房里。

屋外,是三个人的谈笑声,似乎很少听见苏秦跟哪个人有这么多的话聊。他们很久没见面了,先是说了说彼此现在的情况,然后在袁玉的笑声中,三个人开始回忆小时候的糗事儿。

萧风缱不是有意要听几个人说话,可那声音总往这边飘。

"阿秦,你现在怎么这么腼腆了?"

"阿秦,你变化很大。"

"阿秦,我回来了,你不会再孤单了。"

……

萧风缱也没什么心思看书了,干脆去厨房泡上芸豆,想要晚上熬粥给苏秦喝。

中途,刘焕然去厨房洗了一下杯子,他看着萧风缱微笑地说道:"我听袁玉说,这段时间,多亏了有你陪着阿秦了。"

萧风缱抿了抿唇,没有说话。

刘焕然挽了挽袖子:"听说阿秦从你很小的时候就开始资助你,后来又在大学期间介绍身边的朋友给你认识。呵,你可真是幸运。"

萧风缱的眼神冷了下去,她听懂了对方的言外之意。简单翻译一下——你有今天,全靠苏秦。

刘焕然打量了她一番,微笑地说:"你这么漂亮,在大学没有交男朋友吗?"

萧风缱沉默,在陌生人面前,她一向不善言谈。

刘焕然侃侃而谈:"大学啊,真好,是人生最青春的时光啊。等以后你有了男朋友,搬出去了,阿秦一定会很舍不得吧。"

萧风缱抬起头,盯着刘焕然。

刘焕然转过头,对上她的眼睛:"总之,谢谢你这段时间的陪伴。"

说完,他拿着洗干净的杯子回客厅了。

都是成年人,有许多话,萧风缱不是听不明白。她该离开了,总不能真的像是个拖油瓶一般，一直赖在苏秦的身边吧。

其实以前和何云聊天的时候，她就说过，关系再好也要在现实面前让步的。难不成，等苏秦以后有了家，她还一直赖在苏秦的身边吗？

晚上十点多，刘焕然怕打扰苏秦休息，带走了聊得还未尽兴的袁玉。

他的确很体贴，还温柔有礼貌，比苏秦之前的追求者都要优秀。

刘焕然走后，苏秦去了萧风缱的卧室。平时这个时候，萧风缱肯定还在刻苦学习，今天却早早地睡下了。

床头灯亮着，萧风缱裹在被子里，紧紧地闭着眼睛。

苏秦想着，怕是最近学习太累，所以才这么早睡下的。

她没有出声打扰，轻声走了进去，把灯关了，又给萧风缱掖好被子，这才退了出去。

第二天早上，苏秦也没看见萧风缱，她感觉出这孩子似乎在闹什么别扭。

可她认真地想了想，也没有想到能让风缱生气的地方，更何况昨天晚上不是还好好的吗？

走进餐厅，苏秦看到桌上摆着的包子、小菜和粥，她沉默了一会儿，打开冰箱。果不其然，冰箱的冷冻室内，整整齐齐地放着面条和饺子。

不知道风缱是什么时候起来的，但做了这么多，很有可能天没亮就起来了。苏秦想了想，给她打了个电话，但一直没有接通。

拥挤的公交车上，萧风缱看着手机上苏秦的来电，却没有接。

刘焕然这次回来果然是冲着苏秦来的。

但是他一点儿也不冒进，按部就班，没事儿来看看苏秦，或者去找袁玉聊聊天，顺便三个人一起去喝个咖啡。

这天，三人来了楼下的咖啡店。

点单的时候，刘焕然问苏秦："还是老样子，拿铁吗？"

苏秦摇了摇头，她想起了风缱的话，不要喝咖啡了，对胃不好。

袁玉瞅着苏秦，问道："你怎么了？看着心情不大好。"

苏秦摇了摇头："没事儿。"

甜点和饮品都端了上来，苏秦吃了一口提拉米苏后，便再也不动了。

她觉得这里的大厨需要换了，因为这提拉米苏还不如风缱做的好吃。

袁玉随口聊着："哥，你回来后适应国内的生活吗？"

刘焕然叹了口气道："只能慢慢来了。"

袁玉的确说到了重点，他并不是很适应国内的生活，尤其是人情世故那一套。他刚回来的时候，原本是被家里安排在海外部当副总的，可没几天就又被调到市场部当跑腿去了。

袁玉看着他道："万里江山难啊，更何况你也要攒老婆本了，必须努力。"

这话说得刘焕然心里一热，他点头道："对，必须努力！"

说完这话，他就去看苏秦，让他失望的是苏秦搅动着杯子里的咖啡，心不在焉地看着窗外，很明显没有注意他们这边的谈话。

今天的天气不是很好，灰蒙蒙的天空让人心情跟着低沉，灰白的云层越来越厚，像是要下雨的样子。

苏秦看了看手机，依旧没有萧风缱的回电或者发的信息。

已经周四了，风缱的期末考试今天应该全部结束了，她都不打电话告诉自己一声考得怎么样吗？甚至都不告诉自己她几号回家，具体怎么安排的？

天开始淅淅沥沥地下起了小雨，袁玉咽下最后一口薯条，说道："走吧走吧，咱回去吧，这雨怕是要下大了。"

刘焕然跟着点头。

结完账，三个人往外走，袁玉一看雨下大了，根本不理两人，撒丫子就往秦意跑。

刘焕然脱下外套，挡在了苏秦头顶上："走吧，阿秦。"

苏秦正要说话，却在看到马路对面的萧风缱后愣住了。

萧风缱手里拎着一个行李箱，看样子，她是考完要去车站了。

苏秦往前快走了两步，刘焕然拦了一下，问道："阿秦，往哪儿走？在下雨。"

苏秦还是往马路对面走，这时红灯亮了，车流驶过，她停下步伐。

等绿灯亮起，已经看不见萧风缱的身影了。

办公室内，苏秦双手抱臂，安静地坐在老板椅上。

袁玉大大咧咧地走了进来，她拿着手机还在说话："你姐回来了啊？怎么样啊，累不累？什么？你苏秦姐姐，她啊——"

本来侧耳倾听的苏秦立马坐直身体，恢复冰块脸，拿起文件签字。

袁玉把手机放在苏秦的办公桌上："还不是老样子，一点儿意思没有，天天都是忙工作。"

屏幕那头，是元宝放飞自我的模样。

她穿着演出服,一身红光闪闪的像是个山里的小妖精。这会儿扎着冲天辫,眉心点了一个大红点,乐呵呵地说道:"苏秦姐姐,早上好!"

苏秦看着对面挂着的钟表,已经下午三点了,她的眼皮跳了跳。

"你姐姐呢?"袁玉又问道。

元宝咋咋呼呼地说道:"我姐姐一回来就被隔壁的苏伦哥哥给约出去了。"

"哇!"听到这种劲爆的消息,袁玉立马凑到屏幕前,"是吗?干什么去了?"

元宝做了一个比翼双飞的手势:"当然是去那山花烂漫处赏景了!"

袁玉正笑着要说话,突然,视频通话被挂断了。她转头,莫名地看着苏秦,干什么要挂电话?

苏秦低头看着文件,淡淡道:"不小心碰到了。"

袁玉:"……"

她小心翼翼地问:"你怎么了啊?是不是……焕哥惹你生气了?"

苏秦盯着袁玉说道:"我很忙,以后他找你,你就不要带到我办公室了。"

"冤枉啊。"袁玉也挺无奈,"他是为了什么来,为了谁而来,你比我更清楚,怎么可能不带过来啊。"

苏秦不说话了。

袁玉凑了过去,看了看她手里的文件,咽了咽口水:"阿秦,你到底怎么了呀?"

这……阿秦怎么还看竞争对手的广告?

苏秦一脸冷漠地说道:"看不到我在忙吗?"

袁玉指了指那广告:"是……圣皇的广告?"

苏秦低头看了看,面不改色道:"知己知彼,百战不殆。"

袁玉无语地说道:"我又不是风缱,你跟我甩什么词啊。"

说到风缱,袁玉又笑道:"风缱真是不错,你知道吗?她已经被不少大公司看上了,不只是因为她词写得好,最主要的是人家是B大中文系的才女。以后如果要写个剧本什么的肯定也是手到擒来。现在啊,一个公司想要选用人才,都特别重视忠诚度,培养大学生是基本套路,你可得看好风缱,别被人给挖走了。"

苏秦抬头看了眼袁玉,挖走?呵呵,谁敢挖她公司的人?那大可以试试看。

袁玉说了半天,意识到苏秦不想听,转说别的:"阿秦,说实话,你真的不喜欢焕哥吗?其实他人不错,咱们又是从小一起长大的,先不说别的,就说家境、学历还有背景都比之前老头子给你介绍的那些要好得多,你真不考虑一下?"

面对"袁红娘"的苦口婆心,苏秦沉默了片刻,淡淡地说:"没有感觉。"

袁玉顿了一下:"没感觉……说实话,阿秦,从小到大我还没见你喜欢过谁,对谁有感觉的。"

这是大实话,从小到大,凡是来表白的人,苏秦都是一句"没感觉"就宣判了"死刑"。

袁玉内心默默地替刘焕然惋惜了一下,看来阿秦真的只是把他当作哥哥。

千里之外的下洼村,萧风缱在房间里一遍一遍地写着毛笔字。

元宝进屋说道:"哎哟妈呀,姐,你这是准备摆摊卖破烂呢?"

萧风缱写字写得浑身都是汗。

"元宝,你说人活着的意义是什么?有时候想想,这一辈子真是很累,真的很羡慕那些能遁入空门的人。"

元宝弯腰,从地上捡起宣纸看了看,说道:"空门有什么好?花花世界多美好,一辈子的时间都不够呢。"

萧风缱冷漠极了:"放下。"

这语气,这气势,元宝被吓得一个哆嗦。

她立马解释:"我看……这也挺浪费,回头奶奶又要说了,我拿走一张,去当烧火纸。"

元宝出了屋,到了"安全地带",赶紧给苏秦发信息。

元宝:"苏秦姐姐,我姐不知道怎么了?她刚才还跟我说,很羡慕那些遁入空门的人,貌似想要出家啊。"

苏秦收到这条信息的时候,正在开第三季度业务汇报会,总公司很重视,连袁然都亲自来了。

秦意的发展越来越好,就连娱乐圈的巨头圣皇都开始关注秦意,这让袁然喜出望外,同时又感慨女儿长大了,可以独当一面了。

会议进行得很顺利,只是到了袁然总结致辞的时候,苏秦却一下子站了起来,她紧紧地握着手机,皱着眉对大家鞠了个躬:"对不起,各位。"

说完,她就匆匆忙忙地走了出去,到门口的时候,还传来她低声吩咐秘书立马订机票的声音。

这一下子，在场的人都忍不住议论纷纷。

袁然也是皱着眉，眼中满是疑惑，他挥了挥手，站在会议室一侧的何彦走了过来。袁然低声交代了几句，何彦点点头退了出去。

苏秦坐上飞机的时候已经是下午了，她给萧风缱打了好几个电话，但对方手机一直处于关机状态。

这让她更加相信元宝的话，于是又给元宝发了条信息。

苏秦："稳住她，等我。"

收到这条信息后，元宝兴奋得差点儿跳了起来，苏秦姐姐要来了。

萧风缱从屋里出来的时候，依旧是兴致不高。

萧奶奶安慰道："是不是在北京太累了？回来就好好休息一下。"

萧风缱吃着饭点了点头，她情绪低落，连带着胃口也不好，要不是怕奶奶担心，她都不想出房门。

元宝哼着小曲，翘着兰花指唱道："嘿嘿呦呦，这饭为什么这么香？你问我？嘿嘿呦呦，这饭出自世界第一美少女元宝之手，怎么能不香？它就是这么香！"

萧奶奶一筷子敲过去，元宝眼泪汪汪地捂住了头："奶奶，疼！"

萧奶奶怒道："好好吃饭，你唱的是什么东西！"

元宝大声回道："奶奶，这叫 Hip Pop！"

萧奶奶吃了一口菜："黑泡个头，你给我好好吃饭，一会儿把猪喂了！"

元宝："……"

有家人在身边，萧风缱的情绪好了一些。

吃完饭，元宝在院子里支起水盆，准备洗头剪头发。

以前，萧风缱和元宝的头发一旦留长了，就会一起剪下来，把辫子卖给村里的理发店，换来的钱也够买一个月的米了。

虽说以家里现在的情况，根本不需要这么节省，但这已经是她们的习惯，改不了。

萧风缱洗好头发，偏着头正跟元宝说着准备剪多少时，大门一下子被推开了，苏秦冲了进来："风缱！"

萧风缱看到苏秦，手中的剪子落在了地上。

因为走得太急，苏秦的呼吸有些紊乱，她看了看掉在地上的剪子，眼眶泛红。

拄着拐杖的萧奶奶一脸惊喜地说道："孩子，你怎么来了？"

元宝走到奶奶身边,说道:"奶奶,走,我带你进屋看电视,苏秦姐姐有话对我姐姐说。"

萧奶奶看了一眼萧风缱,然后和元宝进了屋。

一时间,偌大的院子就只剩下两个人。

晾干的玉米还摆在一边,割好的稻草也整整齐齐地堆放在地上,风一吹,空气中弥漫着收获的香气。

苏秦的目光逐渐冷了下去:"你要出家?"沉默了一会儿,又道,"你太让我失望了。"

她紧紧地盯着萧风缱的眼睛,缓缓地说:"可你总该记得,你答应过我什么?"

这话把萧风缱说得有些愣怔,答应过苏秦什么?

回忆往事,萧风缱缓缓地低下了头:"好好学习。"

"好好学习"这话自始至终都是苏秦最在意的,也是萧风缱一直为之努力的。

萧风缱的眼泪一滴一滴地往下掉。

苏秦看着眼前低下了头的女孩儿,心里也是难受,本想斥责的,可一看到萧风缱这落寞难过的样子,那责备的话苏秦就说不出口了。

最终,都化作了叹息,苏秦缓缓地走到萧风缱身边,像是小时候一样,轻轻地拍了拍她的肩膀:"是我不好,冲动了……"

这话说得萧风缱眼泪差点儿掉下来,她的心里难受极了。

这时候,她才看到自己的幼稚与天真,这么多年,苏秦对她还不够好吗?在她最苦最难的时候,帮助她的是谁?

屋檐上的麻雀叽叽喳喳叫着,有光落在茶几上,几杯清茶飘着袅袅的烟雾。

苏秦喝着茶,静静地看着小院,也不知道为什么,每次她来到这里,心都会莫名地宁静。

元宝端着托盘,上面都是小点心:"来,苏秦姐姐,吃点儿。这都是我姐亲手做的。唉,你不知道,她现在做菜都是素菜,我都好久没大口吃肉了。"

萧风缱翻了个白眼:"你回来之前袁玉姐姐让我注意你的体重,你看看你胖得下巴都几层了?"

这要是别人,肯定被打击到了,可元宝是谁,她特别坦然:"那又如何?公司给我的定位不是谐星吗?像我这样青春貌美、没有缺点的人,就只能增加几两肉，安慰一下众多前辈了。"

萧风缱："……"

她的妹妹还能再无耻一些吗？

苏秦听了姐妹俩的对话，知道萧风缱心情也恢复得差不多了，她低头看了看手机，说道："我得回去了。"

什么？姐妹俩一起看向苏秦，这才刚到就要回去？这也太折腾了，又是乘飞机又是坐汽车的，就是铁打的人也受不了啊。

苏秦看着萧风缱，轻声嘱咐："好好的，别让我操心。"

萧风缱用力地点了点头："对不起。"是她孩子气了，是她任性了。

苏秦摇了摇头，何彦已经把车停好，从外面走进来。

离开之前，苏秦看着萧风缱，留下一句让萧风缱流泪的话："风缱，你一直是我的骄傲。"

回来的这些天，每晚奶奶都会和萧风缱聊聊天。

萧风缱看着奶奶佝偻着背的样子心里特别难受，她像是小时候一样缩在奶奶怀里撒娇。

萧奶奶摸着她的头发，问道："我的大丫，到底怎么了？"

萧风缱抓着奶奶的衣襟，喃喃地说："奶奶，我突然觉得自己很失败。"

萧奶奶低头看着她："怎么会？你一直是奶奶的骄傲。"

这是心里话，穷人家的孩子早当家。从小萧风缱身上就背负了太多，年幼的苦难生活让她变得沉默寡言，很多事儿都习惯性地压在心底，还很容易钻牛角尖。

可即使如此，她的优秀也无法遮挡，她曾经用稚嫩的肩膀，扛起了这一个上有老、下有小的家。当年，那么困难的时候，她都没有自怨自艾过，如今是怎么了？

那一日，刘焕然的话，的确伤了萧风缱敏感的心。

她幽幽地说："好像，从小到大，我拥有的一切都是苏秦给的。"

萧奶奶愣了愣，她听明白萧风缱的话了，说道："什么叫从小到大？你才刚刚长大，奶奶知道你感激她，但凡事都有个过程，像是孩子脱离母亲，也不是一朝一夕的，慢慢来。"

……

萧风缱在家里休息了几天，想通了很多事情。这些年，她一直认为自己成长得很快、很优秀，其实一直是在苏秦的庇护下向阳生长的，无论发生什么棘手的事儿，苏秦都会第一时间帮她解决。

她想要成长，想要真的强大，就要像是奶奶说的那样，幼鸟离开巢穴，独自飞翔。

她回到北京的第一件事就是找袁玉，把之前的歌词版权全部授予秦意，并签署了解约合同，准备离开。

袁玉的脸色有些不好看："风缱，你这么做我能理解，只是……阿秦那边……"

萧风缱去意已决："我会和她解释的。"

秦意虽然发展得好，但毕竟处于起步摸索阶段，如果有更广阔的天空，的确更适合她磨炼成长。

办完这件事儿，萧风缱就坐公交车去了圣皇楼下。抬起头，她看着高耸入云的大楼，心里有些紧张。

一进大门，光是前台的接待就身材高挑，特别漂亮。她看到萧风缱后微微一笑道："您来了？小萧总特意交代我带您上去。"

小萧总？萧风缱吃了一惊，不是说好了见部门经理吗？怎么变成见总裁了？

前台接待非常善解人意："您不用慌张，小萧总人很好的。"

左转右转，像是进了迷宫，萧风缱终于在尽头处看到了小萧总。

小萧总一身黑色长裙，肌肤胜雪，眉目如画，她靠着墙，正对着电话说些什么，看到萧风缱来了，她挂了电话，笑盈盈地望过来。

她没有一点儿架子，伸出手，微微一笑道："你好，我是圣皇的总裁，萧佑。"

萧风缱也伸出手："萧总您好，我是萧风缱。"

进了屋，萧风缱有些局促地坐在沙发上，让她局促的原因不是别的，正是对面小萧总的表情。

她盯着萧风缱看了看，眼里逐渐透出亮光。

萧风缱嗓子有些干，她咳了一下："萧总，我知道圣皇是娱乐圈里的——"恭维的话还没说完。

萧佑一挥手，妩媚一笑："行了，就是你了。"

啊？萧风缱有些愣，就……这么简单？不是说进圣皇特别难吗？这……连问题都不问吗？

萧佑就像是能看透人心一般，她一双媚眼看着萧风缱，唇角上扬："风缱，我想你可能误会了，我们圣皇的确是娱乐圈的龙头，招人也非常严格。"

萧风缱一听这话立马坐得直直的，这是要提要求了。

萧佑抬起纤纤细手，指了指萧风缱的脸，笑得妩媚："可你这张脸啊，我一看就觉得是我们圣皇的人。"

萧风缱有些晕，眼神都被忽悠得飘忽起来了。

萧佑起身，笑眯眯地说道："我去打个电话，你不介意吧？"

萧风缱摇头。

然后，她就看着萧佑迈着妖娆的猫步，进了休息室。

临关门前，萧佑还转头，对着萧风缱抛了个媚眼。

萧风缱一个寒战，鸡皮疙瘩都起来了。

休息室内，萧佑拨了一通电话，电话那边的人声音冷冰冰的。

萧佑跷着二郎腿坐在沙发上，笑意满满："喂，阿秦哦，是我呀。什么？挑衅？不不不，啊？风缱？是啊，在我这儿啊。别说，这孩子，长得真漂亮，我看着就喜欢。她人正在外面坐着呢，哈哈。怎么你还拿着架势不过来吗？这就来？哎哟，人家好怕怕啊，你别来，我好怕怕啊。"

妖精一般魔幻的笑声回荡在休息室内。

休息室外，萧风缱听到这笑声脸都绿了，这圣皇的总裁不太正常吧？她觉得自己有必要离开了。

可圣皇实在太大了，等她七弯八拐地跑下楼，好不容易见到大门的时候，也许是太过紧张，不小心撞到了进门的人。

她连忙说着对不起，当闻到熟悉的薄荷香味时，她抬起头，看到的就是苏秦那张冷冰冰的脸。

以前萧风缱看到苏秦在与人对峙时，那气场绝对是居高临下压倒一切的。可如今，苏秦也遇到了实力相当的人。

两个人面对面站着。苏秦冰冷的气势十分逼人，萧佑笑容妩媚像是只坏狐狸。

全是一样的美貌逼人，全是一样的盛气凌人。

苏秦看了看萧风缱，又看了看自己的身后。

萧风缱立马就明白怎么回事儿，她正要往后站。

萧佑却笑着挥手："来，风缱，来你萧总这儿。"

这话说得轻描淡写,甚至带着些调侃的味道,可是"你萧总"三个字却直指要害。

萧风缱僵住了,是啊,从今以后,她就是圣皇的员工了,她该听从于萧佑的。

萧风缱的反应刺激了苏秦,她原本不想与萧佑计较的,准备直接把人带走就完事的,现在却不得不说话了,她一开口语气就是冰凉刻骨:"萧总好兴致。"

萧佑听后就笑了:"要不是如此好兴致,苏总怎么会来啊?"

这话说得萧风缱内心有些失落。她明白自己之所以会被圣皇看中,跟苏秦有很大的关系。

"风缱。"苏秦无意跟萧佑纠缠,"你走不走?"

这话给了萧风缱很大的压力,萧佑也看了过来。从小到大,萧风缱对苏秦的话都是言听计从,从来没有忤逆过。而如今,站在人生路的分岔口,她缓缓地低下了头。

她不想再被苏秦的羽翼护着了。她想要独立,想要成长,想要去接触外面的世界。唯有强大,她才能真正地摆脱内心那个自卑的自己。

一切尽在不言中。

末了,留在她耳边的是苏秦一声轻轻的叹息。

苏秦不知道什么时候离开的,萧风缱的内心无比失落与纠结。

萧佑在一旁幽幽地说道:"离开'老母亲'的第一步都是很痛苦的,我也是这么过来的。"

萧风缱:"……"

萧总到底是萧总,似乎什么事儿在她那里都可以心如明镜。

萧佑看着手里的简历,萧风缱心情复杂地坐在她的对面。

过了许久,萧佑把简历扔在了一边,她看着萧风缱紧张的样子笑了,问道:"风缱,知道我为什么看上你吗?"

萧风缱点了点头:"因为苏总。"

是个直接又聪明的孩子,萧佑点头道:"我也不瞒你,的确是因为苏秦,但是我希望——"她拉长声音,眼中带着期待的光芒,"今后,是因为你自己。"

萧总的手腕简单直接粗暴,毫不遮掩地把最终的目标摆在了萧风缱的眼前,这正正好好戳中她的心事儿。

但是理想并不是简简单单地说说看。萧总既然给出了目标,她就要认真地奋发努力。

考虑到萧风缱还是在读学生,萧佑大手一挥,给她批了一辆专车和一套公寓房。

萧佑和苏秦两人对于培养人才的方式有很大不同,萧佑上来就让萧风缱做自己的三号秘书,而不是作词人、编剧。

圣皇的工作很忙碌,偏偏还有个烦人的唠叨总裁。

萧佑经常在萧风缱忙得跟陀螺一样,几乎要崩溃的时候训话。

她躺在沙发上,往嘴里送着葡萄,问道:"知道为什么秘书一般都比较重要吗?"

萧风缱:"……"

萧佑挑了挑眉,继续说道:"这秘书就相当于总裁的大脑,除了没有决定权外,一切都有。一人之下万人之上,要不怎么又叫二号总裁呢?现在,你就是圣皇的二号总裁。"

萧风缱内心默默吐槽,二号总裁?她现在连萧总的日常生活都接触不到,不过是帮忙做一些杂活,压力却要比在秦意时大得多。她这会儿才明白,苏秦到底明里暗里帮了她多少。

萧佑拿起一颗葡萄,淡淡地说道:"你那是什么表情?你就没想过有朝一日可以回到苏总身边去帮她吗?"

萧风缱:"……"

萧佑似笑非笑道:"我把你培养出来,将来你又要去给苏总帮忙。"她无奈地一笑,"唉,我可真是人美心善,为他人作嫁衣,全天下最好的人啊。"

萧风缱:"……"

在圣皇的一切都是新鲜的,不管是工作,还是萧佑的各种教导,都让她学到了很多东西,每天过得非常充实。

唯一让她有些难受的,就是苏秦的冷漠。

苏秦似乎是真的生气了,在萧风缱去了圣皇后,一直没有联系过她。

偶尔,萧风缱也会打着看妹妹或是袁玉的名义去秦意看看苏秦。可很少碰到不说,就是碰到了,苏秦也会跟没看见她一样,径直走人。

元宝偷偷地拽着姐姐问道:"姐,你是不是又惹苏秦姐姐生气了?"

萧风缱一巴掌拍在她脑袋上,元宝立马老实了。

袁玉站出来为萧风缱说公道话:"阿秦,等到大四风缱就要实习了,你也不能真跟老母鸡似的一直把她护在身下啊。"

萧风缱内心默默地表示认同。

苏秦看了看袁玉，问道："你很闲吗？"

袁玉笑嘻嘻地应对了几句。没想到第二天一早，她就被总公司安排去工地视察，负责开发新场地了。

晒了两个星期的太阳，跑得脚都要磨出水泡的袁玉，好不容易得了空闲回到秦意。

苏秦看着袁玉，"关心"地问道："怎么黑了？"

袁玉立马坐直："萧风缱那忘恩负义的小浑蛋，我必须把她从圣皇抓回来！"

日子不紧不慢地过着，萧风缱也在一点点地改变。

她现在逐渐明白奶奶说的"人不要怕吃苦，那些吃过的苦，最终都会变成未来的甜"是什么道理了。

所有的隐忍与付出，都是为了爆发时的震撼。

在萧风缱迈入大三这年，她已经从三号秘书变成了二号秘书，负责萧佑的生活起居。

生活起居……看似小事儿，但真正接触后，萧风缱反而有些瞠目结舌。

萧佑先安排萧风缱学车，拿下驾照之后，她又轻描淡写地问："你会几门语言啊？"

萧风缱迟疑了一下，说道："英语、中文，还会一些法语。"

萧佑捂嘴笑道："哈哈，你也好意思说。"

萧风缱："……"

萧总连讽刺人都这么别出心裁。

萧佑按下电话："Linda，你进来一下。"

Linda 是萧佑的一号秘书，她穿着得体的西装裙，面含微笑地走进来，说道："萧总。"

萧佑点了点头："嗯，告诉告诉萧风缱，你会说多少门语言？"

Linda 跟随萧佑多年，早就习惯了她的说话模式，她笑容不减，说道："英语、法语、俄语，德语，这些可以流畅对话，目前还在学习西班牙语。此外，我还可以说上海话、广东话、东北话。"

萧佑接话："大妹子，来句东北话。"

Linda 转身："萧总，真是贼漂亮、贼好看！"

萧风缱："……"

萧佑眯眼看着萧风缱说道："听明白了吗？"

萧风缱咽了咽口水。

萧佑揉了一下头发："你家总裁长得这么美丽多姿，可爱迷人，回头被人搭讪，你可别给我耽误事儿。"

……

萧风缱受到了严重的打击，好在她不服输，既然不会，那就去学。

也不怕没时间，把睡觉和起床的时间，分别延后与提前，就可以空出部分时间去学习。

这可真的是披星戴月了。

萧风缱宿舍的桌子上堆了厚厚的语言书籍，不只是娟吃惊，就连何云都忍不住问："你这是改行当翻译了？"

萧风缱摇头，她淡定地从抽屉里掏出风油精，倒在手指上，揉了揉太阳穴，说道："晚饭我要整碗炒河粉，谢谢你了大妹子，麻溜的。"

娟："……"

风缱是学到走火入魔了吗？

渐渐地，萧风缱才明白看似潇洒风流，每天没什么事儿，只是吃喝玩乐的萧总，实际上多辛苦。

她每天六点就要起床，开始一天的行程，在不同国家飞来飞去不说，有时候忙得早、中、晚饭都要在车上吃。

形形色色需要交际的人，各种突如其来的变化，圣皇上下大大小小的请示等，都需要萧佑来处理。

萧风缱光是在旁边听着就头晕，萧佑忙碌一天却不见倦色，当真是有使不完的精力。

如常，一天的饭局结束之后，萧佑让萧风缱开车带她去护城河边。

萧佑脱了高跟鞋，坐在河边，晃着脚丫吐槽："唉，笑得我脸都僵了，薛明这位老人家，为老不尊，一把岁数了，居然还垂涎我的美色。"

萧风缱淡定地站在一边吹风。

萧佑抬眼看着她："我发现你跟苏秦还真是有些像。"

光是那眉眼间的傲气与冷意就非常相似，说实话，萧风缱的表现出乎她的意料。

萧风缱有一个特别显著的优点就是能吃苦，无论多么繁重的工作，多么大的压力，多么苛刻的话，她都可以承受。

萧佑也是听 Linda 说萧风缱曾经被公司的前辈话里话外地挤对多次，她却像是没听见一样，依旧照常工作。单论这份定力就不是这个年龄的孩子能有的。明面上都这么不怕吃苦的，更不用提暗地里的那些努力了。

"欸欸欸，你是木头吗？我在这儿说话，你在那儿看鱼？"萧佑不满了。

萧风缱转身看着萧佑，说道："萧总，您说得没错，我的确很像苏总。"

萧佑："……"

萧佑正要挤对萧风缱几句，她的手机突然亮了。

看了看上面的信息，萧佑狭长的眸子闪烁着狡黠的光芒，说道："看来还要去吃一顿。走吧，风缱，先回圣皇换套礼服。"

萧风缱点头，对于萧佑这样的临时安排早就习以为常，问道："要吃解酒药吗？"

萧佑摇了摇头。

到了圣皇，萧佑化上淡妆，换了一套黑色的收腰长裙。

她还特意给萧风缱挑了一套纯白色的露肩长裙，美丽的锁骨若隐若现，裙子的布料白得仿佛透明，却不暴露，裙子的下摆是由高到低的弧线，露出修长的美腿。

萧风缱有些别扭，问道："穿成这样要怎么开车？"

萧佑笑道："今晚你不是司机。"

萧风缱愣了愣，问道："那是什么？"

萧佑不回她的话，而是拨通前台电话，叫司机过来送她们去德胜大酒店。

这个时间不堵车，她们一路畅通地到了目的地。

萧佑先下了车，转身看着萧风缱，说道："今天的人，你比我熟悉。"

萧风缱的身子一僵。

萧佑挑了挑眉："怎么？努力了这么久，不想让她看看成果吗？"

仿佛是印证了这句话一般，刺眼的车灯照了过来，萧佑下意识地用手挡了一下，轻笑道："哟，苏总，几日未见，更加美丽动人了。"

车门打开，苏秦缓缓地走了下来。

她依旧化了清冷的淡妆，海藻般的黑色卷发散落胸前，一袭露肩高衩黑色晚礼服衬得她肌肤如雪，在淡淡的灯光下宛如盛开的白莲。

苏秦很冷漠，瞥了萧佑一眼，原本没打算理她，却意外地看到了熟悉的身影。

车里的萧风缱感觉自己都要被冻住了。

这时候袁玉也从车上下来了,她呼了一口气:"这天太冷了,不适合穿裙子。阿秦,看什么呢?"

袁玉的话音刚落地,苏秦就转过身往前走了。

袁玉挠了挠头,不明所以,绕到车的另一边,等着元宝过来。

萧佑的嘴角上扬,亲自为萧风缱打开了车门:"下来吧。"

这是多么大的殊荣,都到这儿了,萧风缱不想下来也得下来了。

下车的那一刻,萧风缱就想通了。

是啊,她一直以来的努力最终不都是为了能与苏秦并肩而行吗?现在又何苦让自己放不开?

一旦想通了,人就自信起来,萧风缱面含微笑地看了一眼萧佑:"谢谢萧总。"

这声谢谢是发自内心的。萧佑也嘴角上扬,笑容满面。

萧风缱年轻又漂亮,最主要的是气质清冷的她与身边妖娆的萧总形成了强烈的对比。一冷一热两位美女,光是看看就养眼。

元宝姗姗来迟,她穿了一件粉色的礼服,清纯可爱,只是穿着高跟鞋走路有些不适应。她下车走到袁玉身边的时候,两人都只看见萧风缱和萧佑的轮廓。

元宝一脸的疑惑,她抬起手,问道:"那女的怎么看着有点儿眼熟?"

袁玉眯了眯眼睛,她原本对萧佑感觉良好的,可自从发现苏秦对萧佑有着微妙的敌意之后,为了避免再被"折磨",袁玉只好将矛头一致对外。

"跟着萧佑的能是什么好人?"袁玉撇撇嘴。

元宝点头道:"对,啧啧啧,瞧那屁股要扭上天了。"

元宝是被袁玉拉来的,今晚是一个娱乐圈的内部晚会,都是圈子里的人,她多见见也有好处。

元宝和袁玉还在窃窃私语,聊着各种绯闻。

前面的女人似乎有感应一般,缓缓地转过了头,看向了袁玉和元宝。

元宝:"……"

袁玉:"……"

她们看到了什么?那是谁?眼睛要瞎了!

萧佑微笑地看着停顿下来的萧风缱,问道:"怎么了?"

萧风缱摇了摇头,无奈地感慨:"从没想过有朝一日会跟萧总走在一起。"

这马屁拍得萧佑浑身轻飘飘的，平日里让萧风缱说句好话可十分难得，今儿是太阳打西边出来了？

南洋的副总胡念念热情地迎了上来："萧总，多日未见。"

萧佑笑得跟花一样："胡总还是那么漂亮。"

萧风缱站在旁边默默地看着，她以后可不能跟萧总走一个路线。

简直……太可怕了。

一路上，萧佑满面春风地和一个又一个熟人寒暄，还跟对方介绍着萧风缱。

萧风缱刚开始还有些不适应，后来干脆摆出了萧佑的同款微笑一一应对。

苏秦自始至终都站在角落里默默地看着萧风缱。

她的心里百感交集，风缱长大了，可引导着风缱往前走的人却不是她。

萧佑带着萧风缱走到了苏秦身边，说道："哟，这不是苏总吗？怎么一个人站在这儿啊？"

萧风缱看着苏秦，说道："苏总！"

这种场合，她叫苏总比较合适，叫姐姐不太合适。

随着这一声"苏总"叫出口，苏秦的眼神都变了，她不带一丝温度地看着萧风缱："呵，我该怎么称呼你？"

萧风缱沉默了。

萧佑笑得像狐狸一般："萧总监。"

萧风缱一下子看向了萧佑，苏秦也盯着她看。

萧佑挑眉，她看着萧风缱认真地说道："也该让你知道了，亦庄开发区那里盖了新厂子要建拍摄基地，回头你去那儿当一年的HR总监，其他的，我另有安排。"

大公司就是这点儿好，财大气粗，萧总随手一挥就带着指点江山的气势。

萧风缱感动得说不出话来，萧总是真的在帮她啊。

苏秦盯着萧风缱看了片刻，点了点头："那就恭喜你了，萧总监。"说完她就离开了。

晚会的流程都是按照惯例的，主持人在上面寒暄几句，之后就是大家私下里的交际。

萧风缱这次没有退缩，她跟着萧佑走遍了全场。

一圈溜达完毕，萧佑累得坐在椅子上抱怨道："唉，这圈子更新换代太快了,一半人我都不认识了。"

萧风缱给她倒了一杯水。

萧佑看着她,说道:"我看你状态还不错,没觉得累?"

萧风缱摇了摇头,以前她总觉得这些老板啊,总裁啊都是高高在上的,可能看都不会看一眼像她这样的小人物。

但现在看来,这些人也食人间烟火,也会对着人客套微笑的。不过说到底,这还是因为有萧佑在。

萧佑看着萧风缱一副看透一切的模样,啧啧称赞:"我看那些新面孔你都认识,私下里做了功课?"

萧风缱习惯性地回道:"是。"

身为萧总的秘书,这些事儿还搞不定,这不是等着挨骂吗?

萧佑满意地点了点头:"你成长得的确很快,甚至超出我的预期。"

萧风缱转头看着她。

萧佑又笑道:"去吧,让苏总看看你现在的变化。"她的目光看向一直坐在沙发上不言不语的苏秦。

音乐响了起来,灯光也全部打亮。

萧风缱看着坐在沙发上举着酒杯的苏秦,她深吸一口气,走了过去。

她刚走到苏秦身边,还没来得及叫人,就被不知道从哪儿冒出来的袁玉和元宝给按住了。

元宝上上下下地看了几眼姐姐,问道:"哎呀妈呀,咋变这么漂亮,是不是整容了?"

袁玉指着她的胸,问道:"说!塞了多少棉花?"

萧风缱:"……"

这俩浑蛋!她优雅的气质都没有了!

苏秦冷漠地看了她一眼,举起酒杯,喝了口酒。

元宝最能咋呼:"姐,你不会真打算留在圣皇了吧?你说说你这一年,才来秦意几次?"

这话带着些委屈,她隐约有了一种看着姐姐越飞越高、越飞越远,自己却追不上的感觉。

袁玉也是一肚子的不满:"是啊,你不回来,家里也没人做饭,都不热闹了。"

萧风缱正要说话,耳边传来缥缈的歌声——

当你走进这欢乐场,
背上所有的梦与想,
各色的脸上各色的妆,
……………

当"一杯敬明天,一杯敬过往"的歌词飘入耳中时,萧风缱看着苏秦,声音哽咽:"好久不见……"

天知道这句话里包含了萧风缱的多少委屈与辛酸。

在圣皇那夜以继日高强度的工作压力下,她不是没有想过放弃。

在别人恶意刁难,自己只能一次又一次将痛苦咽下去的时候,她不是没有想过放弃。

当回到B大,所有人都进入梦乡,她却依旧挑灯夜战的时候,她不是没有想过放弃。

可只有自己强大起来,她才不会成为别人口中的"包袱"。想到这里,那些要放弃的念头,全都灰飞烟灭。

苏秦叹了口气,轻声说:"好了,不委屈了。"

不说这话还好,一说萧风缱眼泪都落了下来。

好不容易消除隔阂了,萧风缱向苏秦诉说着自己这段时间经历的苦。

苏秦始终认真地听着。她心里也很明了,萧佑是真的在用心培养风缱。很明显,风缱离开秦意之后,的确成长得更快了。

萧风缱轻声说:"苏秦姐姐,我长大了,以后可以帮上你的忙了。"

苏秦低头浅笑,风缱长大了,已经成为展翅的雄鹰,要飞走了。

这一次,不再是她的假想,而是事实。

第七章
跨年夜的琴声

圣皇，萧佑坐在老板椅上，看着 Linda 问："调查清楚了？"

Linda 点头道："是的，的确是苏总。"

萧佑蹙了蹙眉："秦意发展得太快了，新区的建设居然也抢在了咱们前面。"

Linda 回道："我看苏总未必是真的想要建新厂。"

萧佑自然是明白，在娱乐圈抢占先机比什么都重要，她思索了片刻，说道："叫风缱来。"

接到召唤的萧风缱很快进来了。

萧佑看着她："苏总很厉害啊，事事都抢在我们圣皇前面。"

这又是"苏总"又是"我们圣皇"的，萧风缱立即领会她的意思，问道："萧总有什么吩咐？"

萧佑的手支着下巴，缓缓说道："上次不是说等你大四，安排你去新区那边锻炼一下嘛，谁想到现在被秦意抢了先机。"

萧佑又琢磨了片刻，妩媚一笑："现在看看，也许可以不用那么麻烦。"

萧风缱警觉地看着萧佑。

萧佑似笑非笑地说道："你那是什么表情？怎么，这么快就身在曹营心在汉了？你萧总能算计你吗？"

萧风缱默然，那是当然能的。

萧佑盯着萧风缱看了一会儿，她拿起手机拨了电话出去："喂，阿秦啊，是我呀。别挂电话啊，风缱也在我这儿呢，你挂电话多伤感情啊？我想约你吃饭，不来？咯咯咯，好啊，那我可要控制不住自己的脾气对属下下手了。"

电话挂断，萧风缱看着萧佑说道："萧总，你这样好吗？"

萧佑睁大眼睛做无辜状,说道:"怎么不好了?今晚苏总来吃饭,你也一起来。"

萧风缱心里不舒服:"不。"

萧佑挑眉看着她:"明天是元旦,今晚正好跨阳历年。"

萧风缱摇头:"不去。"

萧佑眯眼,问道:"真不来?"

萧风缱抿着唇不吭声了。

一个小时后,苏秦和袁玉到了圣皇。

因为是跨年,萧总特意选在大厦顶楼请客。站在最高层,可以俯瞰整个城市,万家灯火,天地之间都似裹上了一层薄纱。大家吃着饭,吹着风,心情都跟着放松下来。

华丽的水晶灯投下淡淡的光,萧佑指着桌上的红酒,说道:"这是我珍藏的酒,今儿有幸能跟苏总一起跨年,我们可得好好喝点儿。"

萧风缱听后立马起身给萧佑倒上。

萧佑看了看苏秦的空杯子,这是……几个意思?

萧风缱解释:"她身体不舒服。"

这几天是苏秦的生理期,她不能喝酒的。

萧佑一听就笑了:"这你都知道啊?"

萧风缱低头不语。

苏秦和萧佑都不是藏着掖着的人,大家都明白彼此在想什么,看两个聪明人谈话,萧风缱觉得自己也学到了很多知识。

萧佑切着牛排,说道:"两虎相争,必有一伤。阿秦,你上手是比我快,但我圣皇要是真想跟你争未必会输。"

这是大实话,圣皇在娱乐圈的地位可不是轻易能撼动的。秦意虽然异军突起,但真要跟圣皇争,肯定会损失惨重。

苏秦一双通透的眸子看着萧佑:"萧总是想合作?"

萧佑笑意渐浓。

秦意有地方,圣皇有人脉与口碑,两家公司一起合作,自然是绝配。

苏秦沉默不言,她是个谨慎的人。虽然明白两个公司合作,利大于弊,但是建造新工厂投入了那么大的精力,就这么拱手让人,任谁也不会心甘情愿。

萧佑看出苏秦的犹豫，于是使出了撒手锏，她说道："你不是一直不放心风缱吗？正好，我让她去配合你，你看怎么样？"

苏秦不再说话，她举起萧风缱倒的果汁儿："期待合作。"

萧佑笑了，灯光落在她脸上，尽显柔情与妩媚。

萧风缱安静地看着，随着时间的推移，她逐渐明白了一个道理。

有时候，有些人一辈子勤勤恳恳的努力，也比不上大佬谈笑间的几句话。选对人，跟对人，很重要。当然，机遇更重要。苏秦一定是老天爷派来的天使，拯救了她。

正事儿谈完，萧佑开心了，她又喝了几杯，说道："阿秦，很久没听你弹琴了。今天这么好的日子，弹一首吧，钢琴我都准备好了。"

弹琴？萧风缱惊讶地看着苏秦。

袁玉跟着起哄："是啊是啊，放松放松，马上就要跨年了，咱不谈公事了。"

苏秦的目光落在萧风缱身上，看到她眼里的好奇，便不再推辞，点了点头。

月色下，苏秦坐在钢琴前，如墨的长发披在身后，优美的旋律在她的指尖流淌，时而悠扬，时而顿挫。

苏秦弹了一首《但愿人长久》之后，所有人报以热烈的掌声。

袁玉欢快地说："再来一首《新年好》吧！"

众人朝她翻白眼，袁大傻子就非常落寞地抱紧自己。

苏秦看着黑白的钢琴键，沉默了一会儿后，指尖再次跳跃，仍旧是王菲的歌——《我愿意》。

琴声温柔，直击人心，萧风缱的眼睛都湿润了。

窗外，夜空中的烟花像一朵朵秋日的金丝菊，花瓣美丽妖娆，尽情绽放。屋内，伴随着最后一个重低音，这场演奏也落下帷幕。

最大的礼花绽放的瞬间，时针拨动，世界迈进新的一年。

跨完年，萧风缱也要放假了，萧佑立马就给她安排了后面的工作。

萧佑歪着头对萧风缱说道："这段时间你去秦意吧，就当是两家公司之间的合作交流。"

萧风缱疑惑地看着萧佑，萧总又想干什么？

萧佑不乐意了："你那是什么眼神？我这是为你以后的发展铺路。"

萧风缱无奈地点了点头，领了命令就准备离开。

萧佑又叫住了她："站住。"

萧风缱转身。

萧佑撩了一下头发，媚眼如丝："我问你，在大是大非面前，圣皇和秦意，你该明白要站在哪一边吧？"

萧风缱站得特别直，信誓旦旦地说道："工作是工作，生活是生活，我是圣皇的员工！"

萧佑很满意，她喝了一口茶，问道："你右手恢复得怎么样了？"

萧风缱把右手往背后藏了藏："很好，谢谢萧总惦记。"

这一年，她的右手的确恢复得很好，已经可以流畅地写字，但是灵活程度还远不如左手。

萧佑一看她这样就笑了："跟你萧总还用隐藏什么？没事儿啊，左手右手都一样。"

下午，苏秦收到了萧佑的信息，她想了想，安排一下手里的工作后，就开车去B大接萧风缱了。

到了B大，她并没有打电话联系萧风缱，而是往教室的方向走，她很想看看在学校里上课的风缱是什么样。

一路走到教室，不巧的是萧风缱正好没课，而是在跟几个人一起商量着晚会的事儿。

透过玻璃，苏秦看向萧风缱。

萧风缱在学校大多数时间都是穿运动服，她扎着马尾，手里拿着一本书坐在桌子上，安静地听着几个男生讨论，嘴角带着笑，不多言，只是偶尔发表一下观点。

苏秦看得有些恍惚。

萧风缱不再是那个遇到事儿躲在她身后的孩子了，现在的她就连嘴角的笑容都是那么自信大方。

好像不经意间，风缱就长大了。

除了关注到萧风缱的成长外，苏秦还看出了关键的一点——在场的四个男生中，有两个都对萧风缱有意思。

可看萧风缱的表情，似乎并没有放在心上，或许是知道，但不在意。

萧风缱抬头时看到了苏秦，一下子从桌子上跳了下来。

打开门，萧风缱问道："怎么来了也没告诉我？"

苏秦说道："想着四处看看。"

萧风缱扭头对身后的几个男生喊："我有事儿，这里交给你们了。"

说完，萧风缱也不管他们是什么反应，就对苏秦说道："教室有什么好看的，去操场上溜达一圈。嗯，不行。"她突然想到苏秦上次来时被围观的场景了。

今天苏秦穿了一件白色的风衣，肌肤胜雪，眉目间满是温柔。

苏秦缓缓说道："走吧，先去吃饭。"

上了车，苏秦问道："圣皇那边交接好了？"

"好了。"提到工作，萧风缱几乎是职业病般挺直了上身，"萧总没说具体干什么，只是说让我先去熟悉一下秦意的环境。"

熟悉环境？这借口苏秦都懒得拆穿，萧佑怕是忘了萧风缱是从哪儿飞出去的了。

苏秦又说道："这天适合吃火锅，你叫上元宝。"

萧风缱点了点头，立马给妹妹打了电话。

二十分钟后，元宝来了，她最近训练强度很大，人瘦了不少，见面也没多说，眼睛就盯着肉看了。

这可把萧风缱心疼坏了，问道："有这么累吗？"

元宝吃得头也不抬："那是当然的了，我可不像你那么好运，有萧总这么强有力的大腿抱。"

萧风缱："……"

她给妹妹夹毛肚："给，多吃一点儿，回头我得跟慧姐聊一聊了，不能给你这么大压力。"

吃完饭，元宝嚷嚷着还有形体训练课就急着要回去。

萧风缱开着车把她送到了秦意楼下，嘱咐："训练完就多休息。"

元宝敷衍地点点头，挥挥手就走了。

苏秦看着她，问道："什么时候学的车？"

才多久没见面，萧风缱就又有了进步。

萧风缱说道："半年前。"

苏秦点点头："不错，开得挺稳的。"

萧风缱笑了笑："回去吧，你刚刚都没怎么吃，我给你做个汤养养胃吧。"

到了家，萧风缱给苏秦沏了一杯蜂蜜柚子茶，塞给苏秦之后，她又去厨房忙活。

萧风缱准备做一个西红柿疙瘩汤，晚上吃也好消化。她打开抽油烟机，穿上围裙，一边做饭一边愉快地哼着曲子。

客厅里，苏秦捧着茶，耳边听着萧风缱唱的有些跑调的小曲，还是这样的相处方式比较适合两人。

萧风缱很快就做好了，她盛了一碗疙瘩汤，又切了一些小菜放在托盘里，说道："萧大厨的美食来了。"

苏秦端了过来，看了一眼托盘。

疙瘩汤还冒着热气，每块疙瘩上都带着诱人的香味，裹着晶莹的汤汁儿，再配上绿油油的小菜，色香味俱全。苏秦暂时不想说话了，开始低头喝汤。

萧风缱笑道："这段时间我好好给你调理一下胃。"

苏秦默默地喝汤，过了片刻，她突然抬起头问："你在圣皇也经常加班吧？"

萧风缱没多想，点了点头道："对啊，圣皇的节奏非常快，而且运行模式很成熟。"

其实她还想多说几句的，却没有这个胆子。

苏秦点了点头，若有所思地说道："你是萧总的秘书，经常跟她一起加班？"

萧风缱点头道："是的。"

苏秦放下筷子，轻描淡写地问："那你都给她做过什么吃的？"

"没有，绝对没有！"

"嗯。"

苏秦又思索片刻，问道："圣皇和秦意，你更关注哪一边？"

萧风缱一脑门儿的汗。

这让她想起离开圣皇的时候萧总的那一句——在大是大非面前，圣皇和秦意，你该明白要站在哪一边吧？

面对苏秦的眼神，萧风缱一伸脖子，说道："当然是秦意。"

萧总，对不起了……

萧风缱刚腹诽完，手机就响了，她一看来电显示是萧总，冷汗都要流下来了。

这会儿对于别人来说可能是休息时间，可对于萧佑来说夜生活才刚开始。

萧风缱咳了一声接听了电话。

电话那边，萧佑的声音非常雀跃与高亢："风缱，你上次给我做的三色炒鸡和珍珠丸子是怎么做的？来来来，我把电话给我阿姨，你跟她说说。"

萧风缱："……"

过了一会儿，萧家的阿姨慢吞吞地问："风缱啊，怎么做来着？对了，上次你做的那个香炸鳕鱼老夫人也特别爱吃。"

萧风缱硬着头皮问："这么晚了怎么还想着做饭？"

阿姨回道："老夫人的朋友们今天齐聚一堂，热闹得很，你要不要来啊？"

萧风缱："……"

絮絮叨叨的半个小时就过去了。

挂了电话，苏秦似笑非笑地说道："明天我要吃三色炒鸡、珍珠丸子、香炸鳕鱼。"

说完，苏秦就回屋了，还把门给关上了。

萧风缱抬头望着天花板陷入了沉默。

三色炒鸡、珍珠丸子、香炸鳕鱼……

全都是肉菜，有一样是苏秦能吃的吗？

萧风缱忍着笑，走到苏秦的房门口，轻声说："苏秦姐姐，我都不敢想，如果没有你，现在的我会是怎么样。

"别说上大学了，怕是跟村子里其他人一样，为了生计早早地找人嫁了，潦草地过完这一生吧。

"所以，谢谢你……在我心里，你永远是最温暖的，像曙光一样的存在。"

"曙光"一直在为萧风缱带来好运。

忙了这么久，今天是新厂区建成后的第一次检查。两人没有耽搁，苏秦先去了秦意准备，萧风缱则是回圣皇等萧佑。

这是大日子，萧佑特意坐飞机赶回来。

萧风缱坐在大厅的沙发上，看着兴奋的同事们，颇为无奈。

很快，感应门打开，前台的小姑娘兴奋得要跳起来了。

"萧总！"

"萧总，您回来了！"

"萧总，辛苦了！"

"萧总……"

萧佑戴着墨镜，头上戴一顶大花帽，这帽子可不是一般人能驾驭的，她穿了一件收腰长裙，嘴角含笑，千娇百媚，左右逢源。

"哟，闫宝贝，你又瘦了。

"Susan，我给你带了你最爱的香水哦。"

"哈哈，可可，怎么还激动得要掉眼泪了？这么想我啊，一会儿来我这儿领红包，带你们部门的人出去吃饭。"

…………

萧风缱起身，跟着进了办公室。

萧佑看见萧风缱，玉手一伸，说道："先不要跟我谈工作，玫瑰牛奶浴，谢谢。另外，把上次那个推拿师叫来，给我做一个精油开背。哎呀，折腾这一趟，真的是累死我了。"

萧风缱："……"

如果没记错，萧总是出去度假的吧？

一个小时后，萧佑舒服地趴在床上，眼睛上贴着两片黄瓜。

技师正在给她做推拿，夸赞道："萧总的肌肤真紧致。"

萧佑勾着唇，说道："还是你手法好。"

萧风缱在旁边咳了一声，汇报着近期的工作情况。

她讲得很认真，包括前期的准备、中期的进展，以及现在新厂存在的问题与接下来要交接的工作等，都说得非常翔实。

一切汇报完毕，萧风缱深吸一口气，看着萧总，准备听安排。

萧佑动了动胳膊："对对对，就是肩胛骨这里。哎呀，人家老了，这里总是疼，你多给我揉揉。"

萧风缱："……"

吸气，呼气，萧风缱努力控制着自己的情绪。她选的公司，她选的老板，打死也要微笑面对。

萧佑总算肯回一声了："哦。"

萧风缱："……"

圣皇的大门再次打开。

秘书Linda亲自迎了上去，问道："苏总，您怎么亲自来了？"

苏秦架势很足，身后带着新区的领导层，她走在最前面，面色严肃，问道："萧总呢？"

搞什么？整整迟到了一个小时。风缱也是，在做什么？

Linda笑容不减："我先上去通报一下，萧总刚回来，忙着处理手里的事儿。"

苏秦看了Linda一眼，挥了挥手："不用，你安排人跟他们对接一下。"

Linda还要说话，苏秦一个眼神看了过来，她立马闭嘴。

没办法，Linda只能硬着头皮把人带走，悄声嘱咐前台："赶紧给萧总打电话通报。"

前台也很焦急："萧总说她在SPA，要放松，不能接电话，不然该长皱纹变老了。"

Linda："……"

苏秦是非常有范儿的人，昂首挺胸，阔步前进。

Linda紧跟在后面，大气都不敢出一下。

刚到办公室门口，还没开门，一阵阵娇笑声就传了出来。

Linda汗都要流下来了，完了……她上前就要敲门，被苏秦制止了。

苏秦推开门，她一进去，萧风缱和技师都是一愣。尤其是萧风缱，笑容瞬间僵在了脸上。

技师并不认识苏秦，可这女人的气场让她选择了沉默。可怜的就只有被两片黄瓜盖住眼睛的萧佑，还在那儿哈哈笑呢。

最后笑得把盖在眼睛上的黄瓜片都给震了下来。这黄瓜片掉得正是时候，萧佑恰好看到了苏秦那张冷冰冰的脸。

北风呼啸，寒冷刺骨。人生在世，免不了遇到各种尴尬场面，可……这真的是……太尴尬了。

苏秦淡然地看着萧佑。

萧风缱已经不忍心去看了，技师忍着笑，退了出去。

可萧总到底是萧总，她干脆转了个身，躺在沙发上，嗲嗲地说："要一起做SPA吗？"

苏秦摇头，这么多年了，萧佑是一点儿都没变，还跟小时候一模一样，只是那时的她要比现在可爱得多。

闹了一会儿，又说了一会儿闲话，三个人终于出发了。

一路前行，因为新厂在大兴区，人员车辆都不密集，所以半个小时就到了。

对于新厂，萧风缱要比萧佑和苏秦都熟悉。

她刚下车，门口的小保安就迎了上来："总监，你来了。"

萧佑特别嘚瑟地说道："有我圣皇人的模样。"

萧风缱带着两位老总参观，身后都是新厂各部门的负责人。

苏秦没想到，萧风缱一个还没毕业的大学生，真就硬生生地接下了这个重担,而且,不见愁容,反而带着一丝游刃有余的惬意。

萧佑满意地点点头,一转身看到苏秦出神的样子,她笑着说:"我还记得风缱刚来的时候有多菜。"

职场跟现实生活是不一样的,有的时候,人不逼自己一把,永远不知道自己有多优秀。还好,萧佑没有看走眼,萧风缱的成长与蜕变有目共睹。

有些事儿,萧佑不说,苏秦也明白。

萧风缱毕竟是一个未经世事的大学生,突然重担加身,其中的苦楚与煎熬只有她一个人知道。

检查到最后,主要的环节算是过去了,萧风缱特意跑回车里,拎出一个大的蛋糕盒。

大家看到后就一起涌上前去:"哇塞,总监又给我们带什么好吃的了?是亲手做的吗?"

"哈哈,不是亲手做的我们可不吃啊,嘴都被喂刁了。"

"那是那是,我现在就盼着咱总监每个星期带过来的美食呢!"

……

萧风缱被围在人群中央,她的脸上带着笑容,眼中的神采是那样璀璨,说道:"都有都有,这次是草莓蛋糕。"

苏秦安静地看看,萧佑伸出手,在她面前晃了晃:"哟,看傻了?"

苏秦转过头,看向萧佑。

萧佑笑呵呵地说道:"阿秦,我发现啊,风缱这孩子,在别人面前都相当自信。也是,以她现在的身份也该自信了,人家 B 大高才生,又成长得这么快。可是我怎么觉得她在你面前始终都有些自卑呢?有些时候,你是不是也该给孩子一些鼓励?"

萧佑的话让苏秦沉默了,这份沉默就代表着对这番话的认同与沉思。

因为检查工作进展得很顺利,萧佑和苏秦先走了,留萧风缱收尾。

都是年轻人,工作被大老板检查合格后,大家又是一阵嬉笑喧闹,一直折腾到将近十一点,萧风缱才回到秦意。

她换了一套休闲服,拎着一个小礼盒,走到苏秦办公室,说道:"阿秦。"

萧风缱提高小礼盒:"我给你带的蛋糕。"

苏秦语气淡淡地道:"那是小孩子吃的。"

"才不是。"萧风缱撇嘴,"这是我特地给你做的抹茶香草味的蛋糕。"

说完她拎着蛋糕盒准备往外走,她来得不是时候,苏秦正在工作。

刚走到门口，苏秦叫住了她："站住。"

萧风缱扭头，干什么？

苏秦不看她，低头签字，说道："放下我的蛋糕。"

在苏总的命令下，萧风缱忍着笑放下了蛋糕。

眼看着门被关上，人走了。苏秦放下手里的文件，走到沙发前坐下，小心翼翼地打开蛋糕盒。

很精致小巧的蛋糕，她尝了一口，抹茶的芳香自口腔中扩散开来，纯滑扎实的奶油与浓郁稠密的巧克力混合在一起，攻陷了味蕾。

苏秦边吃边想，现在的萧风缱，还真是美貌、智慧、能力、才干一样不缺。

苏秦正吃着蛋糕，这时袁玉的声音飘了进来："哈哈，萧总，你怎么黑了这么多啊？"

萧佑惊呼："什么？我哪里黑了？"

然后房间里响起两个人充满魔性的大笑声。

苏秦立马把用过的叉子扔进了垃圾桶，然后火速地坐回自己的办公椅上。

秘书敲了敲门，笑容满面地把两人带了进来。

袁玉大大咧咧地坐在了沙发上。

萧佑也一屁股坐了上去，她一眼就看见了蛋糕，"哇"了一声后拿起叉子就要吃。

苏秦立马说道："不要动，那是我的。"

萧佑："……"

袁玉："……"

两人面面相觑对视一眼，袁玉咽了咽口水："我刚和萧总说了新厂的事儿，觉得萧总好眼力，怪不得派风缱来呢，听说处理得特别好。"

苏秦看着手里的提案，没有要搭理两人的意思。

还好，两人也没有要理她的意愿。

袁玉看着萧佑崇拜极了："萧总，你看人为啥么准？用一个成材一个。"

这些年，萧佑的手下可是出了不少能人。

最主要的是这些人除了部分留在圣皇的，其他全都在各个大公司有了自己的天地。而且这么久了，她们每个人提起萧佑都是赞不绝口，并且圣皇有什么事儿，只要萧总一声呼唤，立马八方集聚。

这马屁拍得舒服，萧佑乐得嘴角上扬，还要控制一下表情，说道："其实也还好，没那么准。"哈哈，知道她的厉害了吧？没错，她就是美貌与智慧并存的王者!

袁玉虚心讨教:"萧总,你是怎么跟她们处得这么好的?现在秦意的练习生也都是些年轻的孩子,我都感觉对付不过来了。"

先不说别人,就说元宝,现在处于叛逆青春期,每天用鼻孔对着她说话,她已经头疼很久了。

萧佑十分随意地说道:"嗨,不就是小孩儿吗?带她们吃吃喝喝,逛逛街,买买买,都满足她们不就行了吗?"

说完,又补充道:"当然啦,没事儿唱个歌哄哄啊就更好了。最主要的还是多鼓励,年轻人,缺什么都不能缺自信心。"

又是一些没营养的对话,两人一直聊到下午才离开。

萧风缱忙到天都黑了才匆匆过来:"中关村那边新开了一家知性书屋,环境特别好,咱去看看啊。"

苏秦收拾着办公桌,摇头说道:"不去。"

萧风缱有些失落,随口问:"那去哪儿?"也许是她累了吧,想要休息。

苏秦头也不抬:"逛街。"

萧风缱:"……"

就这样,萧风缱莫名其妙地被拉去逛街了。

第二天上午,萧风缱去税务局办事儿。

原本手续都已经办妥了,但是萧风缱被告知税务局副局长冯晏要见见她,想着以后肯定要接触,见见自然也是应该的。

冯晏自带气场,她妆容精致,头发绾起来,穿着白色的及膝裙,衬衫上面的扣子没有扣,露出洁白细长的脖颈还有若隐若现的锁骨。

面对这样漂亮又气场全开的人,萧风缱多多少少有些压力,好在她已经不是那个刚刚入职场的人了,她带着得体的微笑打招呼:"冯局长。"

冯晏坐在沙发上,双腿叠放着,手放在膝盖上,完全是礼仪培训里的标准坐姿,她一双锐利的眼眸上下打量着萧风缱,问道:"这是刚毕业,还是在读?"

萧风缱心里吃了一惊——这人眼神好犀利。

她微笑道:"马上大四了。"

冯晏点了点头:"走吧,我带你先去吃饭。"

吃饭?苏秦可能还在等她吧。萧风缱抽空给苏秦打了个电话。

苏秦的确是在等萧风缱,而且把衣服都换好了。

"苏秦姐姐,我这边有点事,回不去了。"萧风缱小声说,"你不用等我了啊。"

苏秦回道:"好的,你先忙。"

一出门,看见停在外面的一辆白色奥迪,萧风缱心里也是有些吃惊。要说在官场上,大家都很低调,位置越高,行事越谨慎,可这冯局长也太高调了。

冯晏很爽快地把车钥匙扔给了萧风缱说道:"你开。"

这样强势的态度让萧风缱有些无措,明明不是很熟,但冯晏就是能够很快拉近距离,就好像两人认识了很久一样。

这就是她的厉害之处,萧风缱感受到了,想着以后也要学学人家的长处,于是接受了车钥匙。

两人去了一家日料店。

其实萧风缱不是很爱吃寿司和生食,但冯晏选了日料店,她也没有多说。

冯晏吃了几口,看着萧风缱问道:"不喜欢?"

萧风缱摇了摇头,说道:"还不错。"

冯晏笑了,她挥了挥手叫服务员,说道:"结账。"

萧风缱:"⋯⋯"

萧佑和苏秦就够强势的了,没想到现在来了一个更强势的。

这次是让萧风缱选地方,于是她选了一家西餐厅。

她其实是想吃火锅的,可一想到冯局长这么注意形象的人,回头熏了一身味儿也不好。

饭桌上多是冯晏在说,萧风缱在答,中途的时候萧风缱还接到了Linda的电话。

Linda充满期待地说:"风缱,这个星期准备给我们做什么吃啊?大家都在等着。"

萧风缱回道:"榴梿蛋糕。"

伴随着欢呼声,电话被挂断,萧风缱有点儿不好意思地看向冯晏。

冯晏微笑,问道:"你还会做饭?"

萧风缱点头道:"会一点点。"

冯晏点了点头,说道:"以后可以尝一尝。"

以后?萧风缱可没想那么多。一顿饭吃了足足两个小时才结束。

萧风缱打算坐公交车回去,冯晏大手一挥,说道:"先送你回去。"

跟这样强势的女人争执是没用的,萧风缱只好恭敬不如从命。

一路上,冯晏不时地问些萧风缱在校园的事儿,感慨道:"真好啊,羡慕。"

正当年少时,谁不羡慕?

到了楼下,萧风缱礼貌地跟冯晏说了再见就离开了。

一进秦意,萧风缱就迫不及待地去找苏秦。

这会儿是午休时间,苏秦应该没办公,还能去聊几句。

苏秦的确没有办公,她正拿着一支铅笔,在左手上转着,手机放在前面,屏幕那边是萧佑。

萧佑表情严肃,如临大敌,她深吸一口气说道:"我说一二三就开始。"

"一。"

"二。"

"三!"

开始的那一刻,萧佑真的是把毕生的技术给使出来了,表情都狰狞了。反观苏秦,手里的铅笔转得飞快,却是一脸的波澜不惊。

Linda 站在萧总身边数着数,而小荷则是站在苏总身边记数。

"停!"

一分钟的时间到了,双方一报数。

萧佑面如死灰,坐在老板椅上不说话了。

苏秦很淡然,看着萧佑说道:"就这样吧,君子一言驷马难追,愿萧总今后少带坏风缱。"

萧佑深吸一口气,说道:"你放心,我说到做到,但是!"她竖起中指,"我还会回来的!"

视频挂断的同时,门被敲响了。

苏秦向小荷使了个眼色,小荷立马拿起旁边的报告,说道:"苏总,请您签字。"

苏秦点了点头,认真地接了过去。

萧风缱进来后,一看她在忙着,于是在一边安静地等待。

苏秦签完字,又简单交代几句,小荷退了出去。

苏秦看着萧风缱,问道:"回来了?"

萧风缱点了点头。

苏秦不动声色地问:"顺利吗?"

萧风缱回道:"还不错,跟冯局长吃了饭,她人还行。"

就是不知道公司的人为什么都那么怕她,什么母老虎、母夜叉的都用在人家身上,弄得她胆战心惊的,见面后才发现根本不是那么回事儿,冯局长还挺温柔的。

苏秦听了看着她,问道:"怎么个还行法?"

萧风缱翻着手机随口答道:"人虽然有点儿强势,但还挺好说话,没有官架子。"

苏秦若有所思道:"这么好呢。"

萧风缱抬起了头,恰好这个时候,她的手机响了,一看来电显示是冯局长。

接通电话,冯晏的声音很轻松:"风缱,你的钱包落在我车上了,我给你送上来,你在几层?"

苏秦的视线看了过来。

萧风缱连忙说道:"不……不用了,冯局长,我去拿就行。"

可冯晏是什么人,怎么会听她的话?

就在萧风缱挂电话那一刻,门外小荷的声音传了进来:"苏总,冯局长来了。"

冯晏走了进来,她气势很强,走过来的时候好像带着光一样,说道:"风缱。"

她微笑着将手里的钱包递给了萧风缱:"给你。"

萧风缱连忙接住:"不好意思,冯局长,是我粗心了。"

冯晏笑了笑,她抬头看见了苏秦,说道:"苏总。"

苏秦点了点头,说道:"冯局长。"

两人看起来很熟,又像是不熟,总之,有哪里不大对劲儿。

秘书已经把茶倒好了。

冯晏坐了下来,苏秦打量着她:"多年不见,冯局长依旧年轻。"

冯晏笑着喝了一口茶,随即摸了摸自己的脸:"不行了,比不上那些年轻的小姑娘。"

冯晏没有要走的意思,就好像送钱包不过是个由头,跟苏秦见面才是重点。

苏秦瞥了萧风缱一眼,淡淡道:"贵客来临,还不给你们萧总打个电话。"

啊?萧总?

萧风缱看着苏秦,苏秦目光平淡,倒是冯晏放下了杯子,笑吟吟地看向她。

一个平淡,一个微笑。

萧风缱不敢耽搁，连忙打电话给萧总。

冯晏似不经意地说："老友相见，自然要给她点儿惊喜，就别提名字了。"

萧风缱对天发誓她是效忠萧佑的，但眼前的人气场实在是太强悍，举手投足都带着威严。

萧佑很快就接听了，她的声音蔫蔫的，还带着些鼻音："喂，风缱哦。"

萧风缱立马问道："怎么了，萧总，是不是身体不舒服？"要是身体不舒服就可以不来了。

"没有呀。"萧佑的声音很低落，"我追的偶像剧里的男二死了，人家好伤心啊。"

萧风缱："……"

"萧总，贵客到，在秦意等您。"很简短的介绍，萧风缱琢磨着萧佑肯定得问问贵客是哪儿来的、姓什么、干什么的吧。

谁知道，萧佑的音量一下子提高了："好看吗？"

苏秦低下头忍着笑，冯晏皱了皱眉。

萧风缱十分无语地说道："好……好看。"

萧佑忙说："等我，马上到！"

萧风缱："……"

挂了电话，萧风缱好奇地问道："冯局长认识我们萧总。"

"认识？"冯晏笑了，"相当熟悉。"

没等多久，楼道里传来脚步声，还有萧佑爽朗的笑声。

虽然是在秦意，但大家都很熟悉萧佑，"萧总"的称呼声此起彼伏。

萧佑笑得很开心，点头示意着，到了门口，由小荷把门打开。

萧佑走进来，刚开始她没注意冯晏，直接就问萧风缱："贵客在哪儿？"

为了迎接客人，萧佑穿得很正式，头发盘起来，穿着黑色丝袜，凸显长腿优势。

萧风缱指了指坐在沙发上的冯晏。

冯晏起身，双手环抱，说道："萧总，好久不见。"

萧佑像是被钉子钉住了一般，不可思议地看着冯晏。

冯晏眯了眯眼睛，眼神冰冷。

萧佑很快反应了过来，她笑了笑，上前一步要握手，说道："冯局长，好久不见。"

冯晏看着她，依旧抱着胳膊，没有伸出手。

萧佑笑哈哈的也不见外，她一个转身，锐利的目光射向萧风缱，居然和别人设陷阱诓她来！

萧风缱无辜极了，关她什么事儿啊？

苏秦看了看手机，出声说道："风缱，袁玉叫我和你去元宝那儿吃火锅。"

萧风缱立即点了点头，恭敬地说："那萧总和冯局长先聊吧。"

说完，两人就先离开了。关上门那一刻，萧风缱听见两人的谈话。

冯晏："大头萧你风情不减。"

萧佑："哈哈，冯阿姨同样青春靓丽。"

路上，萧风缱兴致勃勃地八卦道："冯局长和萧总是什么关系啊？"

苏秦淡淡道："萧总的私事，我不便多说。但冯晏一回来，萧总就要忙了，你也可以清闲一些了。"

萧风缱一听这话就明白了，瞬间乐开了花，萧总也有遇到对手的一天啊。

路上闲着无聊，萧风缱给苏秦念手机里的心理测试题："苏秦姐姐，这是测占有欲的，有三道题，我念给你听听。"

苏秦懒得理她。

萧风缱认真地念道："如果有一天，你发现你的前任走在马路上，你会怎么做？A，装作没看见。B，默默离开，回家后询问原因。C，上前质问。D，绞杀。"

苏秦淡淡地回道："D。"

萧风缱："……"

苏秦道："下一题。"

萧风缱有点儿后悔了，她硬着头皮继续说："如果你的好友看上了你心爱的玩具，你会怎么办？A，大方给她。B，让她哪儿凉快哪儿待着去。C，扔了玩具，我们还是好朋友。"

苏秦皱眉，问道："这都是什么答案？"

她眼睛一滑，看向萧风缱，问道："你怎么选？"

萧风缱咳了一下，说道："A吧。"

苏秦听了冷笑。说道："你敢把我给你的项链送人试试。"

"我的天啊！"萧风缱忍不住惊呼，"苏总，这是测试，心理测试。"

苏秦很认真地看着她，说道："正因为是心理测试，才能反映人最真实的心理，就像你刚刚为什么会把钱包落在一个只见了一面的人的车里一样，都是潜意识行为。"

萧风缱像是被掐住了脖子："我……"

对啊，以她的性格，是不会轻易丢东西的。

苏秦看了看萧风缱："我不是教育你，只是想告诉你，你既然在这个位置了，就要处处留心。今天，你遇到的是冯晏，那么明天呢？你遇到的人又会是谁？"

萧风缱不吭声了。

话点到为止，苏秦缓和了一下语气："最后一题。"

"不玩了。"萧风缱赌气，"我跟你有代沟。"真是可怕，这简直是在跟一个心理导师说话。

苏秦听了"代沟"两个字眯了眯眼睛："第三题。"

她有强迫症，如果是测试，必须全部完成。

萧风缱快速说道："如果有一天，你的爱人要离开你，你会怎么做？A，哭泣挽留。B，痛快拜拜。C，决不放手。"

苏秦没有犹豫："C。"

"答案是什么？"苏秦真的连做题都一板一眼的。

萧风缱快速看了下答案，立马看着窗外，说道："看，那儿有鸟飞过。"

苏秦继续问道："什么结果？"

萧风缱不吭声。

苏秦语气变得冰冷："不许骗我。"

这会儿是不说也得说了，萧风缱梗着脖子坚持道："是你让我说的啊。"

苏秦点了点头。

萧风缱还是有点儿纠结："你……说好了不会怪我。"

苏秦又点点头："自然。"

公是公，私是私，这她还是分得开的。

萧风缱豁出去了，开始念答案："恭喜你，你的占有欲爆表，你就堪比那人中母夜叉。此外，你固执又封建，有天大的怒火也都藏在心里，从不吐露。从今以后，希望你能敞开心胸，不要再隐忍了，小心憋出病来，加油吧，老封建！"

刹车被一脚踩下，拉开车门，苏总撵人了。

车子绝尘而去，萧风缱站在马路边，任北风无情吹着她的脸。

第八章
陌上花开
◆

二十分钟后。

元宝房间的门被敲响，她欢快地跑去开门："来啦，来啦。苏秦姐姐来了，欸，我姐呢？"

苏秦没说话，那漂亮的眼睛里不带一丝温度地看向元宝。

她简直要被气晕了，一切她都可以接受，说她封建也好，隐忍也好，但为什么要加个"老"字。

她很老吗？她明明正是青春年少时！

元宝被冻得一个哆嗦，连忙说道："快进来，苏秦姐姐，我姐那不会说话的臭嘴，是不是又得罪你了？"

苏秦不回答，直接进了屋。

沙发上，袁玉跷着二郎腿，敷着褐色的面膜，正在看电视剧。

苏秦瞥了她一眼："大白天敷什么面膜？"她这心头的怒火急需发泄。

袁玉坐直身子："阿秦，这你就不懂了，这是慧慧特意给我带的天然海藻永葆青春面膜。听说敷了之后小脸水嫩嫩的和刚出生的孩子一样，你要不要来一片？一般人我都不给的。"

苏秦说道："无聊。"

因为姐姐没来，元宝只好自己先忙活了，顺便给萧风缱打了个电话。

萧风缱的声音很绝望："你苏秦姐姐把我扔马路边上了。"

元宝撇了撇嘴："你赶紧打车过来，我不会调麻酱。"

萧风缱拒绝道："不，我要走回去。"

元宝耐着性子问道："为啥呀？"

现在打车手机也能结账，更何况姐姐常年带着钱包出门，不会没有钱啊。

萧风缱很认真地说道:"这样你苏秦姐姐才能感受到我虔诚的忏悔之心。"

元宝深吸一口气,安慰自己,别生气,别生气。

元宝的电话刚挂,萧佑的电话就来了。

萧风缱深吸一口气,接了电话:"喂,萧总。"

萧佑气急败坏道:"风缱,你居然把我往火坑里推。"

萧风缱非常诚恳,说道:"萧总,我发誓,这真的是冯局长要求见您的,跟我一点儿关系都没有。"

萧佑很暴躁:"啊啊啊,这个女人!不行,我得出国躲一躲。"

冯晏在税务局身负重任,不能随便出国,萧佑也只能出国才躲得了她。

萧风缱步行一个小时后总算到地方了。

元宝的耐心都要被磨光了,她打开门不屑地看着姐姐,说道:"你是不是掐着点儿呢,知道我把火锅弄得差不多了才来?"

萧风缱翻白眼:"你以为我是你吗?"说着,她压低声音,悄悄地问,"你苏秦姐姐呢?"

元宝一扭头,使出吃奶的劲儿喊了一声:"苏秦姐姐,我姐找你!"

萧风缱:"……"这个小浑蛋!

没办法,萧风缱只能硬着头皮进屋。到了客厅,发现苏秦正仰着头靠在沙发上,脸上还敷着褐色的面膜。

袁玉还在那儿嘀嘀咕咕地说着什么,一看萧风缱进来,她立马起身,说道:"风缱,我要吃芝士虾球。"

萧风缱看着苏秦脸上的面膜,琢磨着她怎么大白天的敷面膜:"明天吧,今天我好累。"

袁玉走到萧风缱身边,抓住她的胳膊晃了晃:"哎哟,风缱,姐姐求你了。"

萧风缱被晃得晕乎乎的,随后被袁玉拉去了厨房。

元宝靠着沙发摆弄着电脑,说道:"这过年的机票不好买了。"

苏秦怔了怔,起身摘掉面膜。

元宝的手点得飞快,让人看得眼花缭乱:"这要是抢不上还得让芸涵帮忙。"

苏秦重复:"芸涵?"

这可是圣皇的影后,元宝是怎么认识的?

元宝被吓了一跳,她看着苏秦,问道:"苏秦姐姐,你不是躺着休息的吗?"

苏秦看着她的眼睛。

元宝被看得有点儿心虚:"干吗呀,我还不能有点儿自己的交际圈吗?我都长大了,不能总靠你们啊。"

苏秦不说话了。

又折腾了二十分钟,火锅才摆上桌。

红汤滚滚,放上虾滑、毛肚、鸭肠,再蘸上香浓的麻酱,唇齿留香。

萧风缱特意弄的鸳鸯锅,一边辣锅,另一边是给苏秦做的菌汤锅,里面只涮青菜。

苏秦还有些生气,袁玉来了兴趣,问道:"风缱,你又怎么得罪我们阿秦了?"

萧风缱低着头:"我哪敢惹她生气。"

元宝吃着羊肉,喝着可乐:"嗨,这还用问吗?肯定是说跟苏秦姐姐有代沟啊。再者,要是真不想活了,肯定说苏秦姐姐封建什么的呗。"

萧风缱和苏秦一起看向元宝,这孩子怎么知道的?

萧风缱非常认真地说道:"我对天发誓,在年龄方面,我对你没有丝毫的歧视。真的,我摸着自己的良心说,相差二十岁之内的人都没有代沟。"

这一番话信誓旦旦的,非常让人信服。

萧风缱继续说道:"而且我们圣皇的宗旨就是无论年龄大小,青春永远属于自己。不是说圣皇的老萧总一把岁数了,还魅力四射,迷得好多小孩儿都神魂颠倒的吗?所以,年龄绝对不是问题。"

苏秦没理她,眼神在元宝身上停留了片刻,说道:"元宝。"

"嗯?"元宝吃得正香,头也不抬。

苏秦问道:"想好考哪个大学了吗?"

一提到这个,萧风缱也坐直了身子,这关系到她妹妹的前途,她必须认真对待。

元宝咽下一口虾滑说道:"去北影啊,一直不都是这么定的吗?"

苏秦顿了顿继续道:"你可以考虑去一所综合性大学,不一定非要去北影。"

一听这话,几个人都明白什么意思了,苏总这是看上元宝的天资了,准备给秦意培养后备军呢。

元宝最是活泼,她对着苏秦撒娇:"哎呀,姐,你饶了我吧,像我这种五谷不分的人,唱唱跳跳演演戏就行了,管人我可不行。"

苏秦点了点头，放下筷子，说道："真遗憾，我记得你那个朋友何芸涵好像是圣皇第一大股东。"

元宝怔住了。

萧风缱一看妹妹这样，问道："何芸涵是谁，我怎么没听过？"

袁玉一听就乐了，说道："芸涵你都不知道？影后啊，圣皇楼顶上那LED屏里放的不就是她的广告吗？"说着，袁玉拿起旁边的可乐罐，揉了一下头发，优雅一笑，"用了小宝SOD蜜后，你也可以拥有亮眼肌肤。"

元宝："……"

萧风缱："……"

苏秦抚额，袁玉的风格好像越来越偏了，她真的要放弃对袁玉的培养计划了。

萧风缱直勾勾地看着元宝问道："你怎么认识的，我怎么不知道？"

元宝开心地介绍："她虽然是圣皇的艺人，但是有自己的工作室，基本上是自己活动。"

萧风缱重复道："她是圣皇最重要的股东。"

元宝明白姐姐的意思："那怎么啦？我姐还是圣皇的新领导呢。"

萧风缱是舍不得妹妹受伤的，一丝一毫的委屈也不行："她这样的出身，一般都很娇贵，和她交朋友会很累。"

苏秦看了看萧风缱，这样的出身就娇贵了？

萧风缱又问道："欸，她多大啊。"

元宝想了想，回道："多大？"她又嘀咕了一下，"好像比我大五岁。"

袁玉唯恐天下不乱，说道："她是超级淡定那种，看着比我还成熟呢。"

吃完饭，萧风缱把元宝拉到了一边，说道："你现在还是要把重心放在学习上。"

"我知道。"元宝难得地没嬉皮笑脸，"姐，你不要担心我，我已经长大了，以后我会给你和奶奶养老的。"

萧风缱叹息，妹妹长大了，可再大，在她心里还是个孩子。

元宝往卧室里偷偷看了看，瞧见苏秦和袁玉在喝茶，她拉了拉萧风缱的手，说道："姐，我一直没跟你说。前几天我缠着袁玉姐姐问，这才知道苏秦姐姐的妈妈也是出车祸去世的，而且当时还怀着她的亲妹妹。我再问具体情况，袁玉姐姐就怎么也不说了。"

萧风缱不可思议地看着元宝。

元宝叹息道:"唉,咱俩和她还真有缘。"

这"有缘"两个字就显得太苦涩了,萧风缱和元宝的爸妈也是车祸去世的。怪不得,苏秦的眉宇间总是充斥着淡淡的忧郁与解不开的愁绪。

回到家,苏秦换了一套运动服,还把头发扎了起来。

萧风缱有些奇怪,很少见到苏秦穿这种衣服。

苏秦伸了伸手,说道:"你,跟我走。"

萧风缱屁颠屁颠地跟在苏秦身后,出了门。

苏秦选了附近最大的一个公园,到了之后就在旁边做着热身运动。

苏秦冷淡地说道:"你看什么?"

在萧佑身边待得久了,萧风缱自然能领会领导的意思,她也跑过去做热身运动。

这会儿的苏秦跟平时的感觉完全不一样,如果就这样走在B大校园里,说她是学生,没人会怀疑。

简单热身完毕,苏秦带着萧风缱一起跑步。

跑步,对于萧风缱来说就是小意思,可这段时间太专注于工作,疏忽了锻炼,所以半个小时后,她的小腿就开始发沉,气息不匀了。人的身体犹如机器,长久不练就会生锈。

明明是清爽的空气,吸入鼻中却带着沉重的味道。

再看看苏秦,满身的清爽,优雅得像是白天鹅一般,面不改色。

又是半个小时过去,萧风缱摆了摆手,说道:"不行,不行了……"

苏秦擦了擦额头的汗,挑眉道:"这就不行了?"

回到家,刚洗完澡,萧风缱就又收到了召唤。

苏秦穿着白色的浴袍,手里端着一杯红酒,淡淡道:"我本来不想说的。"

萧风缱看看她。

苏秦晃了晃酒杯:"从年轻人的角度来讲,风缱,你觉得你有哪方面能赢得了我?"

这话问蒙了萧风缱,从年轻人的角度?原来带着她跑步是在比体力?

年轻人……自然是青春活力、朝气蓬勃,最为直观的表现就是体力。

眼看着萧风缱无话可说,苏秦叹了口气,似不经意般拿起旁边的笔:"其实我实在搞不懂萧总为什么爱玩这些幼稚的把戏。现在看看,对付你们这种幼稚的孩子,很多事儿也是没办法的。"

说着，苏秦猛地一抬手，把笔扔给了萧风缱，说道："来吧，我让你两根手指。"

看看谁转笔比较快。

萧风缱："……"

第二天早上，萧风缱难得睡了个懒觉。客厅里，苏秦正处理着手头的事儿。

萧风缱忍着笑看着桌子上有点儿黑的早餐。这是起了个大早做的吧？那她还是有地方能秒杀苏总的。

鸡蛋煎得不错，就是油多了点儿，还没有放盐。煎馒头片……也许，不小心把酱油壶掉进去了？至于小米粥，米水分离，那也是相当厉害的。

萧风缱心里闷笑，可嘴上动作不停，努力地吃着。

挂了电话，苏秦瞥了眼萧风缱，说道："又在心里吐槽我吧？"

萧风缱立即坐直："没有！"天啊，这苏总的眼神是越来越犀利了。

苏秦淡淡道："不就是在吐槽我做得像是狗食，但是不管怎么着，你吃了就好。"

萧风缱："……"

吃完早饭，两人准备出门。

上了车，苏秦指了指车后的礼盒："拿着。"

萧风缱有点儿不好意思："其实我不用的。"又给她买东西了，真是不好意思。

苏秦抬了抬眼："不是给你的。"

萧风缱尴尬地僵在那里，郁闷地问："你是要带我去送礼吗？"

苏秦好笑地看着萧风缱："去看萧总，你还不开心了？"

去看萧总？去圣皇？萧风缱一下子坐直了身体。

苏秦淡淡地说道："怎么说这段时间萧总也一直照顾着你，去道谢是应该的。"

道谢吗？萧风缱想了想："可是萧总出国了。"

苏秦回道："她出不去了。"

萧风缱吃惊道："为什么？"

苏秦一脸的淡然："公司被查税了。"

萧风缱："……"唉，可怜的萧总。

一路上，萧风缱的心情都很好，她听说冯晏过去检查的时候，萧总吓得都抱着头躲到办公室去了。

车里放着音乐,气氛刚刚好。

这会儿,音乐电台的主持人笑着说:"最近秦意的萧风瑜特别火啊,她的歌像是坐了火箭一样,直蹿新歌排行榜第二。"

另一个主持人跟着说:"可不是,别看这个女孩儿小,但是歌曲的主题特别不一样,和当下的情啊爱啊不同,主要突出了亲情。"

萧风缙一听两眼发光,她特别自豪地跟苏秦说:"妹妹唱的歌肯定都是赞颂我的。"

苏秦听后肩膀抖了一下,没说话。

很快,元宝的歌就放了出来。

元宝的嗓音很突出,明亮中带着一丝沙哑,特别有辨识度。

从小到大,我姐姐一直在骂我。
三年级,她问我,你为什么不好好学习天天画漫画?
我想告诉她,姐姐,你不懂艺术。
姐姐啊,姐姐,这是新时代,我们年轻人的时代。
请你醒一醒,擦亮你的双眼,请你醒一醒,震撼你的心房。
姐姐啊,我可怜的姐姐……让我火力全开,来解救你被桎梏的灵魂!

萧风缙:"……"

苏秦咬着唇,低着头忍笑忍得辛苦。

过了许久,萧风缙按下车窗,忧愁地看着窗外。她这妹妹该揍了,再不揍,真的要上天了。

路上有些拥堵,到了圣皇已经九点半了。

下了车,萧风缙正想着要不要给萧佑打电话通报一声,这时她胳膊突然被苏秦拉住了。

萧风缙疑惑地看着苏秦,就看见苏总淡定地指了指前方,道:"看。"

萧风缙抬头一看,瞪大了眼睛,忍不住轻呼:"啊!天啊,我——我要不要去救救萧总?"

此时,萧佑正被冯晏堵在门口。

她扭头看到苏秦和萧风缙,激动地挥手:"哎,我在这儿!"救星总算是来了。

苏秦看了一眼萧风缱，指了指对面的天，说道："那边有一只胖鸟，好像还挺好看的。"

萧风缱立即点头，默契地说："好，我们一起过去看看。"

不远处的萧佑就这么失去了她的救星。

半个小时后，萧佑回到办公室，她给萧风缱打电话却怎么都打不通。

深深地吸了一口气，萧佑想起冯晏那高高在上的样子，十分不爽，拿起手机打给了奶奶。

老萧总当年可是跺跺脚都能让娱乐圈"地震"的人物，她曾经跟孙女吹嘘，她的那些大佬朋友，手拉着手能绕地球一圈。

从萧佑的角度看，奶奶嘴里没一句正经话，人也不靠谱，可关键时刻，她还是萧佑的依靠。

电话通了，萧佑委屈地喊道："奶奶。"她的情绪已经酝酿好了，等奶奶一说话她就要哭。

"哈哈，谁啊？小佑吗？我是你楚阿姨，找你奶奶啊？她正在跳舞呢。"

萧佑："……"

萧佑还没回话，电话又被抢了过去。

"小佑啊，我是你胡奶奶，你下班回来后记得给我买三袋苏记的芝麻酥，你奶奶答应我的。哎呀，不跟你说了，你奶奶叫我，我把电话给你颜奶奶。"

萧佑："……"

电话又被抢过去了。

"小佑啊，我是——"

"啪"，电话被挂断了，萧佑望天，幽幽地叹了口气。

她好可怜，她真是个缺爱的孩子。

Linda 在旁边忍笑忍得肠子都要断了。

萧佑撇了撇嘴，说道："我让你查的事儿你查了吗？"

提到工作上的事儿，Linda 收起笑容，认真地说："萧总，我亲自去了趟下洼村，和上次查的一样。风缱的父母是车祸去世的，她的信息也被人改过，尤其是父母那一块。"

萧风缱和元宝的爸妈在天津打工，开货车往各大城市给人运货，两口子特别能吃苦，而且与一般的农村父母不同，他们省吃俭用攒下钱就想着供孩子上学。

不仅如此，他们还抽空学习，为的就是有朝一日能辅导两个孩子，以身作则。可天有不测风云,在一次送货途中,他们在悬崖边与一辆小轿车发生了剧烈的撞击,两辆车同时跌落悬崖,最后尸骨无存。

萧佑手指敲着桌面,一脸的沉思。

圣皇有个不成文的规定,无论是什么人,公司在提拔重用之前,一定要摸清背景关系。萧佑本来没放在心上,可先后两次派人去查,都有蹊跷,她不得不上了心。

Linda 继续说道:"但车祸另一方的身份信息查不到。另外,我发现风缱也在查这件事。"

萧风缱已经长大,父母去世时她还小,就是想查也没法去查。现在总算有了些能力,自然要追查父母的真正死因。

萧佑点了点头。

"而且……"Linda 似乎有些为难。

萧佑皱了皱眉:"说。"

Linda 不敢隐瞒:"这事儿似乎跟袁总有关,我从一个村干部的口中得知,几年前,袁总的人也去查过这件事。"

袁总指的是袁然,萧佑有些惊讶,连上一代人都牵扯进来了?

Linda 问道:"萧总,还查吗?"

萧佑沉默了片刻:"你先出去吧。"

Linda 点头退了出去。

萧佑靠在老板椅上,沉思了片刻,她拿起手机拨了个电话:"喂,森叔,打扰了,我有事儿要麻烦您。"

……

萧佑是想重用萧风缱的,甚至已经在考虑是否让萧风缱去继续深造。奶奶和妈妈的确给她留下了很多人脉,但随着时光的流逝,那些支持她的人也逐渐老去,这几年,她也在培养自己的势力,每个人都经过仔细筛选,不容有半点儿差错。

这边苏秦突然接到了电话,看到来电显示的时候,她诧异地扫了萧风缱一眼。

萧风缱正一脸笑地看元宝发来的信息,并没有关注到苏秦那边的动静。

电话是萧佑打来的。

萧佑在苏秦面前从来都是嬉皮笑脸没有正行的,可这次,她却格外严肃:"阿秦。"

这样的语气让苏秦的心跟着莫名地紧缩了一下，问道："怎么了？"

萧佑叹了口气："你现在过来一下吧，电话里说不清，别告诉风缱。"

电话挂断，苏秦顿了顿，看着萧风缱说道："公司临时有点事儿，我这会要过去一趟。"

萧风缱点了点头，自己先回去了。

路上堵车，苏秦开了一个多小时才到圣皇。

刚到门口，Linda 就迎上前去，说道："苏总，萧总一直在等您。"

苏秦听了这话心里一沉，能让萧佑等这么久，一定是重要的事儿，还不让风缱知道，那肯定是和风缱有关。

办公室里，萧佑转着笔，眉头紧蹙，不知在想什么，看到苏秦进来，她立马站起身。

苏秦盯着她问道："怎么了？"

萧佑对着 Linda 挥了挥手："你先下去吧。"

等把人都支走了，萧佑看了看苏秦，想说什么又咽了回去，似乎在斟酌语言。

饶是苏秦性子沉稳，这会儿也忍不住发问："到底怎么了？"

萧佑叹了口气，说道："我本不想说的，可这样的事儿，还是早些告诉你比较好，更何况——"她看着苏秦的眼睛，"风缱也在查，早晚都会知道。"

她又接着说道："我也没想到查风缱会这么大费周折，最后还要麻烦森叔。"

森叔是圣皇的第一保镖，效忠圣皇，保护了萧家三代人。因为年纪渐长，他逐渐退居幕后，不是特殊情况，萧佑也不会麻烦他。

十分钟的对话，不长不短。苏秦听得面色苍白，手脚冰凉。

萧佑看着她："你……"

苏秦无力地挥了挥手，她摇头道："原来是这样……我不信……不信。"

不顾萧佑的劝说，苏秦直接去了总公司。

到了袁秦，不等人通报，苏秦直接往总裁办公室走。

何彦跟在她身后："大小姐，你——"

"让开！"苏秦一甩手，满眼的愤怒。

何彦也被震慑住，他在苏家这么多年，从没见过苏秦如此失态。

没有人敢再拦，拦也拦不住。

苏秦推开总裁办公室的门，袁然坐在沙发上，正抽着雪茄，他抬眼看向苏秦，问道："怎么这个时候来了？"

苏秦身后还跟着袁秦的秘书和何彦，几个人都是想拦苏秦又不敢拦的。

袁然抖了抖雪茄，看着几个人："你们都出去吧。"

几个人迅速退出去，门也被关上了。

苏秦死死地盯着袁然，问道："爸爸，你为什么这么做？"

袁然靠在了沙发上，跷着腿，说道："你知道了。"

你知道了？就这么轻描淡写的语气吗？苏秦的心一点点下沉。

袁然看着她："你是该知道了。"他的目光沉了沉，"你知道你最近都在做什么吗？"

他的声音低沉，给人强大的压力。自从妻子去世之后，他从未用这样的语气对苏秦说过话。

因为拉着窗帘，办公室里很暗，苏秦的心也随之沉浸在这无尽的黑暗之中。

袁然掐灭雪茄："当年，你妈妈不听劝，怀着孕还要和小浅一起回来给你庆生。小浅什么德行你不知道吗？一天到晚喝酒玩乐，原本是你妈开车的，但你妈怀着孕，小浅又嚷嚷着她来开，想着那边是山区，车辆不多你妈妈也就让她开了。"

苏秦的血液都凝固了。

袁然继续道："小浅是醉驾，但她是袁秦的大股东，这事儿不能传出去。"

"所以……你就这么做？"苏秦的声音十分冰冷。

两辆车是同时坠落悬崖的。小浅是醉酒驾车，萧风缱的爸妈是无辜的，到最后，却连遗体也没能让两个女儿看到。

以袁家的实力，自然不可能让苏秦妈妈和小浅就这么跌落悬崖无人问津，最后调用了直升机，花费了大量的人力、物力才找到了两人的尸首。

如果走司法程序，自然能判断出是小浅酒驾才导致双方坠崖。袁然当时也在现场，他一方面承受着失去爱妻的痛苦，另一方面则是关心着袁秦的名声。他封锁了消息，干脆对外宣称双方的尸首都没找到。

这又是山路，又没有摄像头，交警就只能靠现场留下的痕迹来判断了。

也因此，双方的责任没法界定，最主要的是小浅酒驾的事实被遮掩了过去。

袁然起身："我并没有亏待他们，萧家两位的骨灰，我让人安放在最好的陵园了。那里的价钱，是他们一辈子也买不起的，再者——"他抬头，一双锐利的眼睛看着苏秦,"他们的女儿,这些年要是没有你的帮助,怎么能有今天的成就?"

苏秦浑身的力气都像被抽空了一般,她感觉到阵阵眩晕:"风缱她……风缱……"

"是。"这时候袁然也不想再隐瞒什么,"你以为当年我没事儿让你和阿玉去下洼村干什么?我看过那姑娘,虽然小,但是出众,以你的眼光,很有可能看中她,更何况她和你是同月同日生。"

袁然的目光陡然犀利:"阿秦,爸爸并没有让你去选她,是你挑中的她。"

一切都是棋中棋,全都是骗子,全都是假象。

脑海中混沌一片,原来这一切,都是她爸爸布的局,而她和风缱只是其中的两枚棋子。

看着苏秦身形不稳,面色苍白,袁然放缓了声音:"爸爸知道,这些年,你一直内疚。觉得是因为自己,你妈和小浅才没了的,现在你也知道真相了,可以解脱了。"

"你觉得我解脱了?"苏秦嘴唇轻颤,不可思议地看着袁然。

这是她的爸爸,即使后来又娶了别人,她也从来没有怪过他。可这一刻,她却恨死了袁然。

袁然说道:"不要这么看爸爸。我做这一切也都是为了你,我们家不欠他们什么。"

"不欠什么……"苏秦想笑,却有泪顺着脸颊滑落。

十几年了,不欠人家什么?夺走人家的父母,就连尸骨都不曾还给对方,还以一副高高在上施舍者的嘴脸说不欠人家什么?

她给予的,原本就是风缱和元宝应得的。如果有一天,真相大白,风缱会怎么想?会不会觉得这一切都是她和她爸爸设的局?

袁然起身,说道:"我还有事儿,你先回去吧。"

在袁然心里,这件事就好比踩死一只蚂蚁一样微不足道,不值一提。

门被重重地关上,不带一丝犹豫。

苏秦不知道自己是怎么走出总公司的,她两腿发软,浑身无力。恍惚间,她看到何彦走了上来,要扶她,却被她一把推开了。模模糊糊的,她似乎又看见了风缱。

回到家后,苏秦一直昏睡,高烧不醒。

萧风缱给苏秦喂了退烧药后,愤怒地给萧佑打了电话:"怎么回事儿啊,萧总,苏秦姐姐怎么突然晕倒了?"

萧风缱是接到萧佑的电话,才去总公司接苏秦的。

萧佑沉默了片刻,说道:"回头你让她跟你说吧。"这样的事儿,还是不要让第三个人插嘴的好。

电话被挂断,萧风缱一阵茫然,以萧佑的性格,有什么话还不能直说吗?

心里越发不安,萧风缱看了看床上的苏秦,她起身换了盆温水,打湿毛巾敷在苏秦的额头上。

这病真是说来就来,上午还好好的,怎么一下子就病倒了。

苏秦是后半夜醒来的,她艰难地睁开眼睛,看到的就是趴在床边的萧风缱。

萧风缱睡得不安稳,一有动静,她就起来了,问道:"苏秦姐姐,你醒了?"

萧风缱摸了摸苏秦的额头:"谢天谢地,总算退烧了。"

苏秦眼睛一眨不眨地看着萧风缱,眼中满是痛苦。

萧风缱去厨房盛了一碗粥,端进屋,说道:"饿了吧?你睡了这么久,我找医生来看过,说要是今晚还不退烧,明天就得输液了。"

苏秦不说话,只是看着她。

萧风缱扶着苏秦起身,塞了个枕头放在她背后,说道:"白粥,你刚醒,稍微吃点儿?"

苏秦偏了偏头,她咬了唇:"你出去吧。"

出去,到底是怎么了?

苏秦深深地吸了一口气,哽咽道:"我想一个人静静。"

萧风缱盯着苏秦看,她很想知道到底发生了什么,可她更了解苏秦的性子。

轻手轻脚地走到门口,萧风缱仍旧是不放心,她回头说道:"我就在客厅,要是有事儿你就叫我。"

苏秦的手抓紧了床单,身子紧绷。

门被关上,当黑暗再次降临后,苏秦躺在了床上,任痛苦席卷全身。

萧佑说得没错,这事儿风缱早晚都会知道,不过是时间问题。

她知道了会怎么想?

客厅里的萧风缱几乎一宿没睡,一直到天亮的时候,她才悄悄打开苏秦房间的门,又摸了摸她额头的温度,确定没事儿后才稍微放下了心,在客厅里小憩了一会儿。

可就休息了这么一会儿,等她再起来的时候,苏秦已经离开了。

萧风缱看着空荡荡的床愣了好一会儿,她洗了一把脸,穿上衣服去了秦意。

总裁办公室的门紧闭着。

小荷悄声跟萧风缱说:"可能是总公司那边出了什么问题,苏总一大早心情就不好,说是今天谁都不见。"

是总公司出了问题?

她给苏秦发了一条信息:"苏秦姐姐,不管发生什么,你要记得,你不是一个人。"

办公室里,苏秦一动不动地坐着,脑袋放空,思维也随之远去。

一直到手机亮了一下,她才滑开手机,看到萧风缱的信息。她蜷缩成一团,双臂紧紧地抱着自己。

这些天,萧风缱也满心疑惑,自认识苏秦以来,就没见过苏秦这么反常。

虽然以前苏秦也有应酬,但是苏秦总会发信息告诉她。可这几天,苏秦像在躲着她,只告诉她公司忙,就一天天的见不到人。

早上走得比她还早,晚上喝得酩酊大醉才回来,回来后也不说话,就一个人躺在床上,连澡都不洗就睡过去了。醉生梦死,大抵如此。

萧风缱看着十分着急,她知道肯定发生了什么,但苏秦不想说,她也只好耐心地等待,给苏秦缓和情绪的时间。

一个星期过去了,自己回家看奶奶的日子一天天临近。

萧风缱实在忍不住了,将苏秦堵在了门口,问道:"你究竟怎么了,告诉我行不行?"

苏秦低着头,眉头紧锁,一言不发。

过了很久很久,她抬起头,深吸一口气,说道:"风缱,我带你去一个地方。"

萧风缱看到她肯说话,总算是松了一口气。

一路上,苏秦都很沉默。

萧风缱时不时地看看她,想说话又不敢说。

车子驶离了城区,等到了墓园的时候,萧风缱有些疑惑,来这儿干什么?

苏秦自始至终都没有说话,也没有看她,径直往前走。

萧风缱跟在她的身后,路过一个个墓碑的时候,她的心情莫名地低沉下去。这一刻,她想到了爸妈。

苏秦的脚步渐渐放慢,她在一个合葬的墓碑前停下了脚步。

萧风缱走了上去,看了看她。

苏秦不说话,垂着头,长发挡住她的脸,让人看不到表情。

萧风缱顿了顿,看向面前的墓碑,当看到上面的名字时,她的脑袋"嗡"的一下,像是被谁敲了一棍,彻底蒙了。

　　萧远明　王巧夫妇之墓。

冰凉的大理石墓碑上,刻着她父母的名字。萧风缱怔怔地看着,半天没回过神。

她转身疑惑地看着苏秦,苏秦轻轻地点了点头。

萧风缱像是被人点了穴一般,一动不动,爸妈……不是尸骨无存吗?又怎么会葬在这里?

成群的乌鸦飞过,掠过一片阴影,天空更显阴沉。

苏秦叹了口气,说道:"我十八岁那年,妈妈怀孕,去了姥姥家安胎。我过生日,她想回来给我个惊喜,我最好的朋友小浅也跟她一起回京。刚开始是妈妈开车,后来换成小浅,小浅喝酒了,车速又很快,在北京与天津交界的悬崖边,跟你父母开的货车撞上了。"

很平淡的语气,诉说着鲜血淋漓的往事。

萧风缱感觉浑身都麻木了,耳边就只有苏秦的声音。

"你爸妈的尸骨也被找回,一起安放在陵园。因为涉及公司名声,一切消息都被封锁了,所以你们知道的并不是事实。"

这是假的吧……一定是假的……

苏秦的声音时远时近,萧风缱感觉自己的灵魂都被抽空了。

苏秦真的是毫无保留,继续说道:"我和袁玉去下洼村,是爸爸安排的,遇到你……也有很大一部分是他的安排。"

苏秦没有为自己做任何辩解。

萧风缱看着墓碑,找了这么多年,惦记了这么多年,而如今,她终于知道父母就安睡在这里。

几乎是下意识地,萧风缱两腿一弯,跪在了地上。爸、妈……真的是你们吗?

风一吹过,树林萧瑟,发出"哗哗"的声响。

萧风缱看着墓碑上的名字，不知不觉间，泪流满面。

记不清是什么时候起身的。萧风缱跟跟跄跄地往陵园外走，她身形不稳，苏秦想要去扶她，却被她极快地闪开了。

别碰我……她不知该如何去面对，只是……暂时不想见到苏秦。

苏秦的心在抽痛，她看着萧风缱如同行尸走肉般离开，没有办法，最终只能联系了萧佑。

天空飘飘洒洒地下起了小雪。

要过年了，家家户户都开始准备年货，马路上的灯逐渐亮了起来，街上有人提着大包小包往车站赶，忙碌了一年，准备回家好好团聚一番。

团聚……萧风缱的眼泪挡也挡不住地往下流。

爸妈在的时候，过年才叫团聚。

他们离开之后，家里冷清空荡，为了不让奶奶难过，她和妹妹强颜欢笑，逗奶奶开心。可每逢佳节倍思亲，这个时候，就是最思念父母的时刻。

元宝那时候太小了，对爸妈的印象也随着时间的流逝逐渐模糊。

萧风缱却记得很清楚，记得妈妈会温柔地把她和妹妹抱在怀里，轻吻她们的脸颊，还会轻声细语地嘱咐她要照顾好妹妹。

爸爸是个要强的人，平日里只要有空闲时间就带着姐妹俩识字看书，她的字都是爸爸带着练出来的。

一场车祸，她们成了没爹没娘的孩子。

曾经她以为苏秦是解救她的天使，而如今，这天使却亲自将这么残忍的真相告诉她。

她的心像是被撕裂了，疼痛蔓延全身，她却连缓和的时间都没有。

萧佑找到萧风缱的时候她已经冻得瑟瑟发抖了。

萧佑立马冲下车给萧风缱披上了大衣，一抬头，又看见了不远处的苏秦。

她同样没有开车，穿得更加单薄。

萧佑简直要疯了，这两个人在干什么？她冲身后的 Linda 使了个眼色，Linda 疾步走向苏秦。

萧佑把萧风缱带上了车，发了信息嘱咐 Linda 一声就往圣皇开。

一路上，萧风缱都呆呆地看着车窗外，两眼空洞，目光呆滞。

"风缱，你……"

萧佑想安慰萧风缱，却不知道该说什么。换位思考，如果她是风缱，怕是早就崩溃了吧。

霓虹灯光在眼前闪烁,许许多多的画面在脑中开始放映。

渐渐地,萧风缱的脸颊有泪滑过,她一开口,声音嘶哑,"萧总,你说像我这样的人是不是不配过好日子?"

萧佑听了心惊:"风缱,你在说什么啊?"

萧风缱看着她,问道:"你知道了,不是吗?"

那绝望又看透一切的眼神让萧佑心惊。

到了圣皇,回到萧风缱的公寓。

萧佑打开了灯,她不会伺候人,倒了一杯热水递给萧风缱,说道:"喝点儿,再怎么也不要折磨自己的身体。"

萧风缱接了过去,她的眼神缥缈,像是没有着落一样。

这样的萧风缱让萧佑感到不安,她沉思了片刻,给元宝打了电话。

没有说明具体原因,只说让她过来看看。

元宝到的时候天色早已暗下来,她拎着两袋打包的小龙虾,踢着门,说道:"脆弱的姐姐,我来啦!"

门被打开,元宝看着萧佑,问道:"萧总,你还在呢?"

萧佑指了指屋里。

元宝看着她,问道:"有这么严重?"

叹了口气,萧佑点了点头:"你们聊,我明天再来。"

明天还来?萧总的反应让元宝有些吃惊,她把小龙虾放在了客厅,往卧室走,叫道:"姐?"

卧室的灯没有开,漆黑一片。

元宝摸黑走进去,借着月光看到了抱着双腿坐在地上的姐姐,她想要去开灯,却被萧风缱叫住了。

"别开。"萧风缱的声音沙哑低沉。

元宝的心一跳,问道:"你怎么了?"

这下她也不敢开玩笑了,连忙走了过去,跪在姐姐身边。

元宝伸出手,摸了摸姐姐的头发,试探性地喊了一句:"姐?"

这一下触摸,这一声"姐",让萧风缱一直紧绷的情绪骤然崩溃,她伸出手,把元宝扯进了怀里。

元宝被吓傻了,一动也不动,任由萧风缱抱着。

夜很静,屋里没有一丝声音。

元宝感受到滑落在脖颈的眼泪,以及姐姐颤抖的身体,她的心直跳,不明白姐姐这是怎么了。

不知过了多久,萧风缱不再流泪,元宝打开了台灯,拿毛巾给姐姐擦着脸。

她不敢说话,姐姐现在脆弱得像是玻璃娃娃一样。

萧风缱努力压抑着情绪:"我没事儿,你去睡吧。"

这个时候,元宝怎么肯离开,她小心翼翼地问:"姐,你到底怎么了?"

月光透过窗帘照进房间,萧风缱垂下了头,内心冰冷。

萧佑给萧风缱放了一个星期的假,让她在家调整。

这一个星期,萧风缱几乎足不出户,她把自己困在房间里,拒绝与任何人交谈。

元宝担心极了,忍不住问萧佑:"萧总,这到底是怎么回事儿啊?"

萧佑看了看她,问道:"你姐没说?"

元宝摇了摇头。

萧佑舒了一口气,随即心疼不已。

舒了一口气是因为萧风缱既然没告诉元宝,那就代表这事儿还有缓和的余地,她并没有破罐子破摔,将这一切挑明,而是留了退路。如果真的挑明,那么元宝与袁玉的关系也要破裂,一切就真的不好说了。

让人心疼的是萧风缱还是个孩子,却要一个人扛下这种事,这其中的痛,没人能体会。

从萧佑这儿没得到答案,又等了两天,元宝忍不住了,跑去找苏秦。

苏秦正在开会,元宝站在会议室外面焦急地等待,半个小时后,会议结束。

元宝赶紧迎了上去,她本来有一肚子的疑惑要问苏秦,可当看到苏秦那张憔悴不堪的脸时,所有的话都咽回了肚子里。

悄悄地转身,悄悄地离开,元宝没有说一句话。

她已经长大了,不再是那个被姐姐护在身后的小孩子了,她也要学会去保护姐姐。她心疼姐姐,同样也心疼苏秦。苏秦和袁玉在她心里和亲人一样重要。

临近过年,不管萧风缱再怎么消沉颓废,总是要回家陪奶奶的。

坐上飞机,离开北京的那一刻,萧风缱看着天空中的云朵,闭上了眼睛。

元宝看着她,知道姐姐的心结还在,不想和人交流,便也不多问。

走在回家的小路上,萧风缱扛着行李,恍惚间,仿佛回到了小时候。

每到春节,她都会牵着妹妹守在村口,等看到扛着大包小包的爸妈出现在视野里,姐妹俩就会飞奔上去,抱住他们的大腿。

妈妈会不住地吻两人的面颊,爸爸会将她和妹妹抛得高高的。

那一刻的幸福,今生都不会再有了。

村头的黄狗看到姐妹俩后不停地叫着,元宝扔了块饼干过去:"大黄,别叫了,苏秦姐姐没回来。"

不知是不是狗也有审美,大黄特别喜欢苏秦,每次看到她都会不停地摇尾巴。想起往事,萧风缱的心开始刺痛,她深吸一口气,不让自己去回想。

萧奶奶老了,她拄着拐杖坐在门口的树墩上等着姐妹俩。

元宝看到了奶奶,扔下行李,飞奔过去,喊着:"奶奶!"

萧奶奶笑容满面,摸着怀里的元宝:"好,好孩子。"

萧风缱看着奶奶,一动也不动。

"大丫又漂亮了。"从小到大,奶奶表扬人的话没几句,如今这话听在萧风缱的耳朵里,却让她的心越发抽痛。

奶奶,对不起,是我不孝。

回到家,萧奶奶很担忧,问道:"你姐是怎么了?"

元宝叹了口气道:"没事儿,奶奶,她工作忙,压力太大。"

萧奶奶只知道大孙女和二孙女都出息了,逢人就夸,现在听元宝这么说,她很心疼,说道:"你去看看你姐,带她去村头广场上跟年轻人一起放烟花,透透气。"

元宝点了点头,带着奶奶的指令走到了姐姐的房门前。她轻轻地敲了敲门,没有得到回应。门没有锁,虚掩着,她轻轻地推开。

萧风缱坐在地上,眼神空洞。

元宝心疼死了,她带着哭声叫着:"姐——"

萧风缱转过身,她没有什么表情,仿佛老僧入定般,整个人的精气神都没了。

除夕那天,萧风缱从屋子里出来了,她的脸色依旧不好,只是眼神不再那么呆滞。

似乎是一夜间,她苍老了许多,她不言不语地陪着奶奶包饺子。

萧奶奶看着她这副模样不敢多问,但是心疼极了。

元宝是最没心没肺的,看到姐姐出来,她的心放下了大半。为了活跃气氛,她拿着两条红手绢,在院中扭了起来。

"嗨,开心的锣鼓敲出年年的喜庆,好看的舞蹈送来天天的欢腾……"

元宝跳得特别卖力,两条腿都飞起来了,辫子也跟着腾空飞舞。

萧奶奶包着饺子,数着个数,说道:"风缱,不用包太多,咱们吃不了。"

萧风缱点点头:"奶奶,你休息会儿,进屋去看看电视,剩下的这些我就能包了。"

元宝不乐意了,嚷嚷:"你们干什么呀?我现在好歹也是一线花旦,跳一支舞多少钱,你们知道吗?"

萧风缱把饺子放好:"奶奶,别包了,进去吧,外面冷。"

萧奶奶扶着腰缓缓起身:"好,好。"

元宝:"……"

被忽略的元宝特别不开心,她想了想,拿起手机给袁玉打了个视频电话。

袁玉托着脑袋一脸的忧郁,问道:"干吗呢,小元宝?"

听到袁玉的声音,正在那儿包饺子的萧风缱身子一僵,手上的动作停住了。

"袁玉姐姐,你在干吗呀?"元宝嗲嗲地问道。

袁玉转了一下手机,给元宝看了看自己的客厅,说道:"唉,还是老样子,能怎么着呀。阿秦也不回来,家里冷冰冰的没一点儿人气,我想着一会儿自己下去放鞭炮呢。"

"那苏秦姐姐去哪儿了?"元宝随口问道。

袁玉特别认真地回答:"在秦意加班。"

元宝看着她那认真的样子,忍着笑说道:"那正好,你去看看她啊,再给我来个直播。"

袁玉本来就想要去找苏秦的,只是苦于没有借口,这下正好去看看她。

元宝和袁玉一直叽叽喳喳地说着,两人全程都没有挂断视频。

袁玉煮了饺子准备带给苏秦,在装饺子时还絮絮叨叨地说着:"可惜你姐姐不在,家里就只有芹菜馅的饺子,我感觉阿秦不爱吃,但是其他的都是肉馅儿。"

萧风缱握着一张饺子皮站在院子中,不言不语。

大过年的,马路上看不到几辆车,袁玉握着方向盘,哼着小曲:"嘿,过年,你好,北京,你好,元宝,你好,开心的我们抬起手来,说嗨!"

元宝抬高手,喊道:"嗨!"

这两人真的是特别合拍,傻都能傻到一块儿去。

自嗨自唱着到了地方,袁玉停好车,拎着保温盒,往总裁办公室走。

元宝扭头看了看姐姐，说道："姐，你有话对苏秦姐姐说吗？"

萧风缱低下头，又开始包饺子。

办公室的灯亮着，苏秦坐在电脑前，幽幽地看着屏幕。

情绪正低沉时，门被推开了，传来袁玉絮絮叨叨的声音，"保安居然敢拦我？像我这样貌美的女子像是做坏事的吗？气死我了。"

苏秦疲惫地抬头看了她一眼。

袁玉笑眯眯地把镜头一转："看，你苏秦姐姐！"

元宝两手举得高高的："苏秦姐姐，恭喜发财，红包拿来。"

从小到大，这么多年，每年元宝都靠这样卖萌从苏秦手里要到一个大红包。

苏秦克制着情绪，对着元宝笑了笑："好。"

袁玉在那边不乐意了："喂喂喂，怎么就对她笑啊？风缱呢？风缱，你还不赶紧过来说几句？"

袁玉很不满意萧风缱的态度，大过年的，怎么一句暖心的话都没有。

苏秦的眼睛一直盯着屏幕看，她看到风缱瘦了、憔悴了。

萧风缱没说话，端着饺子进了屋。

元宝把镜头对准天空："哇，爆竹声太大了，我姐都听不见。奶奶叫我们啦，先挂啦！"

电话挂断，袁玉谄媚地把保温盒推了过去："阿秦，你吃一点儿。"

苏秦摇了摇头道："不饿。"

袁玉可怜兮兮地撇嘴："怎么了呀，你们俩都怪怪的。"

苏秦叹了口气，道："回去吧，我很忙。"

很忙……这几年不回家都是这个借口。

袁玉没办法，又在苏秦办公室待了一会儿才起身离开，刚走到门口，她就怔住了："爸爸，焕哥，你们怎么来了？"

刘焕然一身西装，精神抖擞，容光焕发。

袁然看了看袁玉："你先回去吧。"

从小到大，袁然对袁玉说话一直是这样命令的语气。

苏秦抬起头，看到两人，眉头皱了起来。

刘焕然一看苏秦皱眉就有些不安，他转身去看袁然。

袁然指了指沙发："坐吧。"

"阿秦，无论工作多忙，过年也要回家。"袁然的声音很平和，这对于他来说已经实属不易了。

苏秦没有说话，漠然地看着他。在这样的日子，他带刘焕然来是为了什么，她心知肚明。

袁然很能给人施压："一年到头也就这么几天团聚的时间。"

"团聚？"苏秦冷笑，她的家早就没了，还有什么团聚可言？

袁然眉头皱了皱，问道："你这是什么语气？"

他一皱眉，刘焕然就有点儿紧张，赶紧说："叔叔，阿秦是太累了。"

刘焕然也了解袁然的脾气，生怕这大过年的两人闹得不愉快。

袁然吐了一口烟，说道："还是小焕懂事儿。阿秦，你没事儿的时候也要去你刘叔叔那儿多走动走动。"

这话让刘焕然屏住了呼吸，他紧张又忐忑地看着苏秦。

这话里的意思谁都听得明白，这是在默许他和苏秦的事儿，只是阿秦那儿……

苏秦淡然地看着他，问道："还有呢？"

一直以来，袁然都听手下的人说苏秦很有他年轻时候的风范，冷酷中带着一丝威严。

他从来没见过，如今，总算见识到了。

袁然不动声色，他看着苏秦："女孩子最终都是要嫁人的，你一个人管理公司太辛苦，以后有小焕帮你，也算有了依靠。"

这话一出，苏秦彻底拉下了脸，刘焕然在一边大气都不敢出。

烟雾缭绕间，袁然平静地看着苏秦，说道："这公司是你多年的心血，要珍惜。"

这话是威胁，也是警告。

苏秦盯着袁然看了一会儿，彻底失望了。她转身，弯下腰，手在保险柜上轻轻滑动。

随着电子键盘的声响，保险柜门被打开。

一直平静的袁然猛地站了起来，震怒地看着苏秦，问道："你知道自己在做什么吗？"

苏秦安静地把公章以及公司的重要文件放在桌子上，说道："这些东西，我原本就没想要，既然你要，那就收回去吧。"

袁然感觉脑袋充血，呼吸都不顺畅了，刘焕然发现不对劲儿后赶紧起身："阿秦，别急。叔叔，你——"

袁然甩开刘焕然的手,他的眼睛死死地盯着苏秦,说道:"好,很好,这么多年我辛辛苦苦把你培养出来,就是让你来对付我的?"

刘焕然还想要劝。

苏秦淡淡道:"爸爸,您培养我,我感激,但是别想再左右我的人生,我已经失去了太多了。"

刘焕然震惊地看着苏秦。

苏秦对上他的眼睛,说道:"焕哥,我跟你说过,我不喜欢你。"

刘焕然听苏秦这么说过,可是……他从未见过苏秦跟哪个男人走得很近,所以一直把这句话当作她拒绝自己的借口。

袁然已经被气得头一阵阵地发晕。

苏秦的目光陡然犀利,她原本不想这样,是袁然逼她的,她一字一句地说道:"爸爸,袁秦与秦意的事儿,从今以后我都不会再过问。"

说这话时,苏秦眼里的决绝是刘焕然从未见过的,强大的气场逼过来,让他的心都有些颤抖。

袁然已经气得说不出话来了。

他那口气还没咽下,苏秦就已经拿起包转身往外走。小荷胆战心惊地追着走了两步,问道:"苏总,您去哪儿?"

门还开着,苏秦往总裁办公室里看了看,对着小荷淡淡一笑:"我已经不是苏总了,小荷,你有时间的话麻烦把办公室的东西收拾一下,给新总裁腾地方。"

从秦意出来,苏秦站在门口停顿了片刻,她仰头看了看自己为之付出了整个青春的事业,深吸一口气,随后又一点点吐出,有一种如释重负的感觉。

苏秦这次心意已决,跟秦意相关的东西,她都没有留,就连车钥匙也放在了办公室里。

打车回到家,苏秦简单地收拾了一下行李,准备得差不多了,电话响了。

她接起电话:"萧总。"

萧佑听起来挺兴奋:"我听说你跟你家老头子闹掰了?"

苏秦:"……"

萧佑也不问苏秦现在怎么样,是不是还难过,她振臂欢呼:"圣皇欢迎你!"

旁边正在汇报工作的几个部门经理吓了一跳,全都面面相觑。

萧佑问道:"待遇跟我一样,怎么样?"

沉默了片刻，苏秦说道："萧总再见。"

电话被挂断了，苏秦握着手机摇了摇头。

有时候真的很羡慕萧佑，一天天的非常开心，仿佛永远没有心事儿。

这时，楼下停了一辆加长的黑色奔驰。

一个女人从车上走了下来，她笑靥如花："阿秦。"

苏秦正费劲地拖着行李，看到她后愣了一下，随即眼眶红了，来的人是苏秦的表姐苏洛溪。

苏洛溪的身后站着几个保镖，她点了点头："去把东西都收拾了。"

她不问为什么，不问干什么，就只是对着苏秦温柔地笑。

上了车，她抱了抱苏秦："好了，不难过了。"

苏洛溪这些年一直在美国经营着苏家的事业。

苏家跟袁家不一样，是靠着海洋运输起的家，后期改做餐饮和物流行业，做得风生水起，虽不如袁家，但也不容小觑。

因为苏家对袁然怨恨颇深，所以这些年，姐妹俩联系很少，可两人的感情很深，苏秦一有事儿，她便第一个赶到。

苏洛溪摘下墨镜，搂着苏秦的肩膀："咱们回家。"

回家，苏秦听得心里酸涩，她已经很久没去看姥姥和姥爷了。

等回到了西区的别墅，还没到家门，姥姥和姥爷就迎了上来。

两个老人抓着苏秦的手这叫个稀罕，苏姥姥怒道："袁然那臭不要脸的，年轻的时候辜负我女儿，现在又敢欺负我外孙女，真以为我们苏家没人了吗？"

苏姥爷笑呵呵地道："好了，孩子难得回来，不提那不开心的事儿了。"

苏洛溪一边脱外套，一边对用人说："给我妹来一个海盐浴，泡完之后，来个全身SPA，再把家庭影院收拾一下，一会儿我们要看电影，今天一切来客都不见。"

旁边的人连声应着。

苏秦看着亲人们宠溺的眼神，心也逐渐放了下来。

洗澡的时候，苏洛溪非要跟苏秦一起洗，看着她别扭的样子，苏洛溪撩了些水，泼在了苏秦的脸上，说道："你呀你，怎么还跟小时候一样，这么害羞？"

苏秦沉默了。

"好了。"苏洛溪大大咧咧的，"回到自己家了，放轻松一些。阿秦，没人再逼你去做你不爱做的事儿了。"

姐姐的话让人心酸。

这些天太劳累了,苏秦洗完澡后,就睡过去了。

朦胧中,她听到表姐跟姥姥姥爷撒娇的声音,还有姥姥不停地抱怨:"袁然那浑蛋,阿秦累死累活地为他卖命,他做的是人事儿吗?"

姥爷低声道:"小点儿声,别吵醒她。"

苏洛溪淡淡道:"正好,阿秦离开了,也让他试试,看他是不是还宝刀未老。"

第九章
炽热的盛夏

◆

不同于苏家的嬉笑轻松，袁秦上下都乱了套。

之前苏秦在，不觉得有什么，她一走，大家都像是没了首领的兵，乱糟糟的。

以袁然的性格，自然是不会去求苏秦回来的，他沉思了良久，把袁玉叫来了。

袁玉也知道家里出了事儿，她眼睛红红的，低着头不说话。妈妈兰芳在一边搂着她，想说话又不敢说。

袁然看着袁玉说道："苏秦走了，公司不能没人管，现在公司上下人心惶恐，你先顶上。"

袁玉一听抬起了头，不可思议地看着袁然，说道："我？"

一看她这没出息的样，袁然就气不打一处来，说道："你姐大学毕业就进了公司，四年的时间就可以独立撑起一片天，你呢？你都在干什么？"

袁玉垂着头道："那你把她叫回来啊。"

苏秦离开，她难受极了，这些天都没好好吃饭睡觉。

袁然气得咆哮："一个两个的都让我不省心，明天你就过来给我顶上。"

兰芳忍不住劝说："她爸，玉儿她——"

"你别说话！"袁然大手一挥，"慈母多败儿，就是你把她惯成这个样子的！"

兰芳不说话了，眼泪在眼眶里打转，她能不惯着吗？多少年了，要是没有女儿，她活得下去吗？她们母女俩相依为命这么多年，她根本不希望袁玉接手公司，就希望她能快乐地长大。

看着母女俩这样，袁然重重地叹了口气，低着头闷声抽烟。一根接一根，却始终燃烧不掉满心的愁绪。当年，如果他……算了，还提什么当年。

回去后，袁玉安慰了妈妈一番，自己满心的痛苦与委屈却无人诉说，她只能打给了元宝。似乎难过的时候，就只有元宝可以理解。

元宝总是会第一时间接听袁玉的电话："在干什么呀？"

袁玉低着头，不说话。

"哎哟，我的漂亮姐姐怎么了？"元宝感觉到了袁玉的失落。

袁玉撇了撇嘴，说道："你什么时候回来啊？这边变天了。"

屏幕的另一边，萧风缱被几个小孩儿围着，在给他们写毛笔字。

"什么变天了啊？"元宝还以为袁玉是有什么八卦要跟她说。

袁玉叹了口气，说道："姐姐跟家里闹翻，离开袁秦了。"

"啊！"这话一出，元宝震惊了。

萧风缱的手一僵，毛笔落在了桌子上。

元宝咽了咽口水，问道："没这么严重吧？"

袁玉点头道："当然有，你姐没告诉你吗？"

元宝迟疑地看着姐姐，萧风缱也是一脸疑惑。

元宝说道："我姐……她……也不知道。"

袁玉一肚子的怨气没处发泄，说道："阿秦跟家里闹掰了，公章、文件全上交了。这么大的事儿，你姐都不问一问啊？亏得阿秦从小资助她，她连一句关心的话都没有，还一直躲着。让她出来，有种回北京，跟我面对面，看我不打死她！"

说着，袁玉猛地一挥手，手机黑屏了。

元宝对着电话"喂"了半天，不见回应，她一拍额头，说道："完了，准是一激动把手机扔楼下了。"

随后，元宝又问道："姐，你回北京吗？"

萧风缱就像是没听见元宝的话一样，默默地进了房间。

炕上，萧奶奶看着电视笑得脸上的皱纹都挤在了一起。

她盘腿坐在那儿，银白的发丝全部往后一丝不苟地梳起。萧风缱怔怔地看了半晌，她脱了鞋上炕，钻进了奶奶的怀里。

萧奶奶看着萧风缱慈祥地笑着："这是怎么了？"

萧风缱不说话，紧紧地抱着她。

萧奶奶拍着萧风缱的肩膀："好了，好了，乖孩子。是不是在外面累了？受委屈了？"

萧奶奶不停安慰着孙女。

萧风缱的鼻子有些酸，她又往奶奶怀里拱了拱。现在只有在奶奶这儿，她才觉得自己有所依靠。

萧奶奶有一下没一下地轻拍着萧风缱的后背："大丫，要是觉得外面累就回来休息休息。不要给自己太大的压力，你已经很好了，奶奶做梦都没想到，你和元宝能飞出去，还飞得这么高、这么远。"

这简直是下洼村的传奇，村里的骄傲。

姐妹俩吃水不忘挖井人，这些年，也没少回馈村里，萧风缱和元宝小时候上学走的那条山路，已经在铺水泥新修中了。

萧风缱的眼眶红了。

萧奶奶感慨："孩子，你要记住，这人世间，活到头，不过就是一场戏。很多人说过，这世上除了生死，其他的都是小事儿。"

萧风缱哽咽地"嗯"了一声。

萧奶奶还在絮絮叨叨地说着现在，说着从前，在奶奶苍老的声音中，萧风缱的心情逐渐缓和。

不知过了多久，萧奶奶叹了口气，给睡着的萧风缱盖上了被子。

在外面疯玩的元宝跑进屋，她兴奋地冲奶奶说："我现在可是村里的一枝花，不少人追捧的香饽饽。唉，粉丝这么多，我压力太大了。"

"小声点儿，不知羞！"萧奶奶压低声音，有时候，她也很无奈，这两个孙女，怎么性格就这么不一样。一个把什么事儿都放在心里，一个大大咧咧的什么事儿都要说出来。

元宝偷偷看了一眼姐姐，拿出手机递给奶奶："奶奶，你给我拍一张照片。"

萧奶奶眯着眼睛："我不会。"

元宝说道："你按一下这个钮就行。"

说完，元宝拿出花瓶里的红梅，一只手捧着，另一只手捏着妖娆的兰花指。

萧奶奶看了点评："不错，像是我们那个年代的偶像。"

元宝："……"奶奶是越老越犀利了。

元宝换了个姿势，欢乐地笑着，萧奶奶拍完把手机递给她。

元宝看了惊呼："奶奶，你怎么把我拍成大头娃娃了，不行，重新来！"

萧奶奶很烦躁："我打你！"

……

拍好照片，元宝跑到屋外，刷着朋友圈。当看到何芸涵和朋友的合影时，她撇了撇嘴，把奶奶刚才给自己拍的照片发了上去，然后编辑着文字："哎呀，粉丝太多，非要送花、送吃的，我可真是受欢迎。"

编辑完，元宝挑了挑眉，哼着小曲："我是大明星，我真受欢迎，唧个哩个唧，唧个哩个唧。"

萧风缱这一觉睡得很沉，一直睡到了黄昏才悠悠地醒来。她做梦了，梦到了苏秦和爸妈那冰冷的墓碑。

萧风缱坐在炕上愣了会儿神，随后拿起手机，查看机票。机票不难买，只是村里的班车特别少，今天是回不去北京了。

门被拍响了，萧风缱懒得动，她用脚踢了踢在一旁嗑着瓜子看《西游记》的妹妹，说道："开门去，准是找你的。"

元宝走红后回到下洼村还受到了追捧，时不时的有小粉丝上门送礼物。

元宝懒得动，死猪一样，任姐姐怎么踢也不下去。

萧奶奶看着姐妹俩这样无奈地叹了口气，拄着拐杖去开门。

门一打开，涌进一股冷气，萧奶奶看着眼前陌生的漂亮女孩儿，愣了愣，问道："你找谁？"

对面的女孩儿微微一笑，她将手里的梅花递给了萧奶奶，说道："奶奶，你好，我是何芸涵，是风瑜的朋友。"

这女孩肌肤胜雪，身材高挑，美目流盼，最主要是那份超脱的气质。

元宝咳了一下，瓜子卡在了嗓子眼儿里。

"进来吧，快进来！"萧风缱挥了挥手。

何芸涵是第一次见萧风缱本人，但是之前看过照片，她微笑着颔首，叫道："萧姐姐。"

萧风缱保持着稳重的表情："请进。"

炕上，元宝跳了起来，她惊讶地问道："你怎么来了？"。

何芸涵大大方方地走了进来，笑了笑，没有回答。

萧风缱给何芸涵倒了一杯茶，请她坐下。

萧奶奶还在门口看着何芸涵，心想这姑娘真漂亮啊，特别时尚，一点儿也不土，还没有老旧感。

何芸涵双眸似水，她看着床上的元宝，说道："我看风瑜发了个朋友圈说自己病了，就来看看。"

"她病了？"萧风缱不可思议，"什么时候，我怎么不知道？"

萧风缱看了看妹妹："算了，你俩聊吧。奶奶，咱们出去看看星星。"

萧奶奶还在盯着何芸涵看，忍不住感慨："哎呀，现在这些孩子，一个个的都这么漂亮。"

一直到半个小时后，元宝才和何芸涵从屋里走了出来。

萧风缱一直眼巴巴地望着。

元宝对着姐姐翻了个白眼，问道："你那么殷勤地接待，想干什么啊？"

何芸涵笑着摇摇头，萧风缱能有什么事儿求她？

萧风缱微微一笑，她看着何芸涵，说道："我想搭车。"

何芸涵："……"

从下洼村出来的时候，又开始下起了小雪。萧风缱坐在车里一直没有说话，安静地看着窗外。

何芸涵也是个话不多的人，她安静地开着车，只是偶尔看一眼萧风缱。这真的是元宝的姐姐吗，怎么两人的性格差这么多？

元宝几乎一天到晚都没有消停的时候，没事儿找事儿，可再看看她姐姐，是多么安静温柔。

仿佛是感觉到何芸涵的注视，萧风缱抬头，看着她淡淡道："我们是亲姐妹，不用怀疑。"

何芸涵："……"

到北京的时候，天已经蒙蒙亮了。

萧风缱找了家小店吃了点儿东西，又去了一趟圣皇准备换件衣服。

因为在放假，公司人不多，除了几个值班的，其他人都在休息。值班的人看见萧风缱，全都过来打招呼，围着她笑呵呵地说上几句。

萧风缱微笑应对着，简单寒暄了几句，就回办公室了。

换好衣服，又洗了个澡，萧风缱喝着咖啡往外走，刚到门口，一条大长腿就伸了过来，说道："站住！"

萧风缱："……"

萧佑今天打扮得跟平常很不一样：炭黑灰色小脚修身毛呢西裤，中长款驼色羊毛呢大衣，搭配深驼色暗纹羊绒围巾。

萧风缱上下看了看，忍不住问："你是受了什么刺激了吗，萧总？"

不得不说，人长得好看就是好，怎么打扮都是一道亮丽的风景。这么一看，萧总还挺帅气的。"

萧佑用手捂着嘴，小声说："人家一直是风格多变，人见人爱花见花开的小姐姐呀。"

萧风缱："……"

萧总，你还能再幼稚点儿吗？

萧佑指了指路边停着的车，说道："要去找苏总吧，我让 Linda 送你去，地址已经告诉她了。"

萧风缱看了看萧佑，有些感动。虽然萧总经常幼稚鬼上身，但关键时刻还是非常靠得住的。

一路上，萧风缱有些忐忑与纠结，Linda 跟她说话她都没注意听。

下了车，萧风缱呼吸了一下新鲜空气，挥手跟 Linda 道别。

苏家的别墅像是迷宫一样，萧风缱在大门口转悠了半天也没找到门铃。

还是在院子里晒太阳的苏洛溪看到了她，问道："喂，小鬼，看什么呢？"

小鬼？萧风缱四处看了看，是在说她吗？

苏洛溪盯着萧风缱看："怎么感觉有点儿眼熟，你找谁啊？"

萧风缱安静地回答："苏秦。"

"啊！"苏洛溪拍了下大腿，一下子站了起来，"你就是那个让我妹妹不开心的萧风缱啊！"

苏洛溪对着门口的用人说道："王叔，把大门给我打开，放她进来！"

随着大门被打开，苏洛溪气势汹汹地走出来，她在美国那几年偶尔会帮好友走台，所以走起路来，气场特别强。

萧风缱知道这是苏秦的姐姐，正犹豫着要怎么开口。苏洛溪却以迅雷不及掩耳之势擒住了她的右臂，萧风缱还没明白怎么回事儿，人就被按在了墙上。

苏洛溪一看就练过，不会把人弄疼，却可以牢牢束缚住萧风缱。

萧风缱大脑一片空白，动也不动。

苏洛溪眯眼看着萧风缱，想教训教训她，可苏秦快速跑了出来，喊了一声："姐！"

萧风缱看着苏秦，眼里聚起泪水。

苏秦眉头皱起，她快步走了过去："姐，放开她。"

听妹妹这么说，苏洛溪特别惋惜地"哦"了一声。

苏秦看着她的手，说道："还不放开？"

苏洛溪自从妹妹回来后,见到的都是她消沉的一面。

如今,气场一出,苏洛溪缩回了手:"好好好,放开,放开。"

苏秦看了萧风缱一眼,眼里也涌上泪水。

四目相对,尽是泪水。

萧风缱回来的时间刚刚好,这几天,北京的雪也停了。

两人静静地对视了片刻。

萧风缱走上前,说道:"对不起,是我钻牛角尖了。"

是她一直沉浸在自己的悲伤中,其实这一切都跟苏秦没有关系,苏秦也是受害者。

萧风缱看着苏秦:"我想通了,逝去的人已经逝去了,我们活着的人应该好好活着,对不对?"

这段时间,萧风缱后悔死了。当年,是谁一次又一次地把她护在羽翼之下?又是谁一次又一次地将她从泥潭中拖出,这么多年了,她还不知道苏秦的为人吗?

两人都不急着进屋,坐在院子里,诉说着这段时间发生的事情。

大多是萧风缱说,苏秦听。

萧风缱说了很多很多,说着她刚知道真相时的震惊和痛苦,以及内心的纠结。苏秦认真地听着。

过了好半天,萧风缱看着苏秦,说道:"苏秦姐姐,我放下了,你呢?"

她放下了,但是苏秦呢?苏秦是一个习惯将所有责任都扛在自己身上的人,她很担心苏秦始终放不下。

苏秦看着萧风缱,幽幽地说:"我会学着放下的……"

暖暖的阳光洒了下来,萧风缱看着苏秦的眼眸,那一刻,长久以来的阴霾被驱散,两人相视而笑。

等进了屋,萧风缱立刻被两个老人拉到一边聊天。

两个老人很和善,知道她是从农村走出来的娃儿,而且凭着努力考上B大的时候,都是夸赞。他们也是过过苦日子的人,贫穷并不可怕,最重要的是要有一颗向上的心。

一大家子开始张罗年夜饭。

萧风缱秀了一把厨艺,她做了一大桌的饭菜,有荤有素香味弥漫,色泽鲜艳,哄得两个老人开心得合不拢嘴。

苏洛溪刚开始还拿着架势,可当她吃了口外焦里嫩的红烧肉后,眼睛都亮了:"现在的孩子都这么能干吗?"

苏姥爷笑呵呵地拿出珍藏的茅台酒,非要跟萧风缱喝几杯。

萧风缱很少喝酒,酒量也不行,但是难得老人开心,她也就却之不恭了。

喝了酒,苏姥爷拿出了老一辈的架势,吟诗庆佳节——

爆竹声中一岁除,春风送暖入屠苏,
千门万户曈曈日,总把新桃换旧符。

苏姥爷吟诗,萧风缱在一旁拿起筷子敲碗,打着调子。

苏洛溪感慨:"这世道,过年都是给文化人准备的。"

苏秦看着萧风缱,又看了看身边的亲人,垂下了头。多久了,她有多久没感受到家的温暖了?

酒过三巡,萧风缱喝得有点儿高,苏姥姥看到后说:"好了,差不多行了,老头子,以后年年都让孩子回来陪你。"

苏姥爷拍了拍她的肩膀:"好,好孩子。"

这话说得萧风缱眼泪都要落下来了,两位老人给予她的是温暖如歌的慈爱。

苏秦扶着萧风缱回到房间,帮她脱了外套,又端了盆热水,给她擦脸。

萧风缱醉意浓浓:"我想奶奶和元宝了。"

苏秦一听就笑了:"那明天就回下洼村吧,我也想吃奶奶做的饭了。"

"真的吗?"萧风缱酒都醒了,一下子从床上爬了起来,双眼亮晶晶地看着苏秦。

苏秦点头道:"真的。"

苏总说到就会做到,第二天一早,萧风缱就被她给拍醒了。

因为要赶飞机,所以天色微亮,两人就起来了,她们先回了一趟家取行李,又匆匆忙忙赶到了机场。

下了飞机,又坐上车,颠簸了一个多小时,总算到了地方。

下洼村的温度比北京低很多,萧风缱给苏秦围好围巾,又给她戴上一个厚厚的棉帽,笑着说:"有点儿小村姑的样子了。"

苏秦冷哼一声,抗议道:"好丑。"

萧风缱拉着行李往前走:"长得漂亮是可以为所欲为的,你就算穿成这样,也像是走T台的模特一样美丽。"

苏秦不理会，她慢悠悠地走着，欣赏路边的风景。住惯了大城市，偶尔看看乡间的小路跟一排排充满烟火气息的平房，感觉很好。

"我的礼物够吗？"苏秦看了看手里拉着的行李箱。

萧风缱笑了："当然够，左邻右舍都够了。"

苏秦点了点头。

萧风缱拉着行李继续往前走，说道："快到了，奶奶估计正在忙着做饭。"

大门口，元宝优哉游哉地嗑着瓜子，萧奶奶拄着拐杖焦急地张望着，等看到两人的身影后，这才缓缓地笑了。

苏秦抬头间看到了萧奶奶，她捋了捋头发，说道："奶奶好。"

萧奶奶看着苏秦，笑道："哎呀呀，孩子啊，又好看了。"

苏秦有些羞赧地低了低头。

萧风缱在旁边傻笑，元宝看着她："笑啥呢，你可没变好看。"

萧风缱："……"

姐妹俩像小时候一样，在院子里追打起来。

萧奶奶无奈地摇头："这俩孩子啊。快进来，累了吧，奶奶给你做好吃的了。"

简单的言语，慈祥的话，苏秦听得心窝子发暖。

奶奶照着酒席的规格弄了一桌子农家菜，她和元宝忙活了整整一天。

元宝吃着排骨，对两人说："你看奶奶，恨不得把家里的好东西都给拿出来摆上了。"

苏秦笑吟吟地拿出一个大红包递给了元宝："辛苦了。"

元宝一向是抵挡不了金钱的诱惑的，她特别诚恳地点头哈腰："谢谢，真是比我姐还好的姐姐。"

萧风缱："……"

萧奶奶笑呵呵的，人老了，她就喜欢这种孙女们都陪在身边热热闹闹的感觉。

吃完饭，元宝和萧风缱麻利地收拾碗筷，想着一会儿一起去后山放烟花。

收拾完，几人准备出发。

坐在自行车上，苏秦抬高手，去抓凉风，这样的感觉真好。

元宝还跟小时候一样玩闹地按着铃铛，按了一会儿，她突然就想袁玉了，心里有点儿难过。

秦意到底发生了什么，她不知道。可是她和袁玉通过几次电话，知道她现在过得很不开心。

元宝想要帮忙，但苦于没有能力，只能多抽一些时间跟她打电话聊聊天。

这会儿年味正浓，家家户户张灯结彩，小路上到处都是嬉笑打闹的孩子们，苏秦笑道："这里好热闹。"

见到的每一个人，都会热情地给她们打招呼，苏秦的笑容多了很多。

到了半山腰，几人抬头看着星星，萧风缱拿出手机，打开相册，递给苏秦："你看。"

苏秦接过去一看，是很多年以前，萧风缱拍她看星星的侧脸照。很奇妙，一眨眼，这么多年过去了。

苏秦低头浅笑："没想到，时间过得这么快。"

放烟花的时候，萧风缱把几个烟花的火线系在一起，虽然没有什么特殊图案，但在绽放的那一刻，爆发的光芒也是绚烂璀璨。

元宝笑眯眯地看着萧风缱，从小到大，她虽然没有表达，但姐姐在她心里一直都是母亲一样的角色。

这一路走来，姐姐吃了多少苦，又承担了怎样的压力，元宝都知道。一方面她开心，她们不用再过小时候的那种苦日子了，也有了可以互相依靠的好友；另一方面，她又有些难过，姐姐已经越飞越远，她不知何时才能跟上姐姐的步伐。

苏秦很细心，看穿了元宝的心思，握了握她的手。

能得到苏秦姐姐的主动亲近，元宝受宠若惊，萧风缱也在旁边乐呵呵的："行了，别苦着个脸，回家姐给你做你最爱吃的疙瘩汤。"

元宝笑了，萧风缱也在笑。

回家后，萧风缱做好疙瘩汤，一家人围坐在炕上，一人一碗，边聊边吃。苏秦觉得幸福极了，她甚至生出了想要隐居山林，简单过完一辈子的想法。

萧风缱仿佛猜到了她在想什么，说道："这片山脉后面就有一处荒山，如果有一天你累了，就可以过去住。"

元宝笑呵呵地说道："姐，你要和苏秦姐姐去那处荒山？那是不是几年后我去看你们，找一圈啥也看不到，就发现俩穿着草皮裙的野人了？"

这个浑蛋妹妹，萧风缱敲了她一下，问道："知道你为啥还不红吗？"

元宝伸了伸脖子："我是走厚积薄发的路，不在乎一时的流量。再说了，咱们村可是有不少我的粉丝。"

萧风缱翻了个白眼:"就是因为你这恶毒的小嘴。你要是不乱说话,凭借跟我有三分相似的外貌,谁能不粉你?"

众人:"……"

元宝愤怒极了,她看着奶奶:"奶奶,你说我跟我姐谁美?就我姐那副清汤寡水的样子还敢跟我比?"

萧风缱冲着元宝挑了挑眉:"奶奶,你尽管说实话。"

元宝彻底被激怒了:"把苏秦姐姐也算在里面,我能秒杀你们两个人。苏秦姐姐,你介意输给我吗?"

苏秦说道:"懒得理你们。"说完,她看了一眼奶奶,"奶奶,你说呢?"

萧风缱:"……"

元宝:"……"

这下子,萧奶奶被夹在中间了。

萧奶奶左看看右看看,语重心长地说:"如果我是古代的皇帝,选妃的话,会选阿秦和元宝。"

萧风缱:"……"为什么要这样!

看着元宝笑得开心,萧奶奶解释:"这是为了均衡势力,需要一个端庄典雅的皇后母仪天下,又需要一个看起来就不太聪明的女人来调节生活。"

啊?元宝怔住了,萧奶奶看着萧风缱,说道:"像是我大孙女这种,肯定是美貌与智慧并存的女才人。"

苏秦忍不住笑了,没想到啊没想到,萧奶奶还有这么一手。

眼看着元宝不吭声了,萧风缱用脚踢了踢她:"欸欸欸,调节生活的女人,你麻溜地把碗筷都收拾了,这样,'皇后'还可以考虑让你再活几年。"

元宝:"……"

萧风缱特别谄媚地扶着苏秦走人了。

元宝悲伤地看着奶奶:"奶奶,现在连你也嫌弃我了吗?"

萧奶奶拄着拐杖站起身:"不是现在,是一直。"

第二天上午八点多,萧风缱才睡醒。醒来后趿拉着拖鞋就出了房间。

萧奶奶正在熬奶粥,奶香飘入鼻中,勾得人馋虫直往上涌。

萧风缱打着哈欠,问道:"奶奶,苏秦姐和元宝呢?"

萧奶奶指了指屋外,说道:"元宝在村头捡到了一只刚出生的小狗,两人正在那儿商量呢。"

院子里,苏秦坐在藤椅上看着元宝。

元宝撅着屁股，手里拿着一个勺子嘀咕着："这么小的嘴得喝到什么时候？放盆里又不喝，好难伺候哦。"

地面的蒲团上，一只刚出生没多久，眼睛还没有全睁开的小奶狗正舔着勺子里的奶。

听到身后传来的动静，两人一起回头，在看到萧风缱的那一刻，都是特别兴奋。

苏秦说道："它不吃。"

元宝招着手喊道："姐，快，喂奶！"

萧风缱："……"她是奶妈吗？暂且原谅这两个动手能力为零的巨婴。

萧风缱走过去，蹲在地上扒拉着小狗看了看，吃惊道："这么小，你们从哪儿捡的？"这大冬天的怎么会捡到这么小的狗崽子？

元宝这会儿化身福尔摩斯，说道："肯定是宋大娘家的大黑生的，就那个京巴狗，生了七只小狗崽。她肯定是看太多了，又送不出去，所以就直接扔在了村头。"

萧风缱想了想，说道："等我一下。"

她跑回屋拿了一个注射器，又匆匆忙忙地跑回来。

把鲜奶吸到针管里，一点点挤出来喂给小狗狗，果然，小狗狗很买账，知道往上拱着吃了。

喂了一会儿，萧风缱冲苏秦挥了挥手："来呀。"

苏秦摇头道："不了。"

萧风缱笑了笑："没事儿的。"

苏秦这才站起身，小心翼翼地接过针管，蹲下身子喂着。她眼里都是温柔，还伸手摸了摸小狗狗的头。

萧风缱看她这么喜欢，咳了一声："行了，放那儿吧，给元宝就行。"

刚才还碰都不碰小狗的苏秦转过身，看着萧风缱，说道："我想养。"

萧风缱一阵无语，说道："不行，这狗来路不明，怎么能说养就养？再说了，带回北京很麻烦的。"

苏秦看了一眼小狗，继续说道："可以安排空运，而且元宝不是说了吗？它是京巴。"

女人的爱心一旦被激起来，还想着收回？那是绝对不可能的。

萧风缱知道苏秦性格倔强，犹豫了半天，说道："再说吧。"

这一句"再说吧"可得罪了苏秦，她一天都没怎么跟萧风缱说话。这可把元宝乐坏了，以为伺候"皇后"那么容易呢，伴君如伴虎。

萧风缱简直要被妹妹气死，说道："你没事儿去捡什么狗啊？"

元宝噘着嘴："这小狗一直缩着，要死不活的，谁知道看到苏秦姐姐过来，居然爬过去找她。行了啊，姐，养就养了呗。"

明天就要回北京了，两人居然因为一只狗闹起了别扭。

萧风缱看苏秦还在生气，不由得笑道："好了，别生气了，我不愿意让你养小动物，并不是因为麻烦。"

苏秦转过身，问道："那是因为什么？"

萧风缱叹了口气，说道："养动物，不只是看着好玩，平时遛一遛就行了，是要投入真感情的。如果有一天狗狗离开，你会非常痛苦的。"

这是实话，可看着还在那儿匍匐前进的狗狗，苏秦还是舍不得，她转过身，柔声问："真的不能养吗？"

萧风缱无奈地说道："既然你真的想养，那就养吧……"

苏秦满意地笑了笑。

今年村里的表演，元宝依旧热情地参加了，跟当年的浮夸风格不一样，这会儿的打扮总算正常了一些。

地点还是每年开演出的大棚，村里的人看到姐妹俩都笑呵呵地打着招呼。红色的灯光亮起，各种各样的节目开始上演。

苏秦平日里看惯了或是文绉绉或是时尚的庆典，这会儿看村里的表演就当是换一个口味。

萧风缱递给她一把花生，说道："这几年，娱乐圈有了一种返璞归真的趋势。很多艺人都在镜头前素颜出镜，而且拍摄综艺节目，尤其是户外或是亲子节目时，农村已经成了主要阵地。"

苏秦听着点了点头，问道："你有打算了？"

萧风缱乐呵呵地说道："我想着回去跟萧总商量一番，如果可以，明年就主推农村真人秀节目。我跟村长私下交流过，如果这事儿成了，很有可能把下洼村打造成网红村，对经济发展是极为有利的。"

苏秦想了想，说道："阻力不会少。"

萧风缱点头，眼里满是坚定，说道："我知道。"

这一路走来，她什么苦没吃过？只要人想干，坚定信心，就没有什么不能克服的。

橙红的灯光下，萧风缱那认真的样子很有的魅力。

苏秦看着她点了点头道："好，我支持你。"

苏秦补充道："如果萧总那儿没通过，我这边也可以帮你。"

萧风缱怔了怔，看着她。

苏秦似笑非笑道："怎么，你不会真的以为我两手空空就离开秦意了吧？"

不然呢？

苏秦勾了勾手指，说道："来。"

萧风缱凑了过去，苏秦在她耳边说了一个数字。

萧风缱猛地后退，两眼瞪圆，一副没见过世面的模样，说道："不是吧，那你想养一只狗怎么还花这么大力气争取我的同意？"

苏秦："……"

离开下洼村那天，两人把狗狗带走了，萧风缱给它起了个新名字，叫亲浅。

亲浅很乖，虽然还站不稳，但是特别会讨好人，尤其喜欢用鼻子去拱苏秦的手，可爱得让人内心发痒。

萧风缱已经准备好了："这几天，我把宠物用品都给亲浅买好了。"

她把图片拿给苏秦看："你看，可爱吗？"

萧风缱选的用品都是公主风格的，全粉色，非常可爱。

苏秦正看着，萧佑的视频打了过来，萧风缱赶紧接听。

萧佑穿得很正式，她右手转着钢笔，看样子是刚开完会："风缱，跟村长沟通得怎么样了？"

萧风缱回道："没问题。"

这时，亲浅凑了过去，晃悠着毛茸茸的小脑袋看着萧佑。

萧佑惊讶地看着亲浅，问道："怎么养狗了？"

萧风缱显摆道："看，这么小小的一只多可爱。"

苏秦一脸的冷漠，可手却温柔地抚摸着亲浅的头。

萧佑憋笑道："这京巴谁给你们找的啊？"

萧风缱有点儿不开心了，说道："萧总，亲浅虽然是京巴，但我既然已经看中它了，就不会在意它的品种。"

萧佑咳了一声，点了点头道："好感动，好高尚哦。"

萧风缱："……"

苏秦感觉出不对劲儿了，她看着萧佑："是捡到的，有什么问题吗？"

萧佑已经憋笑憋到脸通红了，说道："没问题，苏总，我给你讲个笑话吧。美国有一对夫妻，在宠物市场上，买了一只小香猪回去。夫妻俩特别疼爱小香猪，天天洗澡，喂粮食，还时不时地抱着亲亲。那小香猪可爱的模样，简直融化了所有人的心。"

这萧总在扯些什么？

萧佑话音一转："三个月之后，小香猪长大了，变成一只二百公斤的大母猪。"

萧风缱："……"

苏秦："……"

电话挂断，萧风缱胆战心惊，说道："不会的。"

苏秦眼神缥缈地看着窗外，说道："嗯，不会的。"

是的，一定不会的……

两人心惊胆战地养了八个月后，亲浅成功地长成了一只大土狗，屁股正好可以塞满浪漫公主风的狗窝了。

萧风缱真的是被气着了。

她虽然不嫌弃亲浅的品种，但把它这么一个庞然大物带下去遛弯儿，跟小区里其他人养的泰迪啊，贵宾啊，西施啊放在一起，的确显得不伦不类的。在小区遛狗，收到注目礼不说，这大型狗养起来也非常费事儿，萧风缱的周末都被亲浅占去了一大半。

这"狗眼看人低"，在亲浅的身上，萧风缱是见识到了。

想要吃饭、拉屎、洗澡的时候，那亲浅绝对是来找她的。但把它收拾舒服了，亲浅就看都不看萧风缱一眼了，像个狗腿子一样，寸步不离苏秦。

苏秦对它更是宠爱，亲浅的身上都染上了薄荷香味。

元宝会时不时就来逗弄亲浅一番："哎呀呀，外甥女，小姨来了。哈哈，你是不是又长大了一点点啊？看小姨给你带了什么？"

元宝长大了，她是那种会撒娇又有自己心思的女人，在娱乐圈这种地方，有几个姐姐的保驾护航，她混得如鱼得水。

这也让萧风缱放下了心，今生，她对于自己没有什么渴望了，只希望奶奶和元宝过得都好。

一切似乎都在往好的方向走，苦尽甘来，大抵如此。

在 B 大的前三年，她对未来一直充满了焦虑和不确定。但在最后一年，当身边的人都在为未来迷茫彷徨的时候，她的心却前所未有地坚定和平静。

有时候，萧风缱会拿上一本书，在B大的操场上，沐浴着阳光，慵懒地看上一两个小时。

之后去食堂里吃点饭，下午或是泡在图书馆里，或是去操场上慢跑。

苏秦曾经告诉过萧风缱："你一直在奋斗、在努力，当下也许会觉得辛苦，可当以后，你回首大学时光才会知道是多么难得与难忘。好好珍惜这最后一年，现在一切都安稳了，你也该好好享受一下了。"

"享受"这个词，萧风缱并不熟悉，但大学时光已经进入倒计时，她也开始享受了起来。

苏秦休整了一段时间，直到袁然开始有意为难圣皇，她才亮出了底牌。

秦意是她一手带出来的，她虽然年轻，也不像袁然那样霸气外露，但水能载舟，亦能覆舟，她振臂一呼，秦意半数骨干都被召入麾下。

袁然知道这个消息后沉默了很久，在一个午后，他去找了苏秦。

苏秦正在筹划新公司的相关事宜，看到袁然来了，并没有很意外。

父女俩很久没有见面了，一坐下来，竟是有些陌生。

袁然看了看公司的环境，又看了看面前的女儿，点燃一根烟，淡淡道："你长大了。"

苏秦很安静。

袁然吐出一口烟圈，感慨道："呵呵，我不能不服老。曾经我把一切都掌控在自己手下，包括你，包括玉儿，总是认为你们没了我就不能存活。现在看看，你已经可以取而代之了。"

不再多说，袁然黯然离开。苏秦抿了抿唇，终究没有挽留。

自从苏秦离开之后，秦意便大不如前，人心散了不说，袁玉也在与袁然多次争吵后，干脆带着母亲飞去澳洲度假，把公司的大小事务都扔下了。

为了收拾秦意的烂摊子，袁秦元气大伤。

袁然这步棋下得太草率，他低估了女儿的魄力，更低估了萧佑的手段。

萧佑以迅雷不及掩耳之势结束了跟秦意的合作，并且在合同中，挑出了多条秦意违规的条款，有了苏秦的帮助，圣皇更是稳占上风。

萧风缱其实并不想这样的，她怕苏秦夹在中间左右为难。

苏秦似乎看透了一切，她淡淡道："爸爸是什么人，我最清楚。八岁那年，他不声不响地把袁玉带了回来，妈妈痛哭过多少次，我清楚地知道。后来，我们原谅了他，也接受了袁玉，可是他呢？这些年，我为袁秦，为秦意所付出的，也算是报答他的养育之恩了，从今以后，我们互不相欠。"

前尘往事,不过是过眼云烟,从今以后,她不想再背上任何枷锁去生活了。

这样冷酷的苏秦让萧风缱心里难受,她问道:"那你呢?心中还有怨恨吗?"

苏秦顿了顿道:"小时候,我很不理解妈妈,怎么会接受这一切,后来我也逐渐明白了。"

苏秦叹了口气,说道:"也许,相爱是一回事,相守又是另一回事。"

萧风缱安慰道:"苏秦姐姐,你一定会过得幸福美好。"

这些年,苏秦到底经历了什么?才让她这样缺乏安全感。

关于新公司的名字,苏秦和萧风缱想了很久,最后干脆用了亲浅。

这下子,亲浅可不再是乡间不出名的土狗了,它甚至出现在了公司的logo里。

亲浅集团涉及的不只是娱乐行业,最主要的还是物流行业,算是回归了苏家的老本行。

剪彩那天,亲朋好友都来了。尤其是萧佑,那妖娆的身姿、妩媚的眼神,往那儿一站,记者们的镜头都围着她拍。

袁玉也来了,她看着苏秦,眼睛红红的,叫道:"姐。"

苏秦拍了拍她的肩膀:"回来了?"

袁玉点头,眼含泪光地看着她:"我……"

萧风缱走了过去,笑着说:"晚上把元宝叫来,咱们撮一顿。"

袁玉的心一抖,眼泪落了下来,她低下头,哽咽道:"好,好。"

元宝跳了过来,搂住袁玉的脖子:"我就在这儿呢,还叫什么?姐,不许耍赖啊,今天晚上一定要八菜一汤。"

亲浅成立之后,苏秦又开始忙碌起来,只是与以往不同,她的心里安稳了很多。

萧风缱很想帮忙,可是物流行业她从来没接触过,就只能做一些力所能及的事儿。以前,苏秦说什么,萧风缱干听着,不会发表评论,更不敢发表。

现在的萧风缱,已经能跟苏秦顺畅地交流且提出意见了。

时光飞逝,萧风缱也终于等来了毕业的这一天。

在高高抛起的学士帽下,在大家的欢呼声中,同学们告别着学生时代,告别着青春校园,大学的时光就此结束,共同迎来下一段人生。

别了,青春;别了,她的大学。

还记得刚来北京时,苏秦去车站接她的画面,送她上学时殷殷嘱咐的场景，她会把这一幕幕都印在脑海里。

　　人生有很多磨难，幸福来得太不容易。有时候，开不开心，不过是一念间的选择。

　　萧风缱愿意从此化作阳光，温暖苏秦的心。

　　校园外，湛蓝的天空下，苏秦微笑着抬起手，眼中满是温柔："风缱，来。"

番外一
她笑时春风正好

"天之骄子"这个词用在萧佑身上,再贴切不过。

身为圣皇集团万众瞩目的第三代传人,萧家唯一的继承人,从小到大,萧佑就没有什么烦心事儿。

萧佑是奶奶带大的,她的妈妈生下她之后,就把她扔给了奶奶,然后就和她爸爸一起去环游世界,朝拜各大寺庙,一心向佛了。

萧佑的奶奶萧莫言非常注重保养,以至于每次带着萧佑出去,人家都以为是母女俩。

一般这个时候,萧莫言就会捏着萧佑的小脸蛋,笑得跟花儿一样:"哎呀呀,看我们小佑老得,都被当成我女儿了,可怜哦。"

萧佑:"……"

不靠谱,对,从小到大,在萧佑心里,奶奶都是很不靠谱的。

人家奶奶都是拄着拐杖没事儿晒晒太阳喝个茶,可是她的奶奶却时不时地叫上三两好友到家里吃吃喝喝,在家里开老年party。

萧佑每次都缩在角落里看着,后来渐渐大了,就被奶奶拽出来一起跳舞。当然,她没少被萧奶奶嘲笑:"扭屁股呀,抬腿呀。萧佑小朋友,你太丑了。"

萧佑:"……"

这点是萧佑没法否认的,她确实不如奶奶漂亮。奶奶年轻的时候可是倾国倾城,岁数大了,那份岁月给予的气韵让她更加迷人。

有时候,萧莫言会搂着萧佑说:"小佑,你爱奶奶和妈妈吗?"

萧佑用力地点了点头。

萧莫言欣慰地亲了亲孙女的额头:"奶奶也爱你,所以才要早早地培养你,让你早日坐上总裁的位置。这样,我们四个老人也能享福啊。"

萧佑疑惑地看着奶奶,问道:"奶奶,你这样好吗?"

萧莫言眨着大眼睛,诚恳地点头道:"虽然奶奶也不忍心,但是又怎么能去剥夺我们小佑一颗孝顺的心呢?为了你,奶奶什么都能忍。"

萧佑:"……"

她虽然小,但是不傻。

从伦敦留学回来的萧佑,再没了小时候幼稚的模样,婴儿肥也彻底退去,简直长成了奶奶年轻时候的翻版。

萧莫言扶持了萧佑一段时间后,就大胆地把圣皇交给了她。

萧佑还有些不自信,问道:"奶奶,我要是失败了怎么办?"

以奶奶的性格,一定会安慰她,说什么"孩子没事儿""只要你好好的就好"这样的话吧。

萧莫言喝着茶,跟着音乐妖娆地扭着屁股,说道:"那我们就只能去吃土了。"

萧佑:"……"

是的,奶奶就是以这样一种揶揄轻松的态度表明了"你已经是大人"的立场。

刚开始那段时间,萧佑也会有夜里买醉的情况,也会有彻夜难眠的痛苦,也会因为一件事儿而发疯。可渐渐地,似乎一切都走上了正轨,她也有了自己的时间。

萧莫言把一切都看在眼里,在一个夜黑风高之夜,把萧佑叫进了书房。她一本正经地坐在老板椅上,上下打量着孙女,既欣慰,又心酸。

萧佑难得见奶奶这样认真,一时间,有些忐忑。

萧莫言挥了挥手:"来,奶奶抱抱你。"

萧佑走了过去,像是小时候一样,坐在了奶奶的腿上。

萧莫言搂着萧佑,轻声说:"我们家小佑真的长大了,不用奶奶操心了。"

萧佑的眼睛有些热,她知道,这几年奶奶看似放手不管,实则一直在暗地里保护着她。

萧莫言轻声说:"怪奶奶吗?"

萧佑使劲摇头,哽咽道:"不。"

萧莫言抚着她的背,幽幽道:"你工作上的事儿,奶奶也没有什么要嘱咐的了,你做得很好。"

顿了顿，萧莫言慢悠悠地说道："所以……明天奶奶就要去马尔代夫旅游了，你好好的。"

萧佑身子僵硬，刚酝酿出来的悲伤与感动都没了。她瞪大了眼睛，说道："旅游，奶奶，你好意思吗？"

萧莫言害羞了："不好意思啊，所以才跟你聊了这么大半天，现在才好意思了一些。"

萧佑："……"

生在这样一个家庭里，萧佑真的不知道是福还是祸。

萧奶奶真就这么走了，只是偶尔会打个电话，寄张明信片回来。

萧佑一步步地接手了公司，处理事务也渐渐得心应手了。

中秋节，她处理完手头的事儿想要回家休息一下，却接到了朋友的电话，说大学同学聚会，让她一定要来。

这要是圈内的聚会，萧佑肯定会拒绝的，可同学聚会，她一下子想到了大学时，那个冷冰冰却又总被她欺负的冯晏。

一提到冯晏，萧佑就陷入了大学那段青葱岁月的回忆之中。

冯晏是华人，当时在异国他乡，萧佑很自然地注意到了她。

冯晏那时候总穿着一身白色裙子，梳着飒爽的高马尾，露出光洁的额头。

她几乎不与同学说话，每天都沉浸在自己的世界里，抱着书本，穿梭在校园中，典型的好学生、乖乖女。

萧佑跟冯晏恰好相反，她的朋友多得数不过来，有华人、外国人，要么俊，要么美。她热爱运动，尤其是网球，偶尔打篮球的那边缺人，也会把她抓过去充个数。

也是巧了，一天早上，萧佑被拉过去打篮球，正好看见冯晏抱着书本坐在草坪上看书。

微风拂过，吹乱冯晏额前的刘海，长裙也随之飘起。周围的男生看得眼睛都直了。

萧佑乐呵呵地看着这一幕。

她旁边的朋友芳菲拽了她一下，问道："萧，看什么呢？"

萧佑指了指冯晏："她啊，你看多美。"

芳菲有西班牙血统，高鼻梁，大眼睛，性格火辣，身材爆好。她是萧佑在国内时就认识的朋友。

芳菲撇了撇嘴:"美有什么用啊,跟个冰棍似的,从来不出声。"

萧佑看着她,问道:"怎么说?"

芳菲抬了抬下巴:"你看旁边那些傻小子,使了好多办法去搭讪都没用,她就跟听不见一样。也从不跟班里的同学交流,一个奇奇怪怪的人。"

这话倒是引起了萧佑的好奇,她抢过芳菲手里的篮球,快步走过去。

冯晏早就看到了萧佑,她忍不住蹙眉。

萧佑在她的心里就是一个典型的只会吃吃喝喝,不学无术的纨绔子弟,不是什么好人。

萧佑观察力敏锐,一看冯晏的表情就知道自己被讨厌了,可越是这样,她的斗志就越发被激起,步伐更快了。

从小到大,她想要认识的人还没有认识不了的,她就不信冯晏这个邪了。

萧佑气场外露,她像是披着阳光走过来的一般。

冯晏淡淡地把头转了过去,把萧佑当作空气。

萧佑一屁股坐下,笑着说:"你讨厌我啊?"

非常直白的话语,冯晏依旧像是没听见一样。

萧佑不气馁,她乐呵呵地夸奖:"怪不得大家说你是校花,你长得真好看。"就比她差了一点点。

冯晏冷冷地开口了:"不敢当,小萧总。"

小萧总?萧佑这下子有些惊讶了,问道:"我们以前见过吗?"她怎么一点儿印象都没有?

冯晏突然起身,抱着书就走了。

芳菲笑道:"怎么着,你也有今天?"

萧佑冷哼:"这算什么?我感觉她以后会是我很好的朋友。"

"得了吧。"芳菲投去鄙视的目光,"人家可都没搭理你。"

没搭理吗?萧佑可是最不服输的,越是这样,她就越要挑战一下。

于是乎,冯晏莫名其妙地惹上了一个麻烦。

以前上课,她都是独来独往的,从不跟别的女孩子一样,三五成群。

萧佑跟她恰恰相反,走到哪儿身边都有一群朋友,热闹非凡。而这次,萧佑甩开了所有人,坐在冯晏身边。

冯晏很冷漠,把萧佑当作空气,认真地看着黑板。

萧佑乐呵呵地说道:"这么认真地学习吗?"

冯晏冷冰冰地说:"你不听讲没关系,请不要打扰我。"

"我不听讲?"萧佑唇角上扬,"这书上的东西,你随便问。"

冯晏顿了顿,看着她,萧佑自信满满地点点头。

冯晏随便问了两句,见萧佑对答如流,她偏开头,不再理会。

下了课,萧佑正在喝咖啡。

芳菲凑了过来问道:"我看她跟你说话了?你们在聊什么?"

萧佑看着她,说道:"交流学术。"

芳菲:"……"

之后的日子,萧佑继续在靠近冯晏。

冯晏一直是冷冰冰的,每当萧佑追着她说些什么,她都像是没听见一样。看着也是一个好孩子,可怎么就总是冷着个脸呢?

一次午后,天台上。

萧佑缩在角落里,慵懒地晒着太阳,嘴里还叼着一根草,她觉得这样特别有古代大侠的感觉。

"嘎吱"一声,门被推开,冯晏握着手机走了进来。

她的眼睛微微泛红,说道:"我很好,妈妈,你放心。你和爸爸……"

电话那边的人说什么萧佑听不见,但能看出来,冯晏的情绪很低落。

萧佑已经脑补出了一场八点档的家庭伦理大戏了。她只知道冯晏的家境很好,具体什么样就不清楚了。

到了最后,冯晏轻声说:"妈妈,我知道,我一定会好好学习的。我很好,你放心。嗯,也有很多朋友,很开心。"

很多朋友?萧佑嘴里的草都吓掉了。很开心?明明天天都摆着脸,哪儿来的开心?

冯晏挂了电话,她安静地看着天空出神,丝毫没发现萧佑也在。

从萧佑的角度看,此时的冯晏特别脆弱,那背影更是孤单得让人心疼。

萧佑是偷偷离开的,她明白,越是看起来冷冰强势的女生,就越是脆弱。

萧佑拨通了妈妈的电话,电话响了很久,才接通。

后来萧佑才知道,冯晏的爸妈的确离婚了,而且冯晏的爸爸已经再婚。但再婚之后,也没有其他孩子,冯晏是他的独女。他对冯晏的要求十分严格,甚至是苛刻。冯晏的妈妈是个软弱的女人,一直对冯晏的爸爸敢怒不敢言,心疼女儿又没有办法。

所以,冯晏一直是在一个严厉到近乎畸形的家庭中长大。当真是个缺爱的孩子。

萧佑很同情冯晏,更加决定要将自己温暖他人的美好品格发扬光大。

到了晚上,冯晏一个人在食堂吃饭。

萧佑端着餐盘走了过去,一本正经地问道:"晚上要一起去自习吗?"

冯晏语气冰冷:"不要。"拒绝得那叫一个干净利落。

这缺爱的死孩子,就不知道给她留点儿面子吗?

"那你要去干什么?"萧佑又问道。

冯晏淡淡地吃着饭,不理她。

萧佑撇了撇嘴,有点儿难过,叹了口气,说道:"好伤心啊,这么久了,你还是不把我当朋友。"

她低下了头,蹙着眉,长发滑落,挡住了脆弱的脸庞。她家可是世代从事娱乐行业的,不说其他,她演技绝对高超。

冯晏的手顿了顿。

萧佑哽咽了:"都是在异国他乡,你要这么冷漠吗?"

她声音都沙哑了,说完抬起头,眼含泪光地看着冯晏。

冯晏看了半晌,小声说:"好吧。"

萧佑内心"耶"了一声,眼泪立马没了,说道:"你真好,谢谢哦。"

冯晏:"……"

冯晏知道萧佑是天之骄子,知道她从小在家人的宠爱下长大。

去了图书馆,萧佑果然是两眼犯迷糊,几乎全程都在睡。

冯晏看着她支着脑袋打瞌睡的样子有些好笑,但同时又有些生气。

老天爷真是不公平,明明已经给了萧佑一张好看的脸,还要给她如此聪明的大脑。萧佑看书几乎可以用过目不忘来形容,是天才型选手。

到了九点半,冯晏用笔碰了碰萧佑,说道:"走了。"

萧佑迷迷糊糊的,问道:"哦,看完了?"

从图书馆出来,有些冷,冯晏缩了缩脖子。

萧佑看见了,把外套脱了下来,披在她身上,说道:"为什么不多穿点儿衣服?"

冯晏摸着身上的衣服,默默无言。

路过操场,萧佑开始显摆了。她简单压了压腿,开始玩各种健身器材。

冯晏在旁边看着,默不作声。

萧佑美滋滋地说道:"我奶奶说了,人美是不够的,还得有强健的身体。"

天有些冷，冯晏也坐在坐蹬器上蹬了蹬腿。

萧佑看了一会儿，说道："你这样太没意思了，过来玩这个单杠，多有挑战性。"

那单杠特别高，多是男孩子玩的。

萧佑睁着大眼睛说道："来，你帮我一下，我上去给你做个示范。"

冯晏本不想理，可是萧佑又眨着眼睛装无辜，她叹了口气，扶着萧佑上去，让萧佑耍了两下。

萧佑美滋滋地下来，说道："该你了。"

夜空下，萧佑的眼神诚挚温柔，冯晏想不出拒绝的理由。

冯晏在上面晃悠了几下，呼吸了几口新鲜空气，在高处感觉的确很好。从单杠上下来，冯晏的胆子也大了。

萧佑又开始站在双杠上，这可是大动作了，必须有人扶着。萧佑在冯晏的搀扶下，在双杠上走了好久，才跳下来，然后换冯晏上去。

冯晏刚刚站稳，萧佑却突然收手。她颤颤巍巍地看着萧佑，一动不敢动。

萧佑笑眯眯地看着冯晏直打战的腿，她甚至抱着双臂后退一步，摆出一副看好戏的姿态。

冯晏也是个倔脾气，她深吸一口气，两手伸开，腿往下蹲，想要降低重心，保持平衡。

可到底是没玩过双杠，腿一软，她惊呼一声，眼看着要摔倒了，萧佑连忙上前，扶住了她。

冯晏被吓得心脏乱跳，那高度可不是开玩笑的，要是摔下去，骨折都是轻的。

萧佑笑道："看不出，小姑娘还挺倔。"

冯晏咬唇，说道："你怎么那么坏？"

"坏？"萧佑盯着她的眼睛，"谁让你总是冷冰冰的，为了和你交朋友我还要用尽手段，这么费劲。"

"朋友……"冯晏喃喃低语，从小到大，她这样的性格，从没有谁想要跟她做朋友。

萧佑笑了笑："好了，这么一闹我也精神了，要不要出去吃饭？"

"不要。"冯晏突然就变脸了。

萧佑跟在她身后，说道："我发现你这人很喜怒无常。"

冯晏不说话，低头狠狠地踢了一下地上的小石子。

萧佑背着手踏着月光跟在她的身后，问道："咱们现在算是朋友了吧？"

冯晏不吭声。

萧佑还在絮叨："哎呀，你这性子真是磨人，要是一般人我早就放弃了。"

冯晏停下了步伐，她知道萧佑是万人迷，朋友很多。

"那你为什么要跟我做朋友？"

这话问的，萧佑想了想，她认真地回答："缘分。"

冯晏："……"

就知道这人说不出什么正经话。两人的关系又退回了原点。

某天，萧佑郁闷地坐了下来，看着前排认真学习的冯晏。

芳菲用胳膊肘碰了碰萧佑，幸灾乐祸地说道："别看了，再看也没用，人家跟咱们不是一路人。"

芳菲是个富二代，家里是做改装车生意的，她花钱如流水，是典型的今朝有酒今朝醉，交往过的男朋友多得数不过来。

萧佑没什么精神，说道："菲儿。"

芳菲嚼着口香糖，问："嗯？"

萧佑叹了口气，说道："你说我是不是不美了？"

沉默了片刻，芳菲认真地回答："你很美。"

萧佑从包里掏出镜子，照了照，说道："是啊，我这么美，她怎么就不愿意成为我的朋友呢？我都要怀疑自己了。"

芳菲："……"

偶尔，萧佑也会在操场上看到冯晏。

冯晏还是老样子，不合群，她好像很喜欢一个人在操场上看书，应该是喜欢那儿的阳光吧。

萧佑站在那儿看着，芳菲过来说道："走啊，今天 Sophia 过生日，咱先去买礼物。"

冯晏缓缓地抬起了头，她看着萧佑离开的方向，抿了抿唇，又低下了头。

手机弹出一条微信消息，她看着上面发来的字。

爸爸："一切我已经给你规划好，你自学一下金融知识。"

日子一天天过去，大学期间，恋爱的情侣到处都是。

冯晏的追求者一直不少，但她都是冷漠地拒绝，好在大多数人识时务，笑一笑也就遗憾地离开了。

胡峰是南洋的公子,南洋和圣皇都是国内数一数二的娱乐巨头,他家和萧家是世交,他和萧佑从小一起长大。

胡峰也算是英俊帅气,头脑聪明,可他从小就被拿来跟天才型选手萧佑比较。从小比到大,让他对萧佑一直抱有一种敌意,无论做什么,都想要跟萧佑比一比。

他从朋友那儿听说冯晏给了萧佑冷脸,于是好胜心作祟,想勾搭冯晏以嘲讽萧佑。

胡锋用了全部的耐心去接近冯晏,但他也受到了冷漠对待。甚至比其他人更惨,一个星期的时间,冯晏连个眼神都没给他。

胡峰也恼了,开始处处与冯晏作对。今天把她的裙子弄湿了,明天把她的书给撕了,后天又把她的课桌给掀翻了。

冯晏都忍着,自己去洗了裙子、把书粘好、捡起散落一地的学习用品。

就这样过了半个月,直到秋季运动会。

冯晏报了女子八百米,她热身的时候就看到胡峰对着第二跑道的老五使了个眼色。冯晏当下就升起警惕之心,比赛哨声一响,大家纷纷起跑。

到了最后一圈,冯晏开始冲刺,她虽然不爱说话,但也是个争强好胜的人。

看台上,萧佑戴着大墨镜、棒球帽,嚼着口香糖跟度假似的看着比赛。

芳菲看了一会儿,说道:"不对劲儿啊,那老五怎么总跟着冯晏,不会是胡峰那孙子出了什么歪招吧?"

萧佑懒洋洋地问道:"胡峰?"

芳菲点头,说道:"胡峰公开追求冯晏被拒绝了,我估摸着老五要给冯晏使绊子。"

萧佑一下子坐了起来,表情严肃,问道:"什么时候的事儿?这种事儿你怎么不告诉我?!"

芳菲咳了一声,有点儿心虚,说道:"这丫头不识时务,教训一下也是应该的。"

仿佛是证实了芳菲的话,随着看台席上的惊呼声,冯晏摔倒了,萧佑立马站起来,冲了下去。

冯晏趴在地上,表情痛苦,她的腿和胳膊都擦伤了,她想要站起来,却根本没有力气。

教练和裁判先围了过去,老五站在一旁,有些无奈:"不关我的事儿,是她和我抢跑道。"

冯晏咬着唇坐了起来，她看着往外渗血的胳膊，默然无声。

大家还在吵吵嚷嚷的，萧佑拨开人群冲了进来，她上去就把跟老师说话的老五推了一个踉跄。

老五刚要骂人，看到是萧佑后，又将话咽了回去。

萧佑跑到冯晏身边，蹲下来看着她身上的伤，问道："怎么样,严重吗？"

冯晏咬着唇不吭声。

萧佑伸手去扶她，说道："走，去医务室。"

胡峰阴沉着脸走过来，挡在了萧佑面前。

萧佑的声音冰冷得可怕："滚！"

这话一出，她的朋友都围了上来，胡峰只得让道。萧佑扶着冯晏到了医务室。经过检查，除了擦伤没有什么大问题。

医生给冯晏清理着伤口处的沙子及脏污，那种挑开肉皮鲜血往下流的样子萧佑不忍心看，她有些生气，问道："你怎么就那么能忍？"

她是哑巴吗？受了委屈不知道说？就跟包子似的任人欺负？

冯晏不吭声，她只求这几年能安稳地过去，打架什么的，绝对不行，她不能让自己的简历上有任何污点。

看着冯晏的眼睛都红了，萧佑也不说话了。

清洗完伤口，敷了药，用纱布包好后，医生有事儿出去了，让冯晏躺下休息。

一时间，医务室就只剩下她们两个人。

冯晏垂着头，不言不语，其实她真的很疼。可是爸爸说过，绝不能惹事儿，她又能怎么办？

萧佑叹了口气，轻轻地拍着冯晏的背，柔声说："好了，不要难过了。"

冯晏依旧不说话，眼睛却红了。

萧佑看了看她，轻叹："真是个可怜的孩子。"

萧佑平日里都是笑呵呵的，待人温和，甚至都没人看她发过脾气。

虽然跟胡峰对着干这么久了，也没发生过什么大型"战争"。在大家眼里，萧佑就是一个阳光灿烂的小妖精。

可一个星期后，当老五捧着被裹成粽子一般的手回到教室的时候，大家才震惊得说不出话来了。

萧佑还在跟芳菲比着转笔，这可是她的独门绝技。芳菲转得一头大汗，她就是不肯承认自己转笔会输给萧佑,这简直是耻辱。

冯晏坐在离萧佑不远的地方,她抬了抬头,视线淡淡地扫过老五的胳膊。她的伤口只是擦伤,这几天已经结痂了。可看老五的样子,怕是伤筋动骨了。

老五平时是嚣张霸道的,今天却像是变了一个人,她慢吞吞地坐到教室后面了。

她的朋友吃惊地问:"这是怎么搞的?"

老五刚要回话,蓦地感受到萧佑漫不经心的视线,她缩了缩脖子,说道:"下楼梯的时候不小心摔着了。"

朋友狐疑地看着她,问道:"摔骨折了?"

老五不敢多说,低头假装看书。

一切似乎又恢复了正常,却又有些不一样。

再也没有人去找冯晏的不痛快,甚至同宿舍的人看到她都多了一些畏惧。

有时萧佑会来冯晏宿舍坐一会儿,跟大爷一样,跷着二郎腿坐在椅子上,拿着一本书读着:"Her wishful face haunts my dreams like the rain at night."

——她热切的脸,如夜雨似的,搅扰着我的梦魂。

萧佑啧啧摇头:"这什么审美,热切的脸如雨夜。也难怪,雨水一浇,可不就是午夜惊魂,进入梦境了。"

冯晏放下了金融学的书籍,跟看神经病一样看着她。怎么什么东西从萧佑嘴里说出来,都毫无美感?

萧佑又美滋滋地说道:"周六了,出去玩玩吧。你都快长毛了,别天天赖在学校里了。"

冯晏不说话。

萧佑继续道:"就找一个农场看一看。欸,我想吃红烧肉了,我去找一个民宿,咱玩一天。"

冯晏无动于衷。

萧佑去拉她的胳膊,说道:"好不好吗?"

冯晏终究是拗不过她,点了点头。

萧佑开心了,得到满意答案的她准备离开。离开前,她指了指冯晏舍友的水壶,说道:"挺好看啊。"

舍友听后一脸的惊恐,萧佑似笑非笑地看看她,随后离开。

到了晚上,舍友小心翼翼地走到冯晏身边,轻声说:"冯晏,对不起,前一阵子不是故意把水洒在你床上的，主要是胡峰那边，我不敢得罪。"

冯晏惊讶地看着她。

室友小声说："萧佑……她……好可怕，求你原谅我。"

冯晏："……"

到了这一刻，她才明白，为什么室友都变老实了，为什么没有同学再敢欺负她了。

那一天晚上，冯晏有些失眠。人生第一次，有人这样对她好，她却茫然无措，不知道该怎么办。

第二天，冯晏顶着黑眼圈去上课了。

萧佑看到后惊讶地问道："难不成因为我的邀约，开心得都睡不着觉了？"

冯晏低着头道："神经病。"

已经被骂习惯的萧佑不以为意。

芳菲凑到萧佑身边，说道："你不觉得，你对这小修女太好了吗？"

萧佑翻白眼，说道："什么修女，人家有名字！"为什么要这么叫冯晏？

"这就维护上了？我问你——"朋友之间的占有欲出来了，芳菲看着萧佑，"你觉得她好还是我好？"

萧佑用看白痴的眼神看着她，问道："你这么嘚瑟的学渣怎么好意思跟人家纯洁的学霸比？"

"少贫嘴了。"芳菲摇头，"我劝你还是离她远点儿。不知怎么的，我总觉得这小修女身上有一股子狠劲儿。你想想，前一阵子她被胡峰欺负得那么厉害，愣是一声不响地忍了下去，光是这个，有几个人能做到？"

萧佑沉默不语。

芳菲继续说道："她家的情况，咱俩可是知道的，根本就不需要忍。"冯晏一个电话，就能让胡峰彻底完蛋，还用这样被欺负？

看着萧佑还在出神，芳菲拍了拍她的肩膀，说道："该提醒你的我可提醒了。"

冯晏有一股子狠劲儿？得了吧，就她那隐忍到恨不得让人踹两脚的性子，还狠呢？不被人欺负就不错了。

周六，难得的大好天气，秋高气爽，萧佑开车载着冯晏去了农场。

去农场里参观了一圈后，萧佑把冯晏拉回屋里，她指了指冰箱和锅，说道:"都给你准备好了。"

冯晏有些无语,问道:"这么多中餐厅,你怎么不去吃?"

萧佑一脸享受地靠在沙发上:"那没有家的感觉。"

家的感觉,这话让冯晏愣了一下。她看着已经打开电视在看《小猪佩奇》的萧佑,幽幽地叹了口气。

冯晏处理好食材,炖上肉。

一个小时之后,萧佑开始咽口水,说道:"哎呀呀,真不是吹的,光是闻闻就觉得这味道不一般。"

冯晏站在落地窗前,看了看外面,说道:"可能要下雨了。"

萧佑乐呵呵的,她倒了一壶茶,说道:"下雨才好,秋天赏雨,多美的意境,一会儿再出去淋一淋,多痛快。"

冯晏转过身看着她,问道:"为什么你的脑回路跟一般人都不一样?"

俗话说得好,一场秋雨一场寒,出去淋秋雨,萧佑这是什么想法。

萧佑指了指自己的头,突然就绽放出如花一样的明媚笑容,说道:"因为萧佑是独一无二的。"

肉就要好了,萧佑却跟芳菲打起了视频电话。

视频里,芳菲正搂着一个金发碧眼的人:"哈喽啊,阿佑,玩得怎么样?"

萧佑闭了闭眼睛:"哎呀喂,快挂了吧,我可不吃狗粮。"

芳菲推开身边的人,嘲讽地笑道:"瞧瞧我们阿佑,长得这么好看,到现在还是孤家寡人,多可怜啊。"

两人又贫了几句,萧佑挂了视频通话。

冯晏起身走进厨房,把饭菜端到桌子上,说道:"吃饭了。"

看到桌上的红烧肉,萧佑给予了赞美:"红彤彤,亮晶晶,颤巍巍!"

冯晏:"……"这人能不能稍微成熟一些?

萧佑尝了一口,瞪圆了眼睛,竖起大拇指,道:"好,特别好,非常好!"

冯晏低着头,看着没什么表情,可萧佑仔细瞅着呢,明明就是在偷笑。

吃完饭,萧佑真跑出去淋雨了。冯晏拉不住,站在窗户前看着她。

明明身上都是雨水,萧佑却那么开心,她还妖娆地扭了一段恰恰舞。她总是这样肆意绽放笑容,即使站在大雨之中,也掩盖不住那份炙热。

萧佑玩痛快后跑了回来,冯晏把毛巾递给她。

萧佑接过,打了个哈欠,说道:"我去洗澡,好困哦。"

过了一会儿,伴随着闪电,雨下得更大了。而屋内,萧佑已经搂着被子睡着了。

第二天,乐极生悲的事儿就来了。

萧佑发高烧了,她哼哼唧唧地说:"哎哟,我的头,哎哟,好难受。"

冯晏起身,摸了摸她的额头,有些烫。然后去问隔壁的房主借了体温计,给萧佑量了量体温,三十八摄氏度,果然发烧了。

没办法,冯晏又去买药,屋外还下着雨,一路上走得匆匆忙忙,回来后浑身都湿透了。

打开门,萧佑像是一只垂死的小鸟一样蔫头耷脑的,看到冯晏,她嘟了嘟嘴:"你去哪儿了……哎呀,我头疼……"

冯晏不理她,放下伞,倒上水,扶着萧佑吃药。

萧佑盯着药看了看,问道:"这是什么?"

冯晏没好气儿道:"毒药。"

"啊……你居然要毒死我这个绝美的少女。"萧佑生起病来矫情得不行。

冯晏几乎要气死,但同时也放心了,还能这么咋呼,看来是没什么大事儿。

萧佑特别怕苦,她艰难地吞着药片。

等她吃完药,冯晏扶着她躺下,问道:"喝点儿粥吗?"

萧佑无力地摇头,她看着天花板,有气无力地说道:"老天爷为什么要这样对我……你又为什么不拉住要去淋雨的我……你是不是想害死我啊?"

冯晏:"……"没错,她现在还真的想掐死萧佑。

萧佑缩成一团,特别难受,她裹着被子,想睡却怎么也睡不着,只能委屈巴巴地看着冯晏,说道:"抱抱好不好。"

冯晏额头的青筋跳了跳。

"以前在家发烧都是奶奶抱着我。"萧佑顿了顿,又道,"唉,可怜死我了。"

冯晏:"……"这人的脸皮到底是什么做的?

到底是没有拗过萧佑,冯晏轻轻地抱了下她。

冯晏不喜欢与人有肢体接触,记忆中,就算是妈妈,她也很少主动拥抱。

窗外细雨绵绵,屋内橙黄的灯光洒落一室,萧佑叹了口气,说道:"真的好想奶奶哦。"

冯晏轻轻地拍了拍她的肩膀。

萧佑问道:"这会儿我可以把你当作我奶奶吗?"

冯晏说道:"不可以。"

"哦。"

又是一阵子沉默,萧佑问道:"你呢?想妈妈吗?"

冯晏沉默了片刻,摇了摇头。

萧佑啧啧道:"你好狠心哦。"连妈妈都不想吗?

冯晏不吭声,记忆里,关于家庭,大多都是父母无止境的争吵,还有母亲的泪水。

冯晏长得与父亲冯山非常像。痛苦到深处,母亲常常会发疯一样地打骂她,虽然过后总是会抱着她痛哭流涕,可小小的冯晏却如惊弓之鸟,惶惶不可终日。

后来,她大了,渐渐也就习惯了父母的争吵。

一直到父母离婚那一天,她都很坦然,甚至有长出了一口气的感觉。

萧佑看着冯晏出神的样子,知道她又想起了不好的回忆,说道:"好了,别想了。"

冯晏幽幽地叹了口气。

萧佑安慰道:"别难过,大不了——"

冯晏看着萧佑,想听听她怎么安慰人。

萧佑顿了顿,说道:"大不了以后我当你妈妈,给你母爱。"

冯晏:"……"

到了第二天早上,萧佑退烧了。她靠着床头继续装林妹妹,有气无力地说着:"哦,好怀念祖国的皮蛋瘦肉粥,谁能可怜可怜我,给我一口粥喝吧。"

冯晏换好衣服,准备回学校。

萧佑娇滴滴地伸出手,痛苦地呻吟,又化身卖火柴的小女孩,说道:"谁……谁能给我一口粥,点亮我的心,啊……这位阿姨,你——"

话还没说完,手机响了,萧佑撇了撇嘴,滑开手机,是芳菲。

"阿佑,在哪儿玩呢?"

萧佑心烦意乱,说道:"玩什么玩,我烦着呢,有事儿吗?赶紧的。"

芳菲知道萧佑的性格,开门见山道:"别急啊,咱这不是在酒吧遇到一个帅哥吗?我的天,那叫一个标致啊,比女孩儿还秀气,就是那种我见犹怜,只看一眼就恨不得想要去保护的类型。"

萧佑打了个哈欠,问道:"长啥样?"

正收拾行李的冯晏停下了手上的动作。

芳菲咋咋呼呼:"哎呀,别问那么多了,晚上老地方见啊。你说说你都多久没出来了,晚上必须来,我把人都约好了,不准放我鸽子!"

电话被挂断了,萧佑看了看时间,这个点要赶过去得马上出发了。

冯晏突然放下行李,她严肃地走到萧佑身边,摸了摸她的头:"你怎么又烧起来了?"

啊?萧佑自己没感觉,她跟着摸了摸脸:"又烧了?没有啊,我感觉好多了。"

"怎么没有?"冯晏的语气不容置疑,"你的脸都烧红了。"

萧佑可是最惜命的,她赶紧去拿温度计。

冯晏看了一眼,扶着她躺好,说道:"快躺下。"

昨天烧得浑身难受都没看见冯晏怎么样,怎么今天一下子这么紧张。萧佑开始有些心慌,连带着感觉浑身上下都不舒服了,说道:"哎呀,完了,我这真的又烧起来了。怎么还发烧?我不会烧死吧。"

冯晏点了点头:"我去给你热一杯牛奶,你先躺一下。"

萧佑听话地抱着被子躺好了。

很快,冯晏端着牛奶进来了,萧佑小心翼翼地拿出体温计,她自己不敢看,干脆递给了冯晏。

冯晏看了看说道:"三十八点七摄氏度,躺好。"

萧佑都绝望了,真的又烧了?她有些不相信,想要去拿体温计,冯晏却先起身去关窗户。等她回来后,把体温计递给了萧佑。

萧佑看了一眼,可不是,都快三十九摄氏度了。完了,今晚的聚会去不了了。

她拍了一张体温计的照片发给芳菲,自己又认命地躺在了床上。

那天,萧佑到底是没去成。

周一上课的时候,芳菲强烈谴责萧佑放她鸽子这件事。

冯晏则是上大学以来,第一次在学校见到爸爸冯山。

两人去了一家咖啡厅,这么久没见了,父女之间连寒暄都没有。

冯山像是审阅文件一样,查看着冯晏这一年的成绩单,他点了点头:"还可以。"

已经是名列前茅了,却依旧没有得到一句称赞。好在冯晏已经习惯,她低着头沉默。

"今年寒假回来,你就去我安排的地方实习。"冯山举手投足间都带着不容反驳的威严。

冯晏默默地点了点头。

等冯山离开,冯晏还一直盯着已经冷掉的咖啡出神。

很快,安静被打破,欢快的笑声中,门被推开了。

为首的就是萧佑,她边走边跟身后的芳菲说着什么,芳菲一脸的不屑。

萧佑似是不经意地瞥了冯晏一眼。

芳菲点着咖啡,踢了萧佑一脚,问道:"看什么呢?"

萧佑瞪着她,回道:"我看谁你也管?以后别叫芳菲,叫方八桑吧。"

芳菲正要回嘴,门又被推开了,她的眼睛一下子亮了,说道:"Carl,这儿!"

萧佑跟着回头看,正好看到对面的冯晏也扭头在看,她舒了一口气,还有心情关心闲事儿,看来是没有被那个薄情的爸爸欺负。

Carl是中美混血,轮廓分明,钻石一般深邃的眼眸十分迷人,最主要是那身高,一米八三往上,标准的男模身材。

芳菲竖起了大拇指,说道:"姐说得没错吧,把你的梦中情人给带来了。"

Carl看到萧佑后眼睛简直是闪闪发亮,说道:"萧,见到你的第一眼我就爱上你了。"

萧佑捂脸道:"我都不好意思了。"

这是萧佑惯用的手段,从小到大,毫不夸张地说她是一路被告白着过来的,多年的经验让她摸索出了一个既能拒绝别人又不会使人尴尬的手段。

她处理得游刃有余,Carl也非常吃这套,他坐在萧佑对面,目光痴迷地看着她。

不远处的冯晏把这一切尽收眼底。她轻轻地叹息,萧佑怎么就不知道好好学习,天天向上呢?

萧佑是晚上才见到冯晏的,她满眼的不可思议,今晚的自习冯晏居然迟到了这么久!

冯晏的情绪不高,看到萧佑后,她没有说话径直刷卡走了进去。

萧佑习惯了她的冷漠,笑眯眯地跟在她身后,问道:"干吗去了,是不是去约会了?"

像冯晏这样刻板的人，怕是只有约会才会改变自习时间吧。

冯晏顿足，她看了看萧佑，说道："淫者自淫。"

萧佑："……"

这女人是不是也太善变了？前几天还一起出去玩的，今儿就翻脸不认人了？

萧佑也有点儿生气了，她耐着性子等到自习结束，出了图书馆，她拉住冯晏，问道："你什么意思？"语气很恶劣。

冯晏心里难受，不说话。

"又是这样，你到底怎么想的就说出来啊，总这样有意思吗？"萧佑气性上头，语气也越发不好。

冯晏咬着唇不言不语。

看到冯晏这副隐忍的模样，萧佑放柔了声音："你到底怎么了呀，是不是又有谁欺负你了？"

萧佑的脑袋现在跟糨糊一样，她能想到的就是这点。

冯晏沉默了片刻，点了点头。

萧佑的脾气立马又上来了，问道："谁啊？又是胡峰那浑蛋？我找他去！"

这人一天天是不是吃饱了没事儿干，就知道欺负老实人？

冯晏拽了拽萧佑的衣角。

萧佑问道："怎么了？"

冯晏的声音很低："你别去。"

萧佑知道她的顾虑，拍了拍她的手，说道："放心吧，他要是敢报复你，大不了就撕破脸。"

冯晏拉着萧佑的衣角不松开，却也不说话。

萧佑试探性地问："是老五干的？"

冯晏摇头。

萧佑想了想，问道："那是胡峰身边那个小粉头干的？"

还是摇头。

萧佑绞尽脑汁，问道："是宿舍那个傻大个？"

冯晏不说话了。

萧佑明白了，她也不知道自己哪儿来这么大的火，转身就要去找人算账。

冯晏拽着她："你别去。"颤抖的声音，哀求的眼神。

萧佑重重地叹了口气："那你说怎么办？"

冯晏仍旧是不说话。

萧佑认真地想了想，说道："我给你换间宿舍吧。"

冯晏抬了抬头道："会更加惹怒她。"

萧佑思索片刻："要不……你搬来我的宿舍？"

冯晏不说话，就那么看着她。

萧佑拍了拍冯晏的手背："行，我来办，你只管回去收拾东西。"

当天晚上，冯晏就搬到了萧佑的宿舍。

芳菲正跷着二郎腿在追剧，看到冯晏搬进来，嘴顿时张得可以塞进鸡蛋了。

宿舍是三人间。

之前住的人被调走了，萧佑俨然一副大姐大的模样，她挑眉看着芳菲，说道："不许欺负人知道吗？看剧的时候戴耳机知道吗？注意个人卫生知道吗？"

一溜"知道吗？"把芳菲给弄蒙了，说道："不是……阿佑，她怎么来了？"

冯晏沉默地拉着行李，萧佑看着芳菲，说道："胡峰总欺负她，我放眼皮子底下看着放心。"

总是欺负她？芳菲眨了眨眼，说道："不能啊，上次你把老五弄成那样，胡峰老实了很久，怎么可能再去找麻烦啊？"

这小修女不会是利用了阿佑的同情心所以搬进来的吧？

萧佑皱起了眉，问道："我请她搬进来的，你还有意见吗？"

冯晏抬起头，看着萧佑，说道："要不我还是回去吧？"

简直了，一句话让芳菲立马觉得自己变成了容嬷嬷。

她可不是萧佑那样的热心肠，她是一个非常理智的人，从见冯晏第一面开始，她就觉得这小修女不是个善茬，如今被阿佑给招到宿舍来了，那肯定不会消停。

萧佑决定的事儿很少会变，她帮着冯晏把行李都搬了进来，然后笑眯眯地看着冯晏收拾。

灯光下，冯晏的皮肤白如羊脂。

萧佑夸奖："冯晏，你可真美，以后谁娶了你谁就有福气了。"

上铺的芳菲抖了一下。

冯晏抬了抬眼，说道："想吃什么？"

萧佑立马回道："什么都行。"

芳菲冷哼一声，不理她俩。

过了一会儿，一股勾人的香味飘来。

冯晏把底料稍微煸炒了一下，散发出诱人的麻辣味道。她又去超市买了肉片和各种蔬菜回来，站在水池旁，认真地清洗。

床上的芳菲一遍又一遍地咽着口水，她超级爱吃辣的，这味道闻着太正宗了，跟外面卖的那种不一样啊。

做好后，萧佑吃得直感慨："真应该早点儿把你拉来我们宿舍。"

"是啊。"芳菲不知道什么时候从上铺跳了下来，讨好地看着冯晏。

冯晏看了她一眼，什么都没说，把碗筷递了过去。

一看是麻油底料，芳菲感动得都要哭了："我的天啊，冯晏，你怎么这么好！我就爱吃麻油的，这边的饭店都不正宗。"她是典型的厚脸皮，有奶就是娘。

萧佑挑眉道："哟，刚刚不是还不欢迎吗？"

吃了一口羊肉，芳菲吐了口热气："太美味了！我的错，我的错，是我有眼不识泰山。"

冯晏对于两人的话置若罔闻，她就这样成功地搬进了萧佑的宿舍。

之后，她还做出了各种美食，比如红烧肉、可乐鸡翅、糖醋排骨、拔丝地瓜、西湖醋鱼……

很快，芳菲被收服了，她甚至养成了一个习惯，每天下了课就往宿舍跑，眼巴巴地问冯晏今天吃什么，比萧佑还殷勤，已经晋升为冯大厨的铁杆粉丝了。

准备回国的前一天，冯晏原本答应给萧佑做抹茶味的提拉米苏。但萧佑在宿舍没看见美食，也没看见人，正要打电话问冯晏去哪儿了，却被上铺的芳菲拦住了。

芳菲坏笑地看着她，说道："别打扰晏晏。"

萧佑皱眉道："别拽我，小晏从不放我鸽子，别是遇到什么事儿了。"

芳菲笑容更深，说道："是遇到事儿了，人家去约会了。"

什么？萧佑猛地看向芳菲。

芳菲乐呵呵道："惊讶吧，我也惊讶，没想到啊。"

萧佑问道："她跟谁约会去了？我的蛋糕都不做了？"冯晏都答应过她了，却说话不算数！

"拉倒吧,你那破蛋糕有跟帅哥约会重要?"芳菲打了个哈欠,跷起二郎腿继续翻杂志。

萧佑颓然,失落极了,说道:"我的蛋糕,期待了好久。"

芳菲:"……"

萧佑眉头紧锁,披着外套漫无目地走在校园里。重色轻友,有异性没人性,亏她平日对冯晏那么好……

刚走到校门口,萧佑就看见了冯晏。

"怎么出来了?"冯晏疑惑地问道。

萧佑的嘴动了动:"不是,你怎么……"不是去约会了吗?

冯晏提了提手里的袋子,说道:"发酵粉没了,我去买一些。"

啊?萧佑还有点儿没回神。

冯晏补充了一句:"我不是很会挑这些,王岩陪我去的。"

"就只是买这个什么粉?"萧佑追问。

有没有搞错!芳大嘴在乱说什么。

冯晏点了点头,把袋子递给她,说道:"累死了。"

萧佑看着手里的袋子,说道:"哇,买这么多,你是要开面包店吗?"

有风吹过,冯晏看着萧佑随风飞舞的长发,问道:"你刚刚是怎么了?那么心不在焉的。"

萧佑撇了撇嘴,不看她,说道:"没有。"

冯晏问道:"还骗我?"

萧佑磨了磨牙,道:"芳菲那浑蛋,说你被王山石给骗走约会去了。"

冯晏疑惑地问道:"王山石?"

萧佑点了点头道:"就是王岩。"

话音刚落,萧佑问道:"他怎么无事献殷勤,带你出去买东西?不会真对你有意思吧。"

冯晏说道:"只是偶遇。"

"我的天啊,你不会这么单纯,相信什么偶遇吧。"萧佑就差拿起教鞭给冯晏上一课了,"他这泡妞的手段我最清楚了,都是从偶遇开始,你注意点儿。"

冯晏看着萧佑说道:"你对他有意见?我还以为你们关系不错。"

"是还行。"萧佑懒洋洋地甩着袋子,"我就是觉得他长得太硌碜,脸长得像是一张摔在地上的大饼,跟你不是很般配。"

"哦？"冯晏努力压抑着心中的笑，"那你说谁跟我般配？"

"像是你这样的，怎么也得人品、相貌都过得去啊。"萧佑突然就心情不好了，"哎呀，别废话了，你答应今天给我做蛋糕的啊，这都几点了？"

两人匆匆忙忙地回了宿舍，萧佑照着芳菲的屁股狠狠地踢了一脚。

芳菲尖叫一声，捂着屁股小跑到冯晏身边，压低声音说："怎么回事儿啊，你不是约会去了吗？"

冯晏安静地洗着模具，说道："没有。"

芳菲："……"

萧佑咬着苹果，说道："你个浑蛋，不盼好的，就王山石那模样，怎么配得上小晏！"

芳菲："……"

萧佑新做的指甲，紫色的蔻丹配着手上的红苹果，颜色对比十分强烈。

冯晏忍不住说："你这样哪里像是一个学生？"

萧佑神清气爽地躺在床上等着吃美食，不理她。

一旁的芳菲翻着手机，突然说道："我的个天啊，阿佑，你知道Susan吗？"

萧佑翘个兰花指："人家不知呀。"

芳菲说道："就是兼职模特的那个。"

萧佑想了想，有点儿印象了："那个一米八六的帅哥？"

芳菲一下子坐了起来："我的天啊，他居然管我要你的联系方式，还问你有没有喜欢的人！"

萧佑美滋滋地摸着小脸："哎呀，谁让咱长得这么漂亮，人见人爱呢，淡定淡定。"

芳菲偷笑："人家怕不是看你脑袋大，比较好奇，所以才要的联系方式。"

萧佑的脸色都变了："芳菲，你是不是不想活了？"

萧佑最讨厌被人说脑袋大了，她从小就有"大脑袋"的外号，这对于一个美女来说，简直是极大的侮辱。

"怎么着啊？"芳菲按着手机，"这就要放假了，电话给不给人家？"

"不给。"萧佑没什么兴趣，"我不喜欢老外。"

芳菲挑了挑眉："哟，是谁说过的真爱无国界？那你喜欢什么样的啊？"

萧佑咬着苹果愣住了，她喜欢什么样的？

冯晏把蛋糕做好了，她端了出来，说道："可以吃了。"

芳菲快速地跑过去，说道："俺来了！"

还没跑几步，脚下一歪，她被萧佑绊了一下差点摔倒，芳菲扶着墙，问道："你干什么？"

萧佑站在那儿叉了一块蛋糕，对着冯晏笑道："好吃。"

嬉笑斗嘴间，美哉美哉的大一生活结束了。

三个人一起乘飞机回国。

一路上，萧佑和芳菲兴奋地商量着回国后吃什么、玩什么，过一个快快乐乐的年。

冯晏却很沉默，她登机前就收到了父亲的电话，让她尽快去他安排好的地方实习。

下了飞机，萧佑一眼就看见人群里穿得花枝招展的奶奶了，她犹如一只欢快的小鸟，飞了过去，叫道："奶奶。"拉长音调，奶声奶气的。

萧莫言一把抱住孙女，亲了亲额头。

还是跟小时候一样的亲昵，萧佑不知道有多幸福多开心。

冯晏远远地看着，抿唇离开。

萧佑跟奶奶腻歪了一会儿，转身去找冯晏："欸，人呢？"

萧莫言摸着她的头发："谁呀？"

"没事儿。"萧佑没有多说，匆匆忙忙上车回了家。

临近年关，萧家的过节气氛特别浓烈。

萧莫言给家里的每个人都准备了一套红色的唐装，说过年一定要喜庆。

萧佑也被逼套上了红色唐装。

萧莫言上下打量着她，问道："小佑，你是不是胖了？"

萧佑："！"都怪冯晏手艺太好！

萧莫言乐呵呵地说："一会儿去公司看看？大家都很想你。"

圣皇的企业文化特别好，真的犹如一家人一样，她不假思索地点了点头。

萧佑随后又给冯晏发了个微信："你在干什么呀？怎么回国后就销声匿迹了？"

冯晏很忙，回国后，她先去看了妈妈。

妈妈还是跟以往一样，说了一堆冯山的不是，到最后，也只能摸着女儿的手，说道："他……"

冯晏点了点头道："我知道。"

冯山给她找了一份寒假实习。她也不是去当大爷的，而是类似文秘的职位。冯山甚至都没有打一声招呼，只说了一句是家里的亲戚，当文员安排一下。这可苦了冯晏，基本上最累最苦、没人干的活都落在了她身上。

每天早上，冯晏都要穿着正装，先去收拾领导办公室，然后一天的工作就接踵而至。

这段时间，她几乎天天加班写方案、写策划，写领导发言稿、总结稿，算报表，与上级沟通，她忙得陀螺一般，脑袋里再塞不下其他，甚至连上厕所的时间都少之又少。

她现在的努力，不再是为母亲争一口气，不再是惧怕父亲的权威。而是为了以后，为了将来，她逼着自己尽快强大起来。

冯晏埋头苦干的表现很讨喜，甚至有别的部门的人看上了她，点名要她，后面知道她还是学生后，笑着约定毕业后一定要过来帮忙。

冯晏微笑面对，内心却有些累。有些话，听听就好，脚踏实地地做好本职工作，不出错才是重点。

除夕那天，领导离开前把总结稿丢给了冯晏，说道："写得太草率了，不够深刻，没有数据支撑。小冯，你再改一下，也别加班太晚，这也要过年了。"

留下冠冕堂皇的话后，领导潇洒地离开了。

冯晏看着总结稿，低下了头，嘲讽地笑了笑。也好，留下来加班总比没处去过年要好。

她沏了杯咖啡，又泡了方便面，刚坐下，就听见楼道里传来"噔！噔！噔！"高跟鞋走路的声音。她皱了皱眉，这个点不该有同事回来，是落下东西了吗？

冯晏起身的一瞬，门被推开了。

"Surprise！想我了吗？哈哈哈，新年快乐呀！小冯同志！可让我找到了，弄得够神秘的啊！"

萧佑穿得跟个福娃娃似的，头发也扎了起来，两手摆着拜年的姿势。

看到萧佑的那一刻，冯晏的眼睛红了。

萧佑看着冯晏，又看了看她桌子上的咖啡和泡面，笑容僵住了。

冯晏低着头，她不想让萧佑看到她的脆弱。

萧佑很想问问冯晏，知道今天是什么日子吗？知道这日子该吃什么，该在哪儿，该干什么吗？为什么要让自己这么辛苦，图什么啊？

可一肚子的话最终还是给咽了回去。

她不是冯晏，也不知道冯晏面对着怎样的人生，从小良好的家教告诉萧佑,要学会尊重人。"

可这个人就是这样,什么事儿都自己扛,打死也不说出来,干什么这么要强?

萧佑走到冯晏身边,叹了口气,说道:"你这个小可怜。"

冯晏轻声问道:"你怎么来了?"

萧佑表面上不动声色,说道:"你还说,回来之后你就销声匿迹了,谁都不联系。这都过年了,我来看看你是不是被人绑走了。"

冯山不给冯晏任何特权,她就只是个普通的小文员,而萧佑则是跺一跺脚就可以令娱乐圈变天的人,查个人只是小意思。

冯晏低着头收拾东西:"你回去吧,我没事儿。"

"你让我走?"萧佑一屁股坐在了沙发上,跷着二郎腿,"办公室就只有葡萄吗?大过节的,我想吃橙子。"

她又看了看:"我不想喝水,想喝可乐。"

冯晏无奈道:"没有橙子,没有可乐,不要打扰我加班。"

萧佑撇了撇嘴,问道:"你这是在撵我走吗?"

冯晏紧紧地皱着眉,一言不发。

萧佑到底是走了,走的时候还回头看了冯晏一眼。办公室的门被关上的那一刻,冯晏握着笔的手轻轻地在颤抖。

年终总结一向是冗长又有难度的,冯晏并不想糊弄,她仔细地查看着材料,对比往年的数据,认真地去写。

办公室空荡荡的,对比窗外的热闹喧嚣,窗内是那么的冷清。

冯晏看了眼泡面,跟萧佑说话的工夫已经泡软了,她叹了口气,干脆拿起旁边的咖啡喝。

半个小时过去,她只写了一个大纲。

冯晏看了看时间,快要跨年了。她拍了拍自己的脸,正要继续往下写,"嘎吱"一声,门又被推开了。

她抬起了头,看到了萧佑。

萧佑笑得像是个孩子,说道:"门口那保安大哥被我如花一般的笑容给征服了,进来的时候不仅不拦我了,还主动给我开门。"

冯晏看着萧佑手里的袋子,萧佑美滋滋地抬高给她看,说道:"饺子。"

还冒着热气的饺子被摆在办公桌上。

萧佑又点了几根蜡烛,冯晏一直看着她,没有动。

萧佑双手合十，非常虔诚："我妈妈说了每年过年的时候，都要认真地感恩生活，感恩生命，感恩拥有的一切，世界这么美好，我要好好热爱它。"

看似莫名其妙的话，冯晏却沉默了。

烛光下，萧佑歪头看着冯晏："岁岁有今朝，年年都快乐，你一定要快快乐乐哦。"

很简单又有些幼稚的话，却带着温暖流入冯晏的心。

冯晏还在那儿感动，萧佑已经咋咋呼呼地忙上了，说道："快来吃饺子，我跑了好多地方才买到的。"

冯晏坐在沙发上，看着她。

萧佑吃得很努力，两腮鼓着，说道："我知道你要问什么，放心吧，我跟奶奶说了，见朋友。"

见朋友？过年谁不是合家团聚。冯晏感动于萧佑的细心，她默默地吃着饺子。

萧佑喝着饮料，说道："大过年的，这么冷清，我给你唱首歌吧。"

萧佑很少在外人面前唱歌。

冯晏也只是跟芳菲聊天的时候，听她说过萧佑的歌声特别好听。

果不其然，一开口就令人惊艳。

萧佑先深吸一口气，非常专业地开嗓："啊啊啊——啦啦啦——"

冯晏洗耳恭听，她很期待，萧佑会唱一首什么样的歌曲。

一切准备就绪。

萧佑对着冯晏一笑，开唱了："新年好呀新年好呀，祝福大家新年好，我们唱歌我们跳舞，祝福大家新年好。"

冯晏："……"

萧佑还来了一个单曲循环模式。

冯晏实在忍不住了，笑出了声："好了。"

"这才对。"萧佑很满足，"别一直闷不作声的。"

冯晏看着萧佑，萧佑又去吃饺子了。

吃完饭，萧佑靠在沙发上慵懒地刷着手机，她不提离开，冯晏也不催她走。

很安静，气氛却很舒服。

也许是因为有人陪伴，冯晏的进度快了很多，到了十一点左右，她工作基本完成了，只差最后的校对。

萧佑看着冯晏一个字一个字地对着电脑读，一句话一句话地修改，感慨：“真是不容易呀。”

冯晏不理她。

等冯晏把稿子打印出来。萧佑笑着问道："弄完了？"

冯晏点了点头。

"那走吧，我带你去个地方，时间刚好。"萧佑挥着手。

一出门，吹一吹风，冯晏的心情好了很多。

萧佑看了看她身上单薄的风衣，无语道："你真是把自己当女金刚啊，快走，上车。"

上了车，萧佑赶紧把空调打开，她又顺手从后面扯了一件外套出来，说道："穿上。"

冯晏看了看。

萧佑挑眉道："这是我的，怎么，你还嫌弃？"

萧佑知道冯晏有洁癖，她的床铺谁都不能坐，而且床单每天都要换。

冯晏看了看衣服的款式，问道："你换风格了？"

萧佑喜欢性感却不暴露的衣服，而这件衣服是嘻哈风的。

萧佑叹了口气："别提了，我奶奶说要培养我的审美，最近各种风格的衣服都让我往身上套，难看死了。"

冯晏："……"

等下了车，冯晏四处看了看："这是……"

萧佑说道："圣皇大楼今晚零点倒计时有烟花表演。"

"烟花？"冯晏眼里有了几分雀跃。

萧佑点了点头道："走吧。"

进了公司正门，保安看到她后立马鞠躬："大小姐。"

萧佑乐呵呵地指了指保安："要是敢告诉奶奶我来这儿了，明天我就去嫂子那儿告状。"

保安挠了挠头，笑得憨厚。

冯晏发现萧佑管人很有自己的一套方法。总体来说，情商特别高，既达到了目的，又会让对方感觉特别舒服。

乘电梯到了顶层的天台，萧佑开了一个包厢，叫了些水果和香槟，等待零点的到来。

冯晏扶着栏杆，看着浩瀚的天空，眼神有些迷离。

十二点的钟声响了起来,在人们的呐喊声与庆祝声中,巨大的烟花在空中绽放。

第二天一早,冯晏就去单位加班了。

领导看到她后吃惊地问道:"你不会没回家过年吧?"

冯晏微笑,回不回家,对她来说没有什么区别。

领导看了看表,说道:"别这么拼啊小姑娘,你的稿子我看了,很好,快回去吧。"

冯晏找了一家店铺吃了早餐,看到别的桌点了饺子的时候,她想到了萧佑。

她直奔圣皇楼下。

圣皇大楼张灯结彩,大厅也有不少人,外面还聚集了不少举着偶像灯牌的粉丝。

冯晏仰头看着高耸入云的大楼,她沉默了片刻,走到前台。前台的女孩儿很漂亮,比冯晏还高,碎花蕾丝边的衬衣让沉闷的制服有了些许的灵动气息,她看到冯晏后微微一笑,问道:"请问您找谁?"

冯晏说出了萧佑的名字。

听到要找萧佑,前台点头,她拿起电话:"找小萧总的。"

小萧总,很陌生的称呼,冯晏想着萧佑昨晚那傻萌的样子,有些忍俊不禁。

很快,有秘书下来接冯晏。

冯晏一边走,一边打量着周围的人,还真的是……花一样的人群啊。

到了萧佑的办公室,冯晏看到萧佑身边坐着一个女人。两人离得特别近,看起来很要好。

冯晏虽然对娱乐圈了解不多,但也一眼就认出来那是新晋的舞王姚若。

姚若妆容浓得让人看不出年龄,因为长期练舞,身材曼妙。她刚在街舞选拔大赛上夺得冠军,签约了圣皇。圣皇准备趁热打铁,让她以组合的形式出道。

对于舞者来说,单人出道一般发展都不太好,组合C位出道是一个不错的选择,而且组合出道,已经是当下娱乐圈流行的大趋势了。

姚若看着电脑上的资料,说道:"哎哟,这个不好看的啦。"

萧佑乐呵呵的:"你在哪儿都是C位,最主要的是要选一个跟你风格不同的。"她抬了抬头,"小晏,你坐会儿,等我一下。"

姚若看了看冯晏，上下打量一番。一看就不是圈子里的人，有一种让人不敢久视的感觉。

姚若撇了撇嘴，她拽着萧佑的胳膊撒娇："不管嘛，人家就不喜欢这个，你给我换掉。"

萧佑似乎习惯了她这样，一直面带笑容，时不时地轻轻点头。

但终究是没有换掉，萧佑明显是有自己的打算和坚持。

可看姚若的样子，也没怎么生气，临走的时候，萧佑拍了拍她的肩膀："行了啊，最近练舞这么累，回去好好休息。"

姚若嘟了嘟嘴道："哦。"

冯晏坐在沙发上，安静地看着两个人，那表情跟端正的姿态，像极了来视察的领导。

Linda帮忙收拾着桌子，她是老萧总钦点来帮萧佑的，在圣皇的地位很高。

萧佑对她很尊重："Linda，你也去忙吧，我们是老同学，没那么多讲究。"

Linda离开前看了一眼冯晏，冯晏对着她点了点头。

萧佑的朋友那么多，或许她对每个人都一样的好。友情，也是有占有欲的，冯晏的心里酸溜溜的。

眼看着人都走光了，萧佑伸了个懒腰，叹口气道："真难缠，累死我了。"

冯晏不说话，起身去开窗户。

萧佑愣了愣，问道："怎么了？不冷吗？"

冯晏道："难闻。"

难闻？萧佑四处嗅了嗅，不会啊，姚若身上的香水味儿挺好闻的。但不管怎么着，难得冯晏有时间，萧佑很开心地拉着她出去吃饭了。

萧佑找了一家特色餐厅，要了个包间，问道："今天怎么有时间？"

冯晏看着她："还好，不如萧总忙。"

"萧总？"萧佑乐得跟陀螺似的，她坐直身子，拿起酒杯，"来来来，让我敬你一杯，希望以后苟富贵勿相忘。"

萧佑喝了一口，说道："这不是寒假吗？奶奶把组建女团的任务交给我了。"

冯晏似不经意地问："你跟姚若很熟？"

萧佑放下酒杯："还行，以前在一起玩过几次。"

冯晏不再说话，低头看着手里的杯子，若有所思。

萧佑最怕她这样："小冯同志，你变了，知道吗？"

冯晏看着她。

萧佑感慨："你跟半年前有好大的区别啊，那时候你都不是这样的。"

她有些怀念那个遇到事儿站在她身后的冯晏，现在冯晏眼神中透着一种把一切都掌控的成熟感。

萧佑觉得有些不安，她的朋友应该简单点儿才好，最好都像是芳菲那样的大傻子才完美。

冯晏问道："我现在什么样？"

萧佑挠了挠头道："好像在计划什么一样，塞给你一把羽毛扇，就可以叫你诸葛冯晏了。"

冯晏沉默了一会儿，说道："我只是觉得姚若的眼神不一样，她接近你，或许是另有所图。"

萧佑打了个哈哈，没有在意，难得冯晏来找她，她不想提太多工作上的事儿。

当天晚上回到家，萧佑像是小猫一样缩在沙发上，说道："奶奶，人家好累啊。"

萧莫言神清气爽地躺在按摩椅上，说道："女团的事儿你别插手了。"

"啊？"萧佑一听这话立马坐了起来，"为什么？"

开什么玩笑？她努力了这么久，好不容易到出成果的时候了，这就不让她做了？

萧莫言似笑非笑地看着萧佑："阿佑，你不会看不出来姚若接近你是想要宣传炒作吧？"

啥？萧佑惊恐地看着萧莫言。

萧莫言有些无奈道："我们萧家怎么出了你这么一个棒槌？"

萧佑突然想起了下午冯晏的话。

萧莫言语重心长道："奶奶和你说过，被人接近另有所图没什么，但是你要分得清对方是什么样的人。姚若那性子，不好驯服，闹出舆论问题，对圣皇的影响是不可逆的。你已经不是孩子了，万事要注意。"

萧佑在错愕中久久回不了神。

萧莫言叹了口气，说道："你必须学会甄别和自我保护。"

萧佑摇了摇头，特别老实道："我真的不知道。"

萧莫言无奈地说道："好了，是奶奶疏忽了，你这几天去公司晃一晃就行，回去上学后给我好好学习，长点儿心吧。就你这样，要是真遇到一个有手腕有心计的,把你卖了你都不知道。"

"不能。"萧佑信誓旦旦,"奶奶,你不知道,我有一个朋友特别厉害,她帮着我,不会让我吃亏的。"

萧莫言冷哼一声,专心按摩不再理会孙女,心里骂她是个缺心眼的。

萧莫言暂时不想给孙女太大的压力,只希望她好好享受青葱岁月,等毕业后,这样的惬意生活就少了。

所以,她允许孙女再单纯两年。

第二天,萧佑去了公司,看着自己经营了一个多月的女团让别人接手了,她心里就不是很舒服,转了转就出了公司。

刚到门口就遇到了姚若。

姚若的眼睛有些红,妆容难得特别的淡,她看着萧佑,问道:"小萧总,是因为我吗?"

那哀怨的眼神与悲伤的语气,让萧佑浑身的鸡皮疙瘩都起来了。

看来奶奶和冯晏说的是对的。

姚若咬着唇,她没想到老萧总行动这么快,而且不知使了什么手段,吓得经纪人再三叮嘱她,一定不能再去接近小萧总,要不娱乐圈这条路都要给断了。

萧佑心里不是滋味,她是个乐天派,跟谁都和和气气的。奶奶也很少在她面前动用手腕,可一旦行动了,绝对是板上钉钉没有回转余地的。

心情不是很好的萧佑漫无目的地晃悠着,到了吃午饭的时间,她溜达到冯晏办公室的楼下。

冯晏忙完工作,喝着咖啡看向窗外,放松一下大脑,她一眼就看到了萧佑。

萧佑也不嫌冷,垫了一张纸就坐在花坛上,两手撑着脑袋在那儿出神,像个小傻子一样。

冯晏咖啡差点咳了出来,赶紧放下杯子走了出去。

"你在干什么?"

冯晏下来的时候,萧佑还在愣神,她看着地上的残雪,呆呆地说道:"我心情不好。"

冯晏:"……"

面对心情不好的萧佑,冯晏只能带她去吃烤肉了。

进了烤肉店,萧佑吃得特别欢快,就差把自己当肉烤了。

冯晏在旁边喝着茶，问道："你这叫心情不好？"

萧佑头也不抬地回道："民以食为天，我早上就没吃饭，再难过也不能饿着自己啊。"

虽然冯晏表面上还是不耐烦的样子，但已经伸手去给她包烤肉了。

萧佑往外看了看："欸，小晏，那个大腹便便的男人怎么一直看你，他是不是喜欢你啊？"

冯晏无语道："那是我叔叔好吗？"

"啊？"萧佑又扭头看了看，"是亲叔叔吗？"

冯晏点头。

萧佑很惊讶："这么看我还以为你们不认识，咱遇一老色狼呢。你也真是可以，是不是好多人你都认识啊？"

冯晏不说话，这些年，冯山虽然行事低调，但是该见的人都带着她见过了。

"就你那眼神，什么时候准过。好了，到底是为什么不开心？"冯晏赶紧给萧佑夹肉。

萧佑撇撇嘴："别提了，我那女团泡汤了。"

冯晏没说话，似乎早就料到了一般。

萧佑看着她："你好像早就料到了。唉，那个姚若也是，耽误我事儿。"

冯晏的动作停了停。

萧佑看着冯晏，问道："她就那么狠心，好意思欺骗我这么天真的少女？"

冯晏："……"这个人，每隔一段时间就要犯病，她真想把那嘴给缝上。

萧佑吃着五花肉："以后我得慎重一点，幸好还有你和芳菲。"

毕竟以后她要成为圣皇的总裁，多少人算计着她，数都数不清，尤其是圈里的人，她真的要提高警惕了。

冯晏点了点头："我会帮你的。"

萧佑有点儿感动道："对啊，我跟奶奶也是这么说，你看人很准的。"

冯晏擦了擦手："以后少跟你奶奶提我。"

萧佑没当回事儿："为什么？"

冯晏认真地说道："我在萧老面前太渺小了。"

萧莫言跟萧佑可不是一个段位的，现在的她根本不够资格去挑战。

习惯了冯晏的自谦和内敛，萧佑也没多说，聊了一会儿，她心情也好了很多，专心烤肉去了。

冯晏起身去洗手间，她发了一条微信："Linda 姐，谢谢帮忙。"

Linda 回得很快:"不客气,还应该谢你。老萧总让我负责小萧总的日常生活,没承想就被别人盯上了,你们关系好,以后多给姐姐提个醒。"

冯晏回来的时候,萧佑已经拍着肚子表示吃饱了,她美滋滋地说道:"小晏,你对我真是太好了。"

今生今世,能交到这么一个朋友,萧佑觉得特别知足。

回国过了个年,返回学校后,几个人已经大二了。

萧佑和冯晏目标明确,三年修完所有的课程,毕业回国,所以大二这一年,就要比大一忙碌得多。

很多时候,两人都会去图书馆看书。

对于冯晏来说,这是日常,可萧佑喜欢热闹,天天这么憋着,早就闷坏了。

她拉着冯晏去操场上看书,虽然都是看书,但室外的空气跟室内完全不一样。

冯晏拗不过她,就跟着去了。到最后,一般都是萧佑嘴里叼着根草装大侠,躺在草坪上睡着了。

冯晏安静地看着书,偶尔,她低头看看睡得口水直流的萧佑,无奈地轻笑。

芳菲在跟朋友们打篮球,看到这样一幕,她身边一个叫大然的男孩儿抱着篮球碰了碰她,问道:"那美女是谁啊?"

芳菲用看二百五的眼神看着他:"你是傻了吗?那不是阿佑吗?"

大然用球在她头上轻轻地砸了一下,问道:"你是不是最近也学傻了?我在问你,看书的那个人是谁?"

看书的那个人?芳菲眯了眯眼睛:"你想干吗?"

大然乐呵呵的,他长得很帅气,英俊高大,皮肤黝黑,人称"小古天乐"。"瞧瞧那清冷的样子,勾得哥心痒痒。"

"你可别乱来。"芳菲警告,"她是我和阿佑的朋友。"

大然根本没把芳菲的话放在心上:"真是漂亮又有气质。"

他直勾勾地盯着冯晏看了一会儿,抱着篮球走了。

萧佑一觉睡到中午吃饭,冯晏看着她,问道:"走吧,去食堂?"

萧佑摇了摇头,还有些迷糊道:"不要,我想喝粥了,你给我熬粥吧,最近吃得太油腻了。"

难得萧佑想让胃放一个"假",冯晏自然是同意。

两人一起去买了蔬菜和水果，冯晏准备给萧佑做一个田园粥清清肠胃。

两人刚溜达到宿舍楼下，一阵尖锐的口哨声传来，萧佑和冯晏一起抬头。

大然不知道从哪儿弄了个滑板，帅气地滑了过来。他戴着棒球帽，穿着运动服，看着特别帅气，问道："美女，需要帮忙吗？"

这声美女自然是对着冯晏说的，冯晏看了看他，微微蹙眉。

萧佑一脚照着滑板踹了过去："美个屁，帮个屁。"

大然一个趔趄，差点儿摔倒，他惊讶地看着萧佑，问道："阿佑，你干什么？"

之前他泡妞萧佑可没少帮忙，特别够义气，今儿是怎么了？

萧佑拉下脸，拽着冯晏就走了。

大然一个吃喝玩乐的纨绔，他都不照照镜子看看自己是什么臭德行，就敢来追小晏？

一路上，萧佑的表情很不好，冯晏时不时会看她一眼。

进了宿舍，萧佑揪住芳菲的耳朵，问道："那刘大然是不是你弄来的？怎么，你是不是太闲了，开始当起红娘了？"

冯晏把菜放好，在一边看热闹。

芳菲疼得直吸气，说道："天地良心啊，阿佑。我什么都没说，是他看到小晏后主动行动的，关我什么事儿啊。"

萧佑的气不打一处来："我不管，人是你惹来的，自己去解决，别让我再看见他来烦小晏。"

冯晏看着两人，叹了口气道："别闹了，把宿舍收拾一下。"

随后就去做饭了，萧佑又屁颠屁颠地走到冯晏身边。

她眨了眨眼："小晏，我还从来没问过你，你到底喜欢什么样的男生？"

冯晏沉默地拧上了水龙头。

萧佑去拽她的胳膊，问道："小晏，告诉我吧。"

冯晏叹了口气："我不知道。"

这是实话，一直以来，她都没考虑过这个问题，她身上背负的太多了。

芳菲在上铺看不下去了，说道："你够了啊。阿佑，人家小晏以后跟咱们走的路子不一样，她是仕途，一切要以事业为重。"

萧佑："……我就是好奇一问。"

冯晏做的粥，萧佑也没吃几口，就跟芳菲出去踢球了。

正好大然也在，萧佑对着他踢了一脚。不承想，她去踢人家，自己还崴着脚，光荣负伤了。

她一瘸一拐地被芳菲扶回了宿舍，路上，芳菲看着她欲言又止。

萧佑瞪圆眼睛，问道："怎么，你要教训我吗？"

今年真是流年不利，干什么都这么不顺。

芳菲摇了摇头道："不是，阿佑，你……去踢人家，怎么自己受伤了？"

萧佑："……"她也想知道。

芳菲瞅着她，问道："疼不疼？"

萧佑脖子一扭道："疼也不告诉你，咱可是个坚强的人！"

一进宿舍，坚强的萧佑捂着脚"哎哟""哎哟"在床上直打滚，不知道的还以为她要生了。

芳菲默默地看着，在内心竖起了中指。

冯晏看着很着急，问道："怎么回事儿？你不是出去运动的吗？怎么伤成这样了？"

萧佑的右脚踝都肿了起来。

芳菲赶紧撇清关系，说道："先声明啊，跟我一点儿关系都没有，是她非要去踢大然的，要不是人家让着她，非骨折了不可。"

冯晏关心萧佑的伤情，问道："去看医生了吗？"

芳菲点头道："去了。没事儿，就是扭伤，喷了药冷敷一下就行了。"

冯晏赶紧去冰箱里找冰，萧佑给芳菲一个白眼，芳菲还以竖起中指。

萧佑不示弱地抬高肿得跟馒头一样的脚，愣是把第三个脚趾头竖起来回击。

冯晏一转身，萧佑立马叫着："哎哟，好疼啊，我不会残疾了吧。芳菲，你太残忍了，这个时候还欺负我。"

冯晏很严肃，对芳菲说道："好了，她很难受，你安静一会儿。"

芳菲："……"

冯晏平时看起来温柔无害，但是现在拉着脸，也是相当恐怖的。

芳菲生气地躺在了床上，不去看两人。

"哎呀，疼，你轻点儿。"不一会儿就传来萧佑矫情的声音。

冯晏道："你闭嘴。"

萧佑"哦"了一声，听话地闭上了嘴。

喷好药，萧佑又开始出幺蛾子了，说什么也要在冯晏的床上睡。

冯晏坚决不同意："不可以。"

萧佑眨着无辜的眼睛："为什么，可人家疼。"

冯晏咬了咬唇："总之，不可以。"

萧佑撇了撇嘴，她看着上铺的芳菲，说道："那阿菲，你下来陪我吧。"

脚受伤了，就是晚上起来去厕所都麻烦，她没有安全感。

芳菲学着萧佑贱兮兮的语气："人家才不跟你一起睡，好怕怕哦。"

萧佑："……"

两边都没人理，萧佑委屈巴巴地抱着被子睡着了。

夜里，她疼得来回翻身，一脑门儿的汗。

芳菲被吵醒了，她皱着眉往下看，就见冯晏坐在萧佑床边，耐心地给她擦着额头的汗。

有了冯晏的照顾，萧佑安稳了很多，只是嘴里还无意识地嘟囔着什么。

芳菲缓缓地坐了起来。

冯晏看到后，对着芳菲点了点头，然后把手放在嘴前，比了一个"嘘"的动作。

第二天一早，萧佑就开始喊人了："小晏，人家要喝粥粥。"

冯晏在一边给她找着衣服，问道："今天穿这套？"

"才不要。"萧佑本来就习惯跟冯晏撒娇，这会儿受伤了，更是嗲上了天，"不要，天气都暖和了，人家要穿得美美的，拿那个纱裙给我。"

冯晏点了点头道："嗯，正好让大家看看你的'馒头脚'。"

萧佑撇嘴，可怜兮兮地说道："那好吧，就裤子吧。"

芳菲在上铺看得无语了。

萧佑甚至还特别幼稚地抬起胳膊，让冯晏帮她穿。

芳菲实在忍不住了，说道："你只是扭到脚，又不是残疾了，怎么什么都让别人帮你？"

冯晏顿了一下，看着芳菲。

"要你管！"萧佑的语气说变就变，"你就别在那儿羡慕嫉妒恨了！"

芳菲："……"

吃完早饭，冯晏扶着萧佑往楼下走，她四处看了看，说道："我该去借个轮椅的。"

萧佑抱着书，说道："才不要，我得让大家看到我坚强的样子。"

冯晏懒得理她，慢慢扶着她走，但到底不方便，两人一路走得歪歪斜斜的。

芳菲在旁边看不下去了:"来来来,我来背你。"

冯晏摇摇头道:"不用,我来吧。"

萧佑看了看冯晏那小细腰,说道:"你快闪开吧,你太瘦了,我再给你压坏了,还是芳大牛适合背我。"

芳菲怒道:"你才大牛!"

眼看着两个大孩子又闹了起来,冯晏在旁边沉默无语。

在冯晏的细心照顾下,萧佑的脚恢复得很快。大二就要结束时,正好赶上冯晏二十岁生日。萧佑知道她不爱热闹,于是特意去买了一个蛋糕和一条脚链。

生日过得很温馨,她们还开了一瓶红酒庆祝,就连古板的寿星冯晏同志都喝了几口。

萧佑凑到冯晏身边给她唱《生日快乐》。

芳菲晃着红酒杯眯眼看着两人,嘴角上扬,笑成了花。这样真的很好啊,大学时代的感情多纯真啊。

冯晏听着萧佑的歌声,又看着烛光,内心无比温暖。

晚上,萧佑拉着冯晏去操场上看星星,她搞怪地指着天空:"看,那颗最璀璨的星星就是流星,快许愿。"

冯晏看了看,纠正道:"那是人造卫星。"

萧佑:"……"这个人,真是一点儿浪漫细胞都没有。

舒服的晚风,皎洁的月光。萧佑扭头看着冯晏,真心希望这个女孩儿能够永远幸福。

回到宿舍,萧佑躺在床上,特别开心地看着冯晏戴着她送的脚链走来走去。

冯晏坐在床边吹着头发,她面含微笑,心情看起来也不错。头发吹得半干,手机响了,她看到来电显示,沉默了片刻,接了起来。

没说几句话,冯晏就起身,看着两人,说道:"我出去一趟。"

萧佑看了看表,问道:"都快九点了,你出去干吗呀?"

冯晏回道:"没啥事儿,朋友要送礼物。"

萧佑不放心她,偷偷地跟了出去。

冯晏在学校太受欢迎了,经常有男生尾随她,萧佑怕有危险。

冯晏在一辆黑色的轿车前停下了,跟里面的人说着什么。

萧佑离得远，只能隐隐地听到一部分对话。

"爸爸。

"不是的……萧佑不是那种纨绔，我跟她做朋友，很开心。

"不是的……没有，她不是那样的人。"

……

萧佑听了，眨了眨眼睛，缓缓地垂下了头。

冯晏回宿舍的时候，萧佑已经躺下了。

芳菲趴在床上，担心地看着冯晏，问道："你……没事儿吧？"

冯晏摇了摇头，她浑身的力气像是被抽走了一般，缓缓地走到了床边，失神地坐下。

爸爸对她的掌控欲一直都很强。今天爸爸来警告她，物以类聚，人以群分，她不该跟萧佑那种家庭背景复杂的人做朋友，会影响她未来的发展。

一夜未眠，两人都怀着心事儿。

这之后，萧佑似有若无地开始远离，让冯晏的情绪很低落。

冯晏也像是恢复了刚来时的状态，独来独往，一个人上课，一个人下课，一个人吃饭，一个人看书，做什么，都是一个人。

有时候，她会觉得一切都没什么，不过是回归该有的样子，可有的时候，她又会难过。

芳菲看着心疼，她是典型的刀子嘴豆腐心，早就把冯晏当作真心朋友了。

私下，她拉着萧佑说："阿佑，咱不能这样，你闯进人家的生活，又突然离开，太不厚道了。"

萧佑不说话，面色阴沉，她的心里像是憋着无穷的委屈与怒火。她们萧家，虽然在娱乐圈里混得风生水起，但在冯家眼里，估计就是不值一提的戏子吧。

时间飞逝，又到了过年的时候。

冯晏又去了实习单位，这次她没了之前的不知所措与慌张。相反地，她有条不紊地处理着各种事情。她麻木地工作着，有时候一天都不说一句话。

过年的时候，冯山过来找冯晏，说道："回来吧，难得一家人团聚。"

他已经很久没有跟前妻一起吃饭了，这次吃饭还是看在女儿的面子上。

冯晏安静地收拾着桌上的材料："不了，你们吃吧。"

冯山皱了皱眉，他看着冯晏，问道："你要把自己折磨成这样？"

冯晏听后突然就笑了,她抬起头,锐利的眼眸盯着冯山,说道:"不然呢?爸爸,这不是你想要的吗?"

这眼神太犀利,让冯山一时间没说出话来。他虽然希望女儿快点儿长大,可如今,面对逐渐成熟的女儿,居然有了一种强烈的陌生感与失控感。

冯晏安静地看着他,说道:"我答应你的都办到了,希望你答应我的也不要食言。"

"呵呵。"冯山阴沉地笑着,"你这是长大了,学会谈条件了?"

冯晏摇了摇头道:"我不敢。"她现在还没有那个能力。

"你知道就好。"冯山扔下这句话就走了。

冯晏沉默了片刻,她缓缓地坐了下来。

此刻,冯晏的心犹如死灰。

冯晏单位楼下,一辆黑色的轿车停在路边。

萧佑安静地坐在车里,看着漫天的烟花失神。

"姐。"萧佑的声音有些低。

Linda扭头看着她,道:"嗯?"

萧佑这孩子,一直都是乐呵呵的没什么心事儿一样,可这一年不知道怎么了,总是皱眉,让人心疼极了。

萧佑趴在车窗边,喃喃低语:"我答应过她,会永远做她的好朋友的,可现在……"她却食言了。

Linda不习惯萧佑这样低沉,她轻声说:"打个电话吧,过年了。"

过年了,打个电话……这话在萧佑脑海里循环播放。

她手机都掏出来了,最后不知想到了什么,又放了回去。

千言万语,都化作一条信息:"新年快乐,多保重。"

回到家,萧佑一直闷闷不乐的,这个节日,她过得不是滋味。

萧莫言也感觉到孙女低沉的情绪,她语重心长地说道:"沉淀一下也好,只是小佑,快要毕业了,冯晏那孩子一直在努力,你呢?"

带着这句话,萧佑回到了学校。

因为是最后一年,临近毕业,校园的气氛都有些不同了。

萧佑回到宿舍,芳菲正皱着眉在看书,说道:"你来得正好,给我讲讲这段话,这是什么鸟语。"

就连芳大牛都知道努力了,萧佑翻了个白眼,走过去,正拿着书看时,门被推开了。

冯晏走了进来,她穿着白色的长裙,戴着帽子,拉着行李箱,表情冷漠,就像是一个来去匆匆的旅行者。

芳菲很殷勤地从床上跳了下去,要帮冯晏把行李搬上去,冯晏却比她快一步,把行李放了上去。

芳菲的嘴直接张成了O形,就连萧佑都有些愣住了。

冯晏淡淡道:"我一直在健身。"

芳菲不由得竖起了大拇指。

这一年,萧佑开始发奋努力,她明白了奶奶把她送到这所大学的原因。她在努力完成学业的同时,还交了不少各界的朋友。

当然,像她这样的人,免不了被人喜欢,遇到个别痴缠的,大半夜还在楼下喊萧佑。

芳菲简直要被气死,说道:"我说阿佑,你不管一管啊?"

冯晏在看书,抬了抬眼。

萧佑敷着面膜,抛了个媚眼过去,说道:"人家的魅力挡不了啊。我要怎么着,从楼上倒下去一桶水吗?"

芳菲很无语:"你怎么就这么招人喜欢?"

萧佑拍着脸不去看她,抬高脚丫子,又去玩脚指头分开、闭合的游戏了。

"xiao,I love you!"

…………

一阵阵的呼喊声,引起了不少人的围观。

萧佑有点沉不住气了,她面膜都没摘,走到阳台,冲楼下挥了挥手,说道:"好了,我收到了,你快回去吧,别冻着。"

简单的一句话,却奇迹般地让楼下的人闭嘴了。

萧佑嘟囔着回到了宿舍,冷不丁扫到到冯晏的眼神,她咽了咽口水,假装没看到。这丫头不得了,现在越来越有领导范儿了,举手投足间都跟之前不一样了。

芳菲好奇地问道:"这又是谁啊?看那样子,是不是还很小啊?"

萧佑没心没肺地点头道:"是,大一的。"

宿舍里已经很久没这么热闹了。

芳菲乐呵呵道:"怎么着,你还有想法了?你俩可以啊,小晏昨天才收了九十九朵蓝色妖姬,你今儿就被表白,欺负我没人爱啊?"

蓝色妖姬？萧佑看着冯晏。冯晏低头看书，没有理会两人。

芳菲继续说道："是啊，你没看见，那叫个鲜艳漂亮。"真可惜，被冯晏从窗户给扔了下去。

这天晚上，冯晏一直没有睡，夜里，她去阳台点燃了一根烟。

芳菲半夜被尿憋醒了，一眼看到阳台上的人，吓得差点儿失禁。

解决了内急后，芳菲也去了阳台，问道："你在干什么啊？"她一副难以置信的模样。

小晏……居然抽烟？

暗淡的月光下，冯晏的眼眸深邃，带着一丝悲凉，问道："不睡了？"

芳菲指着她手里的烟，问道："什么时候学会的？"

"一直就会。"冯晏说这话的时候特别轻描淡写，还带着一丝淡淡的忧郁。

芳菲有一种仰望大佬的感觉。

冯晏并不是萧佑见到的那样，纯白如纸。在被父亲训斥、母亲殴打的童年里，那些刻骨铭心的痛，如今又一点点浮了上来。

阳台的门又被推开，萧佑拉着脸走进来。

芳菲一看萧佑那表情就知道情况不妙了，她赶紧往外溜："哎呀，我怎么还想上厕所，一定是晚上吃坏肚子了。你们聊，你们聊哈。"

门被关上了，小小的空间里，只剩下两人。

冯晏的手有些凉，她又拿起一根烟点燃，却被萧佑夺了过去。

萧佑冷脸看着她："能耐了啊。"

月光打到冯晏的脸上，她说道："不是不理我吗？为什么还要管这么多？"

萧佑沉默，她好像真的很久没有跟冯晏说话了。

兜兜转转，一切都好像回到了原点。

萧佑知道，冯山已经帮冯晏规划好了一切，大好的前程等着她。

一切都很好，但又没那么好，气氛压抑得让人心里难受。

萧佑扶着栏杆，吸了一口烟。这下轮到冯晏吃惊了。

这时候的萧佑，冷艳又性感，她的声音带着一丝沧桑："冯晏，我们注定不是一路人。"

冯晏看着她，再次陷入沉默。

过了许久，冯晏轻声说："你说过，我们永远都是朋友的。"

萧佑沉默无言，她闭了闭眼，转身离开。

这样的冷漠，冯晏以前也见过，不过是萧佑对别人的。当时，她就在想，会不会有一天，萧佑也会这样对自己。

没想到，真的会。

毕业那一天，同学们穿着学士服搂在一起，尽情地欢笑，尽情地流泪。

眼看着就要回国了，芳菲把班里几个要回国的人都叫上，准备来个聚会。这算是一个告别，同样也是一个开始。

芳菲也不是刚入学那会儿傻乎乎的了，她已经知道建立人脉了。

她看着收拾行李的萧佑，说道："阿佑，明天的聚会你必须来。"

萧佑非常牛气，说道："跟我秘书预约了吗？"

一个鞋子飞了过去，她立马闭嘴了。

芳菲摸着下巴："阿佑，我觉得我家产业不大，我傻点儿还无所谓，倒是你，可不能这么单纯了。"

萧佑不乐意听："我怎么就单纯了？再说了，我有奶奶保驾护航呢。"

芳菲同情地看了萧佑一眼，内心忍不住吐槽——是，你是有你奶奶保驾护航，可就你这傻白甜的样子，以后还不得让别人欺负得渣都不剩啊。

聚会之后，几个人就回国了。

萧佑还是老样子，缩在奶奶怀里撒娇，只是身边的Linda对她的称呼有了变化，不再是"小佑"，而是恭恭敬敬的"萧总"。

萧总……萧佑又想起了当年跟冯晏的戏言。小晏，我真的成了萧总，那你呢？

冯晏回国后的第一件事就是租房子，她需要安静的环境准备国考。

大家都在各自的轨道上忙着，萧佑没有联系冯晏，冯晏也没有联系她。

只是偶尔通过别人的只言片语，她们听到了关于对方的消息。

一眨眼，一年就过去了。

一年的时间有多长？足以让两个人将一切都安定下来，以不同的身份相见了。

番外二
幸而春信至

刚回国，从学生的身份转换成总裁，萧佑有点儿不适应。

她甚至跟奶奶建议自己可以从基层做起，但被奶奶拒绝了："有我们这么多人为你保驾护航，你去什么基层？先坐总裁的位置，坐不稳了再说。"

萧莫言就是这样，在小事儿上宠溺孙女，可一遇到大事儿，那是绝对没有商量的余地。

萧佑也是，平时最能跟奶奶撒娇，但在重要的事情上，最怕的还是奶奶。

她那一段时间是没日没夜地忙工作，小脸都瘦了一圈。

给妈妈打电话哭诉，妈妈接到后，一本正经地告诉她："小可怜，你可以每天读一遍《心经》，安抚一下这躁动的心。"

萧佑："……"

"如果不够，你可以读七遍，如果还不够，可以读一百零八遍。"

萧佑："……"

默默地挂断电话后，萧佑真的想把妈妈拉黑。

累的同时，萧佑有些不明白，以前看奶奶当总裁的时候特别轻松，没事儿还能出国玩两圈，要不就按个摩什么的，怎么一到她这儿就这么困难了？

真的是她能力不够吗？还有小时候对她和颜悦色的高层爷爷们，如今怎么都换了一副面孔，变成倔老头了？处处跟她作对，她提什么都要板着脸反驳，这人生怎么突然变得这么艰难了？

萧佑百思不得其解，郁闷之下，她给芳菲打了个电话。

芳菲的情况也不是很好，她苦大仇深地吐槽道："我们家是小买卖，跟你那大公司不一样，我爸最近想把我安排到公关部门，我一听这不更适合你吗？真该把你叫来啊！"

芳菲虽然还是没个正经样,但是贫嘴让萧佑在难受的时候有了些许的慰藉,仿佛回到了大学时光。

那时候,无论遇到什么,她都不会害怕。

挂了电话,萧佑愣了好一会儿,她拿出手机,翻看照片。

看到冯晏读书时的侧颜照,萧佑笑了笑,呢喃道:"还学习呢?"

Linda一开门正好听见萧佑说这话,她愣了愣,立即退了出去。

想了片刻,她给萧莫言打了个电话:"萧总,我们不能太逼小萧总了,我觉得她压力太大,精神可能有些不正常了,总是在自言自语,我已经看见好几次了。"

……

正如精神有点儿不正常的小萧总所猜测的,冯晏的确是在学习,她忙于备考,时间不够用,不比大学的时候轻松。

萧佑难得有了空闲,去楼下咖啡厅点了一杯咖啡,正要喝的时候,看见了坐在右前方认真看书的冯晏。

萧佑的心猛地一跳,她用手揉了揉眼睛,不敢相信。

冯晏在专心看书,并没有发现萧佑,一直到萧佑走过来,她拿着书的手才猛地一颤。

萧佑瞪大眼睛,问道:"我的天啊,真的是你,小晏,你是在跟踪我吗?"

冯晏知道萧佑当上了总裁,也知道她"日理万机",非常繁忙。

她以为萧佑会有变化,变得成熟,或是被忙碌折磨得寡言了。但现在看看眼前的人,除了清瘦一些之外,根本就没有变化。

冯晏抬了抬手里的书,似笑非笑道:"是萧总先来跟我打招呼的吧?"

萧佑拉开椅子,自己先坐下了。

她咳了一声,表情严肃地看着冯晏手里的国考书,点头道:"小同志,复习得怎么样了?"

冯晏笑了,就只有萧佑能让她这么开心了。

冯晏指了指外面,说道:"我要回去了,在这儿附近租的房子,你要去看看吗?"

萧佑挑了挑眉:"行啊,那就去瞧瞧您个大忙人的居所吧。"

半个小时后,萧佑躺在冯晏的大床上。

冯晏在厨房忙乎着,她租房的时候,除了安静之外,就是要求厨房必须好用。

做了一大桌子的菜后,冯晏洗干净手准备叫萧佑,走到门口,却看见她躺在床上睡着了。

冯晏忍不住笑了,萧佑真的是跟大学那会儿一模一样。

萧佑突然蹬了一下腿,猛地睁开眼睛,说道:"哎呀,梦到被你从学校的花坛上推下去了,吓死我了。"

冯晏:"……"

萧佑就是萧佑,总是这么无厘头。

萧佑看着冯晏,问道:"几点了呀,饭做好了吗?"

"好了。"冯晏回道。

萧佑意识到了什么,有点不好意思,说道:"我太累了,就睡着了,床给你弄脏了。"

冯晏摇摇头道:"没事儿,下次注意。"

下次注意?萧佑睡得有点儿迷糊,问道:"怎么注意?"

冯晏往餐桌走:"脱了衣服再躺。"

萧佑:"……"

冯晏指了指衣柜:"那里有你的睡衣。"

萧佑被说得一愣,问道:"你怎么会有我的睡衣?是那件玫红色的吗?我说怎么毕业后就不见了,原来被你偷了?"

冯晏懒得理萧佑,自顾自地往前走。

萧佑这会儿跟福尔摩斯似的,她拉开衣柜,看了一眼,果然是那件睡衣。

冯晏催她:"快来吃饭,你不忙吗?"

萧佑撇了撇嘴,把睡衣放好,走了过去。

看到这一桌让人垂涎欲滴的饭菜,萧佑的心情大好,她夹了一块肉,吃得不亦乐乎:"对对对,就是这个味道,家里和酒店的大厨根本做不出来。"

这些年,萧佑都被冯晏喂刁了,好多菜都入不了她的口。

冯晏轻声说:"你瘦了。"

萧佑的眼泪都要掉下来了,她深吸一口气,努力让自己轻松一些:"嗨,就是稍微有点儿忙。你呢,复习得怎么样?"

肯定也很难吧,会不会像她一样,偷偷哭鼻子了?

冯晏看着她说道:"还好。"

"还好是什么意思?"萧佑听身边的人说过,国考的难度很大,看冯晏这样子，怕是也遇到难题了。

想到这儿，萧佑有点儿幸灾乐祸，总算看到冯晏弱势的一面了。

冯晏淡淡道："把这几年的模拟题都做了一遍，没什么问题。"

萧佑："……"

学霸终究是学霸，在哪儿都不会变。萧佑冷哼一声，低头专心吃饭。

不一会儿，冯晏手机响了，她接通，简单地说几句就挂了。

萧佑吃惊地看着她，问道："你怎么现在就有工作电话了？"

冯晏喝了一口水，"先过去实习。"

萧佑有点儿受打击，问道："这么迅速？"

冯晏瞥了她一眼："我跟萧总不一样，时间很宝贵。"

吃完饭，萧佑故意拿捏起架势，抬头看着冯晏，说道："好好学习，我会定期来视察工作的。"

萧佑回到办公室，Linda跟在身后，说道："这个季度的财务报告出来了。"

萧佑蹙了蹙眉，她讨厌看这些，可现在也不能再任性了，她点了点头，说道："放我桌上吧。"

Linda看着萧佑，有些欣慰。

她其实是心疼萧佑的，一方面她不希望萧佑不开心或是太累，可另一方面，她又希望萧佑快一点儿成长，扛起这片天。

等看完报告，一个小时过去了。萧佑有些累，她靠着老板椅出神。到了现在，她还是有些不适应这个位置。

以前，她总觉得奶奶很风光，有一种一呼百应的霸气。可现在，自己坐到了这个位置，才知道有多辛苦。

萧佑甚至在想，到最后她不会像诸葛亮那样，鞠躬尽瘁，累得吐血而亡吧。

眼睛有些疼，萧佑干脆用衣服蒙在头上，遮挡光线，放松一下眼睛。

门外，一行人恭恭敬敬地弯腰："萧总。"

萧莫言已经很久没来公司了，今天接到Linda的电话后过来了。她不相信孙女会那么脆弱，但要是真得精神病了，她可没办法交代。

Linda迎了上来："萧总。"

萧莫言点了点头，问道："人呢？"

Linda回道："在看报告，需要通报吗？"

萧莫言摇了摇头:"不用,你悄悄把门打开,我看看她状态怎么样。"

门被轻声推开,萧莫言带着Linda走了进去,两人看到的就是头上蒙着衣服"装幽灵"的萧佑。

偏偏……萧佑还美滋滋地晃着头,手上打着节拍,嘴里哼着小曲:"爱我你就抱抱我,爱我你就亲亲我,爱我你就——"

萧莫言差点儿背过气去。

Linda赶紧扶她:"萧总。"

这一声惊动了萧佑,她赶紧把衣服扯了下来,看到奶奶和Linda后,她的脸都绿了:"这……这……"

瞅着奶奶要吃人的模样,萧佑连忙说道:"这是个误会,奶奶你听我解释。"

……

并没有人听萧佑解释。

虽然萧莫言不至于把孙女送到精神病院去,她却真的开始思考是不是这段时间给萧佑的压力太大了。

萧佑因祸得福,奶奶亲自来公司坐镇了。

她都是从别人嘴里听说奶奶工作时"谈笑间樯橹灰飞烟灭"的风格,如今真的见识到了,还有些不适应。

最让萧佑难以接受的是,参加酒会时,她的一个男性朋友居然端着酒杯过来打听奶奶的事儿,还问是不是她的阿姨,怎么这么有气质,这么漂亮。

当天晚上,经过慎重考虑的萧佑主动去找萧莫言了,说道:"奶奶,要不你还是在家休息吧,你不是一直想要去巴厘岛度假吗?我给你安排吧。"

萧莫言眯眼看着她,问道:"你怎么这么好心?"

萧佑愁眉苦脸地道:"讲真的,奶奶,我接不接下公司是小事儿,如果……因为我,你这么老了还搞个婚外情什么的,我会被爷爷打死的。"

萧莫言怒道:"我现在就打死你!"

……

打闹间,萧佑的情绪放松了不少。

萧莫言也挺欣慰,她知道孙女虽然嘴上这么说,但实际上是心疼她呢。

冯晏这段时间基本上是连轴转,早上不到六点就起床做一套题,然后去上班,下班回来简单吃一口后还要继续努力。

她已经规划好自己的人生目标,不允许出现一点儿偏差。

今天，难得下班早，冯晏去了一趟商场。

主要原因还是今天上午，萧佑给她发了一条诡异的微信："小晏同志，你说猪猪那么可爱，你为什么偏偏要吃猪猪？好狠心哦。"

冯晏细心地挑选着黑猪肉，又买了一大堆瓜果蔬菜后，才开车回去。

到了楼下，刚停好车，冯晏愣住了。橙黄的路灯下，一个穿着长裙的美女抱着双臂嘴角含笑地看着她。

冯晏放下袋子，站好："奶奶好。"

萧莫言："……"

沉默了片刻，萧莫言站直身子，摸了摸自己的脸，问道："我有这么老吗？"

冯晏莞尔："我能认出您是因为萧佑的脸跟您简直是一个模子刻出来的。冷吗？进屋吧。"

萧莫言点了点头，心想是个聪明孩子，虽然初次见面，但言语礼貌又不会让人觉得尴尬。

萧莫言对冯晏的印象挺好，她交代了 Linda 几句，跟着冯晏上去了。

到了家里，萧莫言坐在沙发上四处打量着，虽然房子并不大，但让冯晏收拾得干干净净、整整齐齐的，各种装饰也很有品位。

冯晏微笑，给萧莫言沏茶，她很喜欢研究茶，有自己的茶具。

烫杯、洗茶、泡茶……每一步行云流水。萧莫言看着她，想起了江南的才女，点了点头，夸赞道："不错。"

冯晏话不多，萧莫言是什么人，她很清楚。这样一个人，这样的气场，她还是乖一些比较好。

虽然表面上看起来云淡风轻，但冯晏的心一直悬着。

还好，萧莫言始终都没有说什么，只是安静地喝着茶。

喝完茶，她起身，看着冯晏，说道："好孩子。"

她正要接着说几句，门铃突然响了，萧佑的声音传来："开门，开门啊，督查组来检查工作了。小同志，开门，今晚我要吃奶油泡芙。"

萧莫言："……"

冯晏："……"

对视了一眼，萧莫言指了指里屋，冯晏了然地点了点头。

再开门，客厅只剩下冯晏一人了。

萧佑狐疑地看了看冯晏，问道："怎么这么慢？你家里藏人了？"

冯晏后背的汗毛都要竖起来了,她第一次见识到萧佑敏锐的第六感。

还好,萧佑没有深究,她关上门,撇嘴道:"人家好饿饿哦,你做什么了?"

冯晏咳了一声。

里屋,萧莫言深深地吸了一口气,她们萧家居然出了一个说话都捋不直舌头的人!

萧佑去冰箱里拿出一瓶养乐多喝着,又指着黑猪肉说道:"小冯同志,你真的好残忍哦,我不是说了吗?猪猪那么可爱,你怎么能吃它呢?这个点炖红烧肉是不是晚了些啊?"

冯晏无奈道:"你闭嘴吧。"

萧佑平时被说习惯了,没觉得什么,她走到沙发前,踢掉拖鞋,说道:"哎呀呀,人家好累,一天天的要忙公司的事儿不说,还要看着我那个不省心的奶奶,人家多辛苦哦。"

冯晏:"……"

"嘎吱"一声,里屋的门被推开了。

萧佑吓得一个机灵,猛地转身。在看到奶奶的那一刻,她有点儿蒙,呆呆地盯着萧莫言,这是眼花了吧?

萧莫言扶墙,说道:"哎呀我的妈呀,快……快叫 Linda 上来,把我的降压药拿来。"

这下子,宝贝孙女萧佑醒悟了,她看着奶奶惊呼:"奶奶,你为什么在小晏这里?"

萧莫言戳着萧佑的脑袋,愤愤道:"我为什么不能在这里?萧佑,你看看你那点儿出息,就知道吃吃吃!你简直要气死我!"

萧佑耷拉着脑袋,接受奶奶劈头盖脸的怒骂。

十分钟之后,老萧总气冲冲地离开了。

萧佑立即抬头,看着冯晏问道:"奶奶怎么来了,说什么了吗?"

冯晏看起来心情不错,她一边洗菜,一边说道:"没有,她只是来看看,你不要说了,过来帮忙。"

萧佑"哦"了一声,跑过去帮忙洗着菜。

冯晏扭头看了她一眼,轻声说:"你奶奶很疼你。"

那天之后,冯晏投入了百分之百的精力在学习上,国考的日子也终于到了。

考试的前一天晚上，萧佑就拽着 Linda 商量："你说我是不是该去给她加加油啊？"

Linda 笑道："萧总想怎么加油？"

萧佑想了想："我看那些考生的父母，一般都是拉横幅什么的吧？喊口号打扰考试还不文明，也不符合我这高大上的形象。"

Linda："……"

国考结束那天，冯晏一出考场就看见萧佑举着一个大牌子，上面写着："冯晏，你最美，你最棒，战胜国考呱呱叫！"

冯晏快步跑了过去，一把扯下牌子，无奈道："你疯了！"

萧佑乐呵呵道："这有什么。"

冯晏摇摇头，说道："你几岁了，还弄这些幼稚的东西。"

萧佑不乐意了："还不是你从小缺爱，我想让你体会一下家的温暖。"

这话说得冯晏一愣，随即，她低下了头。

萧佑意识到自己说错话了："欸，你别生气，那个——"

过了一会儿，冯晏抬起头，粲然一笑，说道："我没有生气，我很开心。"

萧佑也笑眯眯地道："对了，芳菲组织了同学聚会，咱们走吧。"

回国后，这些朋友已经很久没见了。

冯晏看萧佑那么开心，点了点头。

两人开车，到了聚会的酒店，刚下车，芳菲就迎了出来，说道："阿佑，小晏！"

她飞奔着过来，搂住了两个人，三个人都笑了，笑容灿烂，就好像没有分开过一样，彼此之间依旧是那么熟稔。

进了包厢，大家一看到萧佑，都开始起哄，萧佑有点儿不好意思："大家玩，别管我。"

同学们的过分热情，让萧佑有些不自在。

反观冯晏，同学们都知道她在准备考试，未来的路还不甚明了，所以都只是跟她简单地寒暄几句。

冯晏也乐得清闲，手里拿着一瓶啤酒，安静地看大家唱歌。萧佑歌没少唱，唱累了，她就一屁股坐在沙发上。

冯晏看出了萧佑心里的失落与不快，知道萧佑在怀念学生时代的纯真情感。但这就是社会，这就是现实，萧佑要一点点适应。

有同学喊冯晏唱歌,冯晏没有推辞,点了一首《往后余生》。
灯光暗了下来,她的声音在昏暗的环境下,带着一丝忧郁。

  在没风的地方找太阳,在你冷的地方做暖阳。
  ……
  往后余生风雪是你平淡是你清贫也是你,
  荣华是你心底温柔是你目光所至也是你。
  ……

冯晏的嗓音很有辨识度,干净、缥缈且空灵。
一曲完毕,大家集体鼓掌。
萧佑看着她说道:"可以啊,小冯同志,嗓音不错,考虑进娱乐圈吗?"
冯晏转过头:"嗯,可以,那进入娱乐圈,萧总会捧红我吗?"
萧佑:"……"

夜幕降临,人群渐渐散去。
萧佑和冯晏没有开车,两人沿着护城河散步,吹吹小风,舒服了很多。
想着今天的见面,萧佑忍不住叹了口气:"唉。"
"怎么了?"冯晏看着她,长发被风吹得有些凌乱。
萧佑把外套脱下来披在她的身上,说道:"没有,就是有点儿伤感。欸欸欸,你是小朋友吗?出来为什么还穿这么少?还跟大学的时候一样不会照顾自己。"
冯晏摸着外套浅浅地笑了。
"不要伤感。"冯晏看着波光粼粼的河面,"人就是这样,长大了,需要在意的人就越来越少,更多的都只是点头之交。"
萧佑听了还是惆怅,说道:"是这个理,但还是有些难过。"
冯晏点了点头,理性分析:"那是因为你太多情。"
萧佑几乎要跳脚了,说道:"你怎么不说是你薄情?"
"薄情?"冯晏笑了,"只要我们不变,就是最好的。"

国考成绩出来那一天,萧佑第一时间打电话给冯晏询问成绩。
冯晏轻描淡写地说了成绩之后就把电话挂了。

萧佑摸着下巴愣住了，那成绩……怕不是状元了吧？她到底是怎么做到的？

冯晏不仅做到了，还全力以赴地朝着目标不断努力。这段时间，萧佑想见她一面都特别难。

回到家，萧佑洗完澡，穿着睡衣，呆呆地看着电视。

萧莫言看到孙女的模样夸赞道："漂亮极了。"

萧佑回过神，有些不好意思，问道："是不是有点儿像花仙子？"

萧莫言笑道："哈哈，是啊，能比得上奶奶年轻时的半分姿色了。"

萧佑："……"

萧莫言又问道："怎么了，工作上遇到困难了？"

萧佑叹气道："奶奶，冯晏她不联系我了。"

萧莫言翻了个白眼。

萧佑急了，说道："她要是认识了别的好朋友，我就哭给她看！"

萧莫言："……"

萧佑正说着，手机响了，她看了一眼来电显示，立马变脸："嗯，王总。"

……

"不可以，就按照我说的办。"

……

"朝令夕改，王总是要当我的家吗？"

……

萧莫言看着孙女这帅气的模样，感动得都要流泪了，她的宝贝孙女终于长大了。

就在萧莫言感慨之际，萧佑严肃地挂了电话，她冷冰冰地道："早干什么去了？"

说完这话，她看着奶奶，小嘴立马嘟了起来："奶奶，你说冯晏还能遇到比我更美的朋友吗？"

萧莫言："……"

在奶奶那儿没有得到安慰的萧佑，第二天上班都心烦意乱的。

Linda 把这个月主推的几个新人的资料交上来，萧佑看了一眼，说道："不行，清一色的整容脸。还有这个，你仔细看看，身材也太假了吧？"

一顿抱怨之后，萧佑喝了一口水："明白了吗？"

Linda 点头："萧总，要准备车去找冯晏吗？"

萧佑："……"

不愧是跟着奶奶的人，就是这么有眼力。

萧佑开车到了冯晏单位楼下，她没有给冯晏打电话，就坐在车里等着。

Linda欲言又止，这是要从白天等到黑夜吗？还好，一个小时后，冯晏的身影就出现了。

冯晏穿着制服，每一个扣子都系得十分整齐。她的长发盘起，妆容清淡，整个人看起来干净利落，气场十分强大。

冯晏像是在送领导，身边的男人虽然身材有些走形，但一副领导范儿。他对冯晏说着什么，冯晏微笑点头，一直送他上了车才转身离开。

这还不算什么，冯晏刚迈上一级台阶，门口又走出来一个男人，这个男人可称得上是风度翩翩，身材和长相都是顶级的。

冯晏对着他点了点头，男人笑得特别灿烂，盯着冯晏看。

Linda看冯晏在忙，问道："萧总，咱们回去吧？"

萧佑摇头道："不！"

她又指了指车门，说道："你给我打开！"

萧佑下车的时候特别有气场，大长腿先迈了出来，风衣随风翩翩起舞。

她特意敞开外套，长发飘飘，简直美极了。她戴着墨镜，妖娆地走向冯晏。

冯晏身边的男人先看到了萧佑，眼睛一亮。

萧佑手指涂着紫色的蔻丹，黑发和深色的风衣衬着如雪的肌肤，性感撩人。

冯晏注意到男人直勾勾的眼神后皱了皱眉，她转身，看到了站在她身后的萧佑。

萧佑妩媚地一笑，正准备打招呼，就被冯晏抓住手腕，飞速给扯上了车。

萧佑刚刚闪亮登场，还没来得及散发魅力，就直接退场了。

"慢点儿，疼疼疼！"萧佑被拽得一个趔趄，感慨冯晏这些年真是没白健身。

冯晏看着她，问道："你穿成这样干什么来了？"

萧佑风衣下穿着短裤，怪不得人家会看直眼。

萧佑撇嘴："我来看看你不行吗？"

冯晏皱眉道："你这样会得老寒腿的。"

啥？老寒腿？

萧佑一听顿时冒火："你说谁老呢？"

冯晏看了看表："此老非彼老。你把衣服扣好，别敞着，去我办公室。"

以冯晏对萧佑的了解，这要是把她扔在车上不管，怕是再说话就要等几个月之后了。

萧佑老大不乐意，却还是乖乖地系上扣子。

她跟着冯晏去了办公室，领导一样转悠着看了一圈，说道："还行，虽然小，感觉还不错。"

冯晏收拾手里的文件，问道："中午吃什么？"

萧佑乐了："想吃你做的饭。"

"不行，没有时间。"冯晏拒绝得干净利落。

萧佑皱眉道："就这么忙，比我一个大总裁还忙？"

冯晏没回答，看了她一眼，犹豫了片刻说道："你来得正好，我有事儿跟你商量。"

萧佑非常不客气地吃着桌子上的香蕉，问道："什么事儿啊？刚才你送的那个有点儿胖的人是谁啊？还有对着你挤眼的人又是谁？"

冯晏语气严肃地喊了一声："萧佑。"

"干什么？"萧佑看着她。

冯晏轻声说："我要去援疆。"

香蕉一下子掉在了桌子上，萧佑惊讶道："什么？"

冯晏很坚定地说道："我要去援疆。"

"你去那儿干什么？"萧佑有点儿急，她"噌"地站了起来，"那么远，为什么要去？"

为什么要去？冯晏也不想去，可这是千载难逢的机会，是她努力争取来的。

单位就两个名额，等她援疆回来，事业会更上一层楼。

"要多久？"

冯晏低下了头，说道："三年。"

什么？三年！萧佑睁大了眼睛，她不可思议地看着冯晏，问道："我没听错吧？"

其实这些天，冯晏也在犹豫到底要不要去。她纠结了很久，如果一步步来，从基层做起，若干年后应该能实现自己的目标，但再快，也需要熬些年头。

她等不及了，她想要快一点儿，再快一点儿达到心中所想。

萧佑坐在沙发上，淡淡地问："冯晏，我有些不明白了，你这么拼到底是为什么？"

"别这么跟我说话。"萧佑的态度让冯晏难过，"我想要的，从没有隐瞒过你。"

"我今天要是不来，你就不准备告诉我对不对？"萧佑是真的生气了。

萧佑等了半天，不见冯晏回应。

萧佑摇了摇头，她起身嘲讽道："是我高看自己了，以您这身份怎么屑于跟我一个小商人说话？"

萧佑在办公室转了一圈，冯晏依旧不作声，这彻底激怒了萧佑，她准备离开。

冯晏叹了口气，说道："萧佑，你冷静一下。"

萧佑冷冷道："那你就去吧。"

说完，她毫不留情地转身离开，门被重重地关上。

冯晏盯着她离开的方向，眼泪充斥眼眶，可终究没有掉下。

离开北京那一天，萧佑没来送机，芳菲抱了一下冯晏，说道："欸，小晏，去那边多吃点儿羊肉串，别弄瘦了哦，我们会心疼的。"

冯晏点了点头，她四处看了看，终究是没有发现萧佑的身影。

冯晏落寞地低下了头，轻声道："帮我和她道个歉。"

留下一句话，冯晏就离开了。

援疆的这三年来，冯晏给萧佑发的信息和照片都像是石沉大海了一般，没有收到任何回复。

她在人生地不熟的异乡流浪着、奋斗着。她学会对着不喜欢的人笑，说着冠冕堂皇的话，也会尽心尽力地安排着下一天的工作。

在新疆的第二年，冯晏遇到了自己的贵人，是直管自己的一位领导，叫高夕辉。

她是空降的，据说是人大的博士，干她们这一行的几乎都听过她的大名。

高夕辉刚开始不是很看得上冯晏，以为她会像有些人一样，从小娇生惯养，糊弄日子，时间一到，就等着晋升。

刚开始，高夕辉看冯晏工作时还屡屡受挫，除了年轻的小伙子，其他人对她都很冷漠。可半年过后，高夕辉再看就不一样了。

冯晏戴着头巾，笑容满面地站在人群中，无论是老人还是小孩，她都能聊上几句。

观察了这一段时间,一天晚上,高夕辉把冯晏叫到了自己的房间,说道:"坐吧,小晏。"

高夕辉平日里不苟言笑,这一声"小晏",冯晏立即明白对方是什么意思了。

她安静地等着高夕辉。

高夕辉简单地洗漱了一下,她走出来,看到已经沏好的茶,怔了怔,随即点头道:"很聪明,怎么样,跟着我吧?"

冯晏不是一个扭捏的人,她起身给高夕辉倒茶。

高夕辉笑着接下。

就这样,冯晏的努力工作得到了赏识。

高夕辉对待自己严格,对待冯晏更加严格。那一阵子,冯晏几乎每天天不亮就起来,披星戴月地工作。

冯晏几乎是数着手指头过日子,三年的时间,足以让她完成蜕变。

离开新疆的前一天,冯晏单独跟高夕辉吃了饭,她看着恩师,眼睛红通通的。

高夕辉早就把她当作自己人了,说道:"放心吧,我已经安排好了,回去后你就跟着高然干。"

冯晏的眼圈湿润,不舍地告别了恩师。

回北京的那天,冯晏一路上都十分激动,下了飞机,她直接打电话给萧佑。

可以打通,却没有人接听。

冯晏沉默了片刻,打给了Linda:"姐,萧佑在吗?"

Linda接到冯晏的电话很惊讶:"在啊,今天她来得很早,有外商来了,刚聊完,你没打她电话吗?"

冯晏叹了口气:"姐,你告诉她,我回北京了,希望她能联系我。"

电话挂断了,Linda皱着眉,这两个孩子,又是怎么了?

不……已经不能称作孩子了,Linda正出神地想着,这时门被推开了。

萧佑跟着一个金发碧眼的帅哥一起走了出来,她面带微笑,送人到了电梯口,两人还亲昵地贴面告别。

送走人,萧佑伸了个懒腰,一转身看到了欲言又止的Linda。

"怎么了?"现在的萧佑,越来越有总裁范儿了。

Linda有些忐忑:"刚才……小晏来电话,说她回北京了。"

萧佑的脸色一下子变了,她黑着脸点了点头,转身回了办公室,坐在椅子上出神。不是说三年吗?这才两年半就舍得回来了?不在那儿跟牧民骑马聊天了?

萧佑沉思了片刻,拿起手机给冯晏回了电话。

这个时间,冯晏才刚到家,她疲惫地躺在床上,脸上敷着面膜,许久没回来了,她居然有些不适应这里的空气与环境了。

看到萧佑电话的那一刻,冯晏以为自己眼花了,她一下子坐了起来,接听了电话。

这是两人三年来的第一通电话。萧佑的声音如旧,却带着冰冷。

"回来了?正好,老同学见个面吧,你看看什么时间合适。"

三年未见,萧佑也有了变化,头发更长了,人也瘦了,眼神还是非常有光彩,整个人更妩媚了。以前,这种气质跟她的年龄不符合,总给人一种小孩儿披着狐狸皮的感觉,现在却不同了。

萧佑已经做好狠狠打击报复冯晏一番的准备了,可她愣是被冯晏这气场给震住了。

冯晏浅笑,看着萧佑身边的人,说道:"萧总,不介绍一下吗?"

萧佑回神,心里暗骂了一句自己没用,她挂上虚假的笑容,指着身边的人说道:"这是琳琳,我最好的朋友。琳琳,这是我……老朋友了。"

冯晏虽然在笑,却带着骇人的冰冷,她伸出手,说道:"你好。"

琳琳有点儿紧张:"您好。"她刚入职公司一年,目前跟着 Linda 在秘书处工作。

点菜的时候,萧佑看了看冯晏:"好久不见,你点吧。"

冯晏看了她一眼,接过菜单,一口气点了八个菜,每一道都是萧佑爱吃的,还嘱咐服务员不要放香菜。

萧佑不喜欢香菜的味道,大学的时候两人一起出去吃面,如果有香菜,冯晏都会帮她挑出来。简单的小事,却勾起无限的回忆。

冯晏并没有给琳琳脸色看,只是恰到好处地跟琳琳聊了几句。

琳琳只能小心地回复着。

菜上齐了,冯晏举杯:"来,敬萧总,敬琳琳。"

琳琳有些紧张地说道:"我听萧总……说您去了新疆最苦寒的城镇。"

冯晏笑了笑:"还好,那里很美,人也很淳朴,世外桃源一般,我真的想永远不回来了。"

冯晏这话不是假话,她在新疆待了这么久,早就有了感情。她喜欢那里的一山一水,喜欢那里慢节奏的生活。

大城市太过喧嚣,如果可以,她想带着萧佑去看看新疆的山山水水,带她去吃地道的烤馕,带她去自己扶贫的村庄看一看。

一顿饭,在古怪的氛围中结束了。

冯晏对着琳琳说道:"我找司机先送你回去,我和萧总老朋友多年未见,有很多话想要聊一聊。"

萧佑冷笑道:"我可没什么话跟领导聊的。"

冯晏看着她的眼睛,说道:"领导想找你谈话。"

萧佑:"……"

两个都是气质非凡,气场强大的人,琳琳的后背都要冒出汗了。

到最后,萧佑还是松了口,琳琳被送走了。

萧佑冷冷道:"排场就这么大啊?"

原本身子一直挺着,眼神犀利的冯晏突然软了下来,她看着萧佑轻声说:"好久不见。"

其实萧佑偷偷去新疆看过冯晏,隔着车窗她看到冯晏顶着烈日在工作。当时她就在想,这女人信念真是强大,这么艰苦的环境都能忍受。

冯晏看着萧佑:"当年是我不对,我郑重地和你道歉,不要再生气了,好吗?"

沉默了片刻,萧佑叹了口气,说道:"你变了。"

冯晏笑了,萧佑这是原谅她了吗?

萧佑摇了摇头:"你不要笑,我还很生气。"

三年的时间,不长不短,但两人之间到底是有了淡淡的陌生感。

萧佑下午有会要开,在车上,两人都很沉默。曾经亲密无间的两个人,现在真的有些像是陌生人。

下车的时候,萧佑淡淡地说道:"那……就再见吧。"

冯晏低着头不知道在想什么,没有说话。

萧佑恍恍惚惚地往圣皇走,她觉得自己好像喝多了一样,轻飘飘的。

等开完会,萧佑绷着脸看Linda交上来的报告,签字后,指着自己的脸问道:"Linda,你觉得这几年我老了吗?"

Linda:"……"

萧佑回到家之后,循环听了一晚上《同桌的你》。

萧莫言原本在看报纸,被歌声吵得烦躁:"你能不能不放这么大声?"

萧佑盘腿坐在沙发上:"奶奶,你要明白,心静自然清净,不要被你的心魔战胜,加油哦。"

萧莫言:"……"

那天晚上,萧佑睡得很香甜,她梦到了大学时候的冯晏。

梦里,冯晏穿着白色的裙子,在操场上摘了一朵小花,笑着说:"萧佑,你为什么这么美?甚至胜过这千娇百媚的花朵?"

萧佑捂脸道:"我也不知道自己为什么这么美。"

萧莫言最近养了一只大狗,稀罕得跟什么似的:"哎呀,我的大孙孙啊,去把球给奶奶叼回来。"

萧佑一回家就听到这么一句,她一脸的黑线。

"大孙孙"叼着球看到了萧佑,立马龇着牙叫了起来。

萧莫言看着她,问道:"哟,回来了,心情不好?"

奶奶是怎么知道的?

萧莫言耸肩,说道:"进屋吧。"

说完,便起身往屋里走,步态妖娆,跟走台步一样。

沏了两杯茶,萧莫言悠闲地喝着,萧佑垂着头,不言不语。

"行了,别这么丧气了。"萧莫言不习惯孙女这样,"你这是有什么打算了?"

萧佑抬起了头:"奶奶,接下来的两年,我想要多培养一些靠得住的人。"

萧莫言点头,问道:"然后?"

萧佑有点儿犹豫道:"也许我……还会培养职业经理人。"

如果真的有合适的职业经理人,以后,她做股东就可以了。

可圣皇毕竟是奶奶一手打下来的江山,有什么事儿,还是需要奶奶做主。

萧莫言安静地喝着茶,不言不语。

萧佑很少见奶奶这样,一时间,心里有些忐忑。

过了很久,萧莫言缓缓开口:"阿佑,奶奶年轻的时候也经历了很多很多。跟你不一样,我面对的困难,绝大多数都源于家庭。所以,那个时候起我就发誓，如果将来我有了自己的孩子，我绝不会让她出于家庭的缘故而痛苦。"

萧佑的眼泪在眼眶直打转。

萧莫言看着萧佑的眼睛，说道："作为最亲的人，奶奶自然会支持你的决定。"

眼泪往下流，萧佑坐到萧莫言身边，抱住了她。

萧莫言摸着她的背："傻孩子，多大的事儿啊。你妈说离开就离开，奶奶不也没说什么吗？对于你，奶奶更不会去怪。"

萧佑也心疼奶奶，多少年了，都是奶奶一个人在扛着这个家。

"好孩子。"萧莫言哄着萧佑，轻轻地叹了口气。

萧佑太年轻了，还没有经过风吹雨打，未来的路还很艰难。

得到奶奶许可的萧佑，开始着手培养自己的人。

其中，她格外关注一个叫萧风缱的女孩儿。

萧风缱的性格在某些地方上与冯晏有些像，既固执又倔强。

这天一早，萧佑收到了冯晏的信息："晚上过来吃饭，我做你爱吃的糖醋排骨。"

萧佑会心一笑，结束完工作，早早地去了冯晏家。

尝到熟悉的味道，萧佑夸赞道："冯大厨，功力不减当年啊。"

冯晏无奈地笑笑："吃你的吧。"

吃完饭，萧佑跷着二郎腿坐在沙发上翻看相册。

冯晏保存了很多张两人的照片，从大学的到现在的。

萧佑一张张地翻看着，感觉前尘往事就像是放电影一般在脑海里滑过。

今天是她和冯晏第一次见面的日子。一眨眼，已经过去十一年了。

萧佑对着冯晏笑了笑："我曾经听到过一句话，一直感觉像是在说我们。"

冯晏凑了过去，问道："什么？"

萧佑睁大了眼睛，说道："我在闹，你在笑。"

冯晏听了这话真的就笑了起来。

萧佑也笑着说："小冯同志，今天是我们认识十一周年纪念日，祝你越来越美丽，达到比我差一丢丢的水平。"

人生在世，难免会有这样那样的痛苦与纠结，可若是因为未来的烦恼而折磨现在的自己，从而忽略了当下的幸福，那还是她萧佑吗？

往后余生,快乐一天是一天。
冯晏笑着看向她,说道:"好,也衷心地祝我们萧大头同志,喜乐安康每一天。"
萧佑:"……"

番外三
年少的信仰

萧风缱这些年的努力所有人都有目共睹，年少时的那些坎坷与挫折，最终成了她前进路上的垫脚石，让她走得踏实，走得飞快。

她如愿兑现了当年的诺言，一点点地拉近了和苏秦之间的距离。

萧风缱三十多岁，正是年轻力壮、精力充沛的时候。如今，她在圣皇已经是能够独当一面的总监了，她经历了风风雨雨，早就不是当初那个动不动就落泪的小女孩儿了，她已经变得强大独立，能够撑起一片天了。

而苏秦似乎进入了比较敏感的"更年期"阶段。

本来萧风缱是想等自己的能力足够强大的时候，就回亲浅帮苏秦的忙。

可中途，出于各方面的原因，圣皇的管理层动荡不安，几度人心不稳，甚至还有很多员工离职。

这个时候，萧风缱不能离开。

苏秦也对萧风缱说："萧总对你有知遇之恩，这个时候，你不能走。"

萧风缱心里也是这么想的，所以又在圣皇待了几年，帮着萧佑和公司渡过难关，直到公司恢复稳定。

后来，萧佑平定了一切，想要大力提拔她的时候，萧风缱却摇头，拒绝了萧佑的好意。这在所有人看来都是不可理喻的行为，萧佑却明白萧风缱的心思。

萧风缱之所以拒绝萧佑，是不想离开的时候，太过麻烦。

在圣皇，她想要的是成长，是磨砺，任何职位对她来说都是浮云。她一直是身在曹营心在汉的，总想着有一天能回到苏秦身边帮忙。

萧总怎么会不知道？

近期，萧风缱正在交接工作，异常忙碌，几乎住在公司，很少回去。她现在跟苏秦越来越像了,对待工作都是雷厉风行的。

就在她办理离职的这段时间里,萧风缱频频接到袁玉、元宝的电话,她们都在吐槽,说苏秦更年期到了,脾气很大,一点就着,没人敢靠近,让萧风缱赶紧回来,把她们从水深火热之中解救出去。

尤其是元宝,她呜呜地向姐姐诉苦:"以前苏秦姐姐最喜欢听我唱歌,昨天我和袁玉姐姐去家里,想着三个人一起热热闹闹地吃个火锅,我正哼着小曲洗菜呢,她就板着脸出来了。"

萧风缱想象着那画面,忍不住想笑。

"她说我们弄得家里都是味儿,说你前两天才刚拖了地。这我能接受,可她后来还说我唱歌是噪声污染,扰得她睡不好觉。啊——,姐,你给我评评理,我可是新生代的国民歌后,别人想要听我唱一首歌得一掷千金,她居然说我的歌声是噪音!"

萧风缱听后笑呵呵地让元宝有点儿耐心,还有两天,她的工作就能交接完了。

萧风缱要离开了,手下的人都很舍不得,在她的告别宴上,哭倒了一片,她的秘书抓着她的手,说道:"呜呜呜,总监,我舍不得你,我是你一手提拔起来的,你带我走吧。"

萧风缱拍着后辈的肩膀,笑着安抚。

对于萧风缱的离开,萧佑非常不愿意,她跷着腿坐在沙发上,说道:"你真的铁了心要离开?你可想好了,亲浅和圣皇比还是差很多的。"

在萧风缱的事业规划方面,萧佑一直是知无不言的,像是她的人生导师。

萧风缱也笑呵呵地嘱咐她:"你岁数不小了,以后出去少喝酒。"

萧佑:"……"

小朋友长大了,知道转移话题了。

"前一段时间,医生不是说你要注意血压吗?冬天别总那么爱美,裙子就别穿了,出门记得戴帽子。"

萧佑:"……"

她是老太太吗?!

萧风缱收拾了一会儿,看萧佑那憨屈的模样,微微一笑道:"萧总,你知道吗?我十三岁见到苏秦的时候,就一直盼着这一天。"

萧佑掏了掏耳朵,说道:"这故事,我都听了无数次了。"

萧风缱认真地说道:"所以,你该知道,说什么我都会回去的。"

萧佑:"……"

唉,真是羡慕,不知道她现在下乡去资助一个小孩儿,还来不来得及。

萧佑还特意把自己的想法跟冯晏说了,人家跷着二郎腿,喝着茶,抬了抬眼睛,说道:"你可以资助我。"

萧佑:"……"

等萧风缱把一切交接好,准备回家的时候,她特意去买了苏秦喜欢的百合花,又买了很多蔬菜,准备回去给苏秦做一顿好吃的。

临近年底,苏秦也非常忙碌,一个会议接着一个会议地开,下班很晚。

萧风缱难得闲了下来,她把东西先放回了家,然后开车去接苏秦。

她一过来,苏秦的新秘书小何就忐忑地跟她说:"苏总心情不好,开会的时候一直黑着脸,吓得部门经理们大气都不敢出。"

萧风缱点了点头,问道:"她吃饭了吗?"

小何摇头道:"没有,中午就草草地吃了一口,她最近吃得很少。"

苏秦一向如此,忙起来之后,就顾不上吃饭。以前萧风缱都会提前在家煲好汤,给她带过去,千叮咛万嘱咐让她记得喝。

这次过来,她带了消火的冰糖雪梨汤,刚好派上用场了。萧风缱没有打扰苏秦开会,待在办公室里给她整理桌面。

苏秦有洁癖,她的东西,就连秘书都不能乱动。萧风缱却可以,她知道苏秦的习惯,知道钢笔该怎么放,文件该怎么放。

一听说萧风缱来了,袁玉和元宝都跑了过来。

元宝已经不是当初的小豁牙子了,现在她的知名度很高,动不动就上热搜。可她还保持着小时候的习惯,依旧那么幼稚,跟袁玉一人拿了一根棒棒糖在那儿吐槽。

袁玉说道:"风缱,你都不知道,我今早见到阿秦,跟她热情地打招呼,想要问她晚上有没有时间,因为附近新开了一家粥店,想着可以约着一起去喝喝粥。结果人家冷冰冰地回一句'你很闲?'"

元宝舔了一口棒棒糖,附和道:"对我更过分,她最近不是忙吗?今天居然来舞房看我练舞,我特别开心,以为苏秦姐姐心疼我。可没承想,过了一会儿,我的经纪人告诉我,苏秦姐姐说我跳得不行,要加大练习量。"

她俩你一句我一句,说得忘我,萧风缱在一旁微笑着听两人的吐槽。突然,门外响起熟悉的脚步声,她赶紧给妹妹和袁玉使眼色。

很可惜，元宝总是这样，关键时刻没了眼力见儿，她吐槽得正带劲儿，怎么停得下来？

一直到秘书尴尬地推开门，两人才跟被鱼刺卡住了一样彻底地闭嘴了。

苏秦穿着黑色的西装制服，头发盘起来，她解下手腕上的表，冷冰冰地看着两人。

这又飒又冷的表情，把元宝和袁玉吓得直哆嗦，求助似的看向萧风缱。

萧风缱走到苏秦身边，接过她手里的表，说道："累了吗？我给你煲了汤。"

旁边的秘书小何倒吸一口凉气，早上她才问过老板要不要喝汤，然后被老板直截了当地拒绝了。

苏秦抬眼看了看萧风缱，问："工作都交接完了？"

萧风缱点头，她看着苏秦眼下的乌黑，说道："过来喝汤吧。"

在三个人目瞪口呆的注视下，苏秦被萧风缱拉到了沙发上。

萧风缱把汤盛出来，倒在碗里，又加了冰块，说道："给，这样口感更好。"

加了冰块，凉爽可口，最解乏了。

苏秦小口小口地喝着，她最近不知道怎么了，总是满肚子的火气，回到家，看不到萧风缱，感觉家里空荡荡的，还有……一点点迟疑与惶恐。

她和萧佑一样，是出色的老板，知道亲浅和圣皇中哪个平台对萧风缱未来的发展更好。

女人总是在感性和理性之间来回纠结。

在理性的角度上，苏秦清楚地知道，萧风缱应该留在圣皇。可是从感性的角度出发，她需要风缱的陪伴。

随着年龄的增长，苏秦感觉到自己各方面都不如年轻的时候了，尤其是习惯了有人陪伴之后，一旦再孤单下来，她根本适应不了。

就拿这段时间来说，袁玉和元宝私下说苏秦是更年期到了，但只有她自己知道，她为什么总是难受想要发脾气。

她害怕，害怕萧风缱不会回来。

这样胆怯的自己，是苏秦完全不能面对和接受的。

所以，她现在看谁都不顺眼，一直到萧风缱回来，她的情绪才稳定了些。

晚上，萧风缱给大家做了一顿丰盛的饭菜。

有袁玉爱吃的炖得脱骨的红烧大肘子，有元宝爱吃的糖醋排骨，还有很多苏秦爱吃的素菜。

小酒一倒，萧风缱笑眯眯地对大家说："各位领导，我要回亲浅了，请你们以后多多关照。"

袁玉大手一挥，说道："好说好说，叫我袁总就行。"

元宝笑得乐哈哈地道："叫我前辈就行。"

只有苏秦，微微一笑，没有出声。

虽然苏秦兴致一直不高，但好歹有了笑容，袁玉和元宝都舒了一口气。

她们也算是看透了，这个世上，也就只有萧风缱能制住苏秦了。

当晚，元宝和袁玉喝得醉醺醺的，很快被何芸涵接走了。

偌大的公寓里只剩下苏秦和萧风缱两个人了，苏秦怕萧风缱太累，起身去把碗筷收拾了。

萧风缱走了过去，说道："你去休息吧，我洗碗。"

苏秦洗也洗不干净，还浪费水。

苏秦在一旁没有离开，晚风从窗户吹了进来，吹拂着萧风缱额头的碎发。

萧风缱对着苏秦笑道："最近很累吗？"

苏秦摇了摇头，对于萧风缱，她也没有什么好隐瞒的。

其实这样高强度的工作，她早就习惯了，她的累完全是源于内心的不确定。

好在，萧风缱回来了，只是……

"萧总舍得放你走？"苏秦看着萧风缱问道。

已经快三十的人了，岁月却没有在萧风缱脸上留下一点儿痕迹，反而给她增添了一丝成熟的气息。

"她啊，自然说了一些挽留的话，但也就只是说说。"萧风缱依旧笑呵呵的，"萧总，你还不知道吗？她精得跟什么似的，怎么会不知道我的心思。"

听到这话，苏秦沉默了。

萧风缱洗完碗，把手擦干，走到了苏秦身边，说道："姐姐，我很开心。"

苏秦抬起头，看着她的眼睛。

萧风缱笑着道："这么久了，我终于实现了年少时的梦想。"

时间真的像是手中的流沙一样，转瞬即逝。

那段苦难灰暗的岁月，也在眨眼间就过去了，可萧风缱永远不会忘记，是苏秦将阳光带到了她的世界。

苏秦的声音有些低沉："其实……圣皇更适合你今后的发展。"

光是语气，就能听出她话里的纠结。

萧风缱笑了，说道："世界这么大，比圣皇厉害的公司多的是，可你知道我想要的是什么。"

她拉着苏秦去沙发坐下。

萧风缱看得出来，苏秦这段时间应该没有休息好，疲倦得很。

萧风缱热了牛奶，塞进她手里，跟她聊天。

宁静的夜晚，萧风缱的声音柔和，带着抚慰人心的力量。苏秦听着，紧绷了好几天的神经都放松下来了。

"我记得我十三岁刚见到你和袁玉的时候，还以为你们是要领养元宝，当时我对你们的敌意很大。"甚至都不让她们进屋。

苏秦也想起来了，萧风缱小时候那稚嫩又固执的模样，唇角微微上扬，说道："是啊，你当时的眼神，像是一只愤怒的小狼。"

也不怪那时候萧风缱防御心强，主要是当时有不少人说要领养元宝，甚至有来家门口想要直接带走的，她不得不防着。

萧风缱继续感慨道："可人与人之间的缘分，或许就是这么奇妙，我看到你的时候，就本能地觉得你是个好人。"

"后来，你离开了，只留给我一张名片，让我好好学习。"

萧风缱的眼眶有些湿润，这么久了，每当想起那时候的事儿，她都会情绪翻涌。

萧风缱继续说道："我曾认为老天爷对我很残忍，让我经历了那么多不好的事儿，没有谁能将我拉出深渊，我的人生……都是为了妹妹和奶奶而活，我甚至想过，有一天，把奶奶送走，抚养妹妹长大成人，我就——"

苏秦赶紧捂住她的嘴："不要瞎说。"

萧风缱说的是实话，小时候的她，的确是一个极端敏感又固执的人。

若不是苏秦，她真的会走上歧途。

"后来，每当我遇到苦难的时候，你总会第一时间出现在我的面前。"

萧风缱握着她的手，眼泪在眼眶里打转，说道："我一直想要对你说一声谢谢。"

她是如此幸运，遇到了生命中的曙光，将她从黑暗中拉出。

"我当时想尽办法，想要报答你，想尽办法，想要去你的身边。"

苏秦看着她，萧风缱含泪而笑："所以，我考上了B大，那天在火车站，你叫我的时候,我感觉天都亮了。"

从此之后,天空海阔,任她飞翔。

"你就像是天使,飞入我的人生,在我漫长的青春岁月,一直陪着我。"

萧风缱看向苏秦,问道:"你还记得我小时候有多固执、多敏感、多爱钻牛角尖吗?"

苏秦的眼圈也红了,她点了点头。她记得,她都记得。

那时候的萧风缱很敏感,太容易因为一句话而受到刺激,跟她说话时都要小心翼翼,注意别伤害她的自尊心。

萧风缱也多次想过离开苏秦,将苏秦给自己的东西都还给她。

可这人是她年少的信仰啊,怎么可能那么容易就放弃呢?

萧风缱认真地看着苏秦:"所以,不要纠结,我愿意回到你身边,陪着你。"

这是她的梦想,如今,实现了,她怎么会不开心?

现实的名利财富,会让很多人迷失自我,可是萧风缱不会。

她永远忘不了,在那个风雨飘摇、无依无靠的小乡村里,苏秦是怎么抓着她的手,一步步带她走出来的。

曾经的人生,苏秦给她依靠,是她的曙光。

而往后余生,她要陪着苏秦,荣辱与共。

人生漫漫路,不知道多少人一辈子都走得迷迷糊糊,而她何德何能,有苏秦为她指明方向。

图书在版编目（CIP）数据

宇宙第一温柔 / 叶涩著 .—武汉：长江出版社，
2024.5
ISBN 978-7-5492-9426-8

Ⅰ.①宇… Ⅱ.①叶… Ⅲ.①长篇小说－中国－当代
Ⅳ.① I247.5

中国国家版本馆 CIP 数据核字 (2024) 第 075311 号

宇宙第一温柔　叶涩 著
YUZHOU DIYI WENROU

出　　版	长江出版社
	（武汉解放大道 1863 号）
选题策划	欣欣向爱
市场发行	长江出版社发行部
网　　址	http://www.cjpress.cn
责任编辑	钟一丹
特约编辑	郑豫湘　茶宿宿
封面设计	梦幻鱼
版式设计	小 羊 将 行
印　　刷	长沙鸿发印务实业有限公司
版　　次	2024 年 5 月第 1 版
印　　次	2024 年 5 月第 1 次印刷
开　　本	880mm×1230mm　1/32
印　　张	9.25
字　　数	312 千字
书　　号	ISBN 978-7-5492-9426-8
定　　价	48.00 元

版权所有，翻版必究。如有质量问题，请联系本社退换。
电话：027-82926557（总编室） 027-82926806（市场营销部）